17.7.2010

MARCUS IMBSWEILER
Butenschön

BRANDHEISSES MATERIAL Prof. Albert Butenschön, der Chemiker und Molekularbiologe aus Heidelberg, gilt als einer der wichtigsten deutschen Nachkriegswissenschaftler. Mittlerweile fast 100 Jahre alt, hat er sein Fach, aber auch die Forschungsgeschichte der Bundesrepublik geprägt wie kaum ein zweiter. Nicht einmal seine glänzende Karriere unter den Nationalsozialisten konnte seinem Ruf etwas anhaben. Warum wird auf das Büro der Historikerin Evelyn Deininger, die an einer Promotion über sein Leben und Werk arbeitet, ein Brandanschlag verübt? Hat Butenschön etwas zu verbergen? Evelyn Deiningers Ehemann bittet Privatdetektiv Max Koller um Hilfe. Er stellt rasch fest, dass auch andere Tatmotive in Betracht kommen. Stecken etwa rabiate Studenten hinter dem Anschlag? Bei seinen Ermittlungen gerät Koller nicht nur zwischen die Fronten universitärer Scharmützel, sondern erfährt auch einiges über das Verhältnis von Politik, Wissenschaft und Moral ...

Marcus Imbsweiler, geboren 1967 in Saarbrücken, lebt seit 1990 in Heidelberg. Er studierte Musikwissenschaft und Germanistik und veröffentlicht regelmäßig Artikel im Bereich Feuilleton. Im Herbst 2007 gab er mit dem Roman »Bergfriedhof«, dem ersten Fall des Heidelberger Privatdetektivs Max Koller, sein sehr erfolgreiches Krimidebüt.

Bisherige Veröffentlichungen im Gmeiner-Verlag:
Altstadtfest (2009)
Schlussakt (2008)
Bergfriedhof (2007)

MARCUS IMBSWEILER
Butenschön
Kollers vierter Fall

Original

GMEINER

Besuchen Sie uns im Internet:
www.gmeiner-verlag.de

© 2010 – Gmeiner-Verlag GmbH
Im Ehnried 5, 88605 Meßkirch
Telefon 0 75 75/20 95-0
info@gmeiner-verlag.de
Alle Rechte vorbehalten
1. Auflage 2010

Lektorat: Claudia Senghaas, Kirchardt
Herstellung / Korrekturen: Julia Franze / Claudia Senghaas
Umschlaggestaltung: U.O.R.G. Lutz Eberle, Stuttgart
unter Verwendung eines Fotos von: Ralph-Thomas Kühnle / PIXELIO
Druck: Fuldaer Verlagsanstalt, Fulda
Printed in Germany
ISBN 978-3-8392-1106-9

*Personen und Handlung sind frei erfunden.
Ähnlichkeiten mit lebenden oder toten Personen
sind rein zufällig und nicht beabsichtigt.*

PROLOG

Das Theater, so habe ich einmal gelesen, hält der Gesellschaft einen Spiegel vor.

Ich räusperte mich. Meine Stimme klang rau, die Kehle fühlte sich eng und trocken an. Sollte ich schon nach dem ersten Satz zum Wasserglas greifen? *Da gibt es reiche Säcke und arme Schlucker, Wichtige und Unwichtige, Pechvögel und Glückspilze. Die einen treten, die anderen werden getreten.* Immer noch rau. Sätze wie Schmirgelpapier. Was andererseits etwas für sich hatte. So ein Reibeisensound ließ jedes Wort bedeutungsschwanger klingen, fast gefährlich: Da kommt noch was, Leute. Nehmt euch in Acht! Wem die Geschichte dermaßen auf die Stimmbänder schlägt, der hat was erlebt, ihr werdet schon sehen.

Ob meine Zuhörer dies ebenso empfanden? Zumindest waren sie still, mucksmäuschenstill. Vielleicht hingen sie sogar an meinen Lippen. Alles erlaubt, solange sie meine Unsicherheit nicht bemerkten. Es war schließlich meine erste Lesung. Ich hangelte mich von Satz zu Satz, schaute ab und zu hoch, bekam Blickkontakt, richtete die Augen wieder auf den Text. Positiv denken, Max: Gut, dass die Kehle trocken war. Gut, dass ich anders klang als sonst. Und gut vor allem, dass mein Freund Marc Covet sich als Ghostwriter zur Verfügung gestellt hatte. Ich selbst konnte quasseln bis zum Abwinken, aber schreiben? Nicht eine gescheite Zeile.

Ich ließ meine Hauptperson – also mich – gerade über den Heidelberger Bergfriedhof stolpern, als ein Handy schrillte. Irritiert blickte ich auf. In der ersten Reihe runzelte die Buchhändlerin ihre Stirn unter der rötlichen Föhnwelle. Zu Beginn der Veranstaltung hatte sie darauf hingewiesen, alle Mobiltelefone auszuschalten. Auch wenn man es mit dem Babysitter zu Hause anders vereinbart haben sollte. Aber frischgebackene Eltern saßen garantiert nicht in der Premierenlesung eines Privatdetektivs.

Brav hatten die Zuhörer ihre Handys auf »stumm« gestellt. Nur einer war der Bitte der Buchhändlerin nicht nachgekommen. Ich wusste, warum: aus lauter Nervosität.

»Entschuldigung«, räusperte ich mich, zog mein Handy aus der Hemdtasche und nahm das Gespräch an. »Max Koller?«

Stille im Publikum. Cool, dachten sie wahrscheinlich. Voll gut inszeniert.

»Im Moment schlecht. Wie dringend ist die Sache? Geht es um Leben und Tod?«

Stille ist gar kein Ausdruck. Während meiner Sprechpausen konnte man eine Stecknadel fallen hören.

»Gut. Ich rufe Sie in einer Stunde zurück. Sobald ich meine Bücher signiert habe. Und keine Panik da draußen, ich bringe die Sache in Ordnung.«

Weg mit dem Nervtöter! Ich schaute mich um. Meine Zuhörer hielten kollektiv den Atem an.

»So ist das in meinem Beruf«, sagte ich achselzuckend. »Manchmal steht es auf Messers Schneide.« Dann las ich weiter.

Der Mann, der es sich vor mir auf einem dieser Gräber bequem gemacht hatte, war kein Theaterbesucher. Aber er passte hierher. Ein schlecht gekleideter, toter alter Mann.

Jetzt war ich mir sicher: Sie hingen an meinen Lippen.

1

Der Anrufer hieß Michael Deininger, und mit leicht mundartlicher Einfärbung dirigierte er mich zum Technologiepark im Neuenheimer Feld. Von der Buchhandlung aus brauchte ich keine zehn Minuten. Allerdings fuhr ich rasch, denn es war kalt und feucht geworden. Überhaupt präsentierte sich der Abend von seiner novembertrübsten Seite: Unter den Straßenlampen hing ein müder Schein, der Himmel war eine schwarze Decke aus Filz. Auf dem Unicampus linkerhand zeigten lichtgesprenkelte Fassaden an, wo noch gearbeitet wurde oder wenigstens so getan als ob.

Der Technologiepark lag am nördlichen Ende des Campus: dort, wo die Berliner Straße einen Bogen nach Handschuhsheim beschreibt. Eine Handvoll Riesenlegosteine wuchs vor mir aus der Dunkelheit. Übergroß klebten die Buchstaben T und P an einer der Gebäudefronten, und das musste auch sein, denn bei aller Technologie war von einem Park nichts zu entdecken. Ich wartete eine vorüberrasselnde Tram ab, bevor ich die Straße überquerte. Im Rücken eines der Gebäude, die an die Handschuhsheimer Felder grenzten, standen mehrere Einsatzwagen der Feuerwehr, Blaulicht zuckte durch die Nacht. Ein paar Schaulustige hatten sich eingefunden, Bewohner der nahen Studentenheime wahrscheinlich oder Angestellte, die sich zu später Stunde in den Büros und Labors herumtrieben.

Deininger musste Ausschau nach mir gehalten haben. Ich war noch nicht von meinem Fahrrad herunter, als er bereits neben mir stand und eine Hand ausstreckte.

»Toll«, sagte er. »Und dann mit dem Fahrrad! Das hat was.«

Ich stieg ab, zog einen Handschuh aus und schüttelte die dargebotene Pranke. Sie war warm und weich wie der ganze

9

Kerl. Deininger hatte ein rundes Gesicht mit kleiner Nase darin, sein kurzes braunes Haar war so nach vorne gegelt, dass man viel Kopfhaut sah. Unter seinem Mantel spannte sich ein dunkler Anzug um ein Gemütlichkeitsbäuchlein, die Krawatte saß stramm. Es gab viele Lachfältchen um die Augen, aber nichts zu lachen heute Abend.

»Ich komme mit dem Fahrrad, weil ich kein Auto habe«, sagte ich. »Und ich habe keins, weil man in Heidelberg mit dem Fahrrad schneller unterwegs ist. Was dagegen?«

»Nein, überhaupt nicht«, erwiderte er hastig. »Im Gegenteil, ich finde das gut. Wirklich toll. Kommen Sie mit?«

Er führte mich zur Nordseite des Gebäudes. Ein schmales Asphaltband, der Klausenpfad, bildete die Demarkationslinie zwischen Technologie und Landwirtschaft. Jenseits dieser Grenze erstreckten sich die Handschuhsheimer Felder, Heidelbergs Frucht- und Gemüsekammer, von den Bauern wütend gegen die Besitzansprüche der wuchernden Universität verteidigt. Einige der Räume, die nach Norden blickten, waren hell erleuchtet. Zwei große Scheinwerfer waren auf das Haus gerichtet. Über den Rasen zog sich eine provisorische Absperrung, es roch nach verbranntem Kunststoff.

»Hier ist es«, sagte Deininger und wies auf die Fensterfront im Erdgeschoss.

Ich sah ein verwüstetes Büro. Die Decke rußig, ein verschmorter Computer auf einem triefend nassen Schreibtisch, Papiere und Unterlagen zu einem hässlich grauen Brei verschmolzen, Wasser und Schaumreste überall. Nur die Regale an den Wänden schienen nichts abbekommen zu haben. Feuerwehrleute stiefelten durch den Raum, untersuchten, begutachteten, fotografierten. Einer unterhielt sich mit einem Polizisten, der seinen Notizblock vollkritzelte. Ein weiterer machte sich an den Fenstern zu schaffen. Sie standen offen, eines von ihnen war wüst zersplittert.

»Ein Brandanschlag?«, fragte ich.

»Allerdings«, nickte Deininger. »Wenn ich mir vorstelle, was diesbezüglich alles hätte passieren können!«

»Ihre Frau arbeitet hier, sagten Sie.«

»Es ist ihr Büro. Und sie war noch im Haus, als es anfing zu brennen.« Das Licht der Scheinwerfer fiel auf sein kummervolles Gesicht. Selbst die Lachfältchen zeigten bodenwärts.

»In diesem Büro?«

»Nein, in einem anderen Raum. Von dem Anschlag selbst hat sie nichts mitbekommen. Erst als der Alarm losging und alle auf die Straße liefen.« Er vollführte eine raumgreifende Handbewegung. »Das Feuer brannte nur ein paar Minuten. Was Sie hier an Zerstörungen sehen, kommt von der Sprinkleranlage und dem Löschwasser. Sie hat ein wahnsinniges Glück gehabt, dass sie nicht da war, als die Brandbombe geflogen kam.«

»Bombe?«

»Oder was auch immer da hineingeworfen wurde.«

Ich nickte. Etwas war durch das Fenster gesaust, als sich Frau Deininger gerade nicht in ihrem Büro befand. War vermutlich gegen den Computer geknallt und hatte den ruiniert. Die Papiere auf dem Schreibtisch waren in Flammen aufgegangen, was den Rauchmelder ausgelöst hatte. Anschließend war die Sprinkleranlage in Gang gekommen, und was die übrig gelassen hatte, wurde von der Feuerwehr gelöscht.

»Wenn der Brandsatz von hier draußen geworfen wurde«, sagte ich, »muss der Feuerteufel gesehen haben, dass das Büro leer war. Er hatte es also nicht auf Ihre Frau abgesehen.«

»Wieso?« Deininger machte große Augen. Und dann, nickend: »Ach so, ja. Könnte stimmen.«

»Jedenfalls nicht auf ihr Leben. Vielleicht noch nicht einmal auf ihr Büro. Sondern auf irgendeinen dieser Räume in einem beliebigen Gebäude des Technologieparks.«

Er starrte mich an. »Nein!«, rief er und schüttelte heftig den Kopf. »Das glaube ich nicht, Herr Koller, absolut nicht. Es geht um meine Frau, davon bin ich überzeugt, leider. Dieser Anschlag hat etwas mit ihren Forschungen zu tun, das kann ich Ihnen versichern. Sie ist da an einer«, unvermittelt senkte er die Stimme, »an einer ganz heißen Sache dran. An einer gefährlichen Sache, die einigen Leuten nicht passt, verstehen Sie?«

»Einigen Leuten?«

»Wichtigen Leuten. Am besten, sie erklärt es Ihnen selbst. Gehen wir rein?«

»Einen Moment noch.« Ich schritt die Absperrung entlang und sah mich um. Der Rasen vor dem Gebäude war kurz und dicht; hier würden sich kaum Spuren des Attentäters finden. Er war vermutlich über den Klausenpfad gekommen, von Westen her, wo ihn die Dunkelheit schützte, oder gleich aus den Feldern. Auf dem Campus war auch am Abend immer noch einiges los, aber hier, an der Grenze zum Ackerland, im Schatten wilder Brombeerhecken, konnte man sich ohne Angst vor Entdeckung herumtreiben. Nach der Tat flüchtete man auf demselben Weg, schlug sich in die Felder oder rüber zum Neckar und kehrte an irgendeinem unauffälligen Ort wieder in die Zivilisation zurück.

»Arbeiten Sie auch hier?«, fragte ich Deininger.

»Ich? Um Gottes willen!« Um seine Lippen spielte ein trauriges Lächeln. »Das ist nicht meine Welt. Ich bin Kundenberater bei der Sparkasse.«

So etwas hatte mir sein piefiger Anzug schon verraten. Sparkasse. Oder Vertreter. Oder Immobilienmakler, aber nur ein ganz kleiner. Die dicken Bürogebäude im Technologiepark machte der Chef, ihm blieben die Einfamilienklitschen.

»Da hab ich auch ein Konto«, sagte ich, solidarisch gestimmt.

Er nickte stumm.

Der Haupteingang des Hauses befand sich um die Ecke,

an einer der Langseiten. Wir passierten das Grüppchen Gaffer, das von einem Fuß auf den anderen trat und auf sensationelle Ereignisse wartete. Deininger schritt voraus, in seinem tapsigen Gang, der mich an einen Tanzbären erinnerte. Einmal drehte er sich um, vergewisserte sich, dass ich ihm noch folgte. Sein Lächeln konnte nicht darüber hinwegtäuschen, wie besorgt er war: ein besorgtes, verschrecktes Bärchen vom Land. Aus dem Odenwald oder dem Kraichgau, sein Dialekt verriet es. In den Technologiepark Heidelberg passte er wirklich nicht, und jetzt bedrohten wichtige Leute auch noch seine Frau. Manchmal kam alles zusammen.

Vor der Eingangstür stand ein Polizist, der uns keine Beachtung schenkte. Deininger lotste mich ins Foyer, dann links zu einer Glastür.

»Einen Moment«, hielt ich ihn auf. »Hier arbeitet Ihre Frau?« Institut für Geschichte und Ethik der Medizin, verkündete ein seitlich angebrachtes Schild. Auf einem Sockel die Büste des Institutsgründers, skeptischen Blicks.

Er nickte.

»In einer Abteilung der Universität?«

»Erwähnte ich das nicht? Meine Frau ist Historikerin.«

»Aber wir sind doch hier im Technologiepark! Was hat der mit einem historischen …?«

»Ich weiß«, unterbrach er mich irritiert. »Das Institutsgebäude wird gerade umgebaut, deshalb hat die Uni hier Räume angemietet. Es ist bloß eine Übergangslösung.«

»Warum sagen Sie das nicht gleich? Ich und Akademikerkreise, das passt einfach nicht zusammen. Wenn ich das vorher gewusst hätte …«

Verblüfft sah er mich an. Jemandem wie Deininger kam natürlich nicht in den Sinn, dass auch ein Dienstleister wie ich seine Scheuklappen und Vorurteile hatte. Dabei war er selbst bei der Vorstellung, hier arbeiten zu müssen, fast in Tränen ausgebrochen.

»Vergessen Sie es«, winkte ich ab. »Hier rein?«

Er hielt mir die Tür auf. Sie führte auf einen schmalen Flur, den die Einsatzkräfte von Polizei und Feuerwehr mit ihrem Gerät belagerten. Deininger klopfte an eine Tür linkerhand. Keine Antwort. Er klopfte noch einmal und öffnete sie. Ein aufmunterndes Lächeln kämpfte sich auf sein speckiges Gesicht, rechts und links je ein Grübchen werfend.

»Knödelchen«, gurrte er. »Wir wären jetzt da.«

Die Männerstimme, die sich unwirsch jede Unterbrechung verbat, klang nicht nach Knödelchen. Nicht mal nach einem handfesten Knödel. Neugierig schaute ich über Deiningers Schulter. An einem Schreibtisch saß ein Polizist, der die gesamte Autorität seines Amtes in eine scheuchende Handbewegung legte, und ihm gegenüber eine Frau. Auch sie erinnerte eher an eine Zweimonatsdiät als an Vatis Leibgericht.

»Entschuldigung«, trat Deininger den Rückweg an. »Ich wollte nur … Wo sollen wir auf dich warten, Knödelchen?«

»In der Küche.« Zu meiner Überraschung war es tatsächlich die Frau, die antwortete. Als Gefährtin Deiningers hätte ich eher ein Hühnchen erwartet, das sich bei jeder Gelegenheit schluchzend an die mollige Brust ihres Mannes warf. Oder ein ebenso rundes, behäbiges, knödelhaftes Wesen wie er. Aber dann dieser Stecken! Man lernt nie aus. Bloß dass sie uns in die Institutsküche schickte, das passte irgendwie.

Winkend zog Deininger die Tür wieder zu. Sobald die beiden außer Sicht waren, erstarb sein Lächeln. »Warten wir halt, bis sie fertig sind.«

Ich sah auf die Uhr. Zum Warten war ich nicht gekommen.

»Es wird nicht lange dauern, Herr Koller. Gleich gegenüber, da ist es schon.«

Eine Kaffeeküche wie aus dem Lehrbuch: eng, sauber, neu, ungemütlich. Freudlos nahm der gemütliche Herr Deininger diese feindliche Umgebung zur Kenntnis. Wir nahmen auf zwei Klappstühlen Platz, die zu allem Möglichen auffordersten, nur nicht zum längeren Verweilen. Deininger faltete die Hände und ließ die Daumen kreisen.

»Das war also Ihre Frau«, stellte ich fest.

Er nickte.»Evelyn. Sie lässt sich nichts anmerken, das ist typisch. Aber sie hat einen Schock, ganz bestimmt. Ich kenne sie.«

»Haben Sie schon mit ihr gesprochen? Was denkt sie über den Anschlag?«

Deininger zögerte. Erst sah er an mir vorbei, dann grinste er schwach und fingerte an seiner kleinen Nase herum.»Ehrlich gesagt, ich weiß es nicht. Wenn man aus heiterem Himmel mit so einem … mit so einer Sache konfrontiert wird, fällt es erst einmal schwer, einen klaren Gedanken zu fassen. Offenbar kann sie die Vorstellung, dass das Feuer ihr und ihrer Arbeit galt, nicht an sich heran lassen. Noch nicht. Das müssen Sie verstehen, Herr Koller.«

»Im Verstehen bin ich ganz groß«, gähnte ich. Meine Lesung vorhin hatte Kraft gekostet.

»Wir hatten noch nie mit einem Verbrechen zu tun, Evelyn und ich. Das ist so weit weg von allem, was wir … Wirklich, das ist ein Schock für uns.«

Wenn er »ein Schock für Knödelchen und mich« gesagt hätte, wäre der Satz perfekt gewesen. Bärchen Deininger saß traurig auf der Zumutung von einem Stuhl, er war so gut rasiert und die Welt war so schlecht. Hinter ihm an der Wand hing ein vergilbter Büro-Cartoon, am Kühlschrank klebte eine Liste mit Verhaltensregeln für die Küchenbenutzer. Ich hätte ihn gerne gefragt, ob er vor der Weltfinanzkrise seine Kunden auch zu windigen Fondsgeschäften überredet hatte, aber nein, er war ja bei der Sparkasse, der grundsoliden, und die alten Mütterchen kamen gerne mit ihrem Spargroschen zu ihm.

»Herr Deininger«, sagte ich, »ich hatte nicht vor, den Abend mit Herumsitzen zu verbringen, bitte verstehen Sie

15

mich recht. Wenn Ihre Frau beschäftigt ist, gibt es für mich hier nichts zu tun. Ein Bild vom Tatort habe ich mir gemacht, alles Weitere können wir morgen besprechen. Zum Beispiel, ob ich den Fall übernehme.«

»Es wird bestimmt nicht lange dauern. Was will sie schon zu Protokoll geben? Sie hat ja nichts gesehen und nichts gehört. Wenn sie …«

Das Aufreißen der Tür schnitt ihm das Wort ab, gab ihm aber im Prinzip recht. Auf der Schwelle stand Evelyn Deininger: eine kleine, weizenblonde Frau mit spitzem Kinn. Über markante Backenknochen spannte sich rotfleckige Haut. Wo ihr Mann weich war, war sie hart. Wo er Gemütlichkeit ausstrahlte, wirkte sie verkrampft. Und diese Frau wurde Knödelchen genannt? Dann musste er im Umkehrschluss Knäckebrot heißen.

»Eine Bemerkung nur«, sagte sie ohne Einleitung. »Ich muss gleich zurück. Nehmen Sie es nicht persönlich, Herr Koller, aber ich bin dagegen, dass sich hier ein Privatermittler einmischt. Was zu tun ist, regelt die Polizei.«

»Aber natürlich!« Deininger sprang auf. »Du hast völlig recht, Knödelchen, ich wollte mich mit Herrn Koller auch nur ein wenig austauschen, was er von der Sache hält, dann überlegen wir zwei uns das gemeinsam, und wenn wir der Meinung sind, dass wir seine Hilfe brauchen, kommen wir wieder auf ihn zu, trotzdem, ich meine, er hat sich jetzt extra herbemüht, da wäre es schön, wenn du ihm diesbezüglich ein paar Dinge über deine Arbeit erzählen würdest.«

Das war ein langer, atemloser und vor allem punktloser Satz, den Knödelchen mit einem einzigen Wort zertrümmerte: »Nein.«

»Damit er weiß, worum es geht.«

»Michael!« Sie wurde ungnädig.

»Dann aber morgen.« Sieh an, das Bärchen konnte richtig hartnäckig sein. »Lass uns darüber schlafen, ja?«

»Ich muss zurück. Tut mir leid, dass Sie umsonst gekommen sind, Herr Koller.« Die Tür fiel hinter ihr ins Schloss.

»Tja«, machte Deininger und hob entschuldigend die Arme, während er sich wieder setzte. »Ich sage ja, sie steht noch unter Schock.«

»Meinen Sie?« Die Frau war ein Muster an Klarheit gewesen, fand ich, da hätte sich ihr Mann in all seiner Besorgnis eine Knödelscheibe abschneiden können.

»Absolut, sie lässt den Schrecken nicht an sich ran, versucht ihn fernzuhalten. Bloß nicht zugestehen, dass da jemand mit Absicht … Jeder Psychologe kann Ihnen das erklären. Morgen wird sie einverstanden sein.«

Ich zuckte die Achseln. Das Nein dieser Frau würde auch morgen ein Nein sein.

»Und selbst wenn nicht«, fuhr Deininger kämpferisch fort, »ich will Sie auf jeden Fall engagieren, Herr Koller. Sie können womöglich mehr ausrichten als die Polizei.«

»Woran arbeitet Ihre Frau?«

»An einer Dissertation über einen bekannten Heidelberger Wissenschaftler. Albert Butenschön, Sie werden schon von ihm gehört haben.«

»Nö.«

»Der Nobelpreisträger. Er steht dauernd …«

»Herr Deininger, ich kenne den Mann nicht.«

»Schon klar. Jedenfalls schreibt Evelyn über ihn. Und im Laufe ihrer Recherchen ist sie da auf ein paar heikle Dinge gestoßen. Absolut neue Erkenntnisse.«

»Und deshalb schmeißt er ihr einen Brandsatz ins Büro, meinen Sie?«

»Doch nicht er selbst! Der Mann ist uralt. Was genau dahintersteckt, kann ich nicht sagen. Das muss Ihnen Evelyn erläutern.«

»Will sie ja nicht.«

»Oh, ich kriege sie schon rum, keine Sorge.«

Ich musterte ihn skeptisch. Die trockene Evelyn und der behäbige Michael, was für ein Paar! Aber vielleicht bekam er sie wirklich rum. Was wusste ich schon, auf welche Weise Entscheidungen im Hause Deininger getroffen wurden. Für heute Abend hatte ich jedenfalls genug. Ich wollte zurück zu Christine und Marc, meine Premierenlesung bei ein paar Bierchen Revue passieren lassen.

»Also gut«, sagte ich. »Vertagen wir das Ganze auf morgen. Beraten Sie sich in aller Ruhe mit Ihrer Frau, ob sie nicht doch bereit wäre, mich hinzuzuziehen. Wenn ja, sprechen wir gemeinsam über die Sache, und dann nehme ich den Auftrag an oder lasse es. Einverstanden?«

Er nickte düster. »Hoffentlich ist Evelyn da nicht in eine gefährliche Sache hineingeschlittert.«

»Keine Angst, Herr Deininger.« Väterlich klopfte ich ihm auf seine weiche, runde Schulter. »Gefährliche Sachen übernehme ich nicht.«

2

»Was heißt hier, du übernimmst keine gefährlichen Aufträge mehr?«, protestierte Fatty. »Als stünde von vornherein fest, wie gefährlich etwas sein wird! Nein, wenn etwas interessant klingt, übernimmst du. Wenn nicht, lässt du es.«

»Schicke Devise«, nickte Eva, seine Freundin. »Bloß Christine dürfte da anderer Meinung sein.«

»Oh, in diesem Fall habe ich keine Meinung«, wehrte meine Ex-Frau ab. »Männer brauchen schließlich ihren Auslauf. Da hat sich unsereins nicht einzumischen.«

»Man nennt es Neugier«, sagte ich, »nicht Auslauf. Und wenn ich nicht so neugierig wäre, säßen wir jetzt nicht hier. Korrekt?«

»Korrekt!«, rief Fatty und wandte sich an die Buchhändlerin, die trotz der späten Stunde noch auf ein Glas Wein mitgekommen war. »Was meinen Sie? Ein Buch, in dem echte Ermittlungsarbeit beschrieben wird, das muss doch ein Bestseller werden! Und vorgetragen hat er absolut professionell, unser Max, nicht wahr? Alleine die Stimme! Wie ein Gangster.«

»Für die erste Lesung war es ganz ordentlich«, nickte die Frau. »Ich meine, Sie werden schon noch lernen, wie man das Ganze etwas lebendiger gestaltet und das richtige Tempo wählt. Man hört, woher Sie stammen, so rein von der Aussprache her, das finde ich eigentlich ganz schön. Und dass Sie beim Reden die Endungen verschlucken, lässt sich durch Training rasch abstellen. Ich schreibe Ihnen mal die Adresse einer guten Sprecherzieherin auf. Sie werden sehen, das bringt was. Auch fürs eigene Selbstbewusstsein.«

Ich setzte mein Glas ab. »Wieso denn Selbstbewusstsein? Ich hätte jetzt nicht gedacht, dass es mir daran mangelt.«

»Ganz bestimmt nicht«, bestätigte Christine.

»Man kann nie wissen. Es geht ja auch um das Durchhaltevermögen. Dass man die Stimme nicht ruiniert, wenn man auf Tournee geht und täglich Lesungen hat.«

»Ich auf Tournee? Jetzt mal langsam!«

»Wieso denn nicht? Die Leute lechzen nach authentischen Geschichten. Zumal Ihr Freund mit dem französischen Namen, Couplet, oder wie er …«

»Covet. Marc Covet.«

»Genau der. Also, formulieren kann der Kerl, das hätte ich ihm als Journalist gar nicht zugetraut.« Sie genehmigte sich einen Schluck. »Nur übertreiben soll er es nicht. Hier ein

Schlenker, da eine Abschweifung – da tut man schnell zu viel des Guten.« Sie blinzelte verschwörerisch. »Unter uns: Kann es sein, dass Monsieur Covet ein klein wenig selbstverliebt ist?«

Fatty und ich sahen uns an. Natürlich war Marc selbstverliebt, und zwar mehr als nur ein klein wenig. Aber warum sollten wir das zugeben?

»Wo ist er eigentlich, Ihr Ghostwriter? Hatte er Lampenfieber vor seiner Premierenlesung?«

»In Ägypten«, antwortete ich. »Urlaub, lange geplant. Er bedauert es sehr, nicht hier sein zu können. Fast hätte er den Flug verschoben.«

»Mich würde eines interessieren«, meldete sich Eva. »Musstet ihr den realen Fall sehr abändern, um ihn buchtauglich zu machen? Die Namen der Beteiligten werdet ihr ja kaum übernommen haben.«

»Sicher mussten wir ändern, ziemlich viel sogar. Namen, Adressen, teilweise das Aussehen der Leute. Du kommst sonst in Teufels Küche. Aber an der Grundstruktur der Geschichte wurde nicht gerüttelt, da waren wir uns von Anfang an einig.«

Fatty setzte sein Bier ab, um mich streng und wortlos von der Seite zu mustern.

»Was schaust du denn so?«

»In eurem Buch«, schüttelte er den Kopf, »stimmt im Grunde gar nichts. Wenn ich mir überlege, wie ich dort beschrieben werde! Nichts gegen ein paar deftige Übertreibungen, aber …«

»Über- oder Untertreibungen?«

»Hör auf, Max! Wer das liest, denkt doch, ich wäre ein minderbemittelter Fettklops, der es bloß bis zum Kindergärtner geschafft hat.«

»Und was bist du in Wahrheit?«, fragte Eva, mit den Augen klimpernd.

Fatty funkelte sie wütend an. Seinen Unmut bekam das

Weizenbier zu spüren, das vor ihm stand. »Noch eins!«, rief er der Bedienung zu.

»Da ist was dran«, nickte die Buchhändlerin. »An den Übertreibungen, meine ich. Wenn er die weglässt, Ihr Freund Couplet, wird das Buch auch gleich schlanker. Dadurch gewinnt es, glauben Sie mir.«

Jetzt schaute Fatty noch finsterer drein. »Seit wann gewinnen Dinge, nur weil sie schlanker sind?«

Die Frau setzte zu einer Entgegnung an, als ihr Blick auf den mächtigen Bauch meines Freundes fiel. Vielleicht war Schweigen in diesem Moment doch die bessere Wahl. Sie verbarg ihre Verlegenheit hinter einem kleinen Hüsteln und lächelte säuerlich.

»Um auf deinen neuen Fall zurückzukommen«, ergriff Christine das Wort. »Spektakulär klingt er ja nicht gerade. Oder?«

»Es ist noch nicht mein Fall. Aber wenn ich ihn übernehme, dann gerade weil er so unspektakulär ist. Ein Brandanschlag, dilettantisch und nicht gerade effektiv: genau das Richtige für mich. Motiv unklar, Aufklärungswahrscheinlichkeit gering. Man hört sich ein bisschen um, erstattet Bericht, irgendwann tritt man auf der Stelle und beendet den Auftrag in beiderseitigem Einvernehmen.«

»Die Geschädigte ist Historikerin, sagtest du?«

»Medizinhistorikerin. Frag mich nicht, was die dort machen in ihrem Institut. Sie schreibt über einen gewissen Buten … oh, Mann, schon vergessen, wie der Kerl heißt.«

»Butenberg?«

»Butterberg? Nein, Butensch … Butenschön, genau.«

»Der Mediziner?« Meine Buchhändlerin zog die Brauen nach oben.

»Der Genforscher?« Das war meine Ex.

»Kommt hin. Ein Wissenschaftler jedenfalls, hochdekoriert und steinalt.«

»Über den stand doch dieser Tage etwas in der Zeitung.«
Die Buchhändlerin eilte zur Theke und kam mit einem Exemplar der Neckar-Nachrichten zurück. Eifrig schlug sie den Lokalteil auf, musste aber feststellen, dass dieser von einem anderen Thema beherrscht wurde. Und zwar ausschließlich.

»Romana, die wildeste Hure von Heidelberg!«, rief Fatty. »Dahinter solltest du dich klemmen, Max! Das wäre ein Fall für dich, da ist alles drin. Sex, Gefahr, Skandale ... Aber hallo!«

»Rein vom Marketing her wäre das tatsächlich überlegenswert«, nuschelte die Buchhändlerin, während sie die Seiten umblätterte. »Scheint wohl gestern drin gewesen zu sein, der Artikel über Butenschön.«

»Seit wann kennst du dich mit den wildesten Huren von Heidelberg aus?«, fragte Eva mit forschendem Blick. Fatty wurde tatsächlich ein bisschen rot.

»Ich lese Zeitung«, gab er spitz zurück. »Du nicht?« Und dann erklärte er, dass es sich bei der wilden Romana um die höchstbegehrte, bestbezahlte und daher bestinformierte Prostituierte der Metropolregion handelte, die aufgrund ihres fortgeschrittenen Alters beschlossen hatte, besagte Informationen zu Geld zu machen. Ihre Ankündigung ließ die Redakteure in Nah und Fern jubilieren, eine ganze Reihe von einflussreichen Personen aber vor Angst zittern: Politiker, Direktoren, Sportler, Vereinsvorsitzende. Zumindest behaupteten das die Redakteure in ihren Jubelpausen, in denen sie einen auf Mahner und Moralwächter machten.

»Sogar der Heidelberger Oberbürgermeister soll schlaflose Nächte haben«, beendete Fatty seine kleine Nachhilfestunde. »Man darf also gespannt sein.«

»Und das wäre ein Fall für mich, deiner Meinung nach?« Ich tippte mir an die Stirn. »Hier oben!«

»Viel Feind, viel Ehr!«

»Ehr? Das bezweifle ich.«

»Stell dir mal vor, der OB ruft dich an: Herr Koller, Sie müssen mir helfen, mein Ruf steht auf dem Spiel! Ich habe Ihr Buch gelesen, Sie sind der Einzige, dem ich vertraue!« Nur das eben eintreffende Weizenbier war imstande, seinen Redefluss zu stoppen.

»Schade«, schüttelte die Buchhändlerin den Kopf und legte die Zeitung zusammen. »In der Ausgabe von heute steht der Artikel nicht. Es ging um den 100. Geburtstag dieses Professor Butenschön und um die Feierlichkeiten in den nächsten Tagen. Hat er Sie beauftragt, Herr Koller?«

»Nein, er hat mit der Sache direkt nichts zu tun. Mehr will ich dazu auch nicht sagen, die Informationen sind schließlich vertraulich.«

Die Frau lächelte keck und streckte mir ihre Hand hin. »Ich warte einfach, bis ich alles in Ihrem nächsten Buch nachlesen kann. Hat mich gefreut, Herr Koller. Wirklich erfrischend, Ihre Lesung! Ich wünsche viel Erfolg mit Ihrem Werk und noch einen schönen Abend.« Weg war sie.

»Dein Werk«, nickte Christine anerkennend. »Wie das klingt!«

»Buchhändler sind so«, brummte Fatty, das Bierglas an den Lippen. »Vor allem Buchhändlerinnen.«

Nachdenklich kratzte ich mich am Kopf. Irgendetwas stimmte nicht mit meinem Freund Friedhelm. Die Präsentation eines Buches, in dem er selbst vorkam, hätte ihn mindestens auf Wolke sieben katapultieren müssen. Aber nein, während der Lesung hatte er in der letzten Reihe gesessen und den Unbeteiligten gespielt. Und anstatt jetzt signierte Exemplare in der Kneipe zu verticken, grummelte er vor sich hin und moserte über die burschikose Buchhändlerin.

»Ich fand sie klasse«, widersprach Eva. »Immerhin hat sie einem Debütanten die Gelegenheit gegeben, sein Buch vorzustellen. Das macht nicht jeder. Und sie hat dir ein Honorar gezahlt.«

Richtig, das hatte sie. Allerdings hätte sie ohne Marcs Aktivitäten im Vorfeld vermutlich keinen Euro herausgerückt. Wofür ich wiederum größtes Verständnis aufbrachte. Nun, Covet war Redakteur, und man wollte schließlich die Presse auf seiner Seite haben, auch als kleine Buchhändlerin.

Wir stießen noch einmal auf den gelungenen Abend an und schickten ein paar Grüße nach Ägypten. Dann sah Christine auf die Uhr.

»Leute, ich breche auf«, seufzte sie. »Ich muss morgen arbeiten.«

»Wir doch auch«, sagte ich. »Schon gut, ich komme mit. Und ihr lasst mal die Geldbeutel stecken, das geht auf mich. Bin ja jetzt so eine Art Dingens, ihr wisst schon.« Ich winkte der Bedienung.

»Noch eine Premiere.« Grinsend lehnte sich Eva zurück. »Wie macht sich dein Ex eigentlich so, wo ihr wieder zusammen seid, Christine?«

»Sind wir das?«

»Wir wohnen zusammen«, präzisierte ich. »Spart wahnsinnig Kosten, und die Verwandtschaft freut sich, wenn sie uns nur noch eine gemeinsame Weihnachtskarte schicken muss.«

»Der Herr ist quasi mein Untermieter«, lächelte Christine. »Er war partout nicht zu bewegen, den Mietvertrag zu unterschreiben, so dass ich ihn gnadenhalber bei mir aufgenommen habe. Ich kann ihn auch jederzeit wieder vor die Tür setzen.«

»Hat er sich geändert?«, bohrte Eva weiter. »Gegenüber früher, meine ich.«

»Geändert?« Christine überlegte. »Schwer zu sagen. Hast du dich geändert, Max?«

»Ich bin jünger geworden.« Wo blieb nur die Bedienung?

»Manchmal räumt er die Flaschen Bier selbst weg, die er

abends vor dem Fernseher trinkt. Das ist doch schon mal was.«

»Wie bitte? So ein Quatsch, als wenn ich das jemals getan hätte! Weiß ja nicht einmal, wo die hingehören, die leeren Flaschen. Es wird noch Monate dauern, bis ich mich in dieser Wohnung zurechtfinde. Dauernd verlaufe ich mich …«

»In einer Dreizimmerwohnung«, ergänzte Christine.

»In drei Riesenzimmern, ja. Einen Flur gibt es auch und eine Abstellkammer, und wahrscheinlich werde ich demnächst noch einen Balkon entdecken. Aber Flaschen wegräumen – nicht mit mir! Sollte ich das jemals tun, Christine, schmeißt du mich raus, hörst du? Es gibt Grenzen.«

»Diesen Standpunkt solltest du dem Publikum bei deiner nächsten Lesung erläutern. Das wäre sicher hochinteressant für die Leute.«

»Jaja.«

Eva kicherte. Ich war erleichtert, als die Bedienung endlich kam. Sie erhielt ein hübsches Trinkgeld. Mein Lesehonorar schrumpfte beträchtlich zusammen, aber der nächste Fall stand ja schon ins Haus. Deininger hatte ich aus reiner Routine auf morgen vertröstet. Sein kleiner, handlicher Auftrag kam mir gerade recht. Man wurde eben nicht jünger, auch wenn man so tat, sondern lernte übersichtliche Geschäfte ebenso schätzen wie größere Wohnungen. Oder ein aufgeräumtes Bad. Geputzte Fensterscheiben. Einen funktionierenden Fernseher. Auf dem würde ich Christine demnächst eine ganze Batterie leerer Bierflaschen hinterlassen.

Wir waren die letzten Gäste der Kneipe. Beim Gehen warf Fatty der aktuellen Ausgabe der Neckar-Nachrichten auf dem Tresen einen melancholischen Blick zu und murmelte: »Romana, die wildeste Hure von Heidelberg!«

3

Als der liebe Gott einmal ganz mies drauf war, erschuf er das Neubaugebiet. Nicht unbedingt das Dossenheimer, Gott kam ja nicht aus der Kurpfalz, aber eines in der Art. Sozusagen das Ur-Neubaugebiet. Und seither sahen sie alle gleich aus. Zumindest am Anfang. Später nicht mehr, aber dann nannte man sie auch nicht mehr Neubaugebiet, sondern Sanierungsfall.

Dem Ding in Dossenheim, das ich am Morgen nach meiner Lesung ansteuerte, blieben noch ein paar Jährchen bis zur Sanierung. Nackt und verloren standen Häuserblocks in der Gegend herum, ihre farbenfrohen Anstriche lachten ins Nichts, gestampfte Erde ersetzte die Vorgärten. Ein großer Spielplatz war fertig, aber gähnend leer und ohne Gebrauchsspuren. Mit der heiteren Computervision auf dem Riesenplakat am Eingang hatte der aktuelle Zustand nichts gemein. Der Mann, der damals die Neutronenbombe erfand, muss in einem Neubaugebiet aufgewachsen sein.

Die Deiningers bewohnten ein putziges Reihenhaus. Es gab ja auch nichts anderes. Jeweils vier dieser schmalen, dreistöckigen Schubfächer waren zu einem Block zusammengefasst, sechs Blöcke ergaben eine Straße: den Mandelblütenweg. Immerhin, in den Vorgärten hatten bereits die Hobbygärtner gewütet, hinter dem Haus strotzte der Rollrasen, aber schön war das nicht. Da lobte ich mir unseren knarrenden Altbau, durch dessen Fenster es zog. Hier zog nichts, und die Fenster waren klein, noch kleiner als der Vorgarten und der Kleinwagen vor dem Vorgarten. Wenn die Deiningers einen Hund hielten, dann garantiert etwas Handliches.

Auf den Hund kam ich, weil vor dem Nachbarhaus ein Hüttchen auf Insassen wartete. Auch das obligatorische »Hier wache ich«-Schild fehlte nicht. Aus einem anderen

Haus drang Kindergeschrei, bei den Deiningers dagegen blieb alles ruhig. Noch bevor ich die Klingel drücken konnte, wurde geöffnet. Es war, Überraschung, Knödelchen – und sie ließ mich, nächste Überraschung, anstandslos ins Haus. Nur ihre Begrüßung fiel erwartungsgemäß knapp aus.

Ihr Mann kam mit ausgestreckter Hand auf mich zu. »Toll!«, rief er, genau wie gestern, schüttelte mich durch und bat mich ins Wohnzimmer. »Und so pünktlich.« Ja, die gute Laune hatte ihn wieder, auf dass er seinen Lachfalten alle Ehre machte. In der Linken hielt er einen Kaffeebecher, auf seiner Oberlippe glänzte ein wenig Milchschaum. »Nicht zu kalt zum Fahrradfahren? Na, solange es nicht regnet … Auch einen Cappuccino?«

Ich sagte ja, setzte mich, schaute mich um, bekam eine Gänsehaut. Die Einrichtung: ein runder Teppich mit abstraktem Muster, eine verschnörkelte Kommode, ein Kunstledersofa, dazu verwischte Hochglanzposter von Alltagsgegenständen und bunte Spielzeugautos in einer Vitrine. Gut, was wollte man erwarten, wenn sich ein Banker und eine Doktorandin zusammentaten? Vorne ging der Raum in eine offene Wohnküche über, nach hinten sah man durch eine Glastür auf eine winzige Terrasse. Der feine Geruch von Laminatkleber hing in der Luft.

»Sie wohnen noch nicht lange hier«, mutmaßte ich.

»Vier Monate und zwei Wochen«, strahlte der Hausherr. »Toll, nicht? Vorher haben wir in der Stadt gewohnt, aber unbezahlbar, und hier ist alles öko und neu, das ist ein Aufstieg, absolut. Man will ja doch gescheit wohnen, nicht wahr? Fünf Zimmer! Und wie gesagt, alles öko, auch die Heizung, die sowieso.«

»Mit dem Kredit gab es wahrscheinlich kein Problem.«

»Na, wenn man schon mal bei der Sparkasse ist«, lachte er. Dann hörte er auf zu lachen und fügte hinzu: »Das war aber keine Vorzugsbehandlung, nicht dass Sie das jetzt denken. Nur schneller ging es halt. Kleiner Dienstweg, würde ich diesbezüglich sagen.«

»Was Süßes dazu?«, rief seine Frau von der Küchenzeile.

»Danke, nein.«

Deininger zwinkerte mir zu. »Sie ist einverstanden«, flüsterte er. »Dass wir Sie hinzuziehen, meine ich. Gut, was?«

Ich musterte den Mann, der seine Frau Knödelchen nannte. Die Zufriedenheit, sie herumgekriegt zu haben, platzte ihm aus allen Knopflöchern. Aus denen einer Weste übrigens, die er über einem blassrosa Hemd trug. Anzug und Krawatte von gestern hatten Ausgang.

»Keine Arbeit heute?«

»Hab mir freigenommen. Wäre ja ein Ding, Evelyn in dieser Situation alleine zu lassen. Mein Chef hat diesbezüglich vollstes Verständnis, wegen dem könnte ich auch morgen noch zuhause bleiben. Mal sehen.«

Seine Frau kam mit dem Cappuccino. Sie setzte sich auf das Sofa und schlug die Beine übereinander. Ihre Brauen waren schmal und blass, auf ihrer Stirn hielt sich hartnäckig eine Falte.

»Wie geht es Ihnen?«, fragte ich.

»Gut, danke.«

»Nicht von Bränden geträumt?«

»Ich bin doch kein Kind mehr.« Sie warf ihrem Mann einen trotzigen Blick zu. »Dass mein Computer futsch ist und ein Teil meiner Unterlagen, ärgert mich natürlich. Aber um den Schlaf hat mich dieses Feuerchen nicht gebracht.«

»Feuerchen? Schwere Brandstiftung trifft es wohl eher. Es war ein Anschlag.«

»Auf ein offensichtlich leeres Büro.«

»Das kann Zufall gewesen sein, auch wenn Sie …«

»Unsinn!«, unterbrach sie mich. »Mit mir und meiner Arbeit hat dieser Vorfall nichts zu tun, lassen Sie sich von Michael nichts einreden. Da wollte jemand blindwütig Zerstörung anrichten, egal wo. Mein Büro liegt im Erdgeschoss, und es geht nach hinten raus – ideal, wenn man türmen möchte.«

Deininger hob lächelnd die Schultern. Das sollte wohl eine Art Entschuldigung sein: Seien Sie nachsichtig, Herr Koller, mein Knödelchen will es einfach nicht einsehen.

Ich probierte den Cappuccino. Er war heiß, ja. Und er wurde in einem Becher mit »Cappuccino«-Aufschrift serviert. Sonst konnte man nichts Positives über ihn sagen. Der Beutel, durch den die Maschine ihr Wasser gepresst hatte, enthielt einen Mix aus H-Milchflocken und Kunstschäumer und Kakaostaub, der immer oben schwamm. Sparkassengesöff, lästerte es in mir.

»Sie glauben also nicht«, sagte ich, »dass es sich um einen gezielten Brandanschlag handelt? Um Sabotage Ihrer Arbeit?«

»Nein!« Knödelchens rechte Hand lag, zur Faust geballt, auf ihrem Oberschenkel. Die Härte ihrer Gesichtszüge stand in krassem Gegensatz zur Bärengemütlichkeit ihres Mannes. Dass diese beiden zueinandergefunden hatten, war auch so ein Klamauk der Natur. Hatte er sie einst bezirzt, als sie bei ihm ein Girokonto eröffnen wollte?

»Tja«, ließ sich Deininger vernehmen, mit so langem A, dass es sämtliche Zacken und Kanten unseres Dialogs einebnete. »Glauben allein hilft in diesem Fall nicht weiter. Wir hätten gerne Klarheit, und deshalb möchten wir Sie engagieren, Herr Koller.«

»Wenn das Feuer nicht Ihnen galt«, wandte ich mich wieder an seine Frau, »wem dann? Und wer könnte dahinterstecken?«

»Keine Ahnung. Auf dem Campus laufen genug Spinner rum. Denken Sie nur an die Studentenproteste seit Semesterbeginn. Die Stimmung ist inzwischen dermaßen aufgeheizt, da kann ich mir gut vorstellen, dass einer mal ein Fanal setzen wollte.«

»Ein Student?«, schüttelte Deininger den Kopf. »Ich bitte dich, Evelyn! Studenten nehmen vielleicht den Mund ein bisschen voll und demonstrieren gerne, aber gleich ein Brandanschlag …«

»Das kannst du nicht beurteilen, Michael!«, schnitt sie ihm das Wort ab. »Du kennst überhaupt keine Studenten. Außerdem weißt du nichts von dem Wohnheim, in dem vor ein paar Wochen randaliert wurde. Da lief eine Protestparty völlig aus dem Ruder.«

»Eine Party, gut, das kann ich mir vorstellen …«

»Schau dirs an! Im ganzen Haus Graffiti: Rache für die Studiengebühren.«

»Graffiti, ja.«

»Einen Moment, bitte«, schaltete ich mich ein. »Lassen wir mal dahingestellt, wie überzeugend so eine Erklärung ist. Darum geht es jetzt nicht. Sammeln wir erst einmal. Sie, Frau Deininger, sind also der Meinung, der Feuerteufel habe nicht speziell Sie und Ihr Büro treffen wollen, sondern irgendein Gebäude am Rande des Campus. Richtig?«

Sie nickte.

»Gibt es dafür einen konkreten Anlass? Ich denke an frühere Drohungen, die Aussage eines Studenten in der Presse oder an eine vergleichbare Tat in den letzten Monaten.«

»Was ich bereits erwähnte: die Wut auf die derzeitigen Zustände an den Universitäten, auf Studiengebühren und all diesen Kram. Die Zeitungen sind doch voll von Demos, Streiks und Protesten.«

»Also eher allgemeine Vorzeichen, nichts Konkretes.«

Sie zuckte die Achseln. »Für mich konkret genug.«

»Gut. Und sonst? Können Sie sich weitere Motive vorstellen?«

»Braucht es für solche Aktionen immer ein Motiv? Was, wenn da einer einfach Langeweile hatte, Frust, zu viel gesoffen? Muss ich mir darüber Gedanken machen? Wenn Sie so wollen, können Sie das Motiv auch gleich in der Politik suchen. Das Neuenheimer Feld ist schon immer der Zankapfel verschiedener Interessengruppen gewesen, jede Erweiterung stößt auf Widerstand. Auch der Technologiepark hat damals eine Menge Gegner auf den Plan gerufen.«

»Damals, ja.«

»Dafür ist der Streit um die Straßenbahntrasse hochaktuell. Wenn sie durch den Klausenpfad geführt wird, also an der Campusgrenze entlang, steht die Erschließung der nördlichen Flächen kurz bevor.« Unwillig schüttelte sie den Kopf. »Aber was rede ich mir den Mund fusslig? Es ist, wie gesagt, nicht mein Job, darüber zu spekulieren.«

»Dann erzählen Sie mir etwas über Ihre Arbeit. Auch wenn Sie ausschließen, dass es da eine Verbindung zu dem Anschlag gibt.«

»Das kann Michael genauso gut«, seufzte sie. Und als der abwehrte: »Meinetwegen. Aber sagen Sie Bescheid, bevor Sie einschlafen. Es ist schließlich ein wissenschaftliches Spezialthema.«

»Ich schau mal nach der Suppe«, grinste Deininger, sich erhebend. »Hat meine Mutter immer gekocht, wenn es mir schlecht ging. Lecker Hühnersüppchen!« Er tappte zur Küchenzeile hinüber, machte sich am Herd zu schaffen, hob einen Deckel, schnupperte und beschloss all diese Tätigkeiten mit einem zufriedenen »Aaah«.

»Geht es mir vielleicht schlecht?«, zischte Evelyn Deininger. »Sehe ich so aus, als ob es mir schlecht ginge?«

Achselzuckend nippte ich an dem Cappuccinoersatz.

»Meine Arbeit also«, sagte sie, nun wieder in normaler Lautstärke. »Ich bin Historikerin und promoviere über ein Thema der Medizingeschichte. Konkret geht es um einen Chemiker, der die Forschungslandschaft Deutschland geprägt hat wie kaum ein anderer.« Einer Zeitschriftenablage neben dem Sofa entnahm sie ein Exemplar der Neckar-Nachrichten, schlug eine Seite im Lokalteil auf und reichte mir das Blatt. »Hier, bitte.«

Es war die Zeitung von heute. Wie günstig, vielleicht fand sich darin ein Bericht über meine Lesung? Aber wenn es ihn gab, dann hatte er keine Chance gegen Romana, die auch am Dienstag die Lufthoheit über die Schlagzeilen hielt. Rund um die wildeste Hure von Heidelberg waren eine ganze Menge von Krawattenträgern abgebildet, die angeblich um ihren Ruf und ihren Posten bangten. Von diesem Jahrhundertskandal wurde selbst das andere Jahrhundertereignis glatt an den Seitenrand gedrängt: »Großer Bahnhof zum Ehrentag«, stand dort, der Artikel selbst aber war nur klein. Es ging um die Feierlichkeiten zu Prof. Albert Butenschöns 100. Geburtstag, der am kommenden Sonntag im Allerheiligsten der Universität begangen werden sollte. Die Namen der Eingeladenen, klangvoll und respektheischend: der Wissenschaftsminister, Rektor und Prorektoren, Prominente, Verdienstkreuzträger, hochrangige Vertreter aus Forschung, Wirtschaft und Kultur. Der Bürgermeister war nicht erwähnt, würde sich aber bestimmt ein Stündchen Skandalpause gönnen. Ein Foto, das den Artikel beschloss, zeigte den Jubilar, einen Greis mit hoher Stirn und dicker Brille.

»Diesen Namen habe ich gestern zum ersten Mal gehört.«

»So geht es vielen. Aber das wird seiner Bedeutung nicht gerecht. Nobelpreisträger wachsen in Deutschland schließlich nicht auf Bäumen. Butenschön hat jahrzehntelang die Max-Planck-Gesellschaft geleitet und in Heidelberg das Krebsforschungszentrum mit aufgebaut.« Sie rieb sich etwas aus den Augen. »Seine Tätigkeiten standen nie so sehr im Blickpunkt der Öffentlichkeit wie die von Atomphysikern oder Genforschern. Trotzdem gehörte er wegen seiner Verbindungen zu Politik und Industrie zu den einflussreichsten Wissenschaftlern der Bundesrepublik. Ich würde sogar sagen, er war der wichtigste.«

»Klingt wie die harmloseste Promotion, die man sich denken kann. Was ist daran so heikel?«

»Raten Sie mal, Herr Koller. Butenschön wird 100. Wann hat er wohl seine Karriere begonnen?«

»Im Dritten Reich?«

»Treffer. Nach seiner Rolle unter den Nazis wurde lange nicht gefragt. Erst vor gut 20 Jahren kamen Gerüchte auf, er habe sich als junger Wissenschaftler die Hände schmutzig gemacht. Forschungen im Geist der Rassenpolitik, direkte Zusammenarbeit mit Naziverbrechern, vielleicht sogar Menschenversuche. Seitdem wankt das Denkmal Butenschön. Aber es fiel nicht. Nach langem Hin und Her setzte die Max-Planck-Gesellschaft eine Historikerkommission ein, die das Lebenswerk ihres Ehrenvorsitzenden, vor allem aber sein Verhalten im Dritten Reich aufarbeiten sollte. Diese Kommission kam zu dem Ergebnis, dass er unter moralischen Gesichtspunkten eine fragwürdige Rolle gespielt, sich aber keines konkreten Vergehens schuldig gemacht habe.«

»Also nichts mit Menschenversuchen?«

»Nein. Auch keine sonstigen inhumanen Experimente. Er machte unter den Nazis Karriere, ohne sich an ihren Gräueltaten zu beteiligen. In dem Kommissionsbericht stehen viele unschöne Dinge über den Mann, über seinen Machtinstinkt, seinen Corpsgeist, sein Patriarchentum, aber im entscheidenden Punkt wird er reingewaschen.«

»Klingt immer noch harmlos.« Ich sah Deininger in einer kleinen Abstellkammer verschwinden, in der er geräuschvoll herumhantierte.

»Es gibt da eine offene Stelle. Die Aktenlage im Fall Butenschön ist ungewöhnlich günstig, die Kommission schwamm nur so in Dokumenten. Bloß aus den letzten Kriegsjahren fehlt ein Regalmeter. Und der blieb trotz intensivster Recherche bis heute verschollen.«

»Wurde er beseitigt?«

»Möglich. Versteckt, vernichtet, verlorengegangen – da streiten sich die Experten. Und sie werden sich bis in alle Ewigkeit streiten.« Sie machte eine Kunstpause. »Vielleicht aber auch nicht.«

»Das heißt?«

»Könnte sein, dass die Dokumente wieder aufgetaucht sind.«

Ich wartete, und als sie nicht fortfuhr, drängte ich: »Geht es ein bisschen genauer?«

»Ungern. Sie müssen mir versprechen, mit keinem Menschen darüber zu reden.«

»Kein Problem.«

»Ich meine das ernst, Herr Koller. Nicht wegen des Brands gestern Abend. Sondern weil meine wissenschaftliche Karriere daran hängt. Wenn andere von dieser Entwicklung erfahren und damit an die Öffentlichkeit gehen, kann ich meine Promotion neu schreiben. Oder sie gleich in den Ofen schmeißen. Also, ich verlasse mich auf Sie: Kein Wort verlässt diesen Raum.«

»Versprochen.«

Sie nickte. »Man hat Kontakt zu mir aufgenommen, aus dem Ausland. Ich bekam einige Papiere zugeschickt, die offenbar aus den verschwundenen Butenschön-Akten stammen. Natürlich habe ich alles daran gesetzt, auch den Rest zu erhalten. Wobei unklar ist, welchen Umfang dieser Rest hat und woraus er genau besteht.«

»Und? Kriegen Sie ihn?«

Sie wiegte den Kopf. »Da möchte ich mich nicht zu weit aus dem Fenster lehnen. Aber es sieht nicht schlecht aus.«

»Und welche Auswirkungen wird das auf die Butenschön-Biografie haben?«

»Auch das ist schwer zu sagen. Vielleicht werden die Ergebnisse des Kommissionsberichts voll und ganz bestätigt. Das wäre schon mal eine wichtige Auswirkung.«

»Gut.« Ich überlegte. »Ihr Mann ist informiert?«

»Ja«, nickte sie und versuchte erst gar nicht, ihr Bedauern über diese Tatsache zu verbergen. »Er sieht in dem gestrigen Brandanschlag einen Einschüchterungsversuch aus dem Umfeld Butenschöns. Das ist schon deshalb Unsinn, weil niemand weiß, was in den Akten steht.«

»Butenschön selbst schon.«

»Herr Koller, der Mann wird 100! Wie soll er wissen, was in fast 70 Jahre alten Dokumenten festgehalten ist? Und wenn es da um ein Kapitalverbrechen ginge, hätten wir Historiker das längst aus anderen Zusammenhängen erschließen können. Wie soll man sich das denn vorstellen: dass ein uralter Mann ein paar harte Jungs losschickt, um eine Wissenschaftlerin mundtot zu machen?«

»Dieser uralte Mann hat eine große Familie«, ließ sich Deininger aus der Küche vernehmen. Er schloss die Tür zur Kammer hinter sich. »Und er hat die gerissensten Rechtsanwälte der Stadt.«

»Und du die blühendste Fantasie der Stadt!« Sie stand auf, wütend, ging hinüber zu einer der Zimmerpflanzen neben der Terrassentür und begann, sie mit einer kleinen Plastikkanne zu gießen. Übersprungshandlung nennt man so etwas. Soll sogar bei Wissenschaftlerinnen vorkommen.

»Interessante Geschichte«, sagte ich in gebotener Lautstärke, damit man mich von der Terrasse bis zur Küche verstand. »Aus Sicht eines Außenstehenden kommt mir keines der genannten Motive für den Anschlag auf Anhieb überzeugend vor, aber ausschließen würde ich auch keines. Eine Überprüfung wäre es wert.«

»Also nehmen Sie den Auftrag an?«, freute sich Deininger und kehrte zur Sitzecke zurück.

»Was sagt denn die Polizei zu dem Brand?«

»Ja, was sagt die? Nichts, würde ich meinen. Oder hat sich jemand diesbezüglich geäußert, Knödelchen?«

35

Immer noch gießend, schüttelte Knödelchen den Kopf.

»Die sahen nicht so aus, als wären sie an den Hintergründen des Anschlags interessiert«, fuhr ihr Mann fort. »Es gab dann auch noch einen Einsatz am Neckar, Massenschlägerei oder so was, und schwupp, war ein Großteil der Mannschaft wieder fort. Für die war das bloß eine eingeworfene Scheibe und ein Zimmerbrand, mehr nicht.«

»Mehr nicht«, echote Evelyn aus dem Hintergrund. »Und wer wollte der Polizei da widersprechen?«

Ich grinste.

4

Auf dem Heimweg meldete sich mein Handy. Im Fahren zog ich die Handschuhe aus, nestelte den Störenfried aus der Brusttasche und nahm das Gespräch entgegen. Klar und deutlich drang Marc Covets Stimme an mein Ohr.

»Wie lief es gestern Abend?«, rief er. »Haben sie dir die Bude eingerannt?«

»Gleich. Sag mir vorher, wie viel Grad ihr da unten habt.«

»Bloß kein Neid. Auch in Ägypten naht der Winter mit Riesenschritten.«

»Wie viel?«

»25 Grad. Höchstens! Hätte ich doch nur lange Hosen mitgenommen.«

»Ich hasse dich.«

»Für nächste Woche haben sie sogar Regen gemeldet. Aber da bin ich ja längst wieder im schönen, herbstlichen Heidelberg. Und nun raus mit der Sprache: Wie war die Lesung?«

»Keine Ahnung. Frag das Publikum.« Aber damit gab sich

Covet natürlich nicht zufrieden. Entspannt auf eine Liege am Hotelpool gefläzt – ab und zu hörte ich es im Hintergrund platschen und plantschen –, lauschte er meinem Bericht. Er wollte alles wissen, bis auf die letzte Kommastelle: die Zahl der Hörer, ihre Reaktionen, ihre Fragen, Christines Eindrücke und die Meinung der Buchhändlerin. Ob auch nach ihm gefragt worden sei. Wie viele Bücher ich signiert hätte. Und welche seiner Kollegen da gewesen seien.

»Hat jemand Anmerkungen zum Stil gemacht? Ich meine, wie das Ganze erzählt ist. Mensch, Max, da muss es doch Kommentare gegeben haben!«

»Die Buchhändlerin fand deine Erzählweise etwas weitschweifig. Und eine Frau meinte, so dämlich, wie ich in dem Buch rüberkomme, sei ich in Wahrheit gar nicht. Eine ziemlich hübsche Frau. Das hat mir gefallen.«

»Bitte? Natürlich bist du das. Du bist genau so dämlich wie beschrieben. Nicht mehr und nicht weniger.«

»Verbindlichsten Dank.« Ich wechselte das Telefon in die linke Hand, um einen Fußgänger von der Straße zu klingeln.

»Weitschweifig, wenn ich das schon höre!«, lamentierte es vom Nil herüber. »Die Leute haben keine Ahnung von Literatur. War bestimmt einer meiner Kollegen, der diesen Mist abgesondert hat. Einer vom Feuilleton, wetten wir?«

»Nein, es war die Buchhändlerin. Die meisten Zuhörer wollten wissen, ob ich all die Sachen wirklich so erlebt hätte.«

»Und? Was hast du geantwortet?«

»Dass wir hin und wieder was verändern mussten. Nicht nur die Namen.«

»Spinnst du? Die Leute lechzen nach Authentizität, und du sagst, es sei alles nur erfunden?«

»Wonach bitte?«

»Authentizität!«

»Nie gehört, dieses Wort. Hat außerdem ein paar T zu viel.«

»Wenn man es in jeden zweiten Satz einbaut, kann man es irgendwann auch unfallfrei aussprechen. Hör zu, als Autor musst du deinen Lesern und Hörern jederzeit vermitteln, dass sie an einem realen Geschehen teilhaben. Regel Nummer eins!«

»Soll ich vielleicht flunkern?«

Covet stöhnte, den ganzen Weg von Alexandria in die Kurpfalz hinüber. »Du hast wirklich keine Ahnung von Literatur, mein Lieber. Dafür hast du mich. Ich sorge dafür, dass dein Buch ein Bestseller wird. Und von den Tantiemen kaufen wir uns eine kleine Brennerei in Schottland.«

Ich brummte etwas Unverfängliches, während ich in eine der Handschuhsheimer Nebenstraßen abbog. Dort ließ ich den Lenker los und fuhr freihändig weiter.

»Also, bei der nächsten Lesung bin ich dabei«, beschied mir mein Journalistenfreund. »Sobald ich zurück bin, kümmere ich mich darum. Und immer dran denken: authentisch sein! Die Leute brauchen das.«

Das Handy am Ohr, passierte ich einen am Straßenrand stehenden VW-Transporter, dessen Insassen mir grimmige Blicke zuwarfen. Ein paar Meter weiter glotzte mich das runde Auge eines mobilen Blitzers an. »Sag mal, Marc …«

»Was?«

»Darf man beim Fahrradfahren eigentlich telefonieren?«

»In Ägypten, ja. Bei euch in Deutschland garantiert nicht.«

»Gut zu wissen.«

»Also, hau rein. Und vergiss nicht: Übermorgen um neun landet mein Flieger.«

»Bis dann!«

Ich steckte das Handy ein, griff zum Lenker und bog rechts ab. Einmal um den ganzen Block herum, bis ich mich wieder am Beginn der Nebenstraße befand. Jetzt fiel mir auch das große Tempo-30-Schild an der Seite auf. Ich holte tief Luft. Duckte mich, machte einen Buckel, prügelte mit beiden Füßen auf die Pedale ein. In die Lenkstange beißen. Das Blut in den Ohren kochen hören. Höchstgeschwindigkeit! Der Fahrtwind brüllte. Gib alles, Max! Auf Höhe des VW-Transporters hob ich den Kopf und grinste das Kameraauge an.

Blitz!

Die Faust in den trüben Himmel reckend, fuhr ich weiter. Mein Puls raste. Yes!

Nach diesem Triumph über die kommunale Wegelagerei wäre ich beinahe falsch abgebogen – die Macht der Gewohnheit. Es waren schließlich erst einige Monate vergangen, dass meine Ex-Frau und ich eine Wohnung in Bergheim bezogen hatten. Gemeinsam, jawohl. Während es bei Christines Auszug drüben in Waldhilsbach bittere Tränen gegeben hatte, war mein Vermieter nicht einmal zur Abnahme erschienen. Nun saßen wir zwei im städtischsten Stadtteil von ganz Heidelberg, glotzten vom dritten Stock eines Mietshauses auf Straßenbahnschienen und versuchten herauszufinden, ob wir die richtige Entscheidung getroffen hatten. Immerhin, das war das Beruhigende, ließ sie sich jederzeit rückgängig machen. In Waldhilsbach würden sie Christine mit offenen Armen empfangen, und wer mietete in absehbarer Zeit schon ein Zweizimmerloch wie meines? Aber in Heidelberg bringst du ja sogar Hundehütten an den Mann. An den Hund weniger.

Jedenfalls waren wir mit gemischten Gefühlen in die neue Wohnung gezogen. Gemischt hieß in diesem Fall, dass sich Christines Freude mit meinen schlechten Vorahnungen zu einem wechselwarmen Durcheinander vereinigte. Doch es half nichts, ich hatte es selbst gewollt, hatte Ja und Amen zu einem zweiten Versuch gesagt, und zwar in nüchternem Zustand. Bei vollem Bewusstsein. So kann es einen umkrem-

39

peln, wenn man Nacht für Nacht die Mündung einer Pistole spürt, die einem gegen die Schläfe gedrückt wird.

Zugegeben, den Druck an meiner Schläfe spürte ich schon längere Zeit nicht mehr. Trotzdem schlief ich nicht besonders. Ob es an dem Futon lag, den Christine am Tag des Einzugs in unser Schlafzimmer geschleppt hatte, Besitzerstolz im Blick? Vielleicht lag es auch an ihr, die nun Nacht für Nacht da war, röchelnd durch den Mund atmete, sich hin und wieder auf mich draufwälzte, schlaftrunken eine Entschuldigung murmelte, sich womöglich über meine Fahne ärgerte ... Die einfach *da* war. Erinnerungen an früher stellten sich ein: der Geruch des Waschmittels, das sie für das Bettzeug benutzte, ihre morgendlichen Rituale im Bad, die Falten unter den Augen, wenn sie von Migräne geplagt wurde. Manches ließ mich kalt, manches nervte mich, aber ich riss mich zusammen. Das war mein Teil der Abmachung. Gleichzeitig versuchte ich mein Leben so zu führen, wie ich es wollte, und sie hatte mich dabei in Ruhe zu lassen. Das war ihr Teil der Abmachung.

Aber hielt sie sich daran?

Als ich von meinem Besuch in Dossenheim nach Hause kam, war sie schon da. Sie nutzte ihre Mittagspause, um sich in den eigenen vier Wänden ein paar Brote zu schmieren und einen Tee zu trinken. Das tat sie in letzter Zeit öfter, und es missfiel mir. Es roch nach Kontrolle.

»In der Zeitung steht noch nichts«, meinte sie, während sie den Wasserkocher anstellte. »Ein Foto hätten sie ruhig schon mal bringen können.«

»Von wem?«

»Allein dieser Anruf auf deinem Handy war das Eintrittsgeld wert. Übernimmst du den Fall?«

»Sieht so aus.«

»Du hältst ihn also nicht für gefährlich?«

»Ungefährlich.«

»Gut. Dieser Butenschön ist übrigens kein Genforscher,

wie ich dachte, sondern Chemiker. Heute steht schon wieder etwas über ihn in der Zeitung.«

»Ich weiß.«

Wir schwiegen ein bisschen, aßen Brote, schrieben einen Einkaufszettel. »Fatty war komisch drauf gestern«, sagte sie schließlich, »fandest du nicht?«

»Vielleicht ist er neidisch.«

»Quatsch, doch nicht Fatty! Hoffentlich kein Stress mit Eva.«

Mir schoss ein Gedanke durch den Kopf. »Kannst du eigentlich Knödel kochen?«

»Knödel? Zur Not schon. Wie kommst du denn darauf?«

»Nur so. Mit einem leckeren Sauerbraten und Rotkohl … Ich hätte Lust darauf.«

Achselzuckend vervollständigte sie den Einkaufszettel. »Wenn du meinst. Mal sehen, wo ich einen Sauerbraten herbekomme. Gegen frisches Gemüse hätte ich übrigens auch nichts. Kommst du nicht mal zum Markt oder in die Felder? Du hast doch Zeit.«

»Zeit, ich? Gerade habe ich einen Auftrag angenommen beziehungsweise werde ihn entgegennehmen, da kann ich mich nicht auch noch um deine Silberzwiebeln kümmern!«

»Broccoli und Spinat«, lächelte sie schmal. »Keine Silberzwiebeln. Und Kürbisse, die vor allem. Zum Herbst gehört eine Kürbissuppe, oberstes Gesetz. Du wirst doch mal eine Ermittlungspause einlegen können, besser als ich mit meinem Achtstundentag.«

»Was heißt hier Achtstundentag?«, knurrte ich. »Jetzt bist du schließlich auch da.«

»Nur um dich zu sehen, Max. Ohne böse Absicht, aus reiner Verbundenheit.«

Ja, rede du nur! Von wegen ohne böse Absicht. Wie ich mir schon dachte: Sie wollte mich kontrollieren, überwachen, mir einen Schub geben, falls ich auf dem Sofa herumlungerte, oder mir ein gescheites Mittagessen zubereiten, sollte ich es mal wieder vergessen haben. Frisches Gemüse, Max! Vitamine! Nichts gegen Kürbisse, ich bin Heidelbergs größter Kürbissuppenkoch, mal mit Cayennepfeffer und Knoblauch, mal mit Kreuzkümmel und Zimt, aber herumkommandieren lasse ich mich nicht.

»Also besorgst du die Kürbisse«, schloss sie, »während ich mich um Sauerbraten und Knödel kümmere. Sehr schön, wie wir das wieder hingekriegt haben. Wir könnten Fatty und Eva zum Essen einladen, schließlich haben wir unsere Irland-Fotos immer noch nicht gezeigt.«

»Wenn du meinst.« Ich säbelte mir eine Scheibe Brot ab. Klar konnte man Urlaubsfotos vom letzten Jahr zeigen. Man konnte es aber auch lassen. Auf unseren Bildern war viel Grün zu sehen und noch mehr Grau: Wiesen, Berge, Wasser, Regen. Wie der irische Herbst wirklich war, behielten die Bilder für sich. Warum wir gefahren waren, auch. Es war schließlich der spontanste, überstürzteste Urlaub, den wir je angetreten hatten. Gleich nach der Ankunft in Dublin schickten wir Karten los, in denen aber auch bloß stand, wo wir uns befanden und wann wir wahrscheinlich wieder zurück sein würden. Alles Weitere musste warten. Dass es ein besonderer Urlaub gewesen war, merkten Fatty, Eva, Marc, und wer sich sonst noch für uns interessierte, mit Verzögerung. Als wir plötzlich nach einer gemeinsamen Wohnung suchten. Als ich die Idee mit dem Buch hatte. Covet glaubte zunächst, sich verhört zu haben. Sein Freund Max und ein Buch, so richtig mit Seiten und ganzen Sätzen? Ja, sagte ich, die Iren hätten ihre Fiddle und ihr Guinness und jede Menge Spaß dabei, da könnte man doch auch ein paar von den Schoten, die ich in den letzten Jahren so erlebt hatte, unters Volk schmeißen. Zwecks Abendlektüre bei einer Flasche. Sagte ich. Covet erklärte mich für verrückt, dann goss er sich einen Whisky ein – zur Feier des Tages natürlich einen irischen – und begann, über die Sache nachzudenken. Eine Woche später fühlte er bei den ersten Verlagen vor.

Wie kam ich jetzt darauf? Ach so, durch die Fotos. Nicht nur Marc begrüßte die Veränderungen in unserem Leben, auch Eva und Fatty waren begeistert. Er habe es immer gewusst, meinte Fatty, Christine und ich, wir seien so etwas wie ein Traumpaar und füreinander bestimmt, und wenn ich ein wenig seriöser daherkäme, täte das meinem Ruf und meiner Arbeit nur gut. Letzteres meinte er offenbar sogar ernst. Eva formulierte es anders, vom Inhalt her aber ganz ähnlich: Vielleicht gelinge es Christine, die ja ab und zu auch gerne einen trinke, mich zum Sitzpinkeln zu bewegen. Über diesen Satz lachte sich meine Ex noch wochenlang schlapp, schließlich kannte sie mich und wusste, dass nur eine Maßnahme aus mir einen Sitzpinkler machte: wenn man es mir strengstens verbot.

Was sie natürlich nicht tat. Solche Manöver durchschaute ich mit links.

»Was jetzt?«, fragte sie. »Fotos zeigen, ja oder nein?

»So toll sind sie auch wieder nicht. Am Ende langweilen sich Fatty und Eva noch. Ist ja nur Landschaft drauf.«

»Ach so, klar.« Sie pustete einen Brotkrümel von ihrem Einkaufszettel. »Dachte schon, dir wäre der Urlaub im Nachhinein peinlich. Könnte als Flucht verstanden werden oder so. War dumm von mir, entschuldige.«

Ich lehnte mich zurück und pumpte Luft in meine Lungen.

»Keine Angst, ich bin schon weg«, lächelte sie. »Gleich hast du wieder deine Ruhe.«

»Von mir aus kannst du so viele Urlaubsfotos zeigen, wie du magst«, rief ich. »Hey, ich habe kein Problem damit. Nur zu!«

Sie warf mir eine Kusshand zu und verschwand.

43

5

»Ach, da bin ich aber erleichtert!« Fröhlich knöpfte Michael Deininger seinen Mantel auf und schlug ein Bein über das andere.

Ich schenkte ihm ein gnädiges Nicken. Es war immer wieder schön, Leuten beim Freuen zuzusehen, vor allem wenn man selbst der Anlass ihrer Freude war.

»Ehrlich gesagt, habe ich fest auf Ihre Zusage vertraut«, fügte er hinzu.

»Ich lege gleich los, wenn es Ihnen recht ist. Für heute berechne ich Ihnen einen halben Tag, ansonsten haben Sie jederzeit die Möglichkeit, das Engagement zu beenden. Ohne Begründung. Was entsprechend auch für mich gilt. Einverstanden?«

»Einverstanden«, strahlte er.

Ich nannte ihm meine Tagessätze, was sein Strahlen kurzfristig verschwinden ließ. Er begann sogar zu feilschen, mir vorzurechnen, dass ich unter den und den Umständen, angesichts der aktuellen Wirtschaftslage des Landes diesen und jenen Rabatt gewähren müsste, aber er tat es wohl nur aus Bankerroutine und ließ es bald sein.

»Dann machen wir es uns mal gemütlich«, zwinkerte er mir zu, stand auf und entledigte sich seines Mantels. »Schnuckelig warm haben Sie es hier.«

Ironie stand ihm nicht, dem Bärchen aus dem Finanzsektor. In meinem neuen Büro zog es wie Hechtsuppe. Ich hatte es mir auf Drängen Christines in einem ehemaligen Schuppen eingerichtet, der den Abschluss unseres gepflasterten Hinterhofs bildete. Früher war hier eine Werkstatt gewesen, später eine Voliere für Wellensittiche. Als ich die Klitsche bezog, hatte ich den Eindruck, es rieche immer noch nach Vogelkacke. Wie ich den Raum im Winter eisfrei halten sollte, war mir ein Rätsel. Das elektrische Heizöfchen unterm Schreibtisch kämpfte vergeblich gegen die feuchte Kälte des Spätherbsts an. Immerhin, mein Büro war nicht groß, und wenn sich ein warmer Klops wie Michael Deininger darin aufhielt, stieg die Temperatur gleich um ein paar Grad.

»Erzählen Sie mir etwas über Ihre Frau«, sagte ich, nachdem wir die Formalitäten geklärt hatten.

»Über Evelyn?«, stutzte er. »Wie meinen Sie das?«

»Sie glauben, dass der Anschlag etwas mit der Promotion Ihrer Frau zu tun hat. Wenn ich dieser Spur nachgehen soll, brauche ich Informationen, Hintergründe. Welche Personen sind von ihren Forschungen in irgendeiner Weise betroffen, wem tritt sie damit auf die Füße? Hat sich vielleicht jemand bei ihr beschwert oder ihr gedroht?«

»Ach so, verstehe. Natürlich, diesbezüglich wollte ich mit Ihnen reden.«

»Diesbezüglich, genau. So wie ich Ihre Frau heute Morgen verstanden habe, hat ihre Arbeit eine wissenschaftliche und eine politische Seite. Die wissenschaftliche ist harmlos, es geht bloß um eine Art Biografie. Aber die politische hat es in sich: Da steht am Ende möglicherweise ein Denkmalsturz.«

»Richtig«, nickte Deininger eifrig. »Wobei das am Anfang überhaupt nicht absehbar war. Wenn Evelyn vorher gewusst hätte, welche Wendung die Sache nimmt, hätte sie ein anderes Thema gewählt. Im Grunde ist sie eine ängstliche Natur, verstehen Sie, sie hasst politische Auseinandersetzungen. Aber dann hat es sich so entwickelt. Plötzlich ging ihre Arbeit in eine ganz andere Richtung. Was glauben Sie, wie ihr das zugesetzt hat, Herr Koller! Sie haben ja gesehen, wie gestresst sie ist, man kann kaum noch vernünftig mit ihr reden.« Betrübt hob er die Schultern. »Nicht einmal ich kann es.«

»Seit wann ist sie so?«

»Seit dieser Journalist anrief.«

»Welcher Journalist?«

»Hat sie das heute Morgen nicht erzählt? Es war im Sommer, Juli oder August. Da meldete sich einer namens Koschak bei ihr. Ein Reporter, der auf Investigativjournalismus macht, aber das haben wir erst später erfahren. Und dieser Koschak sagte, da habe jemand aus Russland zu ihm Kontakt aufgenommen, der ihm Unterlagen aus dem Dritten Reich verkaufen könne. Dokumente, die einen gewissen Butenschön beträfen. Und dieser Russe wollte einen richtigen Batzen Geld dafür.«

»Wie viel?«

»Eine fünfstellige Summe. Der Koschak hatte selbst ein wenig recherchiert und erfahren, dass es eine Lücke im Lebenslauf Butenschöns gibt. Die Echtheit der Dokumente zu beurteilen, traute er sich aber nicht zu. Also hörte er sich um, wer gerade mit dem Thema beschäftigt war.«

»Und so kam er auf Ihre Frau?«

»Auf Evelyn, ja. Die steckte diesbezüglich schon in der Endphase ihrer Arbeit – eigentlich. Aber als sie hörte, dass da möglicherweise neue Dokumente aufgetaucht waren, verschob sie ihren Abgabetermin sofort.«

»In Absprache mit ihren Prüfern.«

»Natürlich, das musste ja sein. Jetzt war die Frage, wer bezahlt den Russen? Der Koschak wollte den Stern oder den Spiegel mit ins Boot holen, aber erstens bissen die nicht so recht an, und zweitens bestand Evelyn darauf, dass kein Wort in der Presse auftauchen dürfte, bevor sie das Material aufgearbeitet hätte. Und dann die Unsicherheit, ob die Unterlagen das Geld überhaupt wert waren!« Er kratzte sich im Nacken. »Ich wäre nie und nimmer auf so ein vages Angebot eingegangen. Aber Evelyn sah die einmalige Chance, etwas Besonderes aus ihrer Promotion zu machen. Außerdem fühlte sie sich wissenschaftlich dazu verpflichtet. Sie meinte, wenn die Presse neue Erkenntnisse über Butenschön publik machte, ohne dass in ihrer Arbeit ein Sterbenswörtchen darüber stünde, könnte sie das Ding gleich zum Altpapier tun.«

»Nachvollziehbar.«

»Ja, sicher. Keine Frage.« Er nickte ohne aufzusehen, und irgendwie kam dieses Nicken einer Verneinung gleich, einem stillen Protest.

»Wie ist nun der Stand bei dem Dokumentendeal?«

»Wenn Sie mich fragen: undurchschaubar. Der Kontakt zu dem Russen läuft ausschließlich über Koschak. Erst kamen nur ein paar Kopien und Beschreibungen, später, als Evelyn hinzugezogen wurde, auch Originale. Fünf bis zehn Seiten, glaube ich. Evelyn hat sie geprüft und meint nun, sie könnten durchaus zu den verschollenen Butenschön-Akten gehören. Sicher ist sie sich natürlich nicht. Das Geld haben sie und Koschak jedenfalls irgendwie zusammengekratzt. Alles Weitere müssen Sie Evelyn fragen. In den letzten Wochen hat sie diesbezüglich … Naja, sie war eher zugeknöpft, wenn ich sie darauf ansprach. Sie haben sie ja erlebt.«

Klar, ich hatte sie erlebt. Und hätte meinen Kopf darauf verwettet, dass Knödelchen Evelyn seit Geburt so zugeknöpft war. Wenn es nicht einmal dem netten Michael gelungen war, sie aufzuknöpfen!

»Je mehr Informationen man mir zur Verfügung stellt, desto besser für meine Ermittlungen«, sagte ich. »Eine ganz einfache Rechnung. Ich kann Ihre Frau nicht zwingen, sich mit mir zu unterhalten, aber es wäre …«

»Meine Rede, Herr Koller! Da rennen Sie lauter offene Türen bei mir ein. Sie wird mit Ihnen sprechen, keine Sorge. Diesbezüglich war der Anschlag bestimmt ein heilsamer Schock für sie.«

»Gut. Kommen wir nun zu denjenigen, denen die Promotion Ihrer Frau ein Dorn im Auge sein könnte. An wen denken Sie?«

Er machte ein erstauntes Gesicht. »An den alten Butenschön, reicht das nicht? An wen denn noch?«

»Ich frage ja bloß. Sie glauben also, das Urgestein deutscher Naturwissenschaft hat möglicherweise eine Leiche im Keller und will daher jede Nachforschung unterbinden oder zumindest sabotieren.«

»Naja, Leiche im Keller ...«

»Ich meine die sprichwörtliche Leiche, nicht die leibhaftige.«

»Ja, schon. So könnte ich mir das tatsächlich vorstellen. Auch wenn der Mann längst emeritiert ist, hat er eine Menge zu verlieren. Derzeit steht ja das halbe Land Schlange, um ihm zum Hundertsten zu gratulieren. Und weil sie ihm schon alle Auszeichnungen und Verdienstkreuze verliehen haben, erfinden sie wahrscheinlich noch welche, exklusiv für ihn.«

»Um eine bestimmte Wissenschaftlerin von ihrem aktuellen Forschungsvorhaben abzubringen, wirkt so ein kleiner Brandanschlag aber fast ein bisschen beliebig, finden Sie nicht auch?«

»Genau darum geht es ja!«, rief Deininger. »Eben deshalb ist Butenschön fein raus. Für die Öffentlichkeit haben da bloß ein paar jugendliche Randalierer über die Stränge geschlagen, aber die Person, die eingeschüchtert werden soll, weiß genau, dass sie gemeint ist. Die Polizei wird die Sache umgehend zu den Akten legen, und Evelyn muss sehen, wo sie bleibt. So sieht es aus, Herr Koller!«

»So sieht es aus«, nickte ich und schob das Heizöfchen mit den Füßen ein bisschen näher an mich heran. »Sie könnten recht haben, Herr Deininger. Allerdings scheint die Botschaft des Anschlags, wenn es eine solche denn gab, bei Ihrer Frau nicht anzukommen. Sie wehrt sich ja mit Händen und ...«

»Ach was!«, unterbrach er mich ungeduldig. »Natürlich kommt sie an, die Botschaft. Evelyn weiß genau, was hier gespielt wird, sie will es nur nicht zugeben. Denn das hieße, ihre Arbeit infrage zu stellen. Man mag sich gar nicht ausmalen, wie das endet!« Er beugte sich vor. »Herr Koller, wenn wirklich diese Butenschön-Clique dahintersteckt, brauche ich Ihre Hilfe. Dann müssen Sie Evelyn dazu bringen, dass sie ihre Promotionspläne aufgibt.«

»Das kostet aber extra«, brummte ich. Deininger machte wohl Witze! Ich mischte mich doch nicht in akademische Karrieren ein. Ausgerechnet ich, mit meinen verjuxten zwei Semestern Psychologie! »Nun lassen Sie mich erst einmal ermitteln. Welche Folgen sich daraus ergeben, werden wir sehen. Mich interessiert momentan etwas anderes. Wenn tatsächlich jemand aus dem Umkreis Butenschöns für den Anschlag verantwortlich ist, dann fragt sich doch, woher er von der Promotion Ihrer Frau und den neuen Entwicklungen wusste. Oder hat Evelyn den Deal mit dem Russen an die große Glocke gehängt?«

»Nein, natürlich nicht. Sie haben ja gesehen, wie schwer es ihr fiel, Ihnen davon zu erzählen. Von den Butenschön-Dokumenten weiß außer mir und Ihnen nur ihr Doktorvater. Wenn etwas durchgesickert ist, dann über Koschak, den Journalisten.«

»Könnte er, bevor er den Kontakt zur Wissenschaft gesucht hat, an Butenschön herangetreten sein? Um ihm die Dokumente zu verkaufen, mit ordentlichem Gewinn, versteht sich?«

»Möglich, ja. Dem Koschak traue ich das zu.«

»Und Evelyns Doktorvater?«

»Professor Gärtner?«, erwiderte er in einem Ton, als hätte ich dem Papst Enkel angedichtet. »Dem doch nicht! Schließlich ist er genau wie Evelyn daran interessiert, dass ihre Arbeit nicht torpediert wird, sondern Ergebnisse bringt. Spektakuläre Ergebnisse.«

»Schon gut. Wenn es um Angelegenheiten der Uni geht, stelle ich ab und zu die blödesten Fragen, sehen Sie mir das

bitte nach. Dieser ganze Studiumskram ist nicht mein Ding,
wie gesagt.«

Sein Grinsen wurde breit und immer breiter. »Wissen Sie,
was, Herr Koller? Genau deshalb sind Sie mir so sympathisch. Für diese Akademikerclique bin ich doch auch nur
ein kleiner Münzenzähler.«

6

So. Mal sehen, was dieser Tag gebracht hatte. Nach Deiningers
Abgang hatte ich eine Stunde vor dem Computer zugebracht
und den Internetdschungel durchforstet. Schlauer machte
mich das nicht, nur unleidlicher. Natürlich verhedderte ich
mich sofort in der Unzahl von Einträgen zu Albert Butenschön, die das globale Netz über mich warf. Zwischen Elo-
gen und Anfeindungen fanden sich jede Menge Verweise auf
seinen bevorstehenden 100. Geburtstag, dazu exakte Angaben, wer warum dabei oder nicht dabei sein würde. Die vielen
wissenschaftlichen Einträge, über ihn, seine Arbeiten, wahl-
weise auch über die von ihm initiierte Butenschön-Stiftung,
überging ich. Einen einzigen Satz notierte ich mir: Butenschön, hieß es dort, sei ein »patriarchaler Ordinarius, macht-
bewusster Institutsgründer und anpassungsfähiger Stratege«.
Schön formuliert! In einem Spiegel-Online-Artikel wurde
der alte Mann wie ein Ei in die Pfanne gehauen – wie ein
Spiegelei, genau –, bevor die FAZ selbige vom Herd nahm
und behauptete, der Spiegel habe sich an dem Thema die Finger verbrannt. Es gab Wider-, Zu- und Einsprüche, und am
Ende war der ganze Kommentarbrei von eindeutig zu vielen Wortköchen verdorben. Bei der Jubelfeier in der Alten

Aula aber würden alle in der ersten Reihe sitzen und sich aufs kalte Büffet freuen.

So viel zu Butenschön. Ich gab Evelyn Deiningers Name in die Suchmaske ein, dann auch den ihres Mannes. Keine Treffer von Belang. Knödelchen war mit ein paar Vorträgen und Seminaren vertreten, Michael in irgendeinem Hundezüchterverein. Von der Homepage der Sparkasse Heidelberg grinste er einen an, wie er mich heute angegrinst hatte.

Nächstes Thema. Die Stichworte »Studenten«, »Randale«, »Studiengebühren« und »Proteste« in verschiedenen Kombinationen ergaben null Resultate oder viel zu viele. Kein konkreter Hinweis auf ein Motiv für den Brandanschlag. Der Technologiepark hatte eine eigene Homepage, die ungefähr so informativ war wie das große Hinweisschild an der Berliner Straße. Dann hing der Computer plötzlich, ich gab ihm einen Klaps, er hing immer noch, ich fluchte, holte mächtig mit der Hand aus – im letzten Moment fiel mir ein, dass es sich bei dem Scheißding um ein Besitztum meiner Ex-Frau handelte, und ich zog die Hand zurück.

»Minderleister«, beschimpfte ich das renitente Gerät, bevor ich den Aus-Knopf drückte. Dann stürmte ich hinaus.

Wie nannte man eigentlich eine Ex-Frau, mit der man wieder zusammenwohnte? Ex-Ex? Oder Doppel-Ex? Nichtmehr-Ex? Oder Wiederfrau?

»Wiedergängerin«, murmelte ich, während ich mein Rad aufschloss. Das klang gut. Ein bisschen mysteriös, ein bisschen gefährlich. Was waren eigentlich Wiedergänger? Typen, die plötzlich auftauchten und einen an längst Verstorbene erinnerten. Oder an Personen, die man mal gekannt hatte. So wie Max Koller ein Wiedergänger von Philip Marlowe und Raymond Chandler gleichzeitig war. Hoffentlich wusste das der Mensch, der über der Rezension meines Buchs für die Neckar-Nachrichten saß.

Mit dem festen Vorsatz, den heutigen Abend im Englischen Jäger zu verbringen, schlug ich den Weg zum Neuenheimer Feld ein. Deininger hatte mir gesagt, dass seine Frau mittags wieder zur Arbeit gegangen sei. Er hatte es natürlich bedauert – sie solle sich lieber schonen, und überhaupt, da war doch alles dreckig und kaputt –, mir aber kam das gerade recht. Konnte ich den Tatort noch einmal bei Tageslicht in Augenschein nehmen.

Viel Zeit blieb mir nicht. Als ich im Technologiepark eintraf, tauchte die Abendsonne die Hänge des Odenwalds in ein warmes Orange. Für die nächsten Tage war mildes Herbstwetter gemeldet. Ich lief einmal um das gesamte Gebäude herum, schritt den laubübersäten Klausenpfad ein Stück Richtung Westen ab, bis ich auf eine Tennisanlage stieß. Alles neu dort, alles schick, Geländewagen und flache Audis, ohne Breitreifen lief da gar nix. Ich ging zurück. Es gab mehrere Abzweigungen nach Norden, schnurgerade Wege, von Feldern, Hecken und Bäumen gesäumt. Ein Leichtes, sich hier im Schutz der Dunkelheit zu verdrücken. Der Feuerteufel war von irgendwo gekommen und irgendwohin verschwunden, und wenn er sich nicht bemerkenswert dämlich angestellt hatte, würde man nie eine Spur von ihm finden.

Besondere Aufmerksamkeit zollte ich dem großen Plakat, das auf einer der Brachflächen postiert war. Ein handbepinseltes Laken mit der zornigen Aufschrift: »Keine Erweiterung der Uni nach Norden! Keine Straßenbahn durch den Klausenpfad!« Die Unterschrift fehlte, aber man konnte davon ausgehen, dass der Handschuhsheimer Landwirt, dem die Brache gehörte, hinter diesem Appell steckte. Als ob die hiesigen Großbauern unter Platznot litten! Ihre Felder reichten doch bis nach Ladenburg – einerseits. Andererseits hatte die Universität in den letzten 50 Jahren Gemarkung für Gemarkung in Beschlag genommen, hatte die Neuenheimer Obstgärten und Gemüseäcker in eine Betonwüste verwandelt – warum sollte ihr das mit dem angrenzenden Areal nicht ebenfalls gelingen?

Ihr Appetit war noch lange nicht gestillt, und wenn erst einmal die berühmte fünfte Neckarquerung, das Schreckgespenst jedes Anrainers, den Campus mit der A 5 verband, gab es für Baulöwen und Investoren kein Halten mehr. Insofern genossen die wehrhaften Handschuhsheimer meine stille Sympathie.

Zurück zum Fall, zurück zum Technologiepark. Die Rasenfläche vor Evelyn Deiningers Büro war mit Flatterband abgesperrt. Lange Schatten liefen über das Gras. Soweit ich aus der Distanz erkennen konnte, bestand die große geborstene Fensterscheibe aus widerstandsfähigem Doppelglas. Sie zu zerdeppern, war bestimmt nicht so einfach, wie man es sich in der Theorie vorstellte. Möglicherweise hatte der Täter zunächst einen schweren Stein benutzt, um anschließend den Brandsatz durch die Öffnung zu schleudern. Vielleicht hatte er auch zwei, drei Mal werfen müssen, bis die Öffnung groß genug war.

Und warum das Ganze? Gute Frage. Dass ein herkömmlicher Brandsatz in einem modernen Büro mit Sprinkleranlage nicht viel anrichtet, weiß jedes Kind. Auch in diesem Fall hatte das Löschwasser der Feuerwehr für den größten Schaden gesorgt. Wäre es dem Täter alleine um Zerstörung gegangen, hätte er zielgerichteter vorgehen müssen. Bärchen Deininger hatte recht: Als Warnung machte der Anschlag bedeutend mehr Sinn.

Wie gestern Abend stand der Haupteingang des Gebäudes offen. Ich wandte mich nach links, trat durch die Glastür, nickte dem Bronzekopf des Institutsgründers zu. Heute schaute er grimmig. Vielleicht knabberte er an seinem Dasein als Exilant im Technologiepark.

Die Teeküche, in der ich gestern mit Deininger gesessen hatte, war menschenleer. An der nächsten Tür bleckte ein Schild die Zähne: »Hier auf keinen Fall klopfen!« Um die Wahrheit zu sagen, stand dort bloß der Name eines Profs mit zwei Doktortiteln, aber das kam ja aufs Gleiche hinaus.

Nichtakademiker, Finger weg! Genau deshalb klopfte ich und wurde sofort hereingebeten, wie schön. Eine gerunzelte Stirn, fragender Blick: »Ja?«

»Ich suche Frau Deininger.«

»Nun lassens die gute Frau doch bittschön in Ruhe! Hat Sie Ihr Chef nicht informiert?«

Wenn der Kerl die Hoheit über das Zimmer besaß, und danach sah er in seiner entspannten Haltung ganz aus, handelte es sich bei ihm laut Namensschild um Prof. Romuald Gärtner. Und wenn das stimmte, dann war er bereits in jungen Jahren in die akademische Champions League aufgerückt, denn ich schätzte den Mann auf Mitte 40. Höchstens. Vielleicht hatten lauter Frauen in der Berufungskommission gesessen. Gärtner war schlank, lockig, wettergegerbt. Mit einem Seil über der Schulter hätte er einen schicken Bergführer abgegeben. Sein ostalpiner Tonfall tat ein Übriges.

»Mein Chef?«, fragte ich zurück.

»Er hat mir versprochen, Frau Deininger bis zum Abend hier arbeiten zu lassen. Anschließend steht sie Ihnen wieder zur Verfügung.«

»Ich bin nicht von der Polizei, sondern ein Bekannter ihres Mannes. Ich wollte nur kurz sehen, wie es ihr geht.«

»Ein Bekannter?« Gärtner lehnte sich zurück und musterte mich. Klar, wie der Busenfreund eines Bankers sah ich nicht gerade aus.

»Michael Deininger hat mich gebeten, nach ihr zu sehen.«

»So?« Er musterte mich immer noch. Endlich wandte er den Blick von mir ab und dem PC-Bildschirm, vor dem er saß, wieder zu. »Zwei Türen weiter. Im Büro unseres Kollegen aus Taiwan.«

Ich war schon fast draußen, als er mir nachrief: »Darf ich Ihren Namen erfahren?«

»Koller. Max Koller.« Und ich habe ihn gestern Abend

öfter schreiben dürfen als du während deiner gesamten Akademikerlaufbahn, setzte ich im Geist hinzu.

Auch der Kollege aus Taiwan hatte einen schönen Namen. Den ich mir allerdings nicht merken konnte. Auf mein Klopfen reagierte niemand, weder auf Deutsch noch auf Taiwanesisch, so dass ich schließlich ungebeten eintrat. Evelyn Deininger stand am Fenster und wandte mir ihren knochigen Rücken zu. Ich schloss die Tür. Erst jetzt drehte sie sich um, wortlos.

»Man könnte meinen, Sie hätten mit mir gerechnet«, grinste ich.

»Habe ich«, antwortete sie. Erst dachte ich, sie hätte mich beobachtet, als ich vorhin meinen Erkundungsgang über den Klausenpfad machte. Aber das Büro lag nicht wie ihr eigenes an der Nordseite des Gebäudes, sondern blickte auf eine Art Innenhof.

»Ihr Mann sagte mir, dass Sie schon wieder arbeiten.«

»Ich versuche es.«

Ja, sie versuchte es, aber es wollte wohl nicht so recht klappen. Auf dem Schreibtisch des Taiwanesen stand ein Laptop, über den bildschirmschonende Fischlein zogen, und dass Evelyn Deininger ihre Promotion vom Fenster aus weiterschrieb, konnte ich mir nicht vorstellen.

»Setzen wir uns?«

Sie nickte und ließ sich in einem Bürosessel nieder. Ich zog mir einen Stuhl heran.

»Also, Frau Deininger, Ihr Mann war vorhin bei mir. Ich übernehme den Fall.«

Keine Reaktion.

»Auch wenn Sie nicht davon begeistert sind.«

»Geht schon in Ordnung.«

»Ihr Mann und Sie sind unterschiedlicher Meinung, wer hinter dem Anschlag stecken könnte. Für mich ist das kein Problem, ich gehe ohnehin sämtlichen Spuren nach, auf die ich stoße. Am verheißungsvollsten von allen Motiven erscheint mir allerdings dasjenige, das Ihr Mann erwähnte: dass Sie als Doktorandin eingeschüchtert werden sollen. Sehen Sie das inzwischen nicht auch so?«

»Ist doch egal, wie ich das sehe«, entgegnete sie achselzuckend. »Wenn ihr Männer einer Meinung seid ...«

»Dann«, vollendete ich den Satz, »sollten Sie als Frau sich dieser Meinung anschließen, richtig?«

Sie wich meinem Blick aus. »Okay, also noch einmal: Ich halte es für ausgeschlossen, dass meine Arbeit einen Mann wie Butenschön zu derart panischen Reaktionen veranlassen könnte. Selbst wenn er meine Veröffentlichungen fürchten müsste: Er hätte doch ganz andere Möglichkeiten, mich unter Druck zu setzen. Von den Ordinarien der Universität kennt Butenschön die Hälfte persönlich. Ein Anruf genügt, und hier ist die komplette Abteilung in Aufruhr! Aber da war nichts, fragen Sie meinen Doktorvater.«

»Professor Gärtner?«

»Ja. Niemand hat bisher auch nur den kleinsten Einfluss auf meine Arbeit ausgeübt. Ich konnte tun und lassen, was ich wollte.«

»Bisher ging es ja auch nicht um die verschollenen Akten aus dem Krieg.«

»Davon weiß Butenschön nichts.«

»Sind Sie sicher?«

»Sie sind der Erste, dem ich außerhalb des Instituts davon erzählt habe. Und selbst hier weiß nur Professor Gärtner von der Sache.«

»Und Ihr Mann. Und Koschak, der Journalist. Und vielleicht der eine oder andere Geldgeber, den man braucht, um die Dokumente zu kaufen.«

Ihre Augen wurden schmal. »Michael quatscht zu viel.«

»Bloß auf meine Veranlassung. Ich verstehe, dass Ihnen Geheimhaltung wichtig ist, Frau Deininger, und was mich betrifft, so können Sie sich darauf verlassen, dass ich keine Informationen weitergeben werde. Schließlich habe ich einen Ruf zu verlieren.« Einen kurzen Moment hielt ich inne, um über diesen Satz nachzudenken: Hatte ich das wirklich? Einen Ruf zu verlieren? Früher wäre mir eine solche Formulierung nic über die Lippen gekommen. Verdammt, kaum war man Krimiautor, wurde man ganz schön hochnäsig! »Also, keine Sorge, von mir erfährt niemand etwas. Aber wie ist es mit diesem Journalisten? Er kann mit den Dokumenten hausieren gegangen sein, lange bevor er den Kontakt zu Ihnen gesucht hat. Für einen Reporter mit Ambitionen ist der Bittgang zu einer Wissenschaftlerin doch ein Armutszeugnis. Der letzte Ausweg.«

»Nein, es war der einzig richtige Weg. Um den Wert dieser Dokumente zu beurteilen, braucht es Fachleute.«

»Zugestanden. Trotzdem ist es möglich, dass Koschak vorher bei anderen angeklopft hat. Zum Beispiel bei Butenschön selbst, um zu sehen, ob dort etwas zu holen war.«

»Zu holen? Sie meinen, finanziell?«

»Was sonst?«

Sie atmete tief durch. »Gott ja, theoretisch ist das denkbar. Koschak hat mir natürlich hoch und heilig versprochen, dass ich als Einzige eingeweiht bin, aber darauf gebe ich nichts. Ich gebe viel mehr darauf, dass es in seinem eigenen Interesse lag und immer noch liegt, die Sache geheim zu halten. Er will die Schlagzeile, und je mehr Menschen von den Dokumenten wissen, desto größer ist die Gefahr, dass er teilen muss.«

»Ich würde mich gerne mal mit Koschak unterhalten. Wie kann ich ihn erreichen?«

»Muss das sein?«

Ich grinste sie an. Wenn schon Akademiker solche überflüssigen Fragen stellten, was war dann mit dem Rest der Menschheit?

»Er wohnt in Frankfurt«, seufzte sie. »Steht im Telefonbuch. Ich kann Ihnen aber auch seine Handynummer und Mailadresse geben.«

»Geben Sie.«

Schau an, sie wusste beide auswendig. Da schien es in letzter Zeit zu intensivem Kontakt gekommen zu sein.

»Er ist freier Journalist?«

»Das war er wohl schon immer. Er veröffentlicht überall, solange die Kohle stimmt. Bunte, Süddeutsche, Bild – egal. Auch Lokalblätter.«

»Wären die Dokumente nichts für die Bildzeitung? Mit der Schlagzeile ›Die dunkle Vergangenheit des Nobelpreisträgers‹ oder so ähnlich?«

Sie winkte ab. »Vergessen Sie's. Viel zu unspektakulär, die Sache. Wäre Butenschön Lagerarzt gewesen oder Projektleiter eines Experiments an Häftlingen, dann ja. Aber das ist nicht der Fall, daran werden auch die verschollenen Dokumente nichts ändern. Ein Teil der Butenschön-Biografie wird möglicherweise neu geschrieben werden müssen. Nicht grundsätzlich neu, aber vielleicht in wesentlichen Details. Für die Wissenschaftsgeschichte ist das ein Ereignis, für den Bildzeitungsleser uninteressant. Das weiß auch Koschak, und deshalb kam er zu mir.«

»Haben Sie selbst einmal mit dem alten Butenschön gesprochen?«

»Nein. Nur mit seiner Frau. Sie ist fast 30 Jahre jünger als er und erledigt all seine Außenkontakte. Er selbst ist wohl nur noch begrenzt belastbar.«

»Gehören Gespräche mit der Person, über die Sie schreiben, nicht zur Promotion? Zumal der Kerl in Heidelberg lebt.«

»Wo er lebt, ist egal. Hätte ich ihn interviewen wollen, wäre ich auch nach Sydney geflogen. Aber darum geht es bei meiner Arbeit nicht. Es ist ja keine Biografie, sondern eine Untersuchung darüber, wie sein Lebenswerk die Wissenschaft und Wissenschaftspolitik der Bundesrepublik geprägt hat. Eine Ergänzung und Vertiefung dessen, was bereits durch die Max-Planck-Kommission erarbeitet wurde.«

»Das hat seiner Frau bestimmt gefallen?«

»Geht so. Eher nein, würde ich sagen. Die Butenschöns sind misstrauisch geworden, was Veröffentlichungen angeht. Kann man verstehen, nach all den Gerüchten. Auch in dem Kommissionsbericht stehen ein paar wenig schmeichelhafte Dinge drin.«

»Zum Beispiel?«

Evelyn Deininger erhob sich, ging zu einem großen Plastikbottich, der vor einem Bücherregal auf dem Boden stand, und entnahm ihm einen bräunlich eingeschlagenen Wälzer, den sie vor mir auf den Tisch legte. »Albert Butenschön und die Kaiser-Wilhelm-Gesellschaft«, stand auf der Titelseite. »Lesen Sie«, meinte sie und nahm wieder Platz. »Sehr lehrreich, wenn man erfahren will, wie man als Wissenschaftler in Deutschland nach oben kommt. Als Mann, wohlgemerkt.«

»Bitte nicht«, stöhnte ich. Ich hasse dicke Bücher, sogar die, an denen ich persönlich mitgewirkt habe!

»Sie werden sehen, die Lektüre lohnt sich.«

»Hören Sie, Frau Deininger …« Ich blätterte den Schinken durch. Er wies jede Menge Gebrauchsspuren auf: Seiten mit Eselsohren, unterstrichene oder markierte Sätze, es gab handschriftliche Kommentare und Verweise sowie Dutzende von Lesezeichen. »Einfach gestrickte Menschen wie ich kriegen von diesem akademischen Slang Ausschlag, ehrlich wahr. Für so was brauche ich eine Übersetzerin. Bis ich dieses Buch durch habe, sind Sie emeritiert.«

Sie lachte – zum ersten Mal, seit ich sie kannte. »Bluffen Sie nur, Herr Koller! Aber gut, das wissenschaftliche Vokabular ist manchmal abschreckend. Wenn Sie möchten, kann ich Ihnen in einer ruhigen Minute ein bisschen was über Butenschön und seine Eigenheiten erzählen. Alternativ schlage ich

Ihnen ein Treffen mit einer seiner Schülerinnen vor, das ist noch aussagekräftiger.«

»Und ein Treffen mit dem alten Herrn selbst?«

»Das wird Ihnen nicht gelingen.« Ihr Lächeln verschwand. »Außerdem wäre es mir unlieb.«

»Warum?«

»Ich möchte nicht, dass Staub aufgewirbelt wird. Ich möchte in aller Ruhe meine Promotion zu Ende bringen und damit fertig. Wenn die Butenschöns erfahren, dass es da einen Privatdetektiv gibt, der sie in Verbindung mit einem Brandanschlag bringen will …«

»Will ich gar nicht. Ich will bloß Spuren nachgehen. Und das erfordert, sich mit allen Betroffenen zu unterhalten. Ganz offen und unverbindlich. In wissenschaftlicher Neutralität sozusagen.«

»Mein Kontakt zu Koschak und dem Russen …«

»Wird nicht erwähnt.«

Ich sah, wie ihre Kiefer mahlten. Ihr Mund wurde ganz schmal. »Wenn es sein muss. Ein gutes Gefühl habe ich nicht dabei. Bitte, wecken Sie keine schlafenden Hunde, Herr Koller.«

»Tja.« Unbestimmt hob ich die Arme. Sicher, nötig war ein solches Gespräch vorerst nicht. Aber ich wusste halt gerne, mit wem ich es zu tun hatte. Und das erfuhr ich am ehesten bei einer persönlichen Begegnung. So war ich nun mal: dem anderen in die Augen schauen, ihn beschnuppern, dem Klang seiner Stimme lauschen. Davon stand in dem Kommissionsbericht garantiert nichts.

»Reden Sie erst einmal mit seiner Schülerin«, beharrte Knödelchen. »An die kommen Sie auch leichter ran. Sie heißt Dörte Malewski und wohnt in Kirchheim.«

»Gut. Mache ich bestimmt.« Ich stand auf. »Und Sie? Arbeiten Sie weiter wie bisher? Oder verzichten Sie jetzt auf Butenschöns Kriegsdokumente?«

»Verzichten? Das wäre ja noch schöner!« Nun war sie wieder die harte, trotzige junge Frau von gestern Abend. Auf der Suche nach einem Verbündeten blieb ihr Blick an dem summenden Laptop hängen. Erst jetzt fiel mir auf, dass die drolligen Fischlein auf dem Bildschirm Piranhas waren.

7

Der Englische Jäger war gut besucht. Am Stammtisch brüteten sie still vor sich hin, ließen den Lärm von allen Seiten über sich hinwegbranden, rollten mit den Augen. Rechts und links saßen zerzauste Vögel, abgehalfterte Studenten und wer sonst noch auf billiges Bier angewiesen war. Ein verliebtes Pärchen schob sich gegenseitig Pommes frites mit Ketchup in den Mund. Vor den Klos lehnte einer in Motorradkleidung und glotzte die Luft löchrig.

Ich vermisste Maria, die Wirtin. Statt ihrer stand ein verlebtes Exemplar von Grande Dame hinterm Tresen und köpfte Bierflaschen. Aus einer dunklen Ecke sprang ein Spaniel auf mich zu, um mich versuchsweise abzuschlecken und für harmlos zu befinden. Wenn der wüsste!

Mein Tisch befand sich hinten links. Ich war spät dran, wie so oft in letzter Zeit, wenn ich erst noch mit Christine zu Abend essen musste, bevor ich frei bekam. Natürlich *musste* ich nicht mit ihr essen, und natürlich *musste* ich mir nicht frei nehmen, nie und nimmer hätte sie so etwas verlangt. Aber ich war ja nicht blind. Also las ich ihr den stummen Wunsch von den Augen ab und riskierte, dass sie mir im Englischen Jäger irgendwann den Pantoffel vor die Nase hielten, unter dem ich angeblich stünde.

Heute war es noch nicht so weit. Heute wurde ich ganz anders begrüßt.

»Na, Herr Schriftsteller!«, plärrte Tischfußball-Kurt durch den ganzen Raum, sobald er meiner ansichtig wurde. »Kennst du deine alten Freunde noch?«

Das war kein guter Anfang. Wenn Kurt etwas hasst, dann Dinge, die im Ruch der Intellektualität stehen, und je nach Tagesform zählt für ihn bereits Kopfrechnen dazu. Ich selbst pflegte ja ebenfalls eine sattsame Akademikerphobie, aber im Vergleich zu Kurt war ich eine Toleranztaube. Darum hatte ich ihm kein Wort von meiner neuen Nebentätigkeit erzählt, in der Hoffnung, als strikter Zeitungs- und Radioverweigerer werde ihm das nicht weiter auffallen.

»Das muss eine Verwechslung sein«, wehrte ich wenig originell ab und ließ mich auf einem Stuhl nieder.

»Herbert hat es mir verklickert. Das ist ein Ding, Alter! Da trifft man einen jahrelang in der Kneipe und ahnt nicht, mit wem man es zu tun hat. Seit wann kannst du so was: Bücher schreiben?«

»Kann ich gar nicht. Lass mich erst mal was bestellen.« Ich winkte der Verlebten hinterm Tresen mit einer leeren Bierflasche zu, bis sie nickte. Dann drehte ich mich wieder um. Außer Kurt saßen der schöne Herbert, Leander mit dem Rauschebart und zwei weitere Bekannte am Tisch. »Ich habe das Buch nicht geschrieben«, sagte ich. »Ein Freund von mir. Covet, der Journalist. Es war auch seine Idee. Ich hätte doch niemals …«

»Covet?«, unterbrach Tischfußball-Kurt stirnrunzelnd. »Der Schnösel?«

»Kein Schnösel. Sieht nur so aus. Er verträgt mehr Whisky als wir alle zusammen.«

»Sein Problem. Was steht denn drin in deinem Buch?«

»Das habe ich ihm alles erzählt«, warf Herbert ein. »Haarklein.«

»Na, und? Hab's halt vergessen.« Kurt schickte wütende Blicke über den Tisch. »Außerdem will ich es von ihm hören. Kommen wir auch drin vor?«

»Ihr? Wieso das denn? Um euch geht es doch gar nicht. Jedenfalls nicht direkt.«

»Was nun? Kommen wir vor oder nicht?«

»Wenn du dich und Herbert meinst: nur am Rande. Ganz nebenbei.«

»Ach? Einfach so? Mit Namen und allem?«

»Nein, nicht mit euren richtigen. Ihr seid überhaupt ganz schön verändert, man erkennt euch kaum.«

»Kaum? Also doch.« Drohend kniff er die Augen zusammen. »Max, das gefällt mir nicht. Gefällt mir überhaupt nicht.«

Das Bier kam. Ich setzte die Flasche an und leerte sie zur Hälfte. »Mach dir mal keine Sorge, Kurt. Covet weiß, was er tut. Ist ja Profi. Ein bisschen dings, authentisch muss es sein, sagt er, sonst kauft das Buch keiner.«

»So?«

»Wo er recht hat, hat er recht«, murmelte Herbert.

Tischfußball-Kurt schwieg. Noch immer waren seine Augen schmale Schlitze. Schließlich sagte er: »Und Coppick und Hansen? Werden die auch erwähnt?« Unterm Tisch war ein kurzes Gebell zu hören.

»Klar. Ohne Dackel geht es nicht.«

»Das ist gut.« Er entspannte sich. »Alles in Butter, Max. Dein Buch wird ein Knaller, das sage ich dir.«

Tischfußball-Kurt hatte ich also auf meine Seite gebracht. Dafür fragten mir die anderen Löcher in den Bauch: in welchem Verlag das Buch erschienen sei, wie viele Seiten es habe, ob ordentlich Sex darin vorkomme, ob ich jetzt reich sei.

»Reich?« Ich tippte mir an die Stirn. »Ihr spinnt wohl.«

»Hast du überhaupt schon eins verkauft?«, erkundigte sich Herbert maliziös.

»Gestern bei der Lesung bestimmt zwanzig Stück. Und alle musste ich signieren.«

»Lesung?«, fragte Kurt. »Was für eine Lesung?«

»Die Buchvorstellung.«

»Warum nennst du das Lesung?«

»Weil ich draus vorgelesen habe.«

»Aus dem Buch?«

»Mann, Kurti! Stell dich nicht blöder an, als du bist!«

»Schnauze!«, brüllte er und schlug mit der Faust auf den Tisch, dass die leeren Flaschen gegeneinander purzelten. »Warum liest du diesen Deppen aus deinem Buch vor, verdammt noch mal? Können die nicht selbst lesen? Lauter Analphabeten, oder was?«

»Quatsch! Die wollten das halt von mir hören. Frag mich bloß nicht, warum!«

»Die übliche Geschichte«, mischte sich der schöne Herbert ein. »Wenn den Leuten ein Buch gefällt, wollen sie wissen, wer dahintersteckt. Was der Autor für ein Mensch ist und so.«

»Marc Covet ist der Autor, nicht ich. Kein einziger Satz stammt von mir!«

»Aber du hast alles erlebt, du berichtest. Also sagen sich die Leser, den schauen wir uns mal an. Ob er wirklich so ist, wie er im Buch rüberkommt.«

»Trotzdem brauchen die sich dann nichts vorlesen zu lassen«, beharrte Tischfußball-Kurt finster. »Ist ja wie im Kindergarten.«

»Schreibst du jetzt noch eins?«, wollte einer der anderen wissen. »Ein zweites Buch, meine ich.«

Ich zuckte die Achseln. »Mal sehen. Wenn es sich ergibt.«

»Du könntest was über diese Edelhure schreiben, von der gerade alle reden. Das wär ein irres Thema. Superkrass wäre das.«

»Bist du vielleicht dran an dem Fall?« Kurt hob die Augenbrauen.

»Nein.«

»Zur Verschwiegenheit verpflichtet, was? Uns kannst du es doch verraten, Max. Wäre genau das Richtige für dich: schöne Frauen, schmierige Zuhälter, die hohe Politik …«

Herbert lachte meckernd. »Ich glaube, du solltest das nächste Buch schreiben, Kurti!«

»Schnauze!«

Kurts Dackel begannen unter dem Tisch zu knurren. Fanden die Vorstellung, ihr Herrchen könnte sich die kommenden Monate hinter einem PC-Monitor verkriechen, wohl auch nicht so lustig. Aber diese Sorge war unbegründet.

»Ich bin tatsächlich an einer Sache dran«, sagte ich nach einem letzten Schluck Bier. Marias Ersatz hatte mich jetzt im Blick, ich brauchte gar nicht mehr so auffällig mit der Flasche zu winken. »Mit dieser Nuttenstory hat sie allerdings nichts zu tun, bewahre. Ein ganz unspektakulärer Fall. Sagt euch der Name Butenschön was? Albert Butenschön?«

Kollektives Kopfschütteln. Nichts anderes hatte ich erwartet. Zwischen Professor Butenschön und dem Englischen Jäger lagen Galaxien. Dachte ich.

»Östrogen«, sagte jemand in aller Seelenruhe.

Wir starrten Leander an. Der in Würde ergraute Philosoph – er ist natürlich keiner, aber er wirkt so, und vielleicht ist er es ja doch – hatte die Hände gefaltet und ließ die Daumen kreisen. Weil er im Englischen Jäger kaum etwas anderes tut, als zufrieden an seinem Platz zu sitzen, auf einer kalten Pfeife herumzukauen und hin und wieder einen sinnfreien Satz von sich zu geben, übersieht man ihn leicht. Trotz seines Nikolausbartes. Und das ist ein Fehler.

»Östrogen«, wiederholte er, ohne unsere Blicke zu erwidern. »Isoliert von Albert Butenschön und seiner Frau

Erika. 1939 Nobelpreis für Chemie. Ehrenbürger von Heidelberg.«

»Nicht schlecht«, nickte ich. »Wo holst du das her, Leander?«

Jetzt wandte er den Kopf und musterte mich mit seinen klaren blauen Augen. »Aus meinen Ohrläppchen«, erwiderte er ernsthaft. »Du weißt ja, bei der Operation damals ist ein Teil meines Großhirns draufgegangen. Seither müssen meine Ohren mitdenken. Butenschön und seine Östrogene sitzen genau hier.« Mit der Rechten griff er sich ans Ohrläppchen. Er hatte große, schöne Ohren, und für einen Moment war ich versucht, ihm zu glauben.

»Östrogen ist doch das, was die Weiber scharf macht«, zerstörte Tischfußball-Kurt die Idylle. »Was die Titten wachsen lässt, stimmt's?«

»So ungefähr.«

»Siehst du: ein Fall für Max Koller. Ich wusste es ja.«

»Von wegen.« Ich bekam mein Bier, das noch besser schmeckte als das erste. »Es geht um einen Brandanschlag auf das Büro einer Doktorandin, die in gewisser Weise mit diesem Butenschön zu tun hat. Einzelheiten sind tabu. Ich wollte nur wissen, ob euch der Name des Mannes was sagt. Mir sagte er nämlich nichts.«

»Ist ja auch nicht unsere Generation«, meinte Herbert. »Wer vor dem Krieg den Nobelpreis erhalten hat, dürfte schon einige Jahrzehnte mit den Englein singen.«

»Denkst du! Der Mann wird diese Woche 100.«

»Butenschön?« Das war Leander.

»Ja. Wusstest du das nicht?«

Kopfschütteln. Typisch Leander. Namen und Fakten aus grauer Vorzeit angelt er bisweilen aus den entlegensten Hirnwindungen – oder Ohrläppchen –, wenn es jedoch um die Gegenwart geht, setzt es aus bei ihm. Hölderlin-Gedichte kann er seitenweise auswendig, aber frage ihn einer nach dem Weg zum Heidelberger Hölderlin-Gymnasium! Hoffnungslos.

»Der war doch in Auschwitz, nicht?«, fügte er an, nachdem er eine Weile an seiner Pfeife genuckelt hatte.

»Da waren viele«, meinte Herbert düster.

»Nein, als Arzt, wenn ich mich richtig erinnere. Ging es nicht um Menschenversuche?« Nachdenklich fasste er sich ans Ohr. »Aber genau da ist so ein Knubbel. Kann sein, dass ich …« Er schüttelte den Kopf.

»Menschenversuche?« Ich wurde hellhörig.

»Naja, schon.«

»In Auschwitz?«

»Deshalb wurde er ja auch hingerichtet. Nach dem Krieg.«

»Nein, Leander, der Butenschön, den ich meine, lebt. Nix Hinrichtung.«

»Ach so?«

»Ja, ganz sicher. Verwechselst du ihn vielleicht mit jemandem?«

»Ich weiß es nicht«, wurde er nun völlig unsicher. »Wie gesagt, da ist dieser Knubbel …«

»Wir sind ganz Ohr, Alter«, half Kurt und zwinkerte uns zu. Aber Leander schüttelte den Kopf. Keine weiteren Auskünfte für heute.

So vertranken und vertratschten wir die Stunden. Der Tisch bog sich unter einer Armada leerer Bierflaschen, ergänzt um Tischfußball-Kurts Orangensaftgläser. Herbert, der Einarmige, versuchte Leanders Daumenkreisel nachzumachen, blieb aber mit dem vorhandenen Daumen dauernd an dem nicht vorhandenen hängen. Der jüngere unserer Bekannten trat beim Gang zum Klo Coppick derart auf den Schwanz, dass der ihn aus lauter Verzweiflung in den Zeh biss. Was er seit Jahren nicht mehr getan hatte. Von seinem Herrchen bekam er für diese Heldentat einen innigen Kuss auf die Schnauze.

67

Irgendwann, leider schon zu recht vorgerückter Stunde, fiel mir ein, mich bei meinen Mitstreitern nach den derzeitigen Studentenprotesten zu erkundigen. Tischfußball-Kurt ging sofort in die Luft, schimpfte wie ein Rohrspatz über das arrogante Akademikerpack, diese Rotzlümmel in ihren Cordjacken und Fransenslippern, wenn er einen von denen sehe, werde er ihnen sofort Coppick auf den Hals hetzen, und wenn dann keine Ruhe sei, Hansen hinterher, und da sollten sie sich aber in Acht nehmen, denn im Vergleich zu Hansen sei Coppick ein echtes Schoßhündchen. Dafür bekam dann auch der überraschte Hansen seinen Schmatzer.

Als Kurts Zorn verraucht beziehungsweise weggeknutscht war, meinte Herbert, er wisse auch nicht, was mit den Studenten los sei, alle paar Semester riefen sie zur Revolution, und in den Ferien führen sie dann nach Hause zu Mutti anstatt weiter zu revoluzzen. Schichtdienst sozusagen. Aktuell werde mal wieder demonstriert und besetzt und gestreikt, aber spätestens in den Prüfungswochen Anfang nächsten Jahres sei das erledigt.

»Weißt du etwas von gezielten Zerstörungen im Lauf der Proteste?«

Nein, wusste er nicht. Seit die Uni von den Studiengebühren lebe, sei ja alles von den Studenten bezahlt, und was sie selbst bezahlt hätten, würden sie wohl kaum kaputt machen, oder?

»Das klingt logisch.«

»Logisch klingt das logisch«, gähnte er. »Ob der Student allerdings heute noch lernt, logisch zu denken, kann ich nicht beurteilen.«

»In Handschuhsheim ist man auch ziemlich sauer auf das Unirektorat. Von wegen Straßenbahn, Neckarquerung und so. Gibt es da Hitzköpfe, die zu illegalen Mitteln greifen könnten? Hier eine Scheibe einschmeißen, da ein paar Autoreifen platt stechen?«

Achselzucken bei Herbert. »Autoreifen?«, runzelte Kurt die Stirn. »Was hat ein Autoreifen mit diesem Titten-Östrogen zu tun? Komischer Fall ist das.«

»Also was nun? Kriminelle Energie bei den Interessenvertretern Handschuhsheims, ja oder nein?«

»Nie im Leben! Die wissen doch gar nicht, was das ist, kriminell. Der Verein, in dem die sich organisiert haben, Pro Handschuhsheim oder so ...«

»Pro Hendesse«, verbesserte Herbert.

»Genau, Hendesse. Man ist ja Patriot. Also dieser Verein, da kommen eh nur Spießer rein. Ein Kumpel von mir, der so Selbstverteidigungskram anbietet, wollte Mitglied werden, richtig einbringen wollte der sich mit Kursen und Training, falls es mal hart auf hart kommt – da haben die den nicht genommen!«

»Standen wohl nicht auf Selbstverteidigung«, mutmaßte ich.

»Arrogantes Gesindel«, winkte Kurt verächtlich ab. »Ein echter Fachmann, mein Kumpel. Aber nein, war ihnen nicht gut genug, und das nur, weil er den Hals tätowiert hatte. Spießer, ich sage es ja. Bleib mir weg mit denen!«

»Pro Hendesse«, nickte Herbert und zeigte Richtung Tür. »Wenn ich mich nicht täusche, hängt da vorne ein Wisch von denen.«

Der schöne Herbert hatte zwar nur einen Arm, dafür war er doppelt aufmerksam. Als ich gegen Mitternacht aufbrach, nahm ich aus dem Eingangsbereich des Englischen Jägers einen Aushang der Interessengemeinschaft Pro Hendesse mit. Lesen konnte ich ihn nicht mehr, aber das machte nichts. Morgen war auch noch ein Tag.

69

8

Ja, morgen war auch noch ein Tag, allerdings kein guter. Zumindest fing er schlecht an: mit einem Kaffeebecher, den ich beim Aufstehen samt Inhalt von der Bettkante fegte. Ich verfluchte Christine und ihre mütterlichen Anwandlungen, mich mit dem Duft frischen Kaffees sanft aus den Kissen locken zu wollen, anstatt mir einen Tritt zu geben oder mich gleich ganz in Ruhe zu lassen. Ein Blick auf die Uhr verriet mir, dass meine Ex bereits seit einer Stunde arbeitete, der Kaffee also kalt gewesen sein musste, als er sich über dem Boden verteilte. Kleiner Trost. Nach einer ausgiebigen Dusche war ich zur Hälfte wiederhergestellt; den Rest besorgte neuer Kaffee, den *ich* mir machte, der so stark war, wie *ich* wollte, und der nicht aus dem Bioladen stammte, sondern aus *meinem* Supermarkt. (Zu dem ich zwar mit Christines Auto fuhr, er lag schließlich in Frankreich, aber das stand auf einem anderen Blatt.)

Während ich frühstückte, versuchte ich Koschak zu erreichen. Schon gestern Abend hatte ich auf die Mailbox seines Handys gesprochen; unter seiner Festnetznummer meldete sich niemand. Noch nicht aus den Federn, Herr Journalist? Nach dem zwanzigsten Tuten gab ich es auf. Den Besuch bei Dörte Malewski verschob ich auf später, notierte mir aber ihre Nummer und Adresse aus dem Telefonbuch.

Plötzlich fiel mir etwas ein. Ich stürzte aus dem Haus, besorgte mir beim Bäcker um die Ecke ein Exemplar der Neckar-Nachrichten und blätterte es im Gehen durch. Nichts. Die verschwundene Edelnutte als Aufmacher, ein überlanges Interview mit drei Studentenvertretern, eingebettet in Unwichtiges aus der Lokalpolitik. Sogar der Brand im Technologiepark bekam ein paar Zeilen im Polizeibericht eingeräumt. Über meine Jahrhundertlesung dagegen keine Silbe. Wie lange brauchte diese Journaille eigentlich, um ihre Hymne auf den neuen Nachwuchsautor zu komponieren? Erst die Entdeckung, dass ich mich in guter Gesellschaft befand, stimmte mich etwas versöhnlicher: Auch Prof. Butenschön wurde heute mit keinem Wort erwähnt. Eine Schicksalsgemeinschaft, auf die ich den alten Herrn unbedingt persönlich hinweisen wollte.

Und zwar noch heute.

Verdammt, ich hatte völlig vergessen, was für eine Villenpracht die Panoramastraße beherbergte. Mit dem Schlosswolfsbrunnenweg oberhalb der Altstadt konnte sie nicht ganz mithalten, auch an der Bergstraße hatten sie noch ein paar Millionen mehr verklotzt, aber sehenswert war es allemal, was sich hier, an der Grenze zwischen der Südstadt und Rohrbach, dem staunenden Betrachter bot. Filigraner Jugendstil unter Tannendämmer, herrschaftliche Freitreppen, hier und da ein Jagdhausidyll. Nicht zu vergessen der Blick, dem die Straße ihren Namen verdankte. Vom nördlichen Schwarzwald bis nach Worms lag die Rheinebene entblößt da, und im Herbst konnte man den Pfälzern drüben bei der Weinlese zuschauen.

Auch bei der Villa Butenschön handelte es sich um so ein Jugendstilgewächs. Um die Fenster franste und rankte es, über der Eingangstür lächelte ein steinernes Jünglingshaupt das Elend der Welt hinweg. Vielleicht war es auch gar kein junger Mann, sondern eine Dame mit Östrogenmangel. Der Professor hatte an ihr herumgedoktert, und nun blieb ihr bloß ein verklärter Statuenblick. Ja, so lustige Gedanken machte ich mir, um bloß keine Nervosität aufkommen zu lassen. Immer schön frech bleiben, Max, auch hier.

Mit Schwung stieß ich das Gartentürchen auf – das heißt, ich wollte es aufstoßen, aber es war verschlossen. Der Knauf bewegte sich nicht, die Tür gab nicht nach, so sehr ich auch daran rüttelte. Albern! Über die hüfthohe Umzäunung hüpfte ein Modellathlet wie ich doch, ohne die Hände aus den Taschen zu nehmen. War wohl eher so eine psychologische Hürde, das Ding.

Hüpfte ich? Nein, ich klingelte brav und wartete. Bei einem Haus von den Ausmaßen der Butenschönschen Villa konnte es dauern, bis man sich vom Turmzimmer zur Sprechanlage durchgeschlagen hatte. Aber irgendwann war es genug mit dem Warten. Ich klingelte ein zweites Mal, länger als zuvor. Gleich darauf meldete sich eine weibliche Stimme.

»Ja?«

»Mein Name ist Koller, guten Tag. Es geht um ein Interview, das ich gerne mit Professor Butenschön führen würde. Anlässlich seines Geburtstags.«

»Haben Sie einen Termin?«

»Mein Chef Marc Covet müsste vor seinem Urlaub einen ausgemacht haben. Es dauert auch nicht lange.«

»Wie heißt der Mann?«

»Marc Covet von den Neckar-Nachrichten.«

»Davon weiß ich nichts. Tut mir leid.«

»Das Ganze soll ein Vorbericht zu Professor Butenschöns Feier in der …«

»Danke und auf Wiedersehen.«

Knack, das wars. Audienz beendet. Wie ein durchgefallener Prüfling stand ich mit meinem angefangenen Satz auf dem Bürgersteig und hielt Maulaffen feil. War das Butenschöns Frau gewesen, von der mir Evelyn Deininger erzählt hatte? Die mit den Außenkontakten? Dass sie auch für die Kontaktsperren zuständig war, hatte mir keiner gesagt.

Ich klingelte ein weiteres Mal.

»Sind Sie es immer noch?«

»Entschuldigen Sie, aber mein Chef scheint versäumt zu haben, Sie zu informieren. Wenn es dem Professor jetzt nicht passt, komme ich im Laufe des Tages gerne wieder.«

»Neckar-Nachrichten, sagten Sie?«

»Richtig.«

»Dann nehmen Sie über Ihre Redaktion bitte schriftlich mit uns Kontakt auf. Mein Mann gibt wegen seines Gesundheitszustands nur ausgewählte Interviews und ad hoc auf keinen Fall. Beschreiben Sie Ihr Anliegen möglichst detailliert, am besten mit vorformulierten Fragen, wir melden uns dann.«

»Aber Frau Butenschön …«

»Bitte haben Sie Verständnis. Einen guten Tag noch.«

Zum zweiten Mal innerhalb einer Minute blieb mir der Mund offen stehen. Das wurde ja immer besser! Vorformulierte Fragen! Waren wir hier in der DDR? Ich würde mich nicht als empfindlich bezeichnen, aber wenn jemand dafür sorgt, dass es mir die Sprache gleich doppelt verschlägt, dann … genau, dann fordert mich das heraus. Wir würden ja sehen, wer hier das letzte Wort behielt, du Professorenschnepfe!

Okay, der Zaun war ein Witz, aber was hatte ich davon, wenn ich das Gelände stürmte? Ich konnte an der Eingangstür klingeln, dann begann unser Spielchen von vorne. In schrillerer Tonlage. Was sonst: warten? Auf wen oder was? In diesem Kasten musste es außer dem Greis und seiner Gattin noch weitere Bewohner geben!

Also warten. Das heißt, zunächst einem herumliegenden Stein einen kräftigen Tritt geben, sich bei dem Stein entschuldigen, Luft ablassen und dann: warten. Ich stellte mich etwas seitlich, in den Schatten eines großen immergrünen Buschs, so dass man mich von der Villa aus nicht gleich wahrnahm. Der Hang war hier weniger steil als in der restlichen Panoramastraße, erst ein gutes Stück hinter Butenschöns Wohnsitz stieg das Gelände wieder stark an.

Kalt war es nicht. Deswegen aber noch lange nicht warm. Ungemütlich, wenn man bloß herumstand und die Schultern zusammenzog. Ich ging ein paar Schritte auf und ab, den Kragen meiner Jacke hochgestellt, die Hände in den Taschen. Autos schlichen untertourig an mir vorbei, ein älteres Ehepaar kam angewackelt und musterte mich schweigend.

Plötzlich sah ich auf dem Areal der Butenschön-Villa eine junge Frau. Sie trug eine rote Windjacke und schwang sich im Gehen einen kleinen Rucksack auf den Rücken. An der Hauswand lehnte ein Rennrad. Sie schloss es auf, griff den Lenker und schob es zur Gartentür, die sie mithilfe eines verborgenen Summers öffnete. Als sie losfahren wollte, stand ich neben ihr.

»Guten Morgen. Ich bin Journalist. Darf ich Sie etwas fragen?«

Sie sah mich an, ausdruckslos und sehr direkt, dann sagte sie: »Ich kenne Sie.«

Komisch, mir lag eine ganz ähnliche Bemerkung auf der Zunge. Wo hatte ich dieses Gesicht schon einmal gesehen? Schmal war es, ernst, aber nicht ohne. Ich lasse nicht jeden ran, sagte ihr Blick, und ich wollte wetten, dass er oft zum Einsatz kam. Tiefbraunes Haar, lose zusammengesteckt. Und Sommersprossen, die gefielen mir besonders. Aber woher kannte ich sie?

»Sie haben dieses Buch geschrieben«, fuhr sie fort.

Ich grinste. Eine tolle Frau! Und da behaupte noch einer, unsere Jugend lese nicht mehr. Covet hatte es prophezeit: Ein Buch, Max, und du kannst dich vor Weibern nicht mehr retten! Genau genommen hatte ich ihm diese Formulierung in den Mund geschoben, um Christine zu ärgern, was aber nicht funktionierte. Trotzdem, der Satz stimmte, wie man sah, und gleich würde mich die Unbekannte um ein Autogramm bitten.

»Ich dachte, Sie seien Ermittler oder so was«, sagte sie stattdessen. »Kein Journalist.«

»Das ist manchmal schwer zu trennen. Sind Sie eine Bekannte von Professor Butenschön?«

»Nö, ich putze dort.« Sie sah auf die Uhr.

»Wenn Sie los müssen: Ich bin auch mit dem Fahrrad da. Wir könnten uns unterwegs ein bisschen unterhalten.«

Etwas freundlicher hätte sie schon dreinschauen können. Man kam ja nicht alle Tage mit einem Erfolgsautor ins Gespräch! »Worum geht es denn?«

»Um Herrn Butenschön. Ich würde gerne ein Interview mit ihm führen.«

»Können Sie vergessen.« Sie drehte die linke Pedale nach oben und stellte den Fuß darauf. »Sorry, ich hab noch was vor.«

»In der Stadt? Darf ich mit?«

Sie zuckte die Achseln. Also ja. Während sie losfuhr, lief ich zu meiner Mühle, die ich am Nachbargrundstück abgestellt hatte, sprang auf und holte sie ein. Ich nannte ihr meinen Namen, den sie abnickte – klar, sie wusste ja, wer ich war –, ohne mir ihren zu verraten.

»Warum ist es unmöglich, mit Butenschön zu sprechen?«, wollte ich wissen. »Ist er zu alt dafür?«

»Das nicht unbedingt. Er ist klapprig, aber klar im Kopf. Ich denke mal, er will es nicht. Vor allem seine Frau will es nicht.«

»Sie sagte mir, ich solle meinen Interviewwunsch schriftlich einreichen, am besten mit vorformulierten Fragen.«

»Sehen Sie? Mehr ist nicht drin.« Sie rauschte den Hang mit so viel Schwung hinunter, dass ich Mühe hatte, ihr zu folgen. »Es gibt dauernd Anfragen von der Presse«, rief sie über die Schulter zurück. »Soviel ich weiß, ist er auf keine einzige eingegangen. Er will seine Ruhe. Und seine Frau schirmt ihn ab wie eine Löwin ihre Jungen.«

»Aber warum? Wo man hinblickt, nur Lob und Preis für den Mann. Hat er Angst vor negativen Schlagzeilen?«

»Keine Ahnung.«

Jetzt war ich wieder neben ihr. »Kann es etwas mit seinem Verhalten im Dritten Reich zu tun haben?«

»Wieso? War da was?«

»Das wollte ich ihn fragen.«

Sie sah mich spöttisch von der Seite an. »Dann wundern Sie sich mal nicht, wenn Sie auf diese Frage keine Antwort bekommen.«

»Kennen Sie ihn gut?«

»Ich habe nur mit seiner Frau zu tun. Mit der kann man es sich leicht verscherzen. Aber ich weiß sie zu nehmen, sie zahlt ordentlich, insofern ist für mich alles in Butter.«

In Butter, nickte ich. So sollte es sein. Eben fuhren wir am Bergfriedhof vorbei, der stillen Bühne der Toten.

»Warum haben Sie das Buch eigentlich geschrieben?«, fragte sie mit einem Blick zum Hang. »Weil Sie mussten? Oder weil es Kohle bringt?«

»Sie stellen Fragen … Ich hatte in den letzten Monaten zu viel Zeit, glaube ich. Da fängt man an, über bestimmte Sachen nachzudenken, erzählt einem Kumpel davon, und irgendwann meint der, wir machen ein Buch daraus. So wird es wohl gewesen sein.«

»Eine Gemeinschaftsproduktion?«

»Ich habe fabuliert, er formuliert. Jeder das, was er am besten kann.«

»Wirklich?« Sie warf mir wieder einen ihrer spöttischen Seitenblicke zu. »Ich kann das nicht beurteilen, ich habe Ihr Buch nicht gelesen. Aber meinem Freund hat es gefallen.«

Begeisterung aus zweiter Hand, verstehe. Deshalb hielt sie sich groupiemäßig so zurück. »Irgendwie ist mir Ihr Freund wahnsinnig sympathisch«, murmelte ich.

Jetzt lachte sie sogar. »Mir auch!«

»Okay. Angenommen, ich müsste unbedingt mit Ihrem Arbeitgeber sprechen. Trotz der Hindernisse. Wie könnte ich das Ihrer Meinung nach anstellen?«

»Gar nicht.«

»Gar nicht? Keine befriedigende Antwort, finde ich.«

»Journalist, ja? Ich würde sagen, Sie ermitteln mal wieder. Aber nicht für eine Zeitung.«

»Und wenn? Geben Sie mir einen Tipp, wie ich an Butenschön herankomme.«

»Das können Sie vergessen.« Beim Franz-Knauff-Platz wurde die Fahrradspur so schmal, dass sie vorfuhr. Sie rief mir etwas zu, was ich nicht verstand. Eine Weile radelten wir hintereinander her, bis wir die Gaisbergstraße erreicht hatten. Hier schloss ich auf.

»Sagen Sie …«

»Ja?«

»Haben Sie einen Schlüssel zum Haus?«

»Nein, warum?«

»Dann hätte ich einen guten Grund, Sie zu überfallen und Ihnen den Schlüssel zu klauen.«

»Klar könnten Sie das. Aber ich dachte, Sie wollten mit dem Alten reden, anstatt den Einbrecher zu spielen.«

»Was soll ich tun, wenn der Mann nicht zu greifen ist? Lässt er sich denn nie in der Öffentlichkeit blicken?«

»Ich wüsste nicht. Selbst jetzt, bei den Feierlichkeiten zu seinem Geburtstag, gibt es nur die eine Veranstaltung in der Alten Aula. Alles andere hat seine Frau abgesagt: den Empfang beim Oberbürgermeister, die Feierstunde in seinem Institut, einfach alles. Der Mann will seine Ruhe, wie gesagt.«

»Und seine Frau? Kann man wenigstens mit der reden?«

»Lassen Sie sich einen Termin geben.«

»Einen Termin«, knurrte ich. »Bis ich den bekomme, bin ich arbeitslos. Wo leben wir denn? Halten die sich für was Besseres, diese Butenschöns?«

Sie antwortete nicht.

»Ich will mit den Leuten doch nur reden. Reden, verstehen Sie? Worte wechseln, Gedanken austauschen. Ist das eine unsittliche Annäherung?«

Wir hielten am Überweg vor dem Gaisbergtunnel. Sie zeigte geradeaus, Richtung Altstadt. »Ich muss in die Uni. Da vorne biege ich ab.«

Ich nickte. Die Ampel wechselte auf Grün.

»Sie stehen doch bestimmt im Telefonbuch«, sagte sie im Losfahren.

»Wegen meiner Adresse?«

»Nein, wegen der Telefonnummer.«

»Ja, sicher.«

»Gut.« Sie beschleunigte. »Vielleicht melde ich mich heute Abend mal. Aber warten Sie nicht drauf.« Zwei, drei rasche Tritte, und sie bog nach rechts. Ich starrte ihr verwundert hinterher.

9

Michael Deininger freute sich, mich zu sehen. Ganz bestimmt tat er das. Bevor er seine Freude jedoch zeigen konnte, fuhr er erst einmal vor Schreck zusammen. Hielt mich wohl für einen Bankräuber. Oder er wollte am Arbeitsplatz nicht in Gesellschaft von jemandem wie mir gesehen werden. Was ich ihm nicht einmal verübelte, schließlich hatte ich keine zwölf Stunden zuvor noch im Englischen Jäger für Umsatz gesorgt.

»Jetzt ist es gerade ungünstig«, lächelte er sein Kundenberaterlächeln. »In einer Dreiviertelstunde mache ich Mittagspause, da können wir uns treffen.«

Er nannte mir ein Café um die Ecke, das ich noch nie betreten hatte, und eilte nach einem warmen Händedruck zurück zu seinen Portfolios und Fondsplänen. Im Hinausgehen sah ich mir die Immobilienangebote seiner Bank an. 3000 Euro der Quadratmeter Altbau, das war doch ein Schnäppchen! Okay, ein bisschen renovieren musste man die Wohnung;

wer etwas Schlüsselfertiges wollte, legte halt noch einen Tausender drauf.

»Sanierungsstau«, murmelte ich vor mich hin. Diese Wortperlen! Beneidenswerter Berufsstand, der noch in der finstersten Finanzkrise auf solches Sprachgold setzen konnte. Ich konnte das nicht, also bestellte ich mir bloß einen Kaffee. Ohne alles. Deiningers Lieblingscafé bestand aus viel Plastik in den Farben Orange und Braun, die Bedienungen trugen Schürzchen und Krawatte. Auch hier herrschte akuter Sanierungsstau. Während ich an meiner Tasse nippte, pries ich mein Schicksal als Freiberufler, da konnte Deininger meinetwegen das ganze Dossenheimer Neubaugebiet sein eigen nennen.

Die Wartezeit überbrückte ich mit einem erneuten Studium der Neckar-Nachrichten. Nein, ich hatte nichts übersehen, in der gesamten Zeitung nicht eine blöde Zeile über meine Lesung. Trotzdem lohnte sich die Lektüre. Denn auf einmal wusste ich, weshalb mir Butenschöns Putzhilfe so bekannt vorgekommen war. Sie hieß Susanne Rabe und war eine der drei Studenten, die ein Interview zu den aktuellen Protesten gegeben hatten.

Stirnrunzelnd senkte ich die Zeitung. Eine der drei Studenten – was war denn das für eine unmögliche Formulierung? Eine der drei Studentinnen – das ging ebenso wenig, denn bei den anderen zweien handelte es sich um Männer. Also eine der drei StudentInnen. Mit ganz großem I, in dessen Schatten sich Männlein und Weiblein gleichberechtigt tummeln konnten. Jetzt war alles korrekt und der Gleichberechtigung standrechtlich Genüge getan. Jedenfalls forderten Susanne und ihre beiden Kommilitonen die Abschaffung der Studiengebühren, die Reform des Bolognaprozesses und die Zulassung verfasster Studierendenschaften. Ich stimmte all dem vorbehaltlos zu, obwohl ich keinen blassen Schimmer hatte, worum es ging, und stellte fest, dass ich wieder etwas gelernt hatte: Studierende, natürlich. Das war das Wort, das den Gordischen Knoten politisch korrekt durchschlug! Susanne Rabe, eine der drei befragten Studierenden und im Nebenerwerb Putzende bei einem Nobelpreistragenden.

Wie auch immer, der Vorteil meiner neuen Bekanntschaft bestand darin, dass ich sie persönlich fragen konnte, ob sie den Brand im Technologiepark gelegt hatte. Und falls ja, ob sie wusste, dass in besagtem Büro gerade die Lebensleistung ihres Brötchengebers erforscht wurde.

Ich steckte die Zeitung in den Ständer zurück. Wäre doch ein verdammt großer Zufall, wenn Butenschöns Haushaltshilfe, ohne es zu ahnen, den Computer mit der Promotion über Butenschön zerstört hätte. Andererseits: So groß dieser Zufall wäre, so klein war Heidelberg. Da kam es schon mal vor, dass man in der Straßenbahn versehentlich seine eigene Frau anrempelte. Falls man Straßenbahn fuhr. Falls man eine Frau hatte, eine echte nämlich und keine bloß wiederangeschaffte.

Jedenfalls war ich gespannt, was sich hinter Susanne Rabes Ankündigung von vorhin verbarg. Ein telefonisches Geständnis vielleicht? Mit der flehentlich vorgebrachten Bitte, sie in meinem nächsten Buch milde zu beurteilen?

Beim Stichwort »Buch« kam mir Marc Covet in den Sinn. Heute breitete er zum letzten Mal sein Hotelhandtuch aus, morgen früh nahm er den Flieger nach Frankfurt, und ich hatte ihn abzuholen. Meine Chauffeurdienste konnte ich mit einem Besuch bei Koschak verbinden, falls ich den bis dahin nicht erreicht hatte. Warum rief mich der Kerl nicht zurück? War er verreist, auf Recherchetour, vorübergehend unpässlich? Ich versuchte es gleich noch einmal telefonisch bei ihm und hatte wieder keinen Erfolg.

Mein Kaffee war alle, ich bestellte einen neuen. So übel hatte er gar nicht geschmeckt, jedenfalls nicht so sehr, wie das Braun-Orange und die Schürzchen hatten befürchten lassen.

Mir fiel der Wälzer über Butenschön ein, den mir Knödelchen mitgegeben hatte. Ich holte ihn aus dem Rucksack und legte ihn vor mich auf den Tisch. 400 Seiten, eng bedruckt. Und alles über einen einzigen Mann. Vom Einband blickte er einen an: als junger Wissenschaftler im weißen Kittel, das Haar kurzgeschoren, die Backe von einer martialischen Mensurnarbe gespalten. Weitere Fotos hielt der Innenteil bereit: Butenschöns Eltern, er selbst als Jugendlicher, als Student, auf dem Paukboden mit frischem Schmiss über der Stirn, dann als Institutsleiter in Danzig, in Berlin, im Kreis seiner Mitarbeiter, als Redner, unter Politikern, mit erster Frau, mit zweiter Frau. Sieh an, den Nobelpreis von 1939 hatte er erst nach dem Krieg in Empfang nehmen dürfen. Aus seiner Spätzeit nur wenige Bilder; sie zeigten einen ergrauten, zunehmend gebrechlich wirkenden Mann, dessen Rücken sich immer stärker bog, je mehr Gewicht er verlor. Die Narbe auf seiner Wange war nicht mehr zu erkennen, dafür blieb seine dicke Brille über all die Jahre und Jahrzehnte die gleiche.

Ich sah auf die Uhr: noch eine Viertelstunde. Seufzend ging ich das Inhaltsverzeichnis des Buchtrumms durch. Butenschöns Aufstieg, seine Karriere unter den Nazis und in der Bundesrepublik, seine möglichen Verbindungen zur Rüstungsindustrie während des Kriegs, sein persönliches Verhältnis zu anderen Forschern: Manche Titel musste ich zweimal lesen, um sie zu begreifen. Oder noch einen Schluck Kaffee zugeben. Kapitel Nummer 6, ein Beitrag über die mögliche Verstrickung Albert Butenschöns in Naziverbrechen, hätte mich interessiert. Es ging um den Nutzen, den einzelne Forschungsprojekte im Dritten Reich aus der Errichtung von Konzentrationslagern zogen. Aber da kam ich kaum über den ersten Absatz hinaus. Die Formulierungen abwägend, die Sätze lang, die Fußnoten zahlreich. Schon begannen die Unterarme zu kribbeln: meine alte Akademikerallergie! Lieber zurückblättern, zum ersten Beitrag des Buchs, der einen

Abriss von Butenschöns Biografie versprach. Da musste es doch verständlicher zugehen. Also ran an den Speck! Ich machte es mir in meinem Stuhl so bequem wie möglich und legte los.

Albert Butenschön stammte aus kleinbürgerlichem Hause, war ehrgeizig und schielte bevorzugt nach oben. Dorthin, wo die Mächtigen und Reichen wohnten. Vor allem aber hatte er ein Händchen für die Chemie, die bald zu seiner Leidenschaft wurde. Seine Promotion hatte er früher in der Tasche als andere ihren Schulabschluss. Und weil er sich auch sonst als lernfähig und willensstark erwies, keinem der Großkopferten ans Bein pinkelte und regelmäßig in klassische Konzerte ging, galt er bald als die Nachwuchshoffnung der Zunft. Das hielt ihn allerdings nicht davon ab, der nationalen Verblödung zu verfallen und in einem Männerbund namens »Jungdeutscher Orden« völkischen Großmachtsfantasien nachzuhängen. Ein popeliger Nazi war er nicht, unser Butenschön, ganz im Gegenteil, auf die braunen Schlägertrupps schaute er mit Verachtung herab. Die Ordensmitglieder hielten sich nämlich für etwas Besseres, Reineres, und diese elitäre Haltung zog sich durch Butenschöns ganzes Leben. Ob es um seine Forschungen ging, um Kunst oder die Gesellschaft, immer hielt er das Banner des Elitegedankens hoch. Wer durch den Rost fiel, fiel halt; warum und wieso, kümmerte den Professor nicht. Auch nicht, dass er selbst ein paar akademische Leichen im Keller hatte: jüdische Mitarbeiter, die er allein gelassen, Doktorandinnen, die er abserviert, Konkurrenten, die er aus dem Weg gedrängt hatte. Wer dagegen zum inneren Butenschön-Zirkel gehörte, konnte mit jeder Art von Förderung rechnen. Dem füllte der Chef in der Kantine höchstpersönlich den Teller.

Ja, die Elite. Erschöpft legte ich das Buch zur Seite. Auf irgendeinem Gebiet war ich auch Elite, ich wusste nur noch nicht, wo. Dürfte ich sämtliche Fächer der Universität ausprobieren, würde ich es bestimmt herauskriegen. Max Koller, ein Leuchtturm der Hethitologie. Sonderforschungsbereich Kneipenwissenschaft, im Exzellenzcluster Biervertilgung.

»Toll, der Kaffee, was?«, freute sich Deininger. Ich hatte ihn gar nicht kommen sehen. Er reichte mir seine weiche Pranke, die ich vorhin bereits geschüttelt hatte; egal, menschlicher Kontakt war wichtig, körperlicher Kontakt sehr wichtig, gerade in diesen elitären Zeiten. Bärchen Deininger stammte aus dem Odenwald, ich aus der Vorderpfalz, volksnahes Mittelmaß schweißte uns zusammen.

»Ein bewegtes Leben hatte der alte Butenschön«, sagte ich und schob ihm das Buch hin.

»Der? O ja, allerdings.« Er hängte seinen Mantel an die Garderobe. »Das ist Evelyns Exemplar, stimmt's? Sie hat es mir einmal gegeben, aber irgendwie kam ich nicht zum Lesen.«

»Ich schaue mir auch bloß die Bilder an. Außerdem bevorzuge ich das direkte Gespräch mit den Menschen. Was in diesem Fall eine echte Herausforderung ist. Frau Butenschön erstickt jeden Kontaktversuch im Keim.«

»Ja, diese Leute schotten sich regelrecht ab«, murmelte er zerstreut, die Speisekarte in der Hand. Eine der Kellnerinnen war zu uns getreten und wartete, das obligatorische Blöckchen in der Hand. »Einmal die Sülze mit Bratkartoffeln, aber bitte nur wenig Öl an die Kartoffeln.« Er rieb sich verlegen über seine Plauze.

»Für mich dasselbe«, nickte ich, »und kippen Sie das Öl, das Sie ihm klauen, über meinen Teller.«

Die Bedienung ging, ohne eine Miene zu verziehen.

»Wo waren wir?«, sagte Deininger und zog ein Taschentuch, um sich vorsichtig zu schnäuzen.

»Bei den Butenschöns. Und dass es verdammt schwer ist, an sie heranzukommen. Ich wurde nicht mal ins Haus gelassen.«

Erstaunt schaute er mich an. »Sie waren dort? Einfach so?«

»Das ist meine Methode. Zu den Leute hingehen, sie mir aus der Nähe anschauen. Aber nicht einmal dazu kam ich.«

»Sie haben vorher nicht telefoniert?«

»Nein.«

Er nickte nachdenklich. »Die Frau soll schnell mit ihren Rechtsanwälten zur Hand sein, heißt es. Da kann man nichts machen.«

»Werden wir sehen, Herr Deininger. Widerstand reizt mich nur. So leicht lasse ich mich nicht abwimmeln.«

»Toll.« Jetzt grinste er wieder.

Drei, vier Sätze später kam bereits die Sülze. Als wenn sie auf uns gewartet hätte! Bei den Kartoffeln war kein Unterschied zu erkennen, beide Portionen glänzten und trieften, dass es eine Freude war. Deininger schien das nicht zu stören, er langte herzhaft zu und erzählte von seinem Job. Als ich ihn fragte, seit wann er und Evelyn sich kannten, flog ein Strahlen über sein Gesichtsrund.

»Schon ewig, Herr Koller. Echte Sandkastenfreunde sind wir, wenn ich's Ihnen sage! Wir kommen beide aus demselben Kaff: Schnakenbach im Odenwald. Jott-we-de, aber hübsch, wirklich. Schauen Sie mal vorbei, in einem knappen Stündchen sind Sie dort.«

Und er plauderte weiter: wie er und Evelyn dieselbe Grundschule im Nachbarort besucht hatten, tipp-tapp, sommers wie winters, quasi Hand in Hand, dann das Gymnasium mit Ach und Krach, aber nie ohne einander. Gemeinsame Konfirmation, sogar die Kinderkrankheiten zeitgleich. Später verschiedene Freunde, klar, er mit seinen Jungs und den frisierten Mofas, sie mit ihren Mädels und den Discos, aber Tanzstunde zusammen, keine Frage, und überhaupt galten sie schon immer – »echt, schon immer, Herr Koller« – als unzertrennlich, als das Traumpaar von Schnakenbach. Verlobt mit 19, Heirat mit 22. Da fing er bei der Bank an, zunächst in Weinheim, also noch mal Jott-we-de, während sie MTA ganz woanders wurde.

»Medizinisch-technische Assistentin«, erläuterte er, den Mund voll Bratkartoffeln. »Kliniklabor und solcher Kram. Das gefiel ihr nicht. Deshalb hängte sie ein Studium dran. Ich zuerst auch, aber das war ein granatenmäßiger Schuss in den Ofen.«

»Was für ein Fach?«

»Geschichte.«

»Ich meinte Sie, nicht Ihre Frau.«

Er lachte. »Auch Geschichte. Ja, wirklich, drei Semester. Mein Gott, habe ich gejubelt, als ich wieder in die Bank durfte.«

Bärchen war also Studienabbrecher, genau wie ich. Unsere Gemeinsamkeiten wurden immer zahlreicher. Noch so eine Anekdote, und wir würden Blutsbrüderschaft trinken.

»Und warum der Name Knödelchen?«

Wieder lachte er, wurde aber gleich ernst. »Evelyn war ein Pummelchen, schon immer. Als Kind, als Teenager: rund und pummelig. Das glauben Sie jetzt nicht, aber es stimmt. Erst als sie mit dem Studium anfing, ging das mit dem Abnehmen los. Und nun kann sie nicht mehr aufhören, richtig knochig ist sie geworden. Ich weiß nicht, mir bereitet das Sorgen. Wo soll das enden? Das sieht doch nicht gesund aus, oder was finden Sie?«

Ich zuckte die Achseln.

»Gegen Abnehmen ist ja nichts zu sagen, aber es muss doch in Maßen ... Manchmal glaube ich, es ist psychisch bei ihr. Der Stress, verstehen Sie? Erst ihre Magisterarbeit, jetzt die Promotion. Dann macht sie auch noch Sport! Obwohl sie schon so dünn ist. Ich dagegen ...« Wieder tätschelte er sein Bäuchlein. »Okay, es könnte ein bisschen weniger sein, aber dick bin ich noch lange nicht. Außerdem fühle ich mich

85

gut. Früher war ich der Schlanke von uns beiden, dann kam jedes Jahr so ein Kilochen dazu. Eins pro Jahr, ich meine, das muss doch erlaubt sein.«

»Verboten ist es nicht. Ihre Frau hat also Stress?«

»Ja, leider. Sie ist verdammt ehrgeizig, oder besser: Sie ist es geworden, seit sie studiert.«

»Aber sie hat auch Erfolg.«

»Natürlich!« Er fuchtelte mit seiner Gabel herum, bevor er sie in die Sülze steckte, um ein ordentliches Stück abzusäbeln. »Ihr Chef, der Gärtner, ist voll des Lobes über sie, den sollten Sie mal hören. Nur, was bringt's am Ende? Es gibt kaum Stellen, und irgendwann will man ja auch Kinder.«

Ich nickte. Klar, wer wollte das nicht? Alle wollten Kinder. Wollten Windeln und Schnuller und Spielplatz und Gutenachtlied. Nur Max Koller hatte keine Lust darauf, aber der zählte nicht. »Und wenn die Promotion Ihrer Frau nun für Furore sorgt? Wenn sie nicht nur eine gute Beurteilung erhält, sondern wegen des Themas auch die Aufmerksamkeit der Öffentlichkeit? Würde sie dann vielleicht eine akademische Laufbahn einschlagen?«

»Unwahrscheinlich. So gut wie ausgeschlossen. Sicher, insgeheim träumt sie davon, aber das tun viele. Die Luft ist dünn dort oben, mindestens so dünn wie in der freien Wirtschaft. Und dann ist sie eine Frau, da können Sie es gleich vergessen. Wissen Sie, wie viele Professorinnen es an der Uni Heidelberg gibt?« Er winkte ab. »Nein, so sehr ich es ihr gönne – ein bisschen Realismus muss man sich diesbezüglich bewahren, stimmt's?«

»Sie sagen es, Herr Deininger.« Realismus? Aber hallo, Realismus war immer gut. Vor allem diesbezüglich. Schon wieder so eine Gemeinsamkeit zwischen dem Bärchen und mir, es wollte überhaupt nicht enden. Wobei ein bisschen mehr Realismus bei der Auswahl von Deiningers Lieblings-

cafés nicht geschadet hätte. Kellnerinnen mit Krawatte!
Das konnte die Aktiengesellschaft, die hinter der Cafékette
steckte, glatt die DAX-Notierung kosten.

»Nein«, wiederholte er kopfschüttelnd, »diese ganze Stu-
diumskiste können Sie vergessen. Dagegen das hier«, er zeigte
auf den Rest Sülze, »das hier ist was. Da nehme ich gerne
einen Naturairbag in Kauf. Habe ich recht?«

»Was mich interessieren würde, Herr Deininger: Wie
kamen Sie eigentlich auf mich als Ermittler?«

»Sie stehen im Telefonbuch.« Schnapp, verschwand der
Sülzenrest im Bankermund. Eine dicke Kartoffel hinterher.

»Ich dachte, Sie hätten mich ganz spontan angerufen.«

»Spontan?« Das Wort fiel den heftigen Kaubewegungen
fast zum Opfer.

»Als Sie von dem Feuer hörten, sind Sie doch sicher sofort
zum Institut gefahren, um mich erst anschließend zu kontaktieren, richtig?«

Er sah mich verständnislos an. Dann nickte er, kaute weiter und machte eine Geste mit der Linken. Gleich, besagte die
Geste; muss nur noch eine Kartoffel beiseite räumen. Bevor
es so weit war, klingelte sein Handy. Mit bedauerndem Achselzucken zog er das Telefon aus der Hosentasche, blickte
kurz auf das Display und meldete sich. Ein paar Kaubewegungen und einsilbige Kommentare später war das Gespräch
schon wieder zu Ende.

»Mein Chef«, erläuterte er und stand auf. »Tut mir leid,
das wars mit meiner Mittagspause. Lassen Sie sich nicht stören und essen Sie in Ruhe fertig. Die Rechnung übernehme
ich.«

»War es vielleicht wegen meines Buchs?«

Er war schon im Mantel. »Was denn?«

»Dass Sie auf mich kamen.«

»Genau.« Sein Zeigefinger richtete sich auf mich. »Das
Buch wars. Kurzer Anruf bei der Auskunft, und ich hatte

Ihre Nummer. So viele Max Koller gibt es ja nicht in Heidelberg.«

Und das ist gut so, dachte ich. Mehr als einen hatte diese Stadt auch nicht verdient.

10

Am Nachmittag telefonierte ich. Das heißt, zunächst legte ich mich eine Runde aufs Ohr, um für alles Weitere gewappnet zu sein. Auch der erfolgreichste Privatflic braucht seine Erholungsphasen; das war mein persönlicher Beitrag zum Thema Realismus. Michael Deininger hätte mir sicher beigepflichtet.

Als es klingelte, schreckte ich hoch und war sofort hellwach. Ein Mann meldete sich und sagte in ausgesucht höflichem Ton, er habe von meiner Lesung gelesen.

»Schön«, sagte ich.

»Dann ermitteln Sie jetzt bestimmt in dieser Rotlichtaffäre.«

»Wie kommen Sie denn darauf?«

»Mich würde interessieren, ob unser Pfarrer in Rohrbach zu den Betroffenen gehört.« Er räusperte sich, ebenfalls höflich. »Klingelt da etwas bei Ihnen?«

»Wieso Ihr Pfarrer?«

»In der Zeitung stand doch, dass diese Romana mit allen möglichen Heidelbergern … auch mit Pfarrern. Und mein Sohn will sich nächste Woche trauen lassen. Da fragt man sich jetzt natürlich …«

»Tut mir leid, ich ermittle in dem Fall nicht.«

»Ach so? Aber vielleicht ein Kollege von Ihnen?«

»Solche Kollegen habe ich nicht. Wiederhören.«

Ich starrte das Telefon in meiner Hand noch lange an. Hatten die Leute keine anderen Sorgen mehr als das Geschwätz einer ausrangierten Hure? Selbst in Rohrbach musste es doch wichtigere Themen geben. Aber wenn ich schon mal am Telefonieren war ... Als Erstes wählte ich die Nummer des promovierenden Knödelchens und fragte nach Koschak. Wo er sich gerade aufhalte, warum er nicht auf meine Nachrichten reagiere, wie er zu erreichen sei.

»Ich habe keine Ahnung, wo er steckt«, lautete die Antwort. »Wir hatten vereinbart, dass er sich meldet, sobald der Termin für die Übergabe feststeht.«

»Ist er vielleicht verreist? Recherche im Ausland oder so?«

»Möglich, aber nicht sehr wahrscheinlich. Er will ja dabei sein, wenn die Dokumente ins Land gebracht werden.«

»Und warum ruft er mich nicht zurück?«

»Ich weiß es wirklich nicht. In diesen Dingen ist er eigentlich sehr zuverlässig.«

»Gut.« Ich bat sie, ihm ebenfalls eine Nachricht auf der Mailbox zu hinterlassen, er möge sich dringend bei mir melden. »Morgen muss ich privat nach Frankfurt. Wenn ich bis dahin nichts von Koschak gehört habe, fahre ich bei ihm zuhause vorbei. Ich glaube nicht, dass ihm etwas zugestoßen ist, aber man kann nie wissen.«

»Zugestoßen? Wie das denn?«

»Jetzt muss ich passen. Komisch finde ich es allerdings schon, wenn sich ein Journalist partout nicht zurückmeldet.«

»Hören Sie auf! Das sind doch Hirngespinste. Erst schickt Butenschön einen Feuerteufel los, und jetzt soll er Koschak beseitigt haben.«

»Das habe ich nicht behauptet.«

»Was ist mit den anderen Möglichkeiten, die ich Ihnen genannt habe? Sind Sie dem mal nachgegangen?«

»Der Sache mit den Studenten? Ich bin dran. Ich glaube aber kaum, dass die dahinterstecken.«

»Vergessen Sie den Streit mit den Handschuhsheimer Bauern nicht. Ich habe mich im Institut mal umgehört. Es gibt da einen Verein, der sich einer Erweiterung der Uni massiv widersetzt. Pro Handschuhsheim heißt der. Mit diesen Leuten sollten Sie mal sprechen.«

»Pro Hendesse. Hab schon recherchiert, Frau Deininger. Ich werde dem nachgehen, und zwar noch heute. Unter einer Bedingung.«

Sie seufzte. »Die wäre?«

»Sie verraten mir, was Albert Butenschön mit Auschwitz zu tun hat.«

»Das ist schnell beantwortet: nichts.«

»Über dieses Nichts breitet sich das Buch, das Sie mir gegeben haben, aber ein ganzes Kapitel lang aus.«

»Warum fragen Sie mich, wenn Sie den Beitrag selbst gelesen haben?«

»Ich habe angefangen, ihn zu lesen, und bin gescheitert. Gleich nach der Überschrift. Frau Deininger, da geht es um irgendwelche heiklen Forschungsprojekte, mit Proteinen in speziellen Versuchsanordnungen – von so was verstehe ich keine Zeile!«

»Und ich soll es Ihnen erklären?«

»Ist doch kein großer Aufwand für Sie, oder? Wenn es Ihnen am Telefon nicht passt, komme ich gerne noch einmal vorbei.«

Jetzt seufzte sie erst recht. Wand sich, quälte sich, nölte. »Meinetwegen«, sagte sie schließlich. »Aber ich komme zu Ihnen. Haben Sie einen DVD-Spieler?«

»Meine Mitbewohnerin.«

»Sie wohnen in einer WG?«

»Quasi. Mit meiner Ex-Frau. Und die hat einen DVD-Player in die Ex-Ehe mitgebracht.«

Ich hörte ein kleines Lachen am anderen Ende der Leitung. »Schade, dass ich keine Soziologin bin. Klingt spannend, Ihr Wohnarrangement. Vor sieben schaffe ich es allerdings nicht. Passt Ihnen das?«

Das passte sogar hervorragend. Bis dahin war Christine zurück und konnte mir zur Not erklären, wie das DVD-Ding funktionierte. Von wegen Arrangement! Ich sagte Dankeschön und legte auf.

Meine nächste Gesprächspartnerin war Dörte Malewski. Ihre Telefonnummer, die ich ja bereits besaß, hatte ich von Knödelchen um folgende Angaben ergänzen lassen: Anfang 60, pensionierte Lehrerin, Doktorandin bei B. in den Siebzigern. Eine reife Dame also. Dachte ich. Vielleicht war sie es auch, bloß klang sie nicht danach. Ihre Stimme war tief und hatte etwas Schepperndes, im Hintergrund lief Creedence Clearwater Revival. Und kaum fiel ein bestimmter Name, als mich Dörte Malewski auch schon unterbrach: »Butenschön? Satteln Sie die Hühner und kommen Sie vorbei, junger Mann!«

»Meine Hühner? Gerne. Wann?«

»Wann Sie wollen, ich habe Zeit.«

Wir verabredeten uns für den folgenden Nachmittag. Frau Malewski nannte mir ihre Adresse und legte grußlos auf. Sie hatte nicht einmal gefragt, warum ich mit ihr über Butenschön sprechen wollte.

Dann kam Fatty an die Reihe. Er war eben aus dem Kindergarten zurück und gähnte in einem fort. Was ich über den Fall Butenschön erzählte, schien ihn nur mäßig zu interessieren. Wollte stattdessen wissen, ob es schon einen Bericht über die Lesung gegeben habe, und klagte über Gertrud, seine vierrädrige Gefährtin, die wieder mal Zicken machte. Vielleicht war er deshalb so komisch drauf. Oder er probierte gerade eine neue Diät aus.

»Bis die Tage«, verabschiedete er sich unbestimmt.

Ich wollte mir eben das Buch über Butenschön noch einmal vornehmen, als das Telefon läutete. »Hallo, Detektiv«, hörte ich eine Stimme sagen, die ich sofort wiedererkannte.

»Hallo, Susanne Rabe. Na, heute schon gestreikt?«

»Nicht schlecht. Du liest also Zeitung.«

»Aus purer Langeweile.« Geduzt hatten wir uns am Vormittag noch nicht, aber inzwischen kannten wir uns ja viel besser, wir zwei. »Du wolltest dich heute Abend melden und auch nur eventuell. Jetzt tust du es tatsächlich, und es ist gerade mal drei durch. Hört sich nach einer dringenden Sache an.«

»Überhaupt nicht. Ich fand es bloß nett, mit einem Bestsellerautor ins Gespräch zu kommen. Als ich das meinem Freund erzählte, war er hin und weg.«

»Wers glaubt! Hören tue ich es trotzdem gerne. Sonst noch was?«

»Nee, wieso? Ach, Moment, da fällt mir ein: Du wolltest doch unbedingt mit dem alten Butenschön sprechen.«

»Will ich immer noch.«

»Oder mit seiner Frau.«

»Ja.«

»Es gäbe vielleicht eine Möglichkeit, dich ins Haus zu lassen.«

»Wenn die beiden mal auf Reisen sind?«

»Nein, wenn sie Geburtstag feiern.«

Ich schwieg. Vor meinem inneren Auge erschien Susannes schmales Gesicht. Ihre Stimme passte dazu: klar, wenig Sprachmelodie, da klang jeder Satz gleich, ob ironisch oder ernst gemeint. »Geburtstag?«, fragte ich schließlich zurück.

»Wir sprachen doch über den offiziellen Festakt in der Alten Aula, nicht wahr? Der findet am Sonntag statt. Einen Tag vorher feiern sie im privaten Kreis, bei Butenschöns zuhause. Wobei privat in diesem Fall heißt, dass 80 Gäste kommen werden. Sind ja eine ganze Menge Urenkel dabei.«

»80 Personen in der Panoramastraße? Das wird eng.«

»Aber gemütlich.«

»Und wie soll ich mich da einschleichen?«

»Einziger Programmpunkt ist das Mittagessen. Das Büffet wird geliefert, trotzdem braucht man ein paar dienstfertige Geister für die niederen Tätigkeiten. Abräumen, Wein nachschenken, Zahnseide bringen. Die Organisation dieser Dinge liegt in Händen einer gewissen Susanne Rabe.«

»Sieh an. Du bist also nicht nur Putze.«

»Partys schmeißen ist mein Zweitberuf. Und als das Frau Butenschön erfuhr, sah sie gleich die Gelegenheit, ein paar Euro zu sparen. Sie hat vier Personen engagiert, drei Kommilitonen und mich.«

»Und du meinst, ich könnte als Nummer fünf ...?«

»Nein, so viele sind bei der Butenschön nicht drin. Vier Studis waren ausgemacht, keiner mehr.«

»Also?«

»Der eine von uns wird am Samstag krank sein. Er weiß es zwar noch nicht, aber wir wissen es.«

Ich lachte. Wie sie das sagte, war einfach zum Wegschmeißen. Wozu studierte die Frau eigentlich? Sie hatte doch längst alles, was sie zum Leben brauchte! »Macht dein Kommilitone keinen Ärger, wenn ihm der Job durch die Lappen geht?«

»Das regele ich schon. Natürlich nur, falls du Interesse hast.«

»Und was wäre meine Aufgabe?«

»Zur Hand gehen, wie gesagt. Auftragen, abtragen, die Gäste nach ihren Wünschen fragen. Ansprechbar sein. Es geht nicht darum, den Sommelier oder Oberkellner zu spielen, das kann keiner von uns. Der private Rahmen der Feier soll gewahrt bleiben. Wir sind bloß Studenten, und Frau Butenschön weiß das.«

»Studierende«, murmelte ich zerstreut. »Und du glaubst, ich könnte am Rande der Feier mit den Butenschöns ins Gespräch kommen?«

»Zumindest würdest du die beiden einmal aus der Nähe erleben. Das Geburtstagskind wird natürlich umlagert sein. Aber mit der Frau zu plaudern, sollte möglich sein. Oder weiß sie, dass du Detektiv bist?«

»Heute Morgen haben wir nur über die Sprechanlage miteinander kommuniziert. Und wenn sie nicht gerade aus dem Fenster gelinst hat ... Mir geht allerdings etwas anderes durch den Kopf: eine Frage.«

»Ja?«

»Warum du das machst. Deinen Kumpel ausbooten, mir die Gelegenheit geben und all das. Sag nicht, weil du mein Buch so toll fandest!«

»Das muss ich erst noch lesen. Nein, keine Leistung ohne Gegenleistung. Natürlich will ich etwas von dir, was dachtest du?«

Also doch. Diese Studierenden, ob weiblich oder männlich, wurden mir immer mehr zum Rätsel. Da streikten und demonstrierten sie, aber wenn sie mit dir verhandelten, klangen sie wie die Ministerlümmel von der FDP. Musste eine neue Generation sein.

»Und woraus bestünde die Gegenleistung?«

»Ich würde gerne den Festakt am Sonntag besuchen. Das geht aber nur mit schriftlicher Einladung. Frau Butenschön hat noch ein paar zuhause. Die sollst du mir besorgen.«

»Wie besorgen?«

»Entwenden.«

»Bitte?«, platzte ich los. »Ich soll eine Einladung klauen?«

»Am Samstag wird sich bestimmt eine Gelegenheit ergeben. Ich kann es nicht tun, weil ich Anwesenheitspflicht im

Saal habe. Mein Fehlen würde also auffallen. Außerdem hätte mich die Butenschön sofort in Verdacht. Für dich ist es ein Kinderspiel, Detektiv.«

»Wo liegen diese Einladungen?«

»In einer Schublade ihres Schreibtischs. Oben, im ersten Stock. Während des Essens ist der menschenleer, kein Problem. Also, wie siehts aus? Bist du dabei?«

Ich lachte leise vor mich hin. Das war ja mal eine Bekanntschaft, diese Susanne Rabe! Klar, es reizte mich schon, mir in Kellnermontur Zutritt zur verbotenen Villa zu verschaffen wie einst Kara Ben Nemsi im heiligen Mekka. Und mit Susanne zusammenzuarbeiten, reizte mich noch viel mehr.

»Warum willst du eigentlich zu dieser Feier in der Alten Aula?«

»Rein privates Interesse. So einen offiziellen Akt würde ich gerne einmal miterleben. Ich habe Frau Butenschön gefragt, ob ich eine Einladung bekäme, aber sie sagte, sie hätte selbst zu wenige. Was definitiv nicht stimmt.«

»Gib mir eine Stunde, um darüber nachzudenken. Ich rufe dich an. Aber mir müsste schon ein wichtiger Grund einfallen, um Nein zu sagen.«

»Ich zähle auf dich, Detektiv.«

11

Für einen Handschuhsheimer Großbauern war Kleinfeld der perfekte Name. Er fand sich ganz unten auf dem Aushang, den ich im Englischen Jäger mitgenommen hatte. Ansprechpartner von Pro Hendesse e.V.: Gerhard Kleinfeld, In den Heroldsäckern. Angesichts der Adresse wäre Ausrufer der bessere Titel gewesen, Verkünder der Unabhängigkeit Handschuhsheims von Heidelberg. Konnte ja noch werden.

Kleinfelds Hof lag mitten in den Feldern, vom Technologiepark keinen Kilometer entfernt. Ich hatte mich gegen Christines Wagen entschieden und war mit dem Rad unterwegs, mit meiner rotlackierten Mühle, die schon fast so viele Jahre auf dem Buckel hatte wie die Handschuhsheimer Tiefburg. Am Gepäckträger hingen zwei leere Fahrradtaschen für die bestellten Kürbisse. Gegen den böigen Nordwestwind ankämpfend, legte ich mir zurecht, was ich Kleinfeld sagen würde.

Kurz vor dem Hof überholte mich ein Porsche Cayenne. Eine ganze Weile war er hinter mir hergeschlichen, mit seinem dumpfen, hässlichen Motorengrollen, um erst, als ich mich hart rechts an der Grasnarbe hielt, vorbeizuziehen. Ich wettete auf eine Blondine am Steuer, denn so schmal waren die Wege durch die Felder nun auch wieder nicht. Was tat die arme Frau, wenn ihr ein Traktor entgegenkam? Hände vors zarte Gesicht? Ich würde es nie erfahren, sondern bekam bloß das Gift des schwarzen Geländewagens in die Lungen gepustet. Der Gegensatz zwischen seiner polierten Großspurigkeit und den matschigen Feldwegen hätte nicht größer sein können.

Als ich den Kleinfeld-Hof erreichte, betrat die Porschefahrerin gerade den Laden. Und ob sie blond war! So viel zu meinen Vorurteilen. Sie war auch schlank, langbeinig, und unter anderen Umständen hätte ich sie als hübsch bezeichnet oder wenigstens als vorzeigbar. So stiefelte ich hinterher, ein paar blondinenfeindlichen Gedanken nachhängend, und wartete, bis die Dame ihren Einkauf getätigt hatte. Die Kleinfelds betrieben wie so viele Handschuhsheimer Bauern einen Hofladen – aber kein Kämmerchen neben der Scheune, in dem die Kohlköpfe über knarrende Regalbretter rollten, sondern einen schicken Gemüsesupermarkt, in dem es vor lau-

ter Frische blitzte und glänzte und der Eichblattsalat form-
vollendet aus der Terrakottaschale lugte. Auf dass sich auch
der Cayenne wieder wie zuhause fühlte.

»Ein Kilo Biokartoffeln und zwei kleine Zucchini«,
orderte die Blonde. Ihr Pfefferminzatem ließ mich etwas
Abstand halten.

»Es sind unsere letzten«, erklärte die rundliche Verkäuferin beim Einpacken der Zucchini. »Ich gebe Ihnen noch
eine dritte gratis dazu.«

»Danke, das wird uns zu viel. Lieber ein paar Tomaten.«

»Da habe ich aber nur noch spanische. Den hiesigen ist
es zu kalt geworden.«

»Ach?«, machte die Blonde irritiert. Diese Renitenz war
sie von deutschem Gemüse offenbar nicht gewohnt. Zwei
neue Kunden, ebenfalls mit dem Auto angerückt, leisteten
uns Gesellschaft. Die Blonde entschied sich nach reiflicher
Überlegung für die Spanier und erhöhte ihren Einsatz um
ein Bündchen glatte Petersilie. Weil die krause immer so in
den Zähnen hängen blieb. Einer der Neukunden nickte mitfühlend.

Dann öffnete sich die Tür zu einem Nebenraum, und eine
zweite Frau im Kittel trat ein. »Wer ist dran?«

»Ich hätte dann mal gerne zwei Kürbisse«, meldete ich
mich.

»Welche Sorte?«

»Welche haben Sie denn?«

»Birnen, Moschus, Hokkaido, Flaschen, Spaghetti, Fei-
genblatt und Riesen«, ratterte sie herunter. »Und natürlich
Zierkürbisse.« Ich konnte mich irren, aber irgendwie klang
sie etwas weniger verbindlich als ihre Kollegin.

»Tja«, sagte ich. Mit einem derartigen Angebot hatte ich
nicht gerechnet. Ich folgte der Frau in den rückwärtigen
Teil des Raums, wo sich die Kürbisse zu Hunderten stapelten. Natürlich hatte auch dieses Arrangement seinen eige-

nen Chic, der aus der Wahl des richtigen Kürbis eine ästhetische Frage machte. »Es soll eine Suppe werden«, meinte ich achselzuckend. »Empfehlen Sie mir einfach zwei, die lecker sind.«

»Suppe können Sie aus allen Sorten zubereiten.« Und dann, als ich weiterhin dumm rumstand, drückte sie mir zwei Riesenexemplare in die Arme. »Hier, nehmen Sie einen Hokkaido, den brauchen Sie nicht mal zu schälen, und einen grünen, falls Sie was einmachen wollen.« Während das Kürbiskunstwerk keinen Schaden nahm, brach ich unter der Last schier zusammen. »Sonst noch einen Wunsch?«

»Ja, etwas ganz anderes. Sind Sie Frau Kleinfeld?«

Sie nickte.

»Könnte ich mit Ihrem Mann sprechen?«

»Der ist krank. Worum geht es?«

»Er ist doch im Bündnis Pro Hendesse aktiv?« Und als sie erneut nickte, ließ ich meine vorgefertigten Sätzchen vom Stapel: dass das Misstrauen der Handschuhsheimer gegenüber der Stadtverwaltung und der Universität durchaus gerechtfertigt sei, dass Pro Hendesse viele Sympathien genieße, überall, auch in den restlichen Stadtteilen, dass es unter den vielen Anhängern aber auch welche geben könne, die hin und wieder mit den falschen Mitteln operierten, Stichwort Brechstange, ob sie sich das vorstellen könne und wie sie, gesetzt den Fall, darauf reagieren werde, genauer gesagt Pro Hendesse – ob also der Verein begründeten Anlass zu der Sorge haben müsse, dass in den letzten Tagen etwas passiert sei, was nicht in seinen Absichten liege, sondern sogar, möglicherweise, bestimmte Tatbestände jenseits des gesetzlich Erlaubten erfülle … Ich hielt inne. Schwer zogen die Kürbisse an meinen Armen.

Frau Kleinfeld sah mich an. Schweigend. Wenn ich mich nicht täuschte, war die Falte auf der Stirn vorhin nicht so lang und tief gewesen und ihr Blick nicht so verschlossen.

»Ich habe kein Wort verstanden«, sagte sie schließlich. »Was meinen Sie mit falschen Mitteln?«

Tief durchatmen, Max. »Ich meine damit ... aber verstehen Sie mich bitte nicht falsch! Sie haben von dem Brand vorgestern Abend im Technologiepark gehört?«

»Ist ja um die Ecke.«

»Ein Motiv für den Anschlag gibt es noch nicht. Es wäre aber vorstellbar, dass jemand ein Zeichen gegen die drohende Erweiterung des Unicampus setzen wollte und daher ...«

»Stopp!«, unterbrach sie mich mit erhobenem Zeigefinger. Gleich würde sie ihn mir auf die Lippen legen! »Sie meinen, Pro Hendesse ...« Ihre Stirnfalte war zur Schlucht geworden, in der alles Mögliche hauste, aber ganz bestimmt kein Wohlwollen für mich und meine Unterstellungen.

»Es ist ja nur ...«, begann ich, kam aber auch diesmal nicht weit.

»Haben Sie das gehört?«, rief Frau Kleinfeld durch den Verkaufsraum, und ich musste feststellen, dass inzwischen weitere Kunden eingetroffen waren, dazu zwei Feldarbeiter mit fleckigen Jacken. Neun gegen einen – ich hatte keine Chance! »Haben Sie das gehört? Der junge Mann hier behauptet, wir von Pro Hendesse hätten den Brand im Technologiepark gelegt. Weil wir von Pro Hendesse jetzt mit illegalen Mitteln kämpfen. Was sagen Sie dazu?«

Die Kunden sahen sich verdutzt an. Sogar die schicke Blonde, eine Hand an der Türklinke, wandte den Kopf und bedachte mich mit einem vorwurfsvollen Blick. Die beiden Arbeiter zogen unergründliche Grimassen; wenn ich Glück hatte, stammten sie aus Polen und wussten nichts von Pro Hendesse. Die rundliche Verkäuferin aber stemmte beide Fäuste in die Seiten und rief empört: »Das ist eine Unverschämtheit! Erst zieht die Presse über uns her und jetzt das! Was erlauben Sie sich?«

»Moment, Moment«, wehrte ich mich. »So war das nicht

gemeint. Ich bin von einem der Geschädigten mit der Suche nach dem Feuerteufel beauftragt, und in diesem Zusammenhang kam die Frage auf …«

»Das ist es ja!«, schnitt mir Frau Kleinfeld zum dritten Mal das Wort ab. »Da hat man mal ein politisches Anliegen, und kaum passiert irgendwo etwas, wird man verunglimpft. Deshalb ist mein Mann auch krank geworden. Weil er diese ewigen Unterstellungen und Gehässigkeiten nicht mehr ertragen konnte! Sein Amt bei Pro Hendesse hat er abgegeben. Aber glauben Sie nicht, dass Sie uns auch nur eine Gesetzesübertretung nachweisen können. Sie nicht!«

»Sie missverstehen mich«, erwiderte ich verzweifelt. Ich hatte ja nicht einmal meine Arme zum Gestikulieren und Besänftigen frei! »Es geht bloß …«

Aber in diesem Raum würde ich nie wieder einen Satz zu Ende sprechen können. »Papperlapapp!«, rief Frau Kleinfeld schneidend und zeigte mir die Tür. »Bitte gehen Sie, junger Mann. Die Kürbisse sind heute gratis, nehmen Sie sie und dann adieu. Der neue Sprecher von Pro Hendesse heißt Unverricht, aber von dem werden Sie auch nichts anderes erfahren. Wir sind ein sauberer Verein.«

Kürbisbeladen trat ich den Rückzug an. Während sich die Polen eins grinsten, schickte mir die Verkäuferin ein verächtliches Schnauben hinterher. Widerwillig gab die Kundschaft den Weg frei. Als ich die Türschwelle erreicht hatte, tippte mir ein Mann auf die Schulter und sagte: »Seit 60 Jahren wohne ich hier, mein Herr, und ich lasse es nicht zu, dass man Unwahrheiten über uns verbreitet. Wir Handschuhsheimer sind ehrliche Leut, schreiben Sie sich das hinter die Ohren!«

Ich nickte und zog die Tür mit einer Fußspitze zu. Bevor sie ins Schloss fiel, hörte ich eine Kundin fragen: »Gilt das mit den Gratiskürbissen auch für uns?«

Unter den strafenden Blicken der Blonden, die ihren Porsche mit Verve aus der Parklücke trieb, verstaute ich die beiden Kaventsmänner in meinen Fahrradtaschen. Als ich eben den Weg Richtung Heimat einschlagen wollte, entdeckte ich ein Hinweisschild: »Brennerei Unverricht, 2 min.«. Ein Pfeil zeigte nach links. Ich zögerte. Noch einmal so eine Lehrstunde in Sachen Lokalpatriotismus? Am Ende vertrieben sie mich mit Stockschlägen aus ihrem ehrlichen Hendesse! Aber ich hatte schließlich einen Auftrag, und eigentlich – eigentlich! – fordert mich Widerstand nur heraus. Schade, dass ich heute nichts davon spürte.

Also auf zum Schnapsbrenner Unverricht! Aus den zwei versprochenen Minuten wurden fünf und etwas mehr. Hätte ich mir gleich denken können, dass sich die Zeitangabe an Cayennefahrer richtete. Außerdem bremsten mich die beiden Riesenkürbisse, vom Gegenwind ganz zu schweigen.

Der Schnapsladen war menschenleer, vielleicht ein gutes Omen. Die Türklingel spielte eine heitere Melodie. Aus zig Fläschchen und Karaffen leuchtete Hochprozentiges in sämtlichen vorstellbaren Geschmacksrichtungen. Die Unverrichts verarbeiteten sogar Cranberries zu Schnaps. Wahrscheinlich kam gleich die Porschetussi angebraust und verlangte drei handverlesene deutsche Bio-Cranberries. Aber nicht zu groß, bitte.

Stattdessen kam eine Verkäuferin, zierlich und mittelalt, als ich gerade einen kleinen Kürbis begutachtete. Denn auch hier lagen sie herum, nicht ganz so formen- und sortenreich wie bei Kleinfelds und wohl eher zur Dekoration, den werten Kunden an die aktuelle Jahreszeit erinnernd – egal, sie lagen da und schienen auf mich zu warten.

»Ach, herrjemine«, begann die Frau und schlug die Hände zusammen. »Unser Kürbisschnaps ist leider aus. So eine Nachfrage hatten wir noch nie! Die Kürbisse hier sind sozusagen der Ersatz, bis mein Mann wieder nachgebrannt hat.«

»Ist er da? Ich würde gerne mit ihm sprechen.«

»Im Moment nicht. Er ist bei der Arbeit.« Sie schenkte mir ein wonniges Lächeln. »Vielleicht kann ich Ihnen helfen?«

Ihr Lächeln ermutigte mich. Also zum zweiten Mal in die vorbereitete Satzkiste gelangt und das Wortgeklingel von den eventuell zu beanstandenden Methoden hervorgeholt. Wieder verhedderte ich mich im Konjunktivgetümmel meiner Bandwurmsätze, die jedem UN-Diplomaten zur Ehre gereicht hätten, und wieder klangen sie völlig anders als auf der Herfahrt zurechtgelegt. Bei Frau Unverricht wuchs keine Stirnfalte in die Tiefe, dafür breitete sich Entsetzen auf ihrem rundlichen Gesicht aus wie die Druckwellen eines Erdbebens. Ihr Blick wurde starr, die hellen Löckchen um ihren kleinen Kopf begannen zu zittern, und zu guter Letzt schlug sie sich eine Hand vor den Mund.

»Aber das ist ja schrecklich!«, flüsterte sie fassungslos.

Irgendwie war auch das nicht die Reaktion, die ich mir erhofft hatte. Also weitere Konjunktive gezückt: es handle sich ja nur um eine Überlegung, eine vorsichtige Spekulation, und überhaupt könne alles auch ganz anders sein. Ob Pro Hendesse involviert sei oder nicht, müsse sich erst noch herausstellen. Immer langsam mit den jungen Pferden.

»Entsetzlich«, wiederholte Frau Unverricht. In ihren Augen schimmerten Tränen. »Ich dachte mir, dass so etwas passieren würde.«

»Wie meinen Sie das?«

»Sind Sie von der Polizei?«

»Nein, ich arbeite im Auftrag eines der Geschädigten. Sehen Sie, es geht mir bloß …«

»Ich darf gar nicht daran denken, was mein Mann sagen wird«, unterbrach sie mich mit tränenerstickter Stimme. Sogar hier fiel man mir ins Wort! Sie eilte zur Tür, um den Schlüssel im Schloss zu drehen. Dabei fuhr gerade ein Wagen vor, es wurde immer absurder. »Toben wird er«, stieß sie hervor. »Mein Mann, meine ich. Wie zuletzt, als er … So etwas hat uns gerade noch gefehlt. Ein Brandanschlag! Der Verein leistet wirklich Hervorragendes, endlich finden wir im Heidelberger Norden mal Gehör, und nun das. Mein Mann ist doch erst seit kurzem Sprecher von Pro Hendesse. Gestern sagte er noch, Agnes, sagte er, ich habe Bedenken wegen dem Geschäft; nicht dass uns jetzt die Neuenheimer boykottieren und die aus der Altstadt. Sie wissen ja, Neuenheim und Handschuhsheim sind so. Schon immer gewesen.« Sie legte ihre Zeigefinger über Kreuz und schenkte mir einen derart treuherzigen Blick aus feuchten Augen, dass ich nicht wusste, ob ich lachen oder weinen sollte.

»Was ist denn nun passiert?«, rettete ich mich. »Ich meine, wieso befürchten Sie, dass jemand aus dem Verein dahinter stecken könnte?«

»Der Spang«, sagte sie mit plötzlich verändertem Gesichtsausdruck, viel härter, viel energischer, »hat seine Jungs nicht im Griff. Das weiß jeder hier, er natürlich auch, aber was tut er? Nichts. Wenn Frechheit ein Sport wäre, wären die beiden längst Olympiasieger. Gold für den Justin, Silber für den Sascha.«

»Sprechen Sie von der Gärtnerei Spang?«

»Von den Zwillingen, allerdings. Und von ihrem Vater, dem sie nachschlagen. Der Apfel fällt nicht weit, Sie wissen ja.« Es klopfte an der verschlossenen Tür, die sie aufsperrte, ohne in ihrem Redefluss innezuhalten. »Die Frau kann einem leid tun, ganz alleine mit solchen Männern. Hallo, Charlotte, komm rein. Vor den Jungs hatten sie noch ein Mädchen, das starb schon als Baby. Angeblich der Fuchsbandwurm, wenn's denn stimmt. Manche sagen, der Vater läuft erst seitdem neben der Spur, aber das kann mir keiner erzählen. Stammt ja auch nicht aus Handschuhsheim, der Mann. Und dass er bei den Frauen – bei *gewissen* Frauen – so gut ankommt, hat nichts zu sagen. Das tun viele.«

»Redest du vom Spang?«, fragte Charlotte und rückte ihr Hütchen zurecht.

»Von wem sonst?«

»Die arme Frau.«

»Dabei ist sie eine echte Handschuhsheimerin.«

»Aus einer ehrenwerten Familie, den Schlindweins. Aber sie und der Spang, das hat den alten Schlindwein ins Grab gebracht.«

»O nein, den hat etwas ganz anderes ins Grab gebracht.« Frau Unverricht warf den Kopf in den Nacken.

»Warten Sie«, ging ich dazwischen, bevor die verdutzte Charlotte auf ihrer Version der Geschichte beharren konnte. »Wenn ich Sie recht verstehe, glauben Sie, dass einer der Spang-Söhne etwas mit dem Brand zu tun haben könnte, richtig?«

»Der Justin«, sagte sie kämpferisch, »hat unsere Katze am Schwanz aufgehängt.«

»Nein!« Charlotte schlug beide Hände vors Gesicht.

»Doch! Hinterm Haus, am Apfelbaum. Wenn mein Mann nicht dazwischen gegangen wäre … Und wie oft haben wir die zwei in der Brennerei erwischt, wo sie in die Maische gespuckt haben oder hineingepinkelt.«

»Agnes!« Der Aufschrei war so spitz, dass er eine Fliege von der Wand hätte pieksen können.

»Das darfst du natürlich nicht weitererzählen, Charlotte. Vielleicht haben sie auch nur so getan als ob. Jedenfalls kann ein gemeinnütziger Verein, in dem die Spangs Mitglied sind, gleich Insolvenz anmelden. Wie man jetzt wieder sieht. Der Justin wars, da fresse ich einen Besen.«

»Der Sascha«, widersprach Charlotte.

»Der Justin. Er ist ein paar Minuten jünger, aber viel hinterhältiger. Frag meine Katze.«

Kopfschüttelnd ließ Charlotte ihren Blick über die Schnapsflaschen gleiten. »In die Maische gepinkelt …«

»Haben Sie einen konkreten Anlass für Ihren Verdacht?«, fragte ich.

»Konkret?«, gab Frau Unverricht empört zurück. »Ist eine gequälte Katze nicht konkret genug? Soll ich Ihnen noch von der Straßenbahnhaltestelle erzählen, die der Justin demoliert hat, von den verschmierten Schaufenstern, die …«

»Nein, das meine ich nicht. Hat einer der beiden Jungs in letzter Zeit durchblicken lassen, dass er etwas Derartiges vorhat: einen Brandsatz werfen, um die Ziele des Vereins auf diese Art und Weise durchzusetzen?«

»Sie glauben doch nicht, dass die beiden ihre Untaten vorher ankündigen? Dann könnte man sich ja darauf einstellen und die Katze ins Haus sperren.«

»Oder die Maische bewachen«, ergänzte Charlotte.

»Verstehe«, sagte ich. »Das war sehr … erhellend, vielen Dank. Fürs Erste weiß ich Bescheid. Und was Ihren Mann betrifft, Frau Unverricht, vielleicht erzählen Sie ihm noch nichts von Ihrem Verdacht. Sollte er sich bestätigen, melde ich mich bei Ihnen.«

Das Persönchen zog die Stirn kraus, erhob aber keinen Einspruch. Stattdessen drückte sie mir zum Abschied zwei Kürbisse in die Hand, ich mochte mich wehren, so viel ich wollte: als Entschuldigung für die Unannehmlichkeiten, die man mir bereite, und in der Hoffnung, ich würde Gnade walten lassen und nicht alle Handschuhsheimer über einen Kamm scheren.

Zwei Bestechungskürbisse also. Ich machte, dass ich davon kam. Als sich die Tür hinter mir schloss, hörte ich Charlotte fragen: »Was hat den alten Schlindwein denn nun ins Grab gebracht, Agnes?«

Die beiden Kürbisse waren kleiner als die Kleinfeld-Exemplare, trotzdem brachte ich sie nicht in meinen Fahrradtaschen unter. Ein Expander hielt sie mehr oder weniger sicher auf dem Gepäckträger. Minutenlang haderte ich mit mir, ob ich der Gärtnerei einen Besuch abstatten sollte. Christine kaufte ab und zu bei den Spangs ein, die natürlich auch einen Hofladen betrieben und ansonsten die Heidelberger Schrebergärtner mit ihren Pflanzen beglückten. An eine negative Bemerkung meiner Frau über die Spangs und ihre Zwillinge konnte ich mich nicht erinnern.

»Ex-Frau«, verbesserte ich mich im Fahren und biss die Zähne zusammen. »Oder haben wir wieder geheiratet?« Nein, hatten wir nicht. Wir hatten uns auch nie offiziell scheiden lassen. Meine Ex war sie trotzdem. Selbst wenn ich meinen Schwiegervater damals nicht ins Grab gebracht hatte.

Die Gärtnerei Spang jedenfalls lag quasi auf meinem Heimweg, etwas mehr als einen Steinwurf nördlich des Technologieparks, und das war der Grund, warum ich doch noch einen letzten Zwischenstopp einlegte. Rechts und links erstreckten sich Gewächshäuser bis zur nächsten Wegschneise, ihre Glasdächer funkelten in der Sonne. Ich lehnte meine schwer beladene Mühle gegen einen Zaun und betrat den Laden.

Déjà-vu bei den Spangs: Wieder bediente die Chefin persönlich, kein Gatte in Sicht. Ich wartete. Der Verkaufsraum war im vorderen Teil eines der Gewächshäuser eingerichtet, offene Schiebetüren führten nach hinten ins Spangsche Pflanzenreich. Eine Gartenbank lud zum Verweilen ein, falls man sich vom Herweg ausruhen oder in den herumliegenden Kochbüchern stöbern wollte. »So isst man in Handschuhsheim«, lautete einer der Titel. Ich stöberte nicht und setzte mich auch nicht. Es gab Herbstgemüse in allen Varianten, Salate, Obst, Eingemachtes und Konserven. Dass auch hier ein Gebirge aus Kürbissen errichtet war – wen wunderte es. Frau Spang ließ das Geldfach ihrer Kasse aufspringen, um ihrer Kundin Rückgeld und Beleg zu reichen, weitere Kunden sah ich durch das Gewächshaus flanieren. Ein Knabe von vielleicht 16 Jahren kam hereingeschlurft, die Ohrgänge voll Musik, einen i-Pod in der Hand. Der Jüngere oder der Ältere der Spang-Zwillinge?

»Ah, der Herr Koller«, strahlte mich seine Mutter an. »Was darf es denn sein? Ein paar Kürbisse vielleicht?«

Einen Moment lang war ich irritiert; die zwei, drei Male, dass ich Christine in die Gärtnerei begleitet hatte, lagen immerhin Jahre zurück. Dann nickte ich: »Sie lesen Zeitung. Also wissen Sie sicher auch, was vorgestern Abend im Technologiepark los war?«

Natürlich wusste sie. Bei entsprechendem Wind dürfte ihr der Brandgeruch das Abendessen vergällt haben. Und so kam auch Gärtnerin Spang in den Genuss meines Eierschalenmonologs von der eventuellen Beteiligung eventuell in Handschuhsheim Ansässiger an dem Brandanschlag auf Knödelchens Büro. Die dritte Zuhörerin, die dritte Reaktion: Frau Spang versteinerte medusenmäßig vor meinen Augen, nur ihre Lider flackerten, und die Pupillen zogen, wie von einem Magneten angezogen, nach links. Sträubten sich, kehrten in die Ausgangsposition zurück, zuckten wieder nach links. Dorthin, wo ihr Sprössling auf einem Stuhl lümmelte und mit der Elektronik spielte.

»Es ist bloß eine Überlegung«, beendete ich meine Ansprache. »Wir wollen halt nichts ausschließen.«

Jetzt war sie nicht mehr zu halten. Ihr Kopf schnellte zur Seite, ihr Mund presste ein wütendes »Sascha!« hervor.

Es machte Plopp, als der Junge seine Ohrstöpsel entfernte. Fragend sah er seine Mutter an.

»Der Mann da ist Privatdetektiv«, zischte sie. »Und er will wissen …«

Weiter kam sie nicht. Den i-Pod in der Rechten, schnellte Sascha vom Stuhl hoch und stürzte aus dem Raum, Richtung Grünzone. Verdattert sah ich ihm hinterher. Aber mein Gesicht war nichts gegen das seiner Mutter, das regelrecht auseinander fiel.

»Bleib stehen!«, rief ich und machte mich an die Verfolgung.

Das Gewächshaus war tatsächlich riesig. Hunderte von Pflanzen standen auf endlosen Reihen von Tischen oder in Töpfen auf dem Boden. Die kleinen vorne, weiter hinten die großen. Nicht zu vergessen die Kunden der Gärtnerei, die sich zwischen dem Grün bewegten. Es waren mehr als gedacht; Sascha musste auf seinem Weg in die Freiheit einige von ihnen beiseite stoßen. Bevor sie sich ihrer Empörung bewusst werden konnte, war auch ich an ihnen vorbei. Zu den Schnellsten habe ich noch nie gezählt, aber man wächst ja an seinen Aufgaben.

»Sascha!«, brüllte ich. »Das bringt doch nichts!«

Da war der Knabe offenbar anderer Meinung. Stur rannte er den Mittelgang geradeaus. Seine Kapuzenjacke flatterte, über der tiefergelegten Jeans leuchtete weiße Haut. Als er die größeren Pflanzen erreicht hatte und mit dem Kopf die Blätter eines Bäumchens streifte, kam er zum ersten Mal zu Fall. Hatte ihn das Grünzeug ausgeknockt? Ich war fast bei ihm, er aber bereits wieder auf den Beinen. Und im nächsten Moment lag ich selbst auf dem Hosenboden. Von wegen ausgeknockt! Eine Wasserlache auf dem Fliesenboden war uns zum Verhängnis geworden. Fluchend, mit schmerzendem Steiß rappelte ich mich auf. Der Spang-Zwilling schwang sich eben über einen der Tische in den Parallelgang. Elegant – aber das konnte ich auch. Hier geht es nicht zurück, Kleiner! Er hetzte weiter, überquerte den nächsten Tisch, war im Außengang angelangt. Ich hinterher, mit triumphierendem Grinsen, auch wenn es in der Leiste zwickte. Ein Topf krachte auf die Fliesen. Sascha hielt inne und starrte mich an. In seinem Rücken endete das Gewächshaus.

»Ganz ruhig«, keuchte ich. »Ich will nur mit dir reden.«

»Ich aber nicht«, stieß er hervor, drehte sich um und war weg.

Gut, dass ich mich in diesem Moment nicht selbst beobachten konnte. Es muss ein selten dämlicher Anblick gewesen sein. Wo kam nur plötzlich diese verdammte Tür in der Glaswand her? Also weiter mit dem Katz-und-Maus-Spielchen! Ich stürzte ebenfalls durch die Tür und schreckte zurück: Da rollten Kürbisse auf mich zu. Kürbisse! Sie waren links zu einem Hügel aufgeschichtet, rechts gab es einen riesigen Heuhaufen, dazwischen versperrte die Rückfront eines Traktors den Weg. Sascha musste über den Gemüseberg geklettert sein und ihn dabei ins Rutschen gebracht haben.

Mir blieb keine Wahl: hinterher. Anlauf nehmend, hechtete ich auf das grün-orange-gelbe Hindernis zu, kam ins Stolpern, krabbelte weiter. Auch der junge Spang hatte seine liebe Müh, ich sah ihn nicht weit vor mir festen Boden wiedergewinnen. Am letzten Kürbis, einem Prachtexemplar von Hokkaido, blieb er hängen und fiel erneut, diesmal in die feuchte, von schwerem Gerät zerwühlte Erde. Kapital konnte ich daraus nicht schlagen; ich tanzte ja selbst strauchelnd über die Kürbishalde. Endlich hatten wir das Geröll hinter uns gebracht, Sascha schlug einen Haken nach links, um das Ende des Gewächshauses herum. Besonders einfallsreich war der Junge ja nicht. Kaum hatte er die gegenüberliegende Seite erreicht, als er wieder eine verborgene Glastür öffnete und nach drinnen verschwand. Nur wenige Sekunden nach ihm schlüpfte ich hinein, aber verdammt, er war nicht mehr zu sehen! Ich rannte den Gang hinunter – nichts.

»Wo ist er?«, herrschte ich die glotzenden Kunden an. Achselzucken. Noch mehr Geglotze. Ich lief zurück, wieder nach vorne, bog Blätter zur Seite, lugte hinter Palmwedel. Verstecke gab es hier reichlich. Irgendwo musste er doch sein!

»Da!«, hörte ich einen Mann rufen. Er zeigte mit ausgestrecktem Arm in Richtung Verkaufsraum, durch den der junge Spang seelenruhig geschlendert kam. Sofort schoss ich auf ihn zu – der Kerl reagierte überhaupt nicht. Sperrte bloß den Mund auf, als ich ihm entgegensprintete.

»So, und jetzt unterhalten wir zwei uns mal in aller Ruhe«, sagte ich mühsam beherrscht und nach Luft schnappend.

»Is was, Alter?«

Im nächsten Moment knallte es. Sascha erhielt eine Ohrfeige, die ein beachtliches Echo an den Glaswänden hervorrief. Seine Mutter stand neben ihm und glühte ihn an: »Was habt ihr wieder angestellt, du und Sascha?«

Sascha und Sascha? Erst jetzt dämmerte mir, dass ich den anderen Zwilling erwischt hatte: Justin, den jüngeren. Richtig, er trug eine viel hellere Jacke, und einen i-Pod hielt er auch nicht in der Hand. Bloß das Lausbubengesicht war ein und dasselbe.

»Wer hat denn jetzt schon wieder gepetzt?«, stotterte er und hielt sich die Backe. »Ey, Mama, die Zicke hat angefangen, ehrlich! Frag den Sascha.«

»Welche Zicke?« Sie schüttelte ihn.

»Meinst du Frau Deininger?«, wollte ich wissen.

»Kenn ich nicht. Mensch, Mama, lass doch mal! Die hat uns so lange angemacht wegen unserer Klamotten, die Katja, bis wir uns gewehrt haben. Das Handy von der war schon vorher Schrott.«

Mutter Spang holte zum zweiten Mal aus, doch ich ging dazwischen. »Warten Sie, diese Katja ist mir völlig egal.«

»Eine aus der Nachbarschaft«, knurrte sie. »Immer wieder kommen die beiden …«

»Schon gut. Machen Sie das unter sich aus, es geht mich nichts an. Ich will nur eins wissen: Wo wart ihr am Montagabend, so zwischen sechs und acht Uhr?«

»Diesen Montag?«, fragte der Knabe kleinlaut zurück.

»Ja, diesen Montag.«

»Keine Ahnung. Hier wahrscheinlich.«

»Und euer Training?«, rief seine Mutter. »Mensch, Justin, du tust, als hättest du nur noch Grütze im Kopf!«

»Klar, Fußball hatten wir, stimmt ja. Vorletzten Montag auch. Und den davor. Wir haben diese Saison überhaupt noch nicht gefehlt, der Sascha und ich. Unser Trainer sagt ...«

»Ist ja gut«, unterbrach ich. »Wenn ihr im Training wart, könnt ihr den Brand im Technologiepark nicht gelegt haben, und dann hat eure Mutter auch keinen Grund zur Besorgnis.«

»Sagen Sie!«, lachte sie bitter.

»Zumindest in diesem Fall nicht. Solltet ihr doch etwas damit zu tun haben oder etwas darüber wissen, müsst ihr mir das sagen. Die Sache ist schlimm genug. Schlimmer als ein kaputtes Handy, klar?«

Er nickte. »Das war uralt, das Handy von der Katja, echt.«

»Und sie hat angefangen, die Sau.«

Wir drehten uns um. Ein erhitzter Sascha stand zwischen den Grünpflanzen, bereit zur erneuten Flucht, falls es die Lage ergäbe.

»Komm du mir unter die Finger!«, drohte seine Mutter. »Ich werde dich lehren, unsere Töpfe zu ruinieren.«

»Das war der da!«

»Ich ersetze Ihnen den Schaden«, sagte ich. Ähnlich wie Sascha dachte ich nur noch an Rückzug. »Schreiben Sie mir eine Rechnung, Frau Spang, Adresse steht im Telefonbuch. Ich glaube, ich bin mit meinen Ermittlungen hier fehl am Platz. Nehmen Sie mir meine Fragen bitte nicht übel. Und falls Sie gerüchteweise hören, wer den Brand gelegt haben könnte, informieren Sie mich. Danke für alles.«

Ich ging. Sollten die drei sich ihren eigenen Reim auf die Sache machen. So bald würde ich bei den Spangs nicht mehr einkaufen.

12

Es war einmal ein hoffnungsvoller deutscher Nachwuchswissenschaftler. Der machte mit 24 seinen Dr. nat. in der schönen Stadt München, erntete Lob und gute Worte. Machte mit 27 seinen Dr. med. in der schönen Stadt Frankfurt und erhielt noch mehr Lob. Übrigens nicht nur von seinen Kollegen. Von ganz oben kam der Beifall, aus der Politik, der deutschen. Denn was der Mann so erforschte, hatte eine Aussage und hatte eine Kraft. Da wurde über Erbanlagen gekopfgrübelt und über die Rassenlehre, also darüber, warum Du und Ich zum Herrenvolk gehören oder nicht. Der Mann hieß Josef Mengele, und weil er sich nicht als Weißkittel im Elfenbeinturm fühlte, sondern als einer von Uns, meldete er sich zur Waffen-SS.

Das war natürlich günstig. Denn nun hatten die Jungs mit der Doppelrune einen in ihren Reihen, der ihnen genau sagen konnte, warum sie von der Natur rassisch besser ausgestattet waren als der Rest der Welt. Ich meine, man sah es zwar jeden Tag auf den Straßen zwischen Warschau und Kiew, aber noch schöner wäre es gewesen, gäbe es einen wissenschaftlichen Nachweis dafür, so eine Art Formel. Die hätte man all den niederen Völkern im Osten um die verwachsenen Schädel schlagen können: Seht her, da habt ihr den Beweis, warum wir die Guten sind. Und vor allem hätte sich anhand der Formel zeigen lassen, wer zu den Guten gehörte und wer nicht. Das hat denen im Führerhauptquartier nämlich gewaltig Kopfzerbrechen bereitet: dass sich in ihrer schönen rassereinen Volksgemeinschaft womöglich immer noch ein paar Halbgermanen und Mischjuden tummelten.

Seitdem fuhr der Doppeldoktor Mengele jede Menge Zusatzschichten. Erst recht, als man ihm das große Labor in Polen einrichtete. Auschwitz, schon mal gehört? Was da geforscht wurde! Und mit welcher Gründlichkeit! So etwas hatte die Welt noch nicht gesehen. Da gab es Zwillingspärchen, die waren natürlich das Lieblingskind jedes Wissenschaftlers. Der Doktor spritzte denen ein bisschen Chemie in die Adern oder eine Ladung Keime, sagen wir: Typhus-Erreger, und dann wartete er, was passierte. Hat er alles in seinen Büchern vermerkt. Manchmal passierte nichts, dann sorgte er persönlich dafür, dass ... Mit Giftgas, genau. Ob das noch wissenschaftlich war, weiß ich nicht. Oder die Geschichte mit den Rassenmerkmalen: Wer hätte gedacht, wie unterschiedlich so ein Jude war? Wenn man den Nordostjuden mit Fleckfieber infizierte, ging er brav über den Jordan – der Südostjude merkte nicht mal was davon. Oder die vielen Augäpfel, die unser Dr. Dr. Mengele von fremden Stämmen schüttelte! Als er bei seinen Zigeunern einen Hang zur Heterochromie feststellte, soll heißen rechts blaue Iris und links braun oder umgekehrt, da war er in seinem Forscherdrang nicht mehr zu bremsen. Ein Leben für die Wissenschaft – so sein Motto.

Und wie rationell der Mann vorging! Denn die ausgedienten Versuchspatienten, die wurden nicht einfach verscharrt oder was man jetzt denkt, sondern hübsch recycelt und für die Kollegen in Formalin gelegt. Der eine Forscher bekam die Milz, der nächste das Gehirn, dem dritten reichten ein paar Blutproben. Alles lebendfrisch, selbstverständlich. Da kann man sich die Freude ausmalen in Berlin, wenn wieder Post aus Polen kam! Gespannt wie an Weihnachten steht das ganze Institut um den Chef herum, der die Paketschnur aufziehen darf, und schon lachen einen zwölf sauber präparierte Augen aus dem Karton an!

»Bitte nicht!« Christine wandte sich ab, als auf dem Bildschirm tatsächlich eine Kiste voller menschlicher Augen gezeigt wurde.

»Tut mir leid«, meinte Evelyn Deininger und stoppte die DVD. »Zugegeben, der Beitrag ist ziemlich effekthascherisch. Aber an den Tatsachen gibt es nichts zu rütteln. In Dahlem hat man mit Augen aus Auschwitz gearbeitet. Und mit Organen von KZ-Häftlingen.«

Eine Zeitlang herrschte Schweigen. Ich lag in einem Sessel und betrachtete meine Fußspitzen. Christine saß auf dem Sofa, neben ihr die Deininger. In Reichweite stand Handschuhsheimer Kürbissuppe in Schälchen. Lecker war sie gewesen, aber jetzt wurde sie kalt. Draußen blökte eine Autohupe, ein zweite antwortete.

»Lebendfrisch«, sagte ich und kratzte mich am Kinn. »Was heißt das? Doch nicht Entnahme bei lebendigem Leib?«

»Nein, sondern direkt nach der Ermordung. Es gab Ärzte, die sich Häftlinge aufgrund bestimmter Merkmale aussuchten und sie durch Injektionen töten ließen. Ein regelrechter Organmarkt: Ich brauche die Leber von dem Kranken dort hinten, und jetzt bitte noch eine gut abgehangene Niere.«

»Ich kann gar nicht so viel fressen, wie ich kotzen möchte«, murmelte Christine. Auch wenn ich die Kürbissuppe gekocht hatte, nahm ich es nicht persönlich.

»Mengele«, fuhr die Deininger fort, »ist in seiner Skrupellosigkeit sicher ein Extremfall, auch innerhalb des Dritten Reichs. Aber es gab jede Menge Ärzte und Forscher, die ihre moralischen Bedenken um der eigenen Karriere willen über Bord warfen. Oder einfach, um zu neuen, spektakulären Ergebnissen zu kommen. Die berühmt-berüchtigte entgrenzte Wissenschaft, wie es im Fachjargon heißt.«

»Gehört Butenschön auch dazu?«, wollte ich wissen.

»Nicht im engeren Sinne. Sollte er Bedenken gehabt haben, dann hat er sie beiseite geschoben. Wo er hätte nachfragen können – oder sollen –, hat er es niemals getan. Aber von einer direkten Schuld kann man kaum sprechen. Mit Präparaten aus Auschwitz arbeitete er jedenfalls nicht.«

»Sondern? Ich meine, warum zeigen Sie uns dann diesen Film?«

»Mengeles Frankfurter Doktorvater hieß Verschuer, Freiherr Otmar von Verschuer. Und der leitete während des Kriegs das Kaiser-Wilhelm-Institut für Anthropologie in Berlin-Dahlem.«

»Dort war Butenschön doch auch?«

»Richtig, als Direktor des Instituts für Biochemie. Verschuer und Butenschön waren mehr als Kollegen. Sie waren Freunde, Nachbarn, und einen ähnlichen politischen Horizont hatten sie auch. Der eine war Mitglied der Thule-Gesellschaft gewesen, der andere im Jungdeutschen Orden. Man wusste jeweils von den Forschungen des anderen, tauschte sich natürlich über Gott und die Welt aus. Und dieser Verschuer arbeitete mit Blutproben aus Auschwitz.«

»Das passt zu einem, der den Mengele hochgebracht hat.«

»Mag sein. Verschuer behauptete nach dem Krieg, er habe nicht gewusst, dass die Probanden zur Abgabe gezwungen worden waren, und schon gar nicht, dass man sie danach umgebracht hatte. Mengele habe stets von den humanen Bedingungen in dem Straflager geschwärmt.«

»Und damit kam er durch?«

»Das Gegenteil war ihm nicht nachzuweisen. Verschuers Aussage nach war sogar sein Schüler Mengele ein Opfer, den man gegen seinen Willen nach Auschwitz abkommandiert habe.«

»Wie bitte?«

»Vielleicht wollte er dadurch von seiner eigenen Rolle ablenken. Es ist nämlich denkbar, dass es Verschuer höchstpersönlich war, der für die Installation seines Schülers als Lagerarzt gesorgt hat. Belegen lässt sich das jedoch nicht. Verschuer jedenfalls bekam nach dem Krieg einen Persilschein ausgestellt. Sein Freund und Kollege Butenschön versicherte in einer Art Gutachten, dass Verschuer ein charakterlich einwandfreier Mensch sei, der ganz sicher nicht mit den Blutproben experimentiert hätte, wenn ihm die Einzelheiten ihrer Herkunft bekannt gewesen wären.«

Jetzt war ich es, den akuter Brechreiz befiel. War das Butenschöns Vorstellung von Elite? Dass man die Reihen geschlossen hielt, auch bei den schlimmsten Verbrechen? Nibelungentreue bis zum Untergang? Das war widerlich und sonst nichts. Ich stand auf und ging zum Fenster. Da hatte doch vorhin einer so blöd gehupt. Es war acht Uhr, die Leute genossen längst ihren Feierabend, aber nein, der Typ dort unten musste sich aufspielen und seine Mitbürger von der Straße hupen! Bestimmt auch einer dieser Elitedeppen, die sich für etwas Besseres hielten. Und wenn er von der Polizei erwischt wurde, bekam er von irgendeinem adligen Großkotz einen Persilschein ausgestellt.

»Ja, die Freiherren«, moserte ich, mit dem Gesicht zur Scheibe. »Ich bin so frei, Herr Freiherr.«

»Alles klar, Max?«

»Alles klar, Schatz.« Keinen Blick gönnte ich ihr, meiner politisch korrekten Ex!

»Butenschön«, nahm Evelyn Deininger den Faden wieder auf, »hatte natürlich gute Gründe, seinen Kumpel so spektakulär reinzuwaschen. Es galt, die zusammengebrochene deutsche Wissenschaft neu zu organisieren, und da gehörte ein Otmar von Verschuer seiner Meinung nach dazu. Wie so viele andere, die in ethisch-moralischen Grauzonen operiert hatten. Sie dürfen nicht vergessen, dass dies gängige Praxis in der jungen Bundesrepublik war. Den Leuten eine neue Chance geben, sie zu Demokraten machen – so verfuhr Adenauer auch.«

»Deshalb habe ich den nie gewählt«, knurrte ich und drehte mich um.

Sie schlug die Beine übereinander. »Natürlich ist das eine zweischneidige Sache: Soll man belastete Personen ausgrenzen oder integrieren? Wo verläuft der Königsweg? Denken

Sie an unseren Umgang mit den ehemaligen Stasizuträgern in Ostdeutschland. Auch da hat niemand ein Patentrezept, fürchte ich. Verschuer galt eine Zeitlang als Persona non grata, irgendwann aber bekam er doch noch seinen Lehrstuhl, Butenschön sei Dank. Dass all diese Leute mehr über Auschwitz wussten, als sie zugaben, ist wahrscheinlich, sogar sehr wahrscheinlich. Bloß nachweisen lässt es sich nicht.«

»Natürlich nicht! Es ist immer das Gleiche: Niemand will etwas gewusst haben. Es gab keine KZs in Deutschland, keine Hinrichtungen, Hitler hat alle Autobahnen gebaut, und als die Silbersterns nebenan plötzlich weg waren, dachten wir, na, die machen bestimmt Urlaub im schönen Palästina.«

Knödelchen strich sich eine ihrer dünnen Strähnen aus der Stirn und schenkte mir ein leises Schmunzeln. Was war denn jetzt schon wieder los? Hatte ich etwas Dummes gesagt? Ich meine, was gab es bei diesem Thema zu schmunzeln? Auf diese wissenschaftliche Überheblichkeit verzichtete ich gerne.

»Ist was?«, blaffte ich.

»Nein, Sie haben völlig recht, Herr Koller.« So, hatte ich das? Warum verschwand dann dieses Grinsen nicht aus ihrem Gesicht? »Sie haben recht, aber es ist ein ziemlich hoher moralischer Maßstab, den Sie da anlegen. Nicht wissen, nicht wissen wollen, verdrängen, wegschauen – zwischen diesen Verhaltensweisen gibt es fließende Übergänge, und das betrifft uns genauso wie frühere Generationen. Uns vielleicht noch viel mehr, schließlich leben wir in einer Informationsgesellschaft. Zum Beispiel wissen wir, dass China ein Unrechtsstaat ist, in dem permanent Menschenrechte verletzt werden. Trotzdem führen wir massenweise Produkte aus China ein und erhalten damit das System. Wir wissen es, aber wir handeln nicht danach. Das Gleiche gilt für Kinderarbeit in Fernost, die wir mit jedem T-Shirt aus dem Discounter unterstützen. Soll keiner sagen, er habe nichts davon gewusst.«

Statt einer Antwort verschränkte ich die Arme vor der Brust und zog einen Flunsch. Was sollte ich auch erwidern? Natürlich kaufte ich nur die billigsten T-Shirts, in meiner Situation blieb mir gar nichts anderes übrig. Arbeiten in Deutschland, Kleider aus Bangladesch. Die Chinesen hatten bisher noch kaum von mir profitiert. Sicher, es gab inzwischen auch Bier aus China, und angeblich schmeckte es gar nicht so übel. Ich trank es trotzdem nicht.

»Die Frage, wer wie viel gewusst hat«, ging Knödelchens Vortrag weiter, »lässt sich auch im Fall Butenschön nicht endgültig klären. Er selbst hatte mit den Forschungen der Anthropologen nichts zu tun. Aber als Verschuer 1944 einen Biochemiker für seine Versuche benötigte, stellte Butenschön einen Mitarbeiter aus seinen Reihen ab. Jetzt wurde der auf das Humanmaterial aus Auschwitz angesetzt. Man kann davon ausgehen, dass er sich mit seinem Chef darüber austauschte. Und mit Sicherheit hat Butenschön gefragt, woher die Proben stammten. Es war kurz vor Kriegsende, da wurde es immer schwieriger, an solches Material zu kommen.« Sie hob die Schultern. »Juristisch ist da nichts zu machen. Nur moralisch.«

Es läutete. Mit einer knappen Kopfbewegung, die meinen Blutdruck in die Höhe trieb, dirigierte mich Christine zum Telefon. »Ja?«, plärrte ich dem Anrufer entgegen. Missbilligung im Blick, stand meine Ex auf und ging in die Küche.

»Nein«, rief ich, »damit habe ich nichts zu tun. Überhaupt nichts. Wie kommen Sie denn darauf?« Ich sah zu Evelyn Deininger hinüber und schnitt eine Grimasse. »Diese Nuttenstorys sind unter meinem Niveau. Unter dem Ihres Käseblatts vielleicht nicht, aber das ist Ihr Problem!« Zack, das Telefon landete in einer Ecke, und ich wünschte mir die Zeiten zurück, wo man den Hörer noch mit Schmackes auf die Gabel knallen konnte.

»Nuttenstorys?«, fragte Knödelchen.

»Romana, die wildeste Hure von Heidelberg. Schon mal

gehört? Das war schon der Dritte oder Vierte, der glaubt, ich ermittle in der Sache. Seit mein Name auf einem Buchdeckel steht, trauen mir die Leute alles zu.«

Sie rang sich ein kleines Lächeln ab. Wir warteten, bis Christine mit drei Tassen und einer Kanne Tee zurückkam, dann kehrte die Historikerin zum Thema zurück.

»Es gibt weitere Forschungsprojekte der Nazis mit Berührungen zu Butenschön. Aber auch da ist fraglich, inwieweit er involviert war und was er über die Hintergründe wusste. Einer seiner Mitarbeiter ging irgendwann nach Tirol, um dort Kälteexperimente an Menschen durchzuführen. Offenbar standen ihm dafür Freiwillige zur Verfügung, und es kam auch nicht zu Todesfällen, soweit man weiß. Dann war Butenschön der Initiator einer Versuchsreihe in Unterdruckkammern. Keine Menschen-, sondern Tierversuche. Insofern alles in Ordnung. Aus diesem Projekt aber ging ein neues hervor, geleitet von einem Schüler Butenschöns und wohl ohne dessen Wissen. Hier hat man nun Menschen in Unterdruckkammern gesteckt, und zwar Kinder. Sechs Kinder aus einer psychiatrischen Anstalt.«

»Gott, ist das eklig!«, entfuhr es Christine.

»Die sechs sollen das Experiment unbeschadet überstanden haben, heißt es. Ein Verbrechen ist es natürlich trotzdem. Aber es geschah erneut ohne Beteiligung Butenschöns, soweit ersichtlich.« Sie beugte sich vor, um sich eine Tasse Tee einzuschenken.

»Okay«, sagte ich. »Die Sache ist kompliziert. Aber nun wird mir klar, welcher Zündstoff in den verschwundenen Akten steckt. Ein einziger Brief, zum Beispiel an einen dieser Schüler oder Mitarbeiter, könnte die Beurteilung Butenschöns völlig verändern.«

»Sagen wir mal: Er könnte die Gewichtung verschieben. Das wäre auch schon etwas, zumindest in wissenschaftlicher Hinsicht.«

»Die Gewichtung? Das klingt mir zu defensiv.«

Sie schüttelte den Kopf. »Es werden keine Dokumente auftauchen, in denen steht, Albert Butenschön sei persönlich in
einem Vernichtungslager tätig gewesen. Das ist ausgeschlossen. Auch dass er in Berlin mit Material aus Auschwitz hantiert
hätte, wird mit ziemlicher Sicherheit nicht Inhalt der Akten sein.
Wir sind ja auch ohne sie über seine Tätigkeit in den Kriegsjahren recht gut informiert. Wenn sich etwas Neues ergibt, dann
zu der Frage: Was wusste er über die Hintergründe von Verschuers Arbeit? Hat er sie gebilligt, hat er seinen Einfluss gel-
tend gemacht, als der Projektantrag gestellt wurde? Die Akten
werden aus Butenschön keinen Verbrecher machen, sie werden
höchstens die Vorwürfe, die man ihm aus ethischen Gründen
machen kann, auf eine stabilere Basis stellen.«

»So?«, grummelte ich. Irgendetwas in mir wäre dem Alten
gerne auf die Schliche gekommen. Auch wenn das albern war.
Wissenschaftler in Butenschöns Position hatten ja zwangsläu-
fig in Kontakt mit den Nazis gestanden, jeden Tag, Jahr für
Jahr, und dass die Grenzen zwischen Kontakt und Kollabo-
ration fließend waren, wusste ich selbst. Unzufrieden goss ich
mir auch eine Tasse Tee ein und verbrannte mir prompt die
Zunge an dem heißen Zeug.

»Hat sich Butenschön nach dem Krieg zu seiner Verantwortung als Wissenschaftler geäußert?«, fragte Christine.

»Kaum. Im Verlauf seiner Entnazifizierung gab er an,
von Auschwitz und der Judenvernichtung nichts gewusst
zu haben. Genau wie Verschuer und wie Millionen andere
Deutsche auch. An konkreten Verbrechen war ihm ja nichts
vorzuwerfen, deshalb kam die Entlastung durch die Spruch-
kammer nicht überraschend. Im Übrigen sah er sich wohl
als Opfer: als Opfer des Kriegs und als Opfer der Nazis.
Erst verweigerten sie ihm die Annahme des Nobelpreises,
und nun litt er ihretwegen unter dem Vorwurf der Kollektivschuld.«

»So ein Opfer möchte ich mal sein!«, lachte ich.

»Aus heutiger Sicht sagt sich das leicht. Natürlich konnte ein Albert Butenschön die Opferperspektive nur einnehmen, indem er alles andere ausblendete. Aber das tat jeder, der ausgebombt war, der einen Verwandten an der Front verloren hatte, der Hunger litt.«

»Butenschön litt keinen Hunger.«

»Das stimmt. Ihm ging es vergleichsweise gut nach dem Krieg. Er hatte eine Professur, eine Unterkunft, die Forschungsgelder flossen reichlich. Objektiv gesehen, gab es keinen Grund, sich zu beklagen. Er ist dann ja auch ein guter Demokrat geworden, wenn man so will. Von seinen früheren Ansichten hat er sich, wenn auch behutsam, distanziert. Dass er sich zum Beispiel gegen das Mensurschlagen aussprach, brachte ihm richtig Ärger mit seiner Verbindung ein. Und in einem Fernsehinterview gab er zu, dass sein Verhalten im Dritten Reich nicht korrekt war. Immerhin.«

Immerhin, ja! Ein paar Brosamen der Reue, die der Professor und Ehrenbürger aus dem obersten Fenster seiner Villa für alle Gutmenschen auf den Gehweg streute. Mir reichte das nicht, ich war eben kein distanzierter Wissenschaftler, der alles differenziert sah, sondern es kotzte mich an, wenn sich einer in all seiner Sattheit und seinem Erfolg fläzte und ihm der Weg, wie er dorthin gelangt war, einen feuchten Kehricht interessierte. Was war eigentlich mit meiner Ex, wo blieben ihre Einwände und Bedenken und der moralische Zeigefinger, den sie sonst bei jedem Hauch einer bösen Tat erhob? Aber nein, ruhig saß sie da, schlürfte ihren Tee, stellte ein paar Nachfragen und signalisierte Knödelchen durch ihr ganzes Verhalten, wie wohltuend subtil sie deren Vortrag fand. Weiber! Mich hatte sie auch schon eingelullt mit ihrem blöden Rooibosgesöff, mir fielen keine Entgegnungen mehr ein, nur noch spektakuläre Methoden, wie ich die Butenschöns dieser Welt ins All beamen könnte. Konstruktiv waren diese

Ideen nicht zu nennen. Vielleicht sollte ich es doch lieber mit Nuttenstorys probieren.

»Wolltest du etwas sagen, Max?«, fragte Christine.

Ich schüttelte den Kopf und kippte meinen Tee auf einmal hinunter. Dass ich mir dabei den Rachen verbrühte, war mir egal.

13

»Bitteschön, Herr Urlauber!« Ich knallte Marc Covet die neueste Ausgabe der Neckar-Nachrichten aufs Armaturenbrett. Kurzzeitig kam Christines Wagen von der Ideallinie ab, während wir uns durch die kreisrunde Parkhauszufahrt nach unten schraubten.

»Ist er drin?«

»Lokalteil.«

»Nicht im Feuilleton?«, maulte Marc. Die Redakteure des Feuilletons waren seine Lieblingsfeinde. Was sie zusammenschrieben, gehörte in Wahrheit in den Lokalteil, während er, Marc, der einzige, echte Feuilletonist war. Der es aus Stolz, Trägheit und Patriotismus nie in die Kulturredaktion geschafft hatte, zumindest nicht dauerhaft. Und weil Feindschaften gepflegt sein wollten, hatte er sich eine schön schlechte Rezension unseres Buches gewünscht, über die es sich so richtig herziehen ließ. Am besten im Chor mit sämtlichen Lokalredakteuren. Enttäuscht blätterte er vor und zurück.

»Seite 5.«

»Da ist ein riesiger Kaffeefleck.«

»Und unter ihm der Artikel. An dem Fleck bist du schuld,

weil ich dich so früh abholen musste. Denn weil ich dich so früh abholen musste, musste ich den Kaffee im Auto trinken. Da ist es passiert. Bei einer Vollbremsung.«

»Heul doch. Was glaubst du, wann *ich* heute Morgen …?« Er stöhnte auf. »Der Frieder! Ausgerechnet der Frieder. Der von Literatur so viel Ahnung hat wie ich vom Kickboxen. Da hätten sie gleich den Lothar schicken können.« Lothar war Sportredakteur und Marcs Zimmernachbar.

»Dafür fällt kein kritisches Wort. Ist doch super.«

»Eine echte Rezension wäre mir lieber gewesen.«

»War es nicht Lothar, der sich beschwert hat, dass wir ihm im Buch eine falsche Vokabel in den Mund legen? Weil es beim Rugby keine Torpfosten gibt, sondern diese anderen Dinger?«

»Malstangen.«

»Genau. Der hätte sicher noch mehr Haare in der Suppe gefunden. Und die vom Feuilleton erst recht.«

»Aber so ein Befindlichkeitsbericht von einer Lesung … nee, das ist nicht das, was ich mir erhofft habe.«

»Besser als ein Verriss nach allen Regeln der Kunst.«

»Hör auf! ›Der wahre Max Koller ist ganz anders, als man ihn sich nach Lektüre des Romans vorstellt.‹ Was soll denn diese Schülerprosa?«

»Ich find's gut.«

»Ja, du!«, knurrte er. »Kaum Autor, schon eitel.« Brummend und murrend vertiefte er sich in die Lektüre des Artikels, der mit Lob für meine Darbietung nicht sparte. Meine Unbeholfenheit beim Vortrag des Textes sei, weil so authentisch, von ganz besonderem Charme und nur noch übertroffen worden von dem unerwarteten Anruf, möge der sich auch als geschickte Inszenierung erweisen. »Authentisch!«, höhnte Covet. »Das hat er von mir! Und was für ein Anruf?«

»Ein neuer Fall.«

Er wandte mir sein Gesicht mit all seiner Pharaonenbräune zu. »Ein neues Buch?«

»Nein, ein neuer Fall. Der bislang alles andere als spektakulär daherkommt.«

»Gut. Wir reden gleich darüber. Lass mich nur noch schnell…« Schon vertiefte er sich wieder in Frieders Geschreibsel. Lass es mich nur noch schnell auswendig lernen, Max. Wer war hier eitel? Marc würde sich die Zeitung unters Kopfkissen legen, so viel stand fest. Natürlich nicht die mit dem Kaffee drauf, sondern ein sauberes Exemplar. Zumal er selbst darin erwähnt wurde, wie es sich unter solidarischen Lokalredakteuren gehörte. ›Die souveräne textliche Gestaltung von Kollers turbulenten Abenteuern stammt übrigens von einem langjährigen Mitarbeiter unserer Zeitung…‹ Nun, ich gönnte es Marc, keine Frage. Auch wenn es das Wort ›souverän‹ nicht ganz traf.

Mittlerweile hatten wir die A 3 erreicht und fuhren Richtung Osten. Ich griff nach meinem Handy, um die Mailbox abzuhören. Linke Hand am Lenkrad, rechter Daumen auf den Telefontasten. Marc warf mir einen misstrauischen Seitenblick zu.

»Telefonieren auf der Autobahn? Warum hast du das nicht im Flughafen erledigt?«

»Weil ich dort beide Hände mit deinen Souvenirtaschen voll hatte. Und weil das Handy im Auto lag. Kannst du mal eben in den Vierten schalten, während ich ausschere?«

»Auf keinen Fall.«

Okay, die Mailbox war sowieso leer. Keine Rückmeldung von Koschak. Ich legte das Handy zurück, schaltete selbst und überholte den Kriecher vor uns. Wir hatten das Frankfurter Kreuz erreicht.

»Hättest du hier nicht abbiegen müssen?«, meinte Covet und zeigte mit dem Daumen nach hinten.

»Du wolltest doch etwas über meinen neuen Fall erfahren.« Ich nahm die nächste Ausfahrt, die uns auf die A 5 nach Norden führte. Vor uns wuchs die Skyline Frankfurts in den diesigen Novemberhimmel. »Und schon steckst du mittendrin. Seit vorgestern versuche ich, Kontakt zu einem gewissen Koschak aufzunehmen, der reagiert aber nicht. Sehen wir halt mal nach, ob er zuhause ist.«

»Ein Verbrecher?«

»Schlimmer. Ein Journalist.«

»Lokalredaktion oder Feuilleton?«

»Ausschließlich Titelseite. Einer von der investigativen Sorte.«

»Himmel, hilf.« Marc legte die Neckar-Nachrichten aufs Armaturenbrett, allerdings so, dass er Frieders Artikel im Blick hatte. »Und worum geht es?«

Der Name Butenschön war ihm natürlich bekannt. Wenn er Pech hatte – oder Glück, mein Fall interessierte ihn schließlich –, schickte ihn sein Ressortleiter zur Jubelfeier in die Alte Aula. Er hatte den Professor vor Jahren am Rand einer Veranstaltung im Krebsforschungszentrum getroffen, ihm aber nicht mehr als die üblichen Floskeln entlockt. Auch an die vor 20 Jahren aufkeimenden Vorwürfe erinnerte er sich. Und an die Teilrehabilitation durch den Kommissionsbericht.

»Mir hat der Kerl noch nie imponiert«, meinte er wegwerfend. »Seine ganzen Verdienste als Forscher, schön und gut. Aber wenn einer nach 1945 lauthals tönt, Wissenschaft habe mit Politik grundsätzlich nichts zu tun, und gleichzeitig Wissenschaftspolitik aus dem Lehrbuch betreibt, dann frage ich mich, wen er damit verarschen will: seine Mitbürger oder doch eher sich selbst?« Er gähnte. »Angeblich hat ihm das Alter ein Fünkchen Weisheit geschenkt, so dass er auf seinen früheren Standpunkten nicht mehr stur beharrt. Heißt es! Obs wahr ist, weiß Butenschön allein.«

Ich nahm die Ausfahrt Niederrad, noch bevor wir den

Main erreicht hatten, und steuerte Goldstein an, einen Vorort im Frankfurter Südwesten.

»Hier wohnt er?«, wollte Covet wissen.

»Der Journalist, ja. Er heißt Koschak, ist Freelancer und immer auf der Suche nach der großen Story. Im aktuellen Fall der Verbindungsmann nach Russland.«

»Und was genau willst du von ihm?«

»Vor allem herausfinden, warum er sich nicht meldet. Und falls er da ist: mit ihm reden. Mehr nicht.«

Koschaks Wohnhaus war ein Bungalow aus den Achtzigerjahren in einer stillen, um nicht zu sagen komatösen Siedlung. Der einzige Lichtblick waren zwei Knirpse, die sich im Nachbargarten um einen platten Fußball balgten. Wir läuteten dreimal an Koschaks Tür. Keine Reaktion. Auch sonst gab es nichts, was auf einen anwesenden Hausbewohner hätte schließen lassen: kein Licht, kein Rauch aus dem Schornstein, keine Joggingschuhe neben der Eingangstür.

»Versuch's weiter«, bat ich Marc. »Ich drehe mal eine Runde ums Haus.«

Unbeobachtet von den beiden Fußballern schlüpfte ich um die Ecke. Die Rollläden an den Fenstern waren oben, ich spähte durch die Scheiben, konnte aber auch hier keinen Hinweis auf Koschak entdecken. An der Verandatür fiel mir eine Alarmanlage auf. Der kleine Garten wirkte ungepflegt. Als ich zu Covet zurückkehrte, zuckte der die Achseln.

»Das wird nichts, Max. Da ist keiner.«

Ich zog mein Handy und wählte Koschaks Festnetznummer. Wenn man sein Ohr direkt ans Schlüsselloch legte, hörte man das Läuten drinnen. Sonst nichts. Ich beendete den Anruf und steckte das Handy ein.

»Wars das?«, wollte Covet wissen.

»Noch nicht.« Gemeinsam verließen wir das Grundstück, um uns dem Kickernachwuchs nebenan zuzuwenden. »Ist jemand von euren Eltern zuhause?«

»Von meinen oder von seinen?«, fragte der größere von beiden.

»Egal. Hauptsache da.«

Er zeigte über die Straße. »Meine Eltern wohnen da drüben. Und sie sind nicht da.«

»Deine vielleicht?«, fragte ich den anderen.

»Meine Mutter. Sie kocht und will nicht gestört werden, hat sie gesagt.«

»Ich hab ja nur eine kurze Frage.«

Gnädig zuckte der Kleine mit den Schultern und ging voran. Er ließ den Finger so lange auf der Türklingel, bis eine Frau in meinem Alter aus dem Haus schoss.

»Was willst du …?«, begann sie, dann erblickte sie Covet und mich. Wenn ich eine gestresste Mutter mit Schürze erwartet hatte, so stimmte in diesem Fall nur der Stress. Von einer Schürze keine Spur, es gab auch keine Küchendämpfe, und die lauten Brutzelgeräusche kamen aus dem Fernseher. Eine Kochshow, wie schön. Erst die Theorie, dann die Praxis.

Ich entschuldigte mich für die Störung, fragte nach Koschak und ob sie ihn in den letzten Tagen zu Gesicht bekommen hätte. »Wir sind Kollegen von ihm und machen uns Sorgen, weil er auf unsere Anrufe nicht reagiert.«

Sie schüttelte den Kopf. »Den Herrn Koschak habe ich schon ewig nicht mehr gesehen. Der ist unterwegs, würde ich sagen. Wie so oft. Wenn Sie auch Journalisten sind, wissen Sie ja, wovon ich spreche.«

»Sie haben keine Idee, wie man ihn erreichen könnte? Oder wo er sich vielleicht gerade aufhält? Gibt es irgendeinen Ort, den er regelmäßig besucht?«

Sie verneinte. Ihre Ratlosigkeit ließ die beiden Knirpse feixen.

»Schade. Dann entschuldigen Sie noch mal. Was gibt's denn heute Gutes zu Mittag?«

»Wie?« Sie wurde rot. »Nichts. Also für mich nichts, ich bin auf Diät. Für die Jungs Fisch.«

»Fisch, bäh!«, schrien beide wie aus einem Mund.

»Natürlich in Stäbchenform«, zwinkerte sie mir zu. »Sonst wäre er ja ungenießbar. Aber verraten Sie nichts.«

Ich grinste. War also doch nicht auf den Mund gefallen, Koschaks Nachbarin. Fragte sich nur, wofür sie die Kochshow brauchte, bei Fischstäbchen und Nulldiät?

»Tschüs, Jungs«, sagte ich im Gehen und versuchte, den Ball mit der Fußspitze über sie zu lupfen. Die Haustür schloss sich.

»Der sitzt im Keller«, sagte der Sohn der Köchin.

»Wer?«

»Der Koschak.«

»Was heißt das, er sitzt im Keller?«

»Sie wollten doch wissen, wo er ist. Er sitzt im Keller und macht das Licht nicht an. Auch nachts nicht. Höchstens hinter den zunen Rollläden.«

Covet und ich sahen uns an. Sollte uns der Knirps noch mehr staunen lassen als seine Mutter? »Woher weißt du das?«, hakte ich nach.

»Ich hab's gesehen. Wir haben es beide gesehen, der Kalle und ich. Gestern. Wir dachten, wir könnten drüben spielen, weil er nicht da ist, deshalb sind wir in seinen Garten. Bei dem seinen Blumen machts nichts, wenn man sie kaputt kickt.«

»Das sind doch keine Blumen«, tippte sich Kalle an die Stirn. »Unkraut ist das, sagt meine Mutter.«

Auch Kalles Mutter hätte ich gerne einmal kennengelernt. »Ihr seid also rüber?«

»Ja, und da haben wir an einem Kellerfenster Licht gesehen, ganz wenig nur. Der Rollladen war drunten, aber an einer Stelle kam es durch.«

»Es war schon ein bisschen dämmrig«, ergänzte Kalle.

»Da sind wir natürlich hin, um zu gucken.«

»Hätte ja ein Einbrecher sein können.«

»War es aber nicht«, vermutete ich.

»Nee, war der Koschak. Der sitzt einfach da unten in seinem blöden Keller vorm Computer rum. Wir haben sogar noch weiter gekickt, und er kam nicht raus.«

»Nicht einmal, als der Jannis aus Versehen gegen das Fenster geschossen hat.«

»Quatsch, Versehen! Ich wollte testen, ob er rauskommt.«

»Und warum bist du dann abgehauen, wenn es bloß ein Test war?«

»Bin ich nicht! Ich bin nur dir hinterher.«

»Schon gut«, unterbrach ich. »Der Koschak war gestern Nachmittag und Abend im Keller. Und jetzt? Was meint ihr, wo er sich jetzt aufhält?«

»Na, im Keller«, riefen beide unisono.

Ich grinste Marc an. Da sage einer noch etwas Negatives über unsere Jugend! Die Mütter hangelten sich von Kochplatte zu Kochplatte, sie aber trieben Sport und kümmerten sich um die Nachbarschaft.

»Warum seid ihr eigentlich nicht in der Schule?«, wollte Covet wissen – eine meiner Meinung nach völlig deplatzierte Frage.

»Wir sind krank!«, kam es erneut einstimmig und fröhlich aus Kindermund.

»Und was habt ihr?«

»Keine Ahnung. Ist aber ansteckend.«

»Sieht man doch«, sagte ich kopfschüttelnd. Marc war wirklich ein medizinischer Laie. »Okay, angenommen, wir wollten unbedingt mit dem Koschak reden. Wie könnten wir das anstellen? Und nun sagt nicht, klingeln. Das haben wir bereits getan. Ausgiebig.«

»Einbrechen«, schlug der Nachbarsjunge vor.

»Da gibt es eine Alarmanlage.«

»Den Strom abstellen, in der ganzen Stadt. Das legt die Alarmanlage lahm.«

»Dazu brauchen wir eine Bombe, und die haben wir zuhause vergessen. Einbrechen funktioniert also nicht. Habt ihr eine andere Idee?«

»Sie könnten natürlich Mamas Schlüssel benutzen«, meinte Jannis. »Das wär aber langweilig.«

»Deine Mutter hat einen Schlüssel zu Koschaks Haus? Bist du sicher?«

»Sie hat ihm früher immer die Blumen gegossen, wenn er weg war. Dafür hat er ihr Sachen aus dem Ausland mitgebracht. Andenken und so. Aber jetzt gibt's da keine Blumen mehr, die hat er alle rausgeschmissen. Soll ich Ihnen den Schlüssel besorgen?«

»Kannst du das?«

»Na, klar! Ich weiß doch, wo er hängt.«

Ich sah Marc an, der aber den Kopf schüttelte. »Lass uns fragen. Die Jungs kommen sonst in Teufels Küche.«

Er hatte recht. Ich läutete so lange, wie Jannis es mir vorgemacht hatte, und der Effekt war derselbe. Seine Mutter schaute reichlich verdattert, dass wir immer noch vor ihrem Haus standen, und schnappte nach Luft, als wir Koschaks Schlüssel erbaten.

»Ich hatte völlig vergessen, dass ich den habe«, stotterte sie. »War schon ewig nicht mehr drüben.«

»Wir wollen wirklich nur sichergehen, dass Herrn Koschak nichts zugestoßen ist. Hast du deinen Presseausweis dabei, Marc?«

»Ich weiß nicht, ob ich das darf«, zögerte sie.

»Kommen Sie einfach mit. Nur die Jungs sollten draußen bleiben, falls tatsächlich etwas passiert ist.«

Damit hatte ich die gute Frau. Das Finale ihrer Kochshow wollte sie auf keinen Fall verpassen. Sie übergab uns den

Schlüssel, wobei sie Jannis und Kalle einschärfte, sich keinen Meter vom Grundstück wegzubewegen. Wir gingen nach drüben und winkten den beiden von der Haustür aus zu.

In Koschaks Flur roch es ungelüftet, es war düster und kalt. Unsere Schuhe klapperten auf dem Marmorboden.

»Herr Koschak?«, rief ich zweimal. Keine Antwort.

Wir schauten in die Zimmer des Erdgeschosses, aber nur pro forma, denn dass er hier oben nicht war, wussten wir ja.

»Gehen wir runter?«, flüsterte Marc. Ich nickte.

In der Nähe des Hauseingangs führte eine Treppe ins Souterrain. Um uns vorwärts bewegen zu können, mussten wir das Licht einschalten. Auch unten gab es einen kleinen Flur, von dem fünf Türen abgingen. Wieder rief ich Koschaks Namen, wieder erhielt ich keine Antwort.

»Warum antwortet der nicht?«, zischte mir Covet ins Ohr. »Das stinkt doch zum Himmel!«

Ich zuckte die Achseln und öffnete vorsichtig die erste Tür. Der Heizkeller. Totenstille herrschte darin, kein Ofen brannte. Und das im November! Hinter der zweiten Tür lagerten Lebensmittel, die dritte führte zur Waschküche. Tür Nummer vier brachte die eigentliche Überraschung: einen mittelgroßen, hell erleuchteten Raum, gefüllt mit stickiger, warmer Luft.

»Da schau her«, hörte ich mich sagen. Hinter mir atmete Covet pfeifend aus.

Auf einem Schreibtisch, zwischen Bergen von Zeitungen und Kopien, summte ein Laptop vor sich hin. Einer der Papierstapel wurde von einem Teller mit angebissenen Broten gekrönt, ein anderer von Coladosen. In einer Ecke des Raums stand eine Liege, darauf zerknüllte Bettwäsche und eine Zeitschrift. Die beiden Fenster waren zusätzlich zu den heruntergelassenen Rollläden mit dunklem Stoff verhängt.

All das nahm ich, in der geöffneten Tür stehend, auf den

ersten, forschenden Blick wahr. Im nächsten Moment sah ich etwas Dunkles auf mich zukommen. Es kam so schnell, dass ich nicht einmal im Ansatz reagieren konnte. Der Schmerz pfiff bereits durch meinen Schädel, als meine Ohren ein hässlich dumpfes Geräusch registrierten: Tür auf Schläfe.

14

Wie lange gönnte ich mir ein Päuschen? Höchstens ein paar Sekunden. Eine richtige Ohnmacht war es nicht, lediglich ein kurzes Innehalten, Sortieren. Jedenfalls empfand ich es als unangenehm, zu Boden zu gehen, auf dem Boden zu liegen, mich nicht aufrappeln zu können. Über mir zeterte Covet, dann war da noch jemand – klar, so eine Tür schlug einen ja nicht von selbst k.o. –, der ebenfalls herumbrüllte. Ich stöhnte. Es tat gut, sein eigenes Stöhnen zu hören. Mein Schädel war ein Puzzle aus Knochenplättchen. 500 Teile, mindestens.

»Ganz ruhig!«, schrie Marc. »Wir tun nix!«

»Deine Hände, du Arschloch! Ich will deine Hände sehen!« Das war der andere.

Mühsam drehte ich mich zur Seite, stützte mich auf einen Ellbogen, justierte den Blick. Ich lag auf der Türschwelle, zu Füßen Covets. Mein Journalistenfreund schlotterte, was die Muskeln hergaben, beide Arme schräg nach oben gereckt, als wolle er einen Bus anhalten. Mitten im Raum, von den Deckenlampen grell ausgeleuchtet und nicht weniger zitternd, stand ein Typ mit aschblondem Kurzhaar und stieren Augen. Seine nach vorne gestreckten Hände umklammerten einen Revolver.

»Nicht bewegen!«

Dieser Befehl konnte nicht mir gelten. Immer noch stöhnend, brachte ich meinen Oberkörper in die Senkrechte und lehnte ihn gegen den Türpfosten. Welchen Zweck hatten solche Schmerzen? Dass meinem Kopf die Begegnung mit dem beschleunigten Pressholz nicht gut getan hatte, wusste ich selbst. Da brauchte mich mein spirales System, oder wie das hieß, nicht ständig daran zu erinnern. Vor allem nicht in dieser Nachdrücklichkeit.

»Nehmen Sie die Pistole weg!«, japste Covet. »Wir wollen doch nur mit Ihnen reden.«

»Schnauze!«

»Es ist ein Revolver«, sagte ich, die Augen geschlossen. »Keine Pistole.«

»Du da unten bleibst auch ganz ruhig! Keine Bewegung!«

»Haben Sie Schmerztabletten im Haus?«

Endlich herrschte Stille. Der Zittermann im Zimmer senkte seine Waffe ein wenig in meine Richtung und schaute unschlüssig drein. Der andere Zittermann hielt den Atem an. Wahrscheinlich hätte ich mitgezittert, wenn ich dazu in der Lage gewesen wäre.

»Kopfschmerztabletten«, wiederholte ich. »Mensch, Herr Koschak, warum können wir zwei nicht wie vernünftige Menschen miteinander quatschen? Seit Tagen versuche ich, Sie telefonisch zu erreichen, und kaum bemühe ich mich persönlich nach Frankfurt, braten Sie mir eins mit der Tür über.« Ich klappte ein Auge auf. »Einer Hobbykellertür, auch das noch. Das ist abgeschmackt.«

Koschak glotzte mich an, als hätte ich Obstsalat im Schädel. Was ja auch irgendwie zutraf.

»Kann ich die Hände runternehmen?«, flüsterte Marc, nachdem er ausgeatmet hatte.

»Nein!«, rief Koschak. »Ich kapiere gar nichts. Wer seid ihr und was wollt ihr hier?«

»Erklär du es ihm«, bat ich.

Marc tat mir den Gefallen. Die Hände weiterhin brav an der Flurdecke, berichtete er von meinen Ermittlungen im Fall Deininger, vergaß auch unsere Namen und den Zweck unseres unerwarteten Besuchs nicht. Okay, das aktuelle Ägyptenwetter interessierte hier keinen, und auch sonst waren Chronologie und Kausalität seines Berichts eher unorthodox zu nennen. Aber solange er auf die Erwähnung des Kaffeeflecks im Lokalteil verzichtete, war ich schon zufrieden.

Koschak sah nicht aus, als hätte er viel kapiert. »Butenschön?«, fragte er schließlich. »Es geht um Professor Butenschön?«

Ich nickte.

»Ach so«, sagte er. »Darum also. Na, dann …« Endlich ließ er den Revolver sinken. Auch Covets Hände verließen ihren Platz in luftiger Höhe.

»Kann ich jetzt eine Tablette haben? Oder gleich eine ganze Schachtel?«

Fünf Minuten später saß ich auf Koschaks zerwühlter Bettstatt, einen Eisbeutel an der Schläfe. In der einen Hand hielt ich eine Coladose, in der anderen drei Pillen. Um sie zu besorgen, hatte der Hausherr sein Zimmer nicht verlassen müssen. Seitlich gab es eine kleine Toilette mit vollgestopftem Medikamentenschrank. Die Eingangstür war wieder geschlossen, in der Ecke lief ein elektrisches Heizöfchen. Auf den Schreck und angesichts der sauerstoffarmen Zimmerluft gönnte sich auch Marc ein Tablettchen.

»Wie halten Sie es hier nur aus?«, fragte er Koschak. »Sie ersticken doch!«

»Ab und zu lüfte ich«, erwiderte der Journalist schlecht gelaunt. »Licht aus, Tür auf. Das reicht. Ich habe schon unter ganz anderen Bedingungen gelebt.«

»Seit wann verkriechen Sie sich hier unten?«, wollte ich

wissen und spülte die Arznei mit einem kräftigen Schluck Cola hinunter.

»Paar Tage.«

»Und warum?«

»Meine Sache.«

»Angst vor einem Brandanschlag? Vor Butenschöns Schlägertrupps?«

Er sah mich verblüfft an. »Wie bitte? Davor doch nicht! Wovon reden Sie überhaupt?«

»Von den Dokumenten, die Sie ins Gespräch gebracht haben.«

»Ja, aber welche Schlägertrupps meinen Sie?«

»Wenn Sie seit Tagen diese Höhle nicht mehr verlassen, muss das doch einen Grund haben.«

»Natürlich hat das einen Grund«, herrschte er mich an. »Glauben Sie, mir macht das Spaß? Mit der Butenschön-Geschichte hat es jedenfalls nichts zu tun. Überhaupt nichts.«

»So?« Ich trank mehr Cola und musterte ihn. Nichts zu tun. Falscher Dampfer. Aber mir eine Tür gegen den Schädel rammen! Ein echtes Prachtexemplar von Journalist war dieser Koschak.

»Können Sie mir endlich erklären, was Sie von mir wollen?«, sagte er. Er saß in einem Bürostuhl, blinzelte immer wieder zu seinem Laptop hinüber und sah übernächtigt aus. Ein ehemals sportlicher Typ, dessen graue Haut ahnen ließ, was er seinem Körper über die Jahre alles zugemutet hatte. Ich habe schon unter ganz anderen Bedingungen gelebt … Ja, das glaubte ich dem Mann sofort. Fußspitzen und Hände waren ständig in Bewegung. Wo er die Waffe verstaut hatte, war mir entgangen.

»Ich habe es Ihnen doch gerade erklärt«, entgegnete Covet ein wenig gekränkt.

»Das war eine Erklärung? Hab ich nicht gemerkt.«

»Okay, zweiter Versuch«, übernahm ich das Staffelholz. »Ich bin Privatdetektiv. Herr Deininger hat mich mit Ermittlungen betraut, weil auf das Büro seiner Frau ein Brandanschlag verübt wurde. Dass dieser Anschlag mit dem Thema ihrer Dissertation in Verbindung steht, ist möglich, aber nicht erwiesen. Genau darüber wollte ich mit Ihnen sprechen.«

»Was für ein Anschlag?«

»Ein Brandsatz, der am frühen Montagabend in Evelyns Büro geworfen wurde. Als sie nicht im Raum, aber noch im Haus war. Die Zerstörungen sind unerheblich, da scheint eher das Signal eine Rolle gespielt zu haben.«

Koschak schwieg.

»Herr Deininger sieht darin eine Warnung an seine Frau, ihre Promotion nicht weiterzuführen. Sie schließt das aus, konnte mir aber bislang kein überzeugendes anderes Motiv nennen. Wie würden Sie die Sache einschätzen?«

»Ich?« Er winkte ab. »Was soll ich dazu sagen? War ja nicht vor Ort. Keine Ahnung.«

»Könnten Sie sich vorstellen, dass Butenschön oder sein Umfeld zu einer solchen Tat fähig wäre?«

Er sah mir einige Sekunden blank ins Gesicht. »Nein. Obwohl … vorstellen kann man sich alles.« Ich wollte fortfahren, doch er unterbrach mich. »Hört sie jetzt auf mit der Promotion? Die Deininger, meine ich. Schmeißt sie die Flinte ins Korn?«

»Anders als Sie ist sie unbewaffnet, und im November gibt es kein Korn, in das man etwas schmeißen könnte«, antwortete ich, und es war mir egal, wie oberlehrerhaft ich klang. »Machen Sie sich um Ihre Story mal keine Sorgen, Herr Koschak. Frau Deininger kann ziemlich stur sein, wenn sie will. Also noch mal: Würden Sie bei diesem Anschlag auf eine Machenschaft Butenschöns tippen?«

»Nein«, druckste er. »Würde ich nicht. Aber was hilft Ihnen das? Da kann man doch nur raten!«

»Okay, dann hätte ich eine andere Frage. Angenommen, Frau Deininger sollte tatsächlich von ihrer Promotion abgehalten werden. Woher könnten die Täter von den russischen Dokumenten wissen?«

Wieder starrte er mich lange an. »Von mir nicht!«, rief er schließlich. »Oder glauben Sie das? Ich bin doch nicht so blöd, meine eigene Story zu gefährden! Wofür halten Sie mich?«

Ich zuckte die Achseln. Ja, wofür hielt ich ihn eigentlich? Für eine verdammt seltsame Type zwischen Sensationsgier und Verfolgungswahn, dem nur die Fluppe im Mundwinkel zum Klischeebild vom Investigativreporter fehlte.

»Lange halte ich es hier nicht mehr aus«, warf Marc mit vorwurfsvollem Ton ein. Und es stimmte; die Ansammlung aufgeheizten Stickstoffs machte den Aufenthalt in dem Raum auf Dauer zur Qual. Ganz zu schweigen von meinen Kopfschmerzen.

»An wen haben Sie sich gewendet, als Sie von den wiederaufgetauchten Butenschön-Dokumenten erfuhren?«, fragte ich Koschak. »An wen außer Frau Deininger?«

»An niemanden!«

»Ach.«

»Ja, ach. Wie sollte ich das Zeug denn sonst beurteilen?«

»Warum kam der Verkäufer dann überhaupt auf Sie?«

»Weil ich Russisch kann, weil ich gute Kontakte in den Osten habe und weil historische Themen mein Spezialgebiet sind. Aber um festzustellen, ob es sich bei dem angebotenen Material tatsächlich um Dokumente aus Butenschöns Nazizeit handelt, musste ein Fachmann her. Ganz einfach.« Er schnappte sich eines der angebissenen Brote und futterte drauf los. Schon wieder so eine Übersprungshandlung. Die letzte hatte ich im Hause Deininger erleben dürfen.

»Sie haben doch bestimmt bei verschiedenen Zeitungen

vorgefühlt und Ihre Story angekündigt. Man muss ja wissen, was im Fall der Fälle herausspringt. Ob sich die Sache überhaupt lohnt.«

»Quatsch, das kann ich schon selbst einschätzen. Sobald ich weiß, dass die Dokumente etwas wert sind, kommen sie auf den Markt. Und im Festlegen von Preisen habe ich mittlerweile Routine, das können Sie mir glauben.«

»Von Ihnen kann man ja glatt etwas lernen«, meinte Covet mit viel Zucker in der Stimme. Ich fragte mich, was er mehr an seinem Zunftkollegen hasste: seine Ausdrucksweise, sein Berufsethos oder die Cola.

»Und zu den Butenschöns haben Sie auch keinen Kontakt aufgenommen?«, bohrte ich weiter.

»So dreist bin ich nicht, keine Sorge. Und bevor Sie glauben, der Koschak ist nur hinter der Schlagzeile her, sage ich Ihnen eines: Ich habe nicht vor, den alten Butenschön in die Pfanne zu hauen. Ich will, dass die Sache aufgearbeitet wird, und zwar wissenschaftlich. Deshalb der Kontakt zur Deininger. Wenn die Dokumente beweisen, dass Butenschön zu Recht rehabilitiert wurde, kriegt er eine super Presse. Und wenn er Dreck am Stecken hat, bekommt er Windstärke 12 von vorn. So ist das nämlich, meine Herren.«

Wir schwiegen beeindruckt. Starreporter Koschak, der Vorkämpfer für blitzsauberen Journalismus! Schade, dass dieser Kampf aus dem Kellergeschoss eines Bungalows in Goldstein heraus geführt werden musste. Es nahm der Sache ein wenig von ihrem heroischen Glanz.

»Schön«, sagte ich. »Wenn außer Ihnen und Frau Deininger niemand sonst von den Dokumenten weiß …«

»Und außer Ihnen«, ging er hastig dazwischen. So hastig, dass etliche Brotkrümel durchs Zimmer sprühten. »Fragen Sie lieber die Deininger, wem sie noch davon erzählt hat.«

»Das habe ich schon. Ihr Doktorvater ist eingeweiht. Und natürlich ihr Mann. Aber dass die beiden nichts weitergeben, liegt in ihrem eigenen Interesse. Was ich sagen wollte: Wenn kein Außenstehender von der Existenz der Dokumente wusste – warum haben Sie dann solche Angst, Herr Koschak?«

»Habe ich das?«

»Sie verstecken sich. Sie tun, als seien Sie verreist. Warum dieser Aufwand?«

»Das«, antwortete er und wischte sich mit aller Entschiedenheit den Mund ab, »hat mit der Sache Butenschön überhaupt nichts zu tun.«

»Sondern?«

»Mit etwas völlig anderem.«

»Und das wäre?«

»Kein Kommentar. Sie müssten mich schon foltern, um etwas aus mir herauszubekommen.«

»Als Revanche für den Schlag mit der Tür hätte ich da ein paar Ideen.«

»Hören Sie«, seine Miene signalisierte Ernsthaftigkeit, »ich bin an einer Geschichte dran, die gefährlich ist. Viel gefährlicher als ein paar peinliche Unterlagen aus dem Dritten Reich. Zumindest könnte sie es werden. Wie gesagt, mein Spezialgebiet ist Osteuropa. Und was sich aus der ehemaligen Sowjetunion inzwischen bei uns breitgemacht hat, ist nicht immer die Crème de la crème, wenn Sie verstehen, was ich meine.«

»Eigentlich nicht. Russen sind doch nette Menschen, trinken den ganzen Tag Wodka und singen traurige Weisen zur Balalaika.«

»Sie werden von mir nicht erfahren, worum es geht. Dazu ist die Story zu heiß. Und zu einträglich. Wenn ich da Erfolg habe, brauche ich die nächsten Jahre nicht zu arbeiten.«

»Beneidenswert.«

»Allerdings ist der Einsatz auch hoch. No risk, no fun. Deshalb habe ich mich hier verbarrikadiert, um bloß keinen auf falsche Gedanken zu bringen. Wenn der Koschak nicht im Land ist, kann man ihn auch nicht ausschalten, klar?«

»Und Sie verlassen diesen Raum nie?«

»Nicht für eine Sekunde. Zu essen und trinken habe ich genug; Handy, Internet, alles da. Was zu regeln ist, regele ich von hier unten. Falls ich doch einmal raus müsste, würde ich es mitten in der Nacht tun. Aber die Sache ist demnächst überstanden. Keine Sorge, ich werde hier unten schon nicht verfaulen.«

»Komm, wir gehen«, meinte Covet und erhob sich. Er schämte sich wohl für seinen Berufsstand.

»Der Dokumentendeal wird ebenfalls in den nächsten Tagen über die Bühne gehen«, sagte Koschak. »Das können Sie der Deininger ausrichten. Wenn ich daran denke, mache ich es selbst, aber ich habe gerade den Kopf dermaßen voll von der anderen Geschichte.«

»Worum könnte es sich da wohl handeln?«, überlegte ich in Miss-Marple-Manier. »Irgendwas mit Tschetschenien? Weißrussland? Sagen Sie nur kalt oder warm.«

»Sehr komisch.«

»So bin ich halt, Herr Koschak. Könnten Sie mir zum Abschied einen Filzschreiber leihen?«

»Wieso das?«

»Ich würde gerne ein Schild an Ihr Gartentürchen hängen: Zu Koschak eine Treppe tiefer.«

Seine Mundwinkel zuckten. Wahrscheinlich fragte er sich gerade, wo seine Waffe lag.

»Ich kann es aber auch lassen«, fuhr ich fort. »Unter der Bedingung, dass Sie mich sofort informieren, wenn sich in Sachen Dokumentenübergabe etwas tut. Ich will dabei sein.«

»Warum?«

»Zu Ihrer Sicherheit. Was die Dokumente enthalten, interessiert mich nicht. Ihre Sensationsstory ebenso wenig.

Ich will bloß herausfinden, wer hinter dem Brandanschlag steckt.«

Er kniff die Augen zusammen. »Gefällt mir nicht.«

»Mir gefällt auch nicht, was Sie tun. Was Sie mit Türen tun vor allem. Wir können Sie auffliegen lassen, Herr Koschak. Arbeiten wir lieber zusammen.«

»Meinetwegen.«

»Gut, das war die erste Bedingung. Und die zweite: Ich brauche mehr Kopfschmerztabletten. Die Rückfahrt zieht sich.«

15

Zwischen Frankfurt und Heidelberg wuchs mir eine Beule, groß wie ein Zierkürbis. Alle Naslang tastete ich sie ab oder besah mich im Rückspiegel. Bei Darmstadt begann sie blau zu schillern, hinter Weinheim kam ein sattes Grün dazu. Linkerhand ertrank die Bergstraße in den Farben des Herbstes, meine Schläfe setzte einen malerischen Kontrapunkt.

Eine Zeitlang hingen wir unseren eigenen Gedanken nach. Koschak hatte sich auch beim Abschied keinen Schritt aus seinem miefigen Kellerloch bewegt. Als wir endlich draußen waren, schlugen wir drei Kreuze. Der Nachbarin erklärten wir, der Journalist sei an einer brandheiß zubereiteten Story dran und müsse noch zwei, drei Tage den Abwesenden spielen. Bis dahin solle sie niemandem etwas davon erzählen, den beiden Jungs auch nicht. Dann wünschten wir guten Appetit und gingen.

Auf Höhe des Melibokus endete unser Schweigen. »Wie wars eigentlich da unten?«, fragte ich.

»In Ägypten? Auch nicht viel anders als hier.«

»Dachte ich mir.«

»Nein, ehrlich. Alle sprechen gebrochen englisch, und in jedem Stadtzentrum gibt es H & M. Wie in Heidelberg.«

»Da war ich noch nie einkaufen.«

»Siehst du? Dann kannst du auch nach Ägypten fahren.«

War das logisch? Eine Zeitlang grübelte ich über den Fehler in seiner Schlussfolgerung nach, fand ihn aber nicht.

Covet gähnte. »Machen wir ein Buch daraus? Aus deinem Fall, meine ich.«

»Warts ab. Bis jetzt ist ja noch nicht viel passiert.«

Er warf mir und speziell meiner Beule einen skeptischen Seitenblick zu, ohne allerdings zu widersprechen. Kam stattdessen auf sein aktuelles Lieblingsthema zurück: meine Premierenlesung. Unsere Premiere, genauer gesagt! Wie schön, dass alles so reibungslos geklappt habe. Wie schade, dass er nicht dabei gewesen sei. Nächstes Mal werde er die Veranstaltung moderieren, dann könnten die Leute besser zwischen Autor und Erzähler unterscheiden, weil die dann ja als getrennte Personen vor ihnen säßen, und natürlich müsse das Ganze in einer größeren Buchhandlung stattfinden. Mit Tischen, die sich unter der Last der Exemplare bögen, mit Bücherstapeln, die bis zur Decke wüchsen.

»Aber nicht in einer dieser Ketten«, bemerkte ich, als er endlich einmal Luft holte.

»Wieso nicht?«

»Keine Ahnung. Da bin ich konservativ.«

»Das legt sich mit dem Alter. Hat sich schon jemand beschwert von den Lesern?«

»Wie, beschwert?«

»Na, von all den Leuten, über die du herziehst: die Heidelberger Hautevolee, Studenten, Burschenschafter …«

»Moment: über die du mich herziehen lässt! Das ist ein

142

gewaltiger Unterschied. Von dem, was du mir Seite für Seite in den Mund legst, habe ich nicht die Hälfte gesagt!«

»So?«, spöttelte er. »Dann muss ich dich falsch verstanden haben.«

»Ist doch wahr! Hinterher kriege ich die Prügel für deine schnittigen Formulierungen, und du sonnst dich im Glanz der Literaturkritik. So nicht, Alter!«

»Deine Prügel«, winkte er ab, »bekommst du auch ohne Leser, wie man heute wieder gesehen hat. Aber zurück zu den Studenten. Du sagst, diese Frau Deininger verdächtigt sie, hinter dem Brandanschlag zu stecken.«

Überrascht von diesem unerwarteten Themenwechsel, nickte ich.

»Gut, ich höre mich mal um. Vielleicht habe ich eine Idee, wie man da weiterkommen könnte.«

Natürlich verriet er mir nicht, um was für eine Idee es sich handelte. Lieber lästerte er über den Freiheitskampf der rechtlosen Handschuhsheimer Landwirte gegen die drohenden Enteignungen durch die Stadt. 500 Jahre nach den Bauernkriegen, da sei man in der Kurpfalz ja fast noch rechtzeitig dran. Schweigend hörte ich zu und dachte mir mein Teil. Sollte Marc irgendwann meinen aktuellen Fall zwischen zwei Buchdeckel pressen, würde er mir genau diese Lästereien in den Mund legen. Und dann hatte ich den Handschuhsheimer Salat.

»Nee«, sagte er beim Aussteigen, beladen mit Andenken. »So toll ist Ägypten auch wieder nicht. Muss man nicht gewesen sein. Aber danke fürs Abholen.«

»Schau zu, dass du eine Karte für diese Feier in der Alten Aula kriegst. Dann habe ich einen Verbündeten vor Ort.«

Zuhause angekommen, legte ich mir einen mit Eiswürfeln gefüllten Waschlappen auf die pochende Schläfe und mich selbst auf die Couch. Dann ließ ich mir die Ereignisse der letzten Tage durch den Kopf gehen. Möglichst so, dass sie der Beule nicht zu nahe kamen. Bevor ich eindöste, meldete sich mein Handy. Vielleicht wieder so ein Wildehurenfantast? Nein, die Büchereileiterin einer Umlandgemeinde, die von meiner erfolgreichen Buchvorstellung erfahren hatte und mich zu einer Lesung in ihren Räumen einlud. Sie bot mir sogar Honorar an, nicht zu viel allerdings, wegen der Rezession und überhaupt. Außerdem müsse sie sich mein Buch erst noch anschauen und bitte mich im Ernstfall, bei der Vorstellung auf blutrünstige Stellen zu verzichten, wegen der vielen älteren Damen im Publikum. Ich erinnerte mich an das zufriedene Gesicht einer Oma, die vor drei Tagen in der ersten Reihe gesessen und bei den heftigsten Szenen genüsslich geschmunzelt hatte. Aber ich war milde gestimmt und sagte zu.

Anschließend schaltete ich das Handy ab und schloss die Augen. Der nasse Waschlappen landete in einer herumstehenden Kaffeetasse. Dann schlief ich ein.

Ohne meine schmerzende Schläfe hätte ich die Verabredung mit Dörte Malewski wohl verpennt. So wachte ich nach einem halben Stündchen wieder auf, wiederholte die Eiswürfelprozedur und machte mir trotz Handicaps etwas zu essen. Fischstäbchen wären passend gewesen, aber ich hatte keine. Musste eben der Rest Kürbissuppe herhalten. Danach probierte ich die Gewürze, die Marc mir vom Markt in Kairo mitgebracht hatte. Es waren drei unterschiedlich rote Pulver in Plastiksäckchen. Das erste schmeckte entfernt nach Paprika, das zweite wie Kreuzkümmel, nur zitroniger, das dritte schmeckte gar nicht, sondern brannte bloß. Und wie es brannte! Ich stopfte mir den Lappen samt Eiswürfel in den Mund, aber das half nichts. Röchelnd rannte ich ins Bad, drehte die Dusche auf und spülte den Rachen mit fließendem Wasser aus. Dieser verdammte Covet! Dem würde ich demnächst ein Teufelshühnchen mit genau diesem Zeug vorsetzen.

Erst als ich wieder auf dem Sofa saß, merkte ich, dass etwas fehlte. Der Kopfschmerz: Weg war er! Lag das nun an den Tabletten oder den alten Ägyptern? Egal, er war weg, und er blieb es, solange ich das Eis nicht zu fest gegen die Stirn drückte. Irgendwann war es auch genug mit dem Kühlen. Also fort mit dem Waschlappen und auf nach Kirchheim.

Dörte Malewski war nicht das, was man sich unter einer älteren Dame mit akademischer Vergangenheit vorstellte. Einen kleinen Vorgeschmack hatte ich ja schon am Telefon bekommen. Aber als sich die Tür des Häuschens in der Pleikartsförster Straße öffnete, glaubte ich mich in der Adresse geirrt zu haben. Vor mir stand eine Person, die so grell aus der Dunkelheit der Diele hervorstach, dass es in den Augen schmerzte. Karminrotes Kurzhaar, um den Hals einen giftgrünen Schal, dazu ein graues, knielanges Wollkleid. Rotbestrumpft auch die Beine, die in karierten Puschelschlappen steckten. An großen Ohrläppchen baumelten noch größere Gehänge, es gab Halsketten und Ringe und Armreife und eine raumgreifende Brosche. Vor allem aber gab es ein weit aufgerissenes braunes Augenpaar, das einen packte und nicht mehr losließ.

»Frau … Malewski?«, fragte ich und war sicher, ausgelacht zu werden.

»Herr … Koller?«, fragte sie zurück und starrte auf meine Schläfe.

Gut, damit hatten wir beide unser Überraschungssoll erst einmal ausgekostet. Sie ließ mich ein, geleitete mich durch ihre nicht eben ordentliche Diele und eine noch chaotischere Küche in eine Art Wintergarten: eine vollverglaste Terrasse, die auf ein Fleckchen Grün blickte. Auch in dem Hinterhofgärtchen herrschte Chaos, allerdings eines mit System. Hier wuchs alles Mögliche durcheinander, Kräuter, Sträucher, Bäumchen, ein paar Blumen – nur Unkraut nicht. Ich erkannte Rosmarin und Salbei, Erdbeerpflänzchen und einen

Johannisbeerstrauch mit einem Restbestand an kleinen Blättern. Dazwischen allerlei Gemüse. Im Sommer gehörte die Malewski sicher zu den seltenen Gästen auf dem Wochenmarkt.

»Von welcher Zeitung sind Sie noch mal?«, fragte sie, während sie mir einen Gartenstuhl mit Kissen zurechtrückte.

»Von gar keiner. Ich bin privater Ermittler. Der Mann von Evelyn Deininger hat mich engagiert.«

»Ach so.« Journalist oder Ermittler, das schien sie nicht weiter zu bekümmern. Sie nahm neben mir Platz, kratzte sich mit langem Fingernagel am Mundwinkel und musterte mich. Wie im Nacktscanner auf dem Flughafen, so kam ich mir vor. Diese Augen!

Ich erzählte ihr von dem Brandanschlag auf Evelyns Büro, von Deiningers Verdacht und meinem vergeblichen Versuch, mit Prof. Butenschön zu sprechen. Die Sache mit Koschak erwähnte ich nicht, weder seinen Kontakt zu dem Russen noch meinen Besuch in Goldstein. Dörte Malewski lauschte meinem Bericht auf ihre ganz spezielle Weise: Sie ließ ihre Augen umherwandern, knibbelte sich am Ohr, schlug die Beine übereinander und wieder zurück, schmatzte mit den Lippen, rückte ihren Schal zurecht. Nicht dass sie unaufmerksam gewesen wäre. Bloß mit dem Stillsitzen hatte sie es nicht.

Als ich fertig war, nickte sie und fragte: »Welches Sternzeichen sind Sie eigentlich?«

»Sternzeichen? Keine Ahnung.«

»Stier vielleicht? Wann haben Sie Geburtstag?«

»Anfang März.«

»Ah, Fische. Interessant.« Wieder dieser Blick aus ihren klaren runden Augen.

»Evelyn Deininger sagte mir, dass Sie mir einiges über Professor Butenschön erzählen könnten. Wie er als Chef und Wissenschaftler so war.«

»Ja«, lachte sie trocken. »Das kann ich! Aber nur, wenn Sie ein bisschen Zeit mitgebracht haben. Ich rede nun mal gern, da müssen Sie mich irgendwann stoppen oder mir den Mund zuhalten. Oder einfach gehen, kein Problem. Ich werde es Ihnen nicht übel nehmen.«

Ich grinste. Die Frau begann mir zu gefallen. Dann verging mir das Grinsen allerdings, denn Dörte Malewski stand auf, um mit aller Kraft gegen eine in der Ecke stehende Palme zu niesen. Weder hielt sie die Hand vor, noch machte sie sonst Anstalten, den Niesreiz zu unterdrücken. Einige Palmenblätter gerieten ins Trudeln, und an der gläsernen Außenwand vermeinte ich ein Meer frischer Tröpfchen zu erkennen.

Inbrünstig die Nase hochziehend, kehrte Malewski an ihren Platz zurück. »Der gute Albert Butenschön«, sinnierte sie. »Von dem komme ich nicht mehr los. Wahrscheinlich überlebt er mich noch, der Schuft! Ich hätte aus Heidelberg wegziehen sollen, schon vor 40 Jahren.«

»Wieso sagen Sie Schuft?«

»Wieso nicht? Viele Männer sind Schufte, wenn nicht alle. Frauen auch. Nur Tiere nicht.« Sie zeigte auf eine Katze, die durch ihren Garten strich. »Die nicht. Gottes Schöpfung hat auch ihre schönen Seiten. Sie wissen über mein Verhältnis zu Butenschön Bescheid?«

»Nein. Frau Deininger machte nur Andeutungen, dass Sie mal seine Schülerin waren.«

»Und zwar seine beste. Anfang der Siebziger war das, er hatte nicht mehr weit bis zum Emirat. Emeritierung heißt das, ich weiß, aber Emirat passt besser bei diesem Pascha.« Sie winkte der Katze durch die Glasscheibe zu. »Ich war wirklich die beste, das hat er mir mehrfach versichert. Nur stromlinienförmig war ich nicht, und deshalb knallte es. Bumm! So eine Explosion hatte er in seinem ganzen Forscherleben noch nicht erlebt. Na, das stimmt vielleicht nicht, Butenschöns Weg ist von einigen Frauenleichen gesäumt.«

Ich hob die Brauen. »Sie meinen, er hatte was mit seinen Mitarbeiterinnen?«

»Ach, woher denn! Albert Butenschön doch nicht. Der interessierte sich nur für seine Forschungen. Gut, ich weiß nicht, wie es damals in den Dreißigern und Vierzigern zuging, als sich lauter blonde Assistentinnen um ihn scharten«, sie rollte mit den Augen, »um *ihn*, den Jungstar der Chemie, den Nobelpreisträger, der auch noch Parteimitglied war … Mir ist jedenfalls nie etwas Konkretes zu Ohren gekommen. Nein, wenn da was mit Frauen lief, dann nur auf wissenschaftlicher Ebene. Als Forscher war Butenschön ein lupenreiner Patriarch. Ein Patriarch wie von Alice Schwarzer erdacht. Jedes seiner Institute hat er identisch aufgebaut: an der Spitze er selbst, darunter seine fähigsten Leute, allesamt männlich, und ganz unten wir Frauen, schön nach Qualifikation gestaffelt. Bei der Anordnung dieser Pyramide kannte er nur zwei Prinzipien: das Leistungsprinzip und das Geschlechterprinzip.«

»Und wenn diese Prinzipien in Widerspruch zueinander gerieten, so wie bei Ihnen?«

»Gab es Knatsch. Wollen Sie eigentlich etwas trinken, Herr Koller? Zuhören macht durstig, und Sie haben noch einiges vor sich.« Ich hatte kaum Zeit, den Kopf zu schütteln, da fuhr sie schon fort: »Also, es gab Knatsch. Mit mir genauso wie mit allen Wissenschaftlerinnen, die sich nicht unterordnen wollten. Da gab es zum Beispiel eine Frau namens Else Soundso – den Nachnamen habe ich vergessen –, die schrieb ihm noch lange nach dem Krieg bittere Briefe. Butenschön hatte sie wegen ihrer besonderen Fähigkeiten als Präparatorin angefordert. Wenn es aber um eine Leitungsstelle ging und um bessere Bezahlung, wurden immer ihre männlichen Kollegen bevorzugt. Auch den Umzug des Instituts ins sichere Tübingen kurz vor Kriegsende machte sie nicht mit. In Berlin wurde sie dann von Rotarmisten vergewaltigt.«

»Und Sie?«

»Im Prinzip dieselbe Chose, nur ohne Krieg und all den Schlamassel. Butenschön war durch meine Leistungen im Studium auf mich aufmerksam geworden. Ich hatte meine Prüfungen noch nicht abgelegt, da bot er mir schon eine Doktorandenstelle an. Molekularbiologie, mein Traumfach! Ich natürlich nix wie unterschrieben und schwebte im siebten Forscherhimmel. Aber dann schusterte mir der Kerl lauter niedere Aufgaben zu, für die eigentlich HiWis und Studenten zuständig waren. Verstehen Sie, ich sollte Doktoranden zuarbeiten, die kein Deut mehr Ahnung hatten als ich. Da fing es an mit dem Ärger. Bald galt ich im ganzen Institut als Nörgeltussi vom Dienst. Ich wollte auch nicht akzeptieren, dass Butenschöns Name auf jeder Veröffentlichung irgendeines seiner Mitarbeiter stand, selbst wenn er höchstens das Inhaltsverzeichnis abgenickt hatte. Das war nämlich seine Masche, schon in jungen Jahren: Kein Text verlässt das Institut ohne meine Autorschaft.«

»Sie haben sich geweigert?«

Dörte Malewski seufzte tief. »Versucht habe ich es. Aber kämpfen Sie mal gegen ein lebendes Monument an! Irgendwann habe auch ich gekuscht. Und weitergewurstelt. Erst als mir aufging, dass Butenschöns Forschungsansätze hoffnungslos veraltet waren, zog ich die Konsequenzen. Das war im Prinzip das Ergebnis seiner totalen Ich-Fixierung – und seines Erfolgs. In seinem Bereich, der Biochemie, duldete er nach dem Krieg keinen neben sich. Zumindest niemanden, der andere Wege beschritt. In den USA verfolgten sie neue, vielversprechende Ansätze, in Japan, sogar hier in Europa – Butenschön wollte nichts davon wissen. Er brachte alle in seinem Fach auf Linie; den Einfluss, die Reputation und die Geldmittel dazu hatte er ja. Sobald mir das klar wurde, schmiss ich hin.«

»Wieso das? Sie hätten doch in die USA wechseln können.«

»Theoretisch ja, praktisch nein. Meinem Vater ging es damals schlecht, ich musste mich um ihn kümmern. Dann hatte ich einen Freund und keine Lust auf eine Fernbeziehung. Also bewarb ich mich bei anderen deutschen Instituten, aber da hatten lauter Butenschön-Schüler das Sagen. Für die USA hätte ich zudem ein Stipendium benötigt, und wer darüber entschied, können Sie sich denken.«

»Klingt ja regelrecht klaustrophobisch.«

»Das war auch so! Sie können sich nicht vorstellen, in welchen Gremien der Kerl überall saß. In den zentralen Fachgremien ohnehin. Aber auch im Deutschen Forschungsrat, in der Max-Planck-Gesellschaft, in der Gesellschaft deutscher Naturforscher, in der DFG … Immer ganz oben, immer dort, wo Entscheidungen gefällt wurden. Butenschön war sogar Berater der Kultusministerkonferenz. Verstehen Sie, er hat die Lehrpläne an unseren Schulen mitbestimmt! Was Sie als Pennäler gelernt haben, ist auf seinem Mist gewachsen.«

Oder nicht gelernt haben, verbesserte ich im Stillen. Laut sagte ich: »Ganz ordentliche Bilanz für einen, der unter den Nazis Karriere machte.«

»Butenschön hätte überall Karriere gemacht. Was sage ich: Er *hat* es ja getan. Vielleicht nicht immer guten Gewissens. Seine erste Stelle zum Beispiel, die trat er noch während der Weimarer Republik an. Das gefiel ihm gar nicht, schließlich diente er nun einem Staat, den er ablehnte. Und er musste ja auf die Verfassung schwören. Später unter den Nazis wurde ihm sicher auch mulmig, als er merkte, wohin der Hase lief. Na und? Butenschön sah sich als treuer Diener seines Volkes, als Soldat der Wissenschaft – seine Formulierung, nicht meine! –, und mit diesem Ethos ließ sich jede Diktatur ertragen. Bleiben Sie sitzen, ich muss die Katzen füttern.«

Sie eilte ins Haus. Das braune Tier von vorhin hatte Zuwachs durch ein schwarz-weißes Exemplar bekommen.

Beide Katzen schmiegten sich an die verschlossene Terrassentür, maunzten und verdrehten die Hälse. Als Dörte Malewski mit zwei vollen Tellern zurückkehrte, stellten sie sich auf die Hinterpfoten und langten bis fast zur Klinke.

»Jaja, schon gut, ihr Gierhälse«, sagte die Rothaarige und ließ sie ein. »Es ist genug für alle da.«

»Ihre Katzen?«, wollte ich wissen.

»Nein, aus der Nachbarschaft. Um die kümmert sich keiner. Außer mir. Fische, sagten Sie? Hätte ich nicht gedacht.« Sie setzte sich und begann, an ihrem Ohrgehänge herumzufummeln. »Wo war ich, Herr Koller?«

»Sie haben alles geschmissen, sagten Sie. Und dann? Wie ging es weiter bei Ihnen?«

»Ich habe umgesattelt. Bio und Chemie auf Lehramt, Staatsexamen, drei Jahrzehnte Schuldienst. Naja, fast drei. Meine Rektoren hatten es nicht leicht mit mir. Ich erlaubte mir, gewisse Auszeiten zu nehmen, und ein Jahr auf Weltreise ging ich auch. Das kommt nicht gut, wenn man verbeamtet ist.«

»Geht das überhaupt?«

Sie lächelte. »Man muss halt frech genug sein. Mit meinen Schülern kam ich übrigens immer bestens aus. Die Kollegen waren das Problem. Beziehungsweise ich das Problem für sie. Wie auch immer, Lehrerin war nicht gerade mein Traumjob. Ich habe mich damit arrangiert, nur manchmal fuchst es mich noch heute, dass es einem einzigen Menschen gelingen konnte, mir meinen eigentlichen Weg zu verbauen.«

»Verstehe. Und wie sehr fuchst Sie dieser Gedanke?«

Ihr Blick krallte sich in meinen. »Komische Frage«, erwiderte sie. »Klingt nach: Wie weit würden Sie gehen, um sich an Albert Butenschön zu rächen?«

»Nein, mich interessiert nur, welche Narben der Mann bei anderen …«

»Schon gut, ich weiß, was Sie meinen. Narben, sicher, die

151

gibt es. Wobei ich Ihnen nicht verraten werde, was ich im Traum mit dem Kerl schon alles angestellt habe. Die Gedanken sind frei. Aber sonst? Herr Koller, wenn ich mich an jedem rächen würde, der mir übel mitgespielt hat, hätte ich eine Menge Arbeit. Und darauf kann ich verzichten. Ich bin zufrieden mit meinem Leben. Mein Häuschen ist klein, aber mein, ich habe meinen Garten, meine Katzen, ab und zu bekomme ich Besuch von netten Menschen. Nur dass dieser Mann bis heute Studentinnen wie der kleinen Deininger das Leben schwer macht – ist das nicht ein Skandal?« Sie stand auf, um die Prozedur mit der Palme in der Ecke zu wiederholen. Erstaunlich, was aus so einem Näschen alles herauskam! »Der Kerl ist immerhin 100«, fuhr sie fort, als sie wieder saß, »und wahrscheinlich kommt er ohne fremde Hilfe morgens nicht aus dem Bett. Aber nach wie vor ist es verdammt heikel, kritisch über ihn zu schreiben. Butenschön wird noch aus dem Grab heraus seinen Biografen die Feder führen.«

»Andererseits gibt es diesen Kommissionsbericht, und da kommt er über weite Strecken nicht gut weg.«

»Zugestanden. Das war auch bitter nötig. So ein Buch konnte übrigens nur von Historikern geschrieben werden, von Vertretern eines anderen Fachs. Dafür fehlen einige wichtige Punkte. Dass Butenschön die deutsche Biochemie in eine Sackgasse geritten hat, kommt dort zum Beispiel überhaupt nicht vor. Oder seine Art, Menschen zu führen, sein Pünktlichkeitswahn. In dem Buch steht was von preußischer Disziplin – ein glatter Euphemismus! Das war schon krankhaft, wie er morgens um acht an der Institutspforte saß und jede Minute notierte, die seine Mitarbeiter zu spät kamen. Oder wie er einen zur Sau machte, wenn ein Referat schlecht vorbereitet war, meine Fresse!«

»In jedem Fernsehkrimi würde der Ermittler jetzt sagen: Herr Butenschön hat sich also eine Menge Feinde gemacht?«

»Feinde? Lieber Herr Koller, Sie kennen die Universität nicht. Dass dort mit harten Bandagen gekämpft wird, ist doch keine neue Erkenntnis. Butenschön war nicht besser und nicht schlechter als andere Institutsleiter auch. Bloß wird diese Tatsache von dem übergroßen Denkmal, das man ihm und das er sich selbst gesetzt hat, verdeckt. Darum geht es mir, um nichts anderes. Der Mann hat geniale Seiten und erbärmliche Seiten, ganz einfach. Ich bewundere ihn immer noch, keine Frage. Nur blende ich das Negative nicht aus. Und deshalb kann ich mich angesichts der Huldigungsorgie, die nun für ihn veranstaltet wird, eines gewissen Übelkeitsgefühls nicht erwehren.«

Mit einem Nicken schlug ich die Beine übereinander. Es war höchst verlockend, Dörte Malewski auf die neuen Butenschön-Dokumente anzusprechen und sie nach ihrer Einschätzung zu fragen. Aber ich hatte Evelyn Deininger gegenüber Stillschweigen gelobt. Also blieb nur die übliche lahme Frage, was meine Gastgeberin ihrem ehemaligen Chef so alles zutraute, wenn er jemanden einschüchtern wollte.

»Einen Brandanschlag jedenfalls nicht«, lautete die Antwort. »Vielleicht seine neue Frau, aber die kenne ich zu wenig. Dem Butenschön, den ich erlebt habe, standen jede Menge anderer Druckmittel zur Verfügung, um Leute handzahm zu machen. Das spielte sich alles innerhalb des universitären Machtgefüges ab. Die Daumenschrauben des Akademikers, wenn Sie so wollen.«

»Nur dass Butenschön schon lange kein Mitglied der Uni mehr ist. Kein aktives, meine ich.«

Zweifelnd wiegte sie den Kopf. »Das käme auf die Definition von ›aktiv‹ an. Sein Name gilt noch immer viel. Sehr viel, fragen Sie Frau Deininger.«

»Hatten Sie in den letzten Jahren Kontakt zu ihm?«

»Nein, wie auch? Als Lehrerin war ich nicht seine Kragenweite. Vielleicht dass ich ihm mal einen Brief geschrieben … aber gesehen habe ich ihn schon zehn, fünfzehn Jahre nicht mehr.«

»Und zum Festakt gehen Sie auch nicht?«

»Ich?« Sie lachte bitter. »Was hätte ich zu feiern, Herr Koller?« Eine der Katzen kam schnurrend angestrichen und sprang ihr in den Schoß.

16

Das Gebäude im Technologiepark durfte ich bald mein zweites Zuhause nennen. Ich stellte mein Rad in denselben Ständer wie an den Tagen zuvor, stolperte über dieselbe kleine Bodenschwelle, wandte mich routinemäßig nach links, schäkerte mit der Bronzebüste. Evelyn Deiningers Büro war abgeschlossen. Wahrscheinlich gewährte ihr der Kollege aus Taiwan noch immer Forscherasyl. Auf mein Klopfen dort antwortete niemand. Ich probierte die Tür, und siehe da, sie ging auf. Der Schreibtisch, der Laptop, die Piranhas, alles wie vorgestern. Nur Knödelchen fehlte.

Eine Weile verharrte ich unentschlossen. Sollte ich hier warten? War ja nicht mein Zimmer. Auch nicht das von Evelyn, aber darum ging es nicht. Ich schritt zum Fenster und sah hinaus. Im Innenhof des Kastens, ein gutes Stück entfernt, saß Knödelchen auf einer Bank und rauchte. Weil sie mir den Rücken zuwandte, bemerkte sie mich nicht. Der Innenhof war kahl, schattig und lud nicht zum Verweilen ein. Aber Knödelchen saß dort, eine Hand am Kragen ihrer Jacke, die andere an der Zigarette. Dass sie zu den Rauchern gehörte, hatte ich gar nicht gewusst.

Ich drehte mich um. Die Piranhas auf dem Laptopmonitor

grinsten mich an. Piranhas grinsen ja immer: Mund auf, Zähnchen blecken, hihi. Gleich bist du unser Mittagessen. Ich überlegte. Wer eine Zigarette rauchte, brauchte Zeit. Nicht viel, aber mehr als nichts. In dieser Zeit konnte es einem anderen langweilig werden. Wenn man auf den Raucher wartete zum Beispiel. Warum sich also nicht unter die Piranhas begeben? Ich warf einen kurzen Blick aus dem Fenster, sah, dass sich Evelyn Deininger nicht gerührt hatte, ging zum Schreibtisch zurück und tippte auf das Touchpad. Die Fischlein verschwanden.

Was ich zu finden hoffte? Nichts, gar nichts. Es gab keinen konkreten Plan, kein bestimmtes Ziel. Nur meine unstillbare Neugier. Wann bekam ich noch einmal so eine bequeme Gelegenheit herumzuschnüffeln? Und ein Schnüffler war ich, von Berufs wegen.

Evelyn Deininger hatte, wenig überraschend, an ihrer Dissertation gesessen. Einige geöffnete Textdokumente verrieten es. Sobald ich sie jedoch nach unten geklickt hatte, wurde ein Mailprogramm sichtbar, ebenfalls offen. Eine Erinnerungsmail der Universitätsbibliothek bezüglich Ausleihen. Ich rief die Übersicht auf. Die war schon wesentlich spannender, denn sie enthielt auch Privates. Natürlich, der Hauptteil der Nachrichten kam aus dem universitären Umfeld: von Profs, Doktoren, HiWis. Den Betreffzeilen nach ging es um Seminare, Arbeiten, Bücher, um Raum- und Terminfragen. Aber es gab auch Mails von Bärchen Michael, von Koschak und Dörte Malewski. Den Namen Butenschön entdeckte ich nirgends. Doch, da unten, ganz versteckt: eine Mail von Frau Butenschön.

Rasch vergewisserte ich mich, dass Evelyn Deininger noch auf ihrem Platz saß. Zurück zum Laptop, Aufruf der Nachricht: Sehr geehrte Frau Deininger, verbindlichsten Dank für Ihr Schreiben vom ...« – ja, selbst auf elektronischem Wege blieb man stilvollendet – »... mein Mann und ich wissen es sehr zu schätzen, dass Sie sich mit Werk und Wirkung des ältesten noch lebenden deutschen Nobelpreisträgers beschäftigen. Die Stiftung Wissenschaftsforum hat uns nach Eingang Ihres Stipendienantrags um eine Stellungnahme in Form einer Beurteilung des Projekts gebeten. Ein solches Gutachten erstellen wir selbstverständlich gerne, sobald wir von Ihnen die folgenden Unterlagen erhalten haben.« Dem schloss sich eine Liste mit Wünschen an: ein Abstract der Arbeit inklusive Gliederung, Inhaltsübersicht etc., aber auch ausführliche Nachweise der verwendeten Literatur, ein ebenso ausführlicher Lebenslauf Evelyns samt bisheriger Veröffentlichungen. »Ihrem Promotionsvorhaben sehen wir erwartungsvoll entgegen. Mit herzlichen Grüßen« und so weiter.

Sieh an, Knödelchen hatte sich also um ein Stipendium beworben und benötigte dazu eine Stellungnahme der Butenschöns. Einen wissenschaftlichen Persilschein sozusagen, wie passend. Was aus der Bewerbung geworden war, fand ich auf die Schnelle nicht heraus. Frau Butenschöns Schreiben datierte vom vorletzten Jahr; die Korrespondenz war entweder nicht fortgeführt oder gelöscht worden.

Wieder die Kontrolle am Fenster: alles ruhig. Ich nahm mir Koschaks Nachrichten an Evelyn vor. Was ich ihnen auf die Schnelle entnahm, stimmte mit den Angaben der beiden überein. Die erste Kontaktaufnahme hatte wohl telefonisch stattgefunden; in der ältesten Mail sprach Koschak bereits ohne jede Erläuterung von »den« Butenschön-Dokumenten. Dann drehte sich alles um das weitere Vorgehen: wie man die Echtheit der Akten prüfen könne, was der Verkäufer vorzulegen habe, in welchem zeitlichen Rahmen all dies erfolgen solle. Großes Thema dabei: das liebe Geld. Der Russe verlangte laut Koschak ursprünglich einen hohen fünfstelligen Eurobetrag, von dem er nur allmählich abrückte. Also mussten Mäuse her, die Deininger hatte nichts, der Journalist noch weniger. Über Kumpel in diversen Redaktionen kratzte Koschak schließlich ein bisschen was zusammen; woher Evelyns Beitrag stammte, war nicht ersichtlich.

»Der R. hat seinen Vorschuss«, schrieb Koschak in seiner letzten Mail von Ende Oktober. »Es kann also losgehen.«

Ich stürzte zum Fenster. Ja, Knödelchen saß noch auf ihrer Bank. Aber sie war nicht mehr allein. Der durchtrainierte Institutsleiter saß neben ihr und kümmerte sich um seine Mitarbeiterin. Wären alle Professoren so um ihre Doktorandinnen besorgt, gäbe es bestimmt weniger Studentenproteste. Oder noch wesentlich mehr? Jedenfalls hatte Evelyn den Kopf auf seine Schulter gelegt, und Romuald Gärtner streichelte ihr übers blonde Haar.

Einen Moment lang stand ich da, in den Anblick der stillen Szene vertieft, die etwas Rührendes hatte. Dann ging ich zum Laptop zurück, um sämtliche Mails von Prof. Gärtner aufzurufen. Ich schaffte es nicht. Es waren einfach zu viele. Und diejenigen, die ich durchsah, drehten sich ausnahmslos um Institutsthemen. Die liebe Forschung, Evelyns Promotion, Organisatorisches: Mehr zum Verhältnis Industrie/Wissenschaft findest du bei Wildenhagen (1990). Kapitel IV.2 muss unbedingt gekürzt werden. Am Dienstag kommen die neuen Energiesparlampen für eure Büros. Okay, sie duzten sich. Aber das war nun keine Überraschung mehr, wenn man an ihren Kopf auf seiner Schulter dachte.

Ich stand erneut am Fenster, als sich Knödelchen und der Alpinist einen Kuss gaben. Keinen filmreifen Long-distance-Schmatzer, sondern einen eher flüchtigen Abschiedskuss. Ohne Umarmung. Evelyn erhob sich, steckte ihre Zigarettenschachtel ein und ging.

Ein paar Augenblicke später traf sie mich im Institutsflur, wie ich mich gähnend in einem Stuhl mümmelte und in einer der herumliegenden historischen Zeitschriften blätterte. Womit man sich hier so die Zeit vertrieb, wenn einem langweilig war.

»Warten Sie auf mich?«, fragte sie.

»Klar, auf wen sonst?« Gerne hätte ich ihr von den langen, langen Minuten erzählt, die ich im Flur verbracht hatte, wartend, auf die Uhr blickend, an den Fingernägeln kauend, nicht wissend, was ich mit mir anfangen sollte – aber nötig war das nicht. Verdacht schöpfen würde sie höchstens, wenn ihr Bildschirmschonerprogramm den Schwarm Piranhas noch nicht wieder in die Freiheit entlassen hatte.

»Ich war draußen, eine rauchen.«

»Bei Ihnen hätte ich auf Nichtraucherin getippt. Sind Sie schon lange dabei?«

»Nein.« Sie wies auf meine Stirn. »Haben Sie sich gestoßen?«

»Kleines Duell heute Vormittag. Ich habe mich mit der Tür auf ein Unentschieden geeinigt.«

Wir betraten das Büro, sie hängte ihre Jacke an einen Haken und setzte sich. Wenn ihr am Laptop etwas auffiel, ließ sie es sich nicht anmerken. »Okay, worum geht es?«

»Um nichts Besonderes, Frau Deininger. Ich wollte Ihnen kurz vom Stand meiner Ermittlungen berichten. Genauer gesagt: von meinen Gesprächen mit Herrn Koschak und Frau Malewski. Koschak ist wohlauf, nur etwas in Sorge wegen einer anderen Geschichte, bei der er wohl zu viel Staub aufgewirbelt hat. Jedenfalls traut er sich vorübergehend nicht aus seinem Keller heraus. Aber er wird sich melden.«

»Gut.«

»Das Gespräch mit Frau Malewski war sehr aufschlussreich, in vielerlei Hinsicht. Ob und wie es mir allerdings in der Sache weiterhilft, weiß ich nicht.« Ich schlug die Beine übereinander. »Eine Unterhaltung mit den Butenschöns war mir leider nicht vergönnt.«

»Ich habe es Ihnen prophezeit.«

»Abwarten. So schnell gibt ein Max Koller nicht auf.« Fast hätte ich hinzugefügt: wie meine Leser längst wissen. Ich würde Evelyn mein Buch schenken, sobald die Sache hier überstanden war. »Irgendwie werde ich an den Alten noch rankommen. Gehen Sie eigentlich zur Feier in der Alten Aula?«

»Ich bin nicht geladen.«

»Zur privaten Geburtstagsfeier sicher auch nicht?«

»Wieso sollte ich?«

»Ich frage ja nur. Bei solchen Großereignissen mischen sich doch immer ein paar Überraschungsgäste unter die Geladenen. Anderes Thema: Wie geht es mit Ihrer Arbeit voran?«

»Gut, warum?« Sie strich sich eine Strähne aus der Stirn. »Wenn Sie speziell die letzten Tage meinen, da natürlich nicht. Den ganzen Trubel am Institut, die Polizei, mein Mann, das kann auch ich nicht komplett ausblenden. Aber bis dahin lief es ganz ordentlich.«

»Wann wollen Sie fertig sein?«

»Das hängt von dem Material aus Russland ab. Wie viel es ist, ob es umfangreiche Untersuchungen erfordert. Ich rechne mit mehreren Wochen.«

»Apropos: Koschak lässt Ihnen ausrichten, dass die Übergabe jederzeit erfolgen kann.«

»Sehr schön.« Wenn sie doch nur eine entspanntere Miene dabei gemacht hätte!

»Finanziell stellt so ein Hinauszögern kein Problem dar?«

»Wie meinen Sie das? Ich habe einen Lehrauftrag, auch nächstes Semester noch.«

»Ein Stipendium haben Sie nicht?«

»Nein.«

»Nie eines beantragt?«

Sie zögerte. Weil sie die Frage nicht beantworten wollte oder weil sie Argwohn schöpfte? »Doch, anfangs schon«, gab sie zu. »Das ging allerdings ziemlich in die Hose. Ich hatte mich beim Wissenschaftsforum beworben, ohne zu ahnen, dass dort alle mit Butenschön per Du sind. Was im Übrigen wohl für die meisten entsprechenden Stiftungen gilt. Und als die hörten, dass es um ihren Säulenheiligen geht, schrillten natürlich sämtliche Alarmglocken. Am Ende finanzieren die noch eine Arbeit, die das Denkmal Albert Butenschön erschüttert.«

»Also Ablehnung.«

»Nein, man muss ja sein Gesicht wahren. Das Wissenschaftsforum bat Butenschön persönlich um eine Einschätzung, woraufhin seine Frau mit mir Kontakt aufnahm. Die wollte mir beim Schreiben quasi über die Schulter gucken. Dafür war ich mir zu schade. Professor Gärtner versuchte noch zu intervenieren, aber die Butenschöns blockten. Seither herrscht Funkstille zwischen uns.«

»Ihr Verhältnis zu Gärtner ist gut?«

»Bestens. So einen Doktorvater habe ich mir immer gewünscht.«

»Für einen Institutsleiter ist er verdammt jung, oder irre ich mich da?«

Sie lachte. »Sagen wir, er ist nicht ganz so jung, wie er aussieht. Aber Sie haben recht, die Norm stellt er nicht gerade dar. Alle seine Konkurrenten, die sich mit ihm um die Leitung bewarben, waren älter als er.«

Ich musterte sie verstohlen. Sie war nicht rot geworden und hatte auch sonst in keiner Weise zu erkennen gegeben, dass ihr das Thema unangenehm war. So richtig schlau wurde ich nicht aus Evelyn Deininger. Seit der kleinen Szene auf der Bank erschien sie mir – wie soll ich sagen? – in ein neues Licht getaucht. In welches, wusste ich noch nicht. Da stand eine Schauspielerin auf mickriger Bühne, und oben wechselte der Beleuchter die Scheinwerferfarbe. Auch das Stück, das gegeben wurde, war mir unbekannt.

»Frau Malewski«, sagte ich, »hält es für ein Unding, dass Albert Butenschön immer noch Mittel und Wege kennt, Ihre Arbeit zu beeinflussen.«

»Das kann er nicht.«

»Indirekt schon. Bei der Entscheidung, ob Sie stipendienwürdig sind oder nicht, wollte er ein Wörtchen mitreden.«

»Aber auf den Inhalt meiner Arbeit kann er keinen Einfluss nehmen, und das ist das Einzige, was zählt. Vergessen Sie das Stipendium! Dörte urteilt von einer anderen Warte aus. Ihr hat er damals wirklich den Weg verbaut, und das kann sie ihm nicht verzeihen. Wie sollte sie auch? Mit meiner Situation hat das nichts zu tun.«

»Sind Sie mit Frau Malewski befreundet?«

»Nein. Ich habe sie zu Beginn meiner Promotion ein paar Mal interviewt. Jetzt treffen wir uns alle zwei, drei Monate auf einen Tee. Die Frau imponiert mir, und sie hat eine Menge zu erzählen. Trotzdem, eine Freundschaft würde ich das nicht nennen.«

»Na, dann«, sagte ich und stand auf. »Richten Sie Ihrem Mann schöne Grüße aus. Wenn er dringende Fragen hat, soll er mich anrufen. Ansonsten mache ich jetzt Feierabend und melde mich morgen bei ihm.«

»Gerne.«

»Ach ja: Ich habe Koschak gebeten, mich zu informieren, sobald der Dokumentendeal über die Bühne geht. Falls er es vergisst, tun Sie es bitte. Ich möchte dabei sein.«

Sie überlegte kurz, dann nickte sie. »Einverstanden.«

17

Bärchen Deininger rief nicht an, jedenfalls nicht, solange ich noch zuhause war. Hoffte wohl auf ein Wiedersehen in seiner orangebraunen Café-Hölle morgen Mittag. Christine war beim Sport, wie jeden Donnerstag. Ich hinterließ ihr einen Zettel, dessen Ausführlichkeit Rückschlüsse auf mein schlechtes Gewissen zuließ. Ich müsse dringend in den Englischen Jäger, stand dort, zum Recherchieren, Nachdenken sowie zum Kühlen meiner diversen Wunden. Der Tag sei hart gewesen, sauhart, obersauhart, vor allem für meine linke Schläfe, sie solle nur Marc fragen oder sich überlegen, was mit den Eiswürfeln im Gefrierfach passiert sei. Und falls sie Lust habe, könne sie ja nachkommen. Der letzte Satz war eine einzige Heuchelei, denn von meinen engsten Freunden setzt keiner seinen Fuß über die Schwelle dieser Spelunke, weder Christine noch Fatty noch Marc. Wahrscheinlich gehe ich deshalb so gerne dort hin.

Heute allerdings hätte ich an besagter Schwelle wieder kehrt machen sollen. Auf dem Absatz! Ich öffnete die Tür und wusste sofort, dass dieser Abend in einem Gelage enden würde. Aus unserer Ecke drang wildes Gejohle, Marias Thekenvertretung belud eben ein Tablett mit Bierflaschen. Anstatt zu gehen, nahm ich es ihr ab, stellte noch eine Flasche dazu und brachte alles nach hinten. Der Lärm wirkte wie ein Magnet.

»Wehe, du hast meinen Orangensaft vergessen!«, brüllte Tischfußball-Kurt.

Soweit ich ausmachen konnte, hatte sich die allgemeine Begeisterung an einem aus Australien angereisten Cousin des schönen Herbert entzündet, der noch nie in Heidelberg gewesen war. Das musste man sich mal vorstellen: niemals in Heidelberg! Dabei war doch schon die ganze Welt hier gewe-

sen, selbst die Chinesen kamen neuerdings und die Inder und
wer sich noch alles die exotischen Nasen an den Busfenstern
plattdrückte. Heidelberg, oh!, Old Bridge, oh!, castle, mar-
ket place, Hotel Ritter, oh, oh! – und schwupps, waren sie
in Neuschwanstein oder an der Loreley. Aber die Australier, die hatten natürlich den allerweitesten Weg, einmal um
den Globus herum, darauf musste man, ob nun Verwandtschaft oder nicht, einen trinken. Denn wer noch nie Heidelberg, der auch noch nie … was? Richtig, Heidelberger Bier.
Noch nie! Dem konnte abgeholfen werden.

»Prost, Max!«, seufzte Herbert und ließ unsere Flaschen
klirren.

Sein Cousin streckte mir eine behaarte Pranke hin. »Hi,
schön, Sie zu kennenlernen.« Er hatte einen allerliebsten
Schafschereakzent und eine blond umwucherte, sonnen-
verbrannte Halbglatze. Schien ein gutes Stück jünger zu sein
als Herbert. Leander saß natürlich auch am Tisch, dazu eine
Handvoll flüchtiger Bekannter, die auf Lokalrunden zu später Stunde hofften.

»Der hier«, stellte mich Kurt dem Aussie vor: »Großer
Detektiv, großer Dichter. Das Beste, was es derzeit auf dem
Markt gibt.«

»Und große Verwunderung, richtig?«

»Verwunderung?«, fragte Herbert, selbige im Blick.

»Ja, Verwunderung. Hier«, der Cousin zeigte auf meine
Schläfe.

»Ach so, Verwundung meinst du. Ja, da kennt er nichts,
der Max. Immer mittendrin.«

»Große Verwundung«, nickte ich. »Deshalb großer Durst.
Cheers!«

Und so ging es weiter, Flasche für Flasche. Bis halb zehn
hatte ich mein Vorhaben, den Pegelstand der anderen zu erreichen, in die Tat umgesetzt. Herberts Cousin war aber auch
ein Prachtkerl. Er quatschte und lachte in einem fort, ganz

anders als sein melancholischer Vetter, und wenn er weder quatschte noch lachte, trank er. Auf Heidelberg und seine lustigen Einwohner! Er hatte sich so darauf gefreut, endlich die berühmteste Kneipe der Stadt zu kennenlernen.

»Kennenzulernen«, verbesserte ich. »Aber macht nix. Deutsche Sprache ist wirklich nur was für Akademiker.«

Weil niemand abräumte, stand unser Tisch um zehn Uhr gerammelt voll mit leeren Flaschen. Das ist das berühmte Englische-Jäger-Paradox: Flasche leer, Tisch voll. Ungewöhnlich nur, dass es sich so früh ereignete. Die Bedienung musste anrücken und alles einsammeln. Während sie das Leergut in Kästen räumte, bekam sie auch noch unsere Kommentare ab. Herbert schlug vor, an einen anderen Tisch zu wechseln, der da sei ja vollgetrunken. Was nicht mit volltrunken zu verwechseln sei, aber irgendwie aufs Gleiche hinauslaufe. Kurt monierte die heutige Tischgröße; früher habe man so viel trinken können, wie man wolle, es sei immer noch ein Eckchen frei geblieben. Die verlebte Dame sagte Ja und nickte und dachte sich ihren Teil; helfen tat ihr keiner von uns Deppen.

Es hätte also ein stimmungsvoller, grundharmonischer Abend werden können, wenn sich nicht kurz darauf die Kneipentür geöffnet hätte, um einen neuen Gast einzulassen. »Neu« ist in diesem Fall wörtlich zu verstehen: Der Mann war noch nie hier gewesen. Obwohl er nicht aus Australien stammte.

Da ich mit dem Rücken zur Tür saß, entging mir seine Ankunft. Erst als sich Tischfußball-Kurts Miene verfinsterte, drehte ich mich um. »Was will denn der Lackaffe hier?«, belferte Kurt.

Mir fielen fast die Augen aus dem Kopf. Deininger! In seinem lächerlichen Nadelstreifenbankeraufzug, das Gesicht von der Abendkühle gerötet. Zwischen seinen Wangengrübchen klemmte ein leutseliges Grinsen, das noch breiter wurde, als er mich sah.

»Ich bin nicht da«, murmelte ich und sank auf meinem Stuhl zusammen. Die gesamte Kneipe hielt Maulaffen feil. Ein Alien hätte nicht mehr Bestürzung im Englischen Jäger hervorrufen können. Genau genommen *war* Deininger ein Alien: Bewohner eines fremden Planeten, in dem Krawattenzwang herrschte und Lächelpflicht.

Tischfußball-Kurt lächelte nicht, sondern knurrte hofhundmäßig: »Der soll sich vom Acker machen, aber dalli! Sonst zeige ich ihm, wo der Hammer hängt.«

»Schuster, bleib bei deinen Leisten«, sekundierte Herbert.

»Falscher Baustelle, was?«, fasste sein Cousin den Handwerkerdialog zusammen.

Aber es half nichts, Deininger war fest entschlossen, mir die größte Peinlichkeit seit Jahren zu bereiten. Freudestrahlend kam er auf uns zu, zwängte sein Beraterbäuchlein an den Tischen vorbei, nickte freundlich entschuldigend, bis er sein Ziel erreicht hatte. Er warf ein Begrüßungslächeln in die Runde, klopfte mit den Fingerknöcheln auf den Tisch und rief: »Tachchen allerseits. Darf ich mich dazugesellen, Herr Koller?«

Kurt, der sich bereits halb von seinem Platz erhoben und die Fäuste geballt hatte, ließ die Kinnlade fallen. »Du kennst den Typen?«, röchelte er. »So was kennst du?«

»Michael Deininger.« Ich brachte kaum die Lippen auseinander. »Mein Auftraggeber.«

»Genau«, grinste das Bärchen.

Kurt plumpste auf seinen Stuhl zurück. Von dem Geräusch, das dabei entstand, wurden seine beiden Dackel wach und schossen unter dem Tisch hervor. Coppick schnappte nach Deiningers Schnürsenkeln, Hansen feuerte seinen Kompagnon aus sicherer Entfernung an. Und was tat der Mollige?

Er beugte sich zu den beiden hinunter und rief: »Nein, wie süß! Das sind ja echte Kaninchenteckel. Und so sauber getrimmt! Ihr habt aber ein fürsorgliches Herrchen.«

Auf diese Worte folgte Stille. Alle glotzten, alle schwiegen: Herbert, sein Cousin, Leander, ich, die vom Nachbarstisch, sogar Coppick und Hansen. Und erst Tischfußball-Kurt! Um seine Kinnlade noch mehr fallen zu lassen, hätte er sie schon aushängen müssen. Wortlos sah er zu, wie Deininger in die Knie ging, um seine neuen Freunde ausgiebig zu tätscheln. Schnauze, Ohren, Rücken – nichts blieb unliebkost. Dabei brabbelte er wie eine Mutter mit ihren Babys, lobte ihre gerade Haltung, die schönen dunklen Augen, die kräftigen Beißerchen. Coppick und Hansen gefiel das natürlich, sie waren schmelzendes Wachs in seinen Händen. Aber auch das grimmige Gesicht ihres Herrchens zerfloss zusehends.

Endlich richtete sich der Neuankömmling wieder auf. »Von dem Fang bis zu der Rute: Glänzen muss der Hund, der gute!«, rezitierte er, während er sich seines Mantels entledigte. »Wem gehören die beiden Prachtexemplare?«

»Ich«, antwortete Tischfußball-Kurt heiser. »Also mir.«

»Glückwunsch. Über Rauhaardackel geht doch nichts, oder?«

Kurt nickte mechanisch. Dann riss er sich zusammen, befahl den auf der Eckbank Sitzenden zu rücken und machte seinen eigenen Stuhl für Deininger frei. Jetzt war ich es, der die Kontrolle über seine Gesichtsmuskulatur verlor. Was wurde denn hier gespielt? Hilflos sah ich zu Herbert hinüber, doch der klammerte sich auch nur mit seiner einzigen Hand am Bier fest.

»Züchten Sie?«, erkundigte sich Deininger.

Kurt schüttelte den Kopf.

»Wäre eine Überlegung. Bei diesen beiden Wonneproppen! Eine stramme kleine Lady dazu, und Sie mischen bald jede Teckelschau auf.«

»Glauben Sie?« Der Stolz des Hundebesitzers ließ Kurt

schier platzen. »Wollte sagen: glaubst du? Ich bin nämlich der Kurt.«

»Angenehm. Michael.« Jetzt schüttelten sich die zwei auch noch die Hände!

»Bier gibt's da vorne«, warf ich ein, nur um auch mal was zu sagen.

»Danke, gleich«, lächelte Deininger. »Ich habe Rauhaardackel eine Zeitlang gezüchtet. Waren tolle Viecher dabei. Einer hats sogar zum VDH-Champion gebracht.«

»VDH-Champion«, echote Kurt ehrfürchtig.

»Und dann hatte ich noch einen Langhaartigerteckel, ein Mädchen. Kurt, ich sage dir, das war die schönste Hündin im ganzen Odenwald! Schade, dass sie diese leichte Kuhhessigkeit hatte. Da war natürlich nix mit Preisen.«

»Diese was?«, mischte sich Herberts fröhlicher Cousin ein. »Gehässigkeit?«

»Kuhhessigkeit!«, brüllte ihn Kurt an, um gleich darauf, als ihm die Nationalität seines Gegenübers klar wurde, in milderem Ton hinzuzufügen: »X-Beine, klar? Das nennt man bei Hunden so: Kuhhessigkeit. Und das Gegenteil heißt Fassbeinigkeit.«

»Zitierst du gerade die Liste bedrohter Wörter?«, giftete Herbert. »Außer euch beiden hat das noch keiner hier am Tisch gehört.« Mochte er giften; seinem Cousin hatte es die gute Laune nicht verhagelt, er prostete allen zu und stand anschließend auf, um dem neuen Gast etwas zu trinken zu besorgen.

»Aus dem Odenwald stammt der Herr«, ließ sich nun Leander vernehmen. »Woher denn, wenn man fragen darf?«

»Aus Schnakenbach«, antwortete Deininger. »Hübsches kleines Kaff. Wenn ihr mal einen netten Ausflug machen wollt ... Jetzt am Wochenende feiern sie Kerwe. Mal sehen, vielleicht schaffe ich es, für einen halben Tag vorbeizuschauen.«

»Hast du keine Dackel mehr?«, wollte Tischfußball-Kurt

wissen. Er fürchtete wohl, wir könnten sein Lieblingsthema aus den Augen verlieren.

»Zurzeit leider nicht. Meine Frau und ich, wir arbeiten beide, ziemlich viel sogar. Deshalb ist es momentan kein Thema. Aber das wird sich ändern. Wir wollen ja auch mal Kinder, und für die sind Hunde doch das Schönste überhaupt.«

»Das stimmt«, nickte Kurt ergriffen. Dieser Heuchler! Als ob er sich jemals auch nur eine Sekunde Gedanken darüber gemacht hätte, was Kindern gefiel und was nicht!

»Also, das mit den Dackeln kommt«, fuhr Deininger fort. »Früher oder später. Ansonsten bin ich Mitglied im Deutschen Teckelclub und Erster Vorstand unseres Ortsvereins. Ehrensache!«

»Ich hab mal Schaben gezüchtet«, mischte ich mich ein. »Hinterm Kühlschrank. Leider gab es keine Zuchtausstellung in der Nähe. Sie hätten mich mit Preisen überschüttet.«

»Hör nicht auf ihn«, raunte Kurt. »Er ist schlecht drauf, wegen seiner Schreiberei.«

»Richtig, Ihr Roman, Herr Koller. Ich dachte, er verkauft sich gut?«

»Ohne die vielen Säufer darin würde er sich besser verkaufen«, erwiderte ich. »Es gab schon Beschwerden: über Kurt zum Beispiel, dass er kein Vorbild für die junge Generation ist.«

Der Dackelbesitzer war ehrlich entrüstet. »Ich trinke doch nur Orangensaft!«

»Eben.«

»Verstehe«, machte Bärchen mit gespieltem Erschrecken, »ich muss also damit rechnen, früher oder später in einem Buch mitzuspielen? Dann bestehe ich darauf, dass unser kleines Dackelfachgespräch auch erwähnt wird.«

»Aber ja!«, brüllte Tischfußball-Kurt und entriss dem Australier, der eben mit Getränkenachschub an unseren Tisch getreten war, das Saftglas. »Runter mit dem Zeug, Jungs! Auf uns alle!«

Verzweifelt hängte ich mich an meine Bierflasche. Schlimm genug, dass Deininger mich in meinem Allerheiligsten aufstöberte. Nun musste er sich auch noch mit meinen Trinkgenossen verbrüdern!

»Kuhhessigkeit«, murmelte der Cousin beeindruckt. »Wie schreibst du das, Kurt?«

»Gar nicht«, blaffte der zurück. »Das hat man, oder man hat es nicht. Also Hunde, meine ich. Menschen eher nicht.«

»Nette Runde ist das hier«, strahlte Deininger und hob seine Flasche. Kurt schmetterte sein Glas dagegen, dass die halbe Kneipe zusammenzuckte.

Ja, verdammt nette Runde! Seit der Banker sie gestürmt hatte, saßen nur noch Deppen da. Ein Kapitalistenfresser, der zum Schoßhündchen mutiert war. Ein Einarmiger, der noch saurer greinte als sonst. Und ein eisenharter Privatflic, blamiert bis auf die Knochen. Herberts Cousin war auch keine Hilfe mehr. Er fragte sich durch die Dackelwelt, als sei das sein nächstes Reiseziel, erkundigte sich nach Zucht und Dressur und ob es für kastrierte Rüden ebenso einen eigenen Begriff gebe wie für Ochse und Wallach; die habe er nämlich gerade gelernt.

»Wie exakt die deutsche Sprache ist«, erklärte er, »da bin ich voll Verwunderung. Noch ein Bier, Michael?«

»Eins geht noch«, antwortete Deininger mit einem Blick zur Uhr. »Ist ja nicht weit nach Dossenheim.«

Es war sogar so nahe, dass er dem einen Bier ein weiteres folgen ließ und diesem möglicherweise noch eines – ich hatte längst aufgegeben zu zählen, wer wie viel Alkohol an diesem Tisch vernichtete. Der Aussie spurtete immer brav zur Theke, um uns zu bedienen, bis er von seinem deutschen Cousin, dem die Sache irgendwie peinlich war, abge-

169

löst wurde. Aber lass mal einen Einarmigen acht Bier durch die Gaststube tragen! Rechts und links von Herbert gingen sie in Deckung. Und während all dieser Zeit quatschten sich Kurt und Deininger in einen Freundschaftsrausch hinein, der sie auf die intimsten Themen kommen ließ: Geschichten von früher, das Kaff, aus dem man stammte, die eigene Alte. Kurt hatte zwar gerade keine, was ihn aber nicht davon abhielt, über die Weiber im Allgemeinen und seine Verflossenen im Speziellen herzuziehen. Deininger lachte Tränen.

»Nee, Kurt«, wieherte er, »so kannst du das nicht … Die sind nicht alle bescheuert, die Mädels. Meine hat auch ihre Macken …«

»Siehste?«

»… trotzdem würde ich die nicht umtauschen. Weißt du, was? Ich glaube, du hast die Richtige, also die wo's passt, einfach noch nicht gefunden. Komm zu uns nach Schnakenbach und such dir eine aus.« Er wandte sich zu mir. »Und Sie müssen auch kommen, Herr Koller. Ist wirklich schön dort draußen. Wenn ich's Ihnen sage!« Hoppla, da war ihm aber ein Trumm von Rülpser entfahren!

»Passen Sie auf«, entgegnete ich und drohte ihm mit dem Zeigefinger, so gerade ich ihn noch halten konnte, »passen Sie auf, Herr Deininger, ich komme. Und dann gucke ich mir dieses Schnakennest mal an, Ihr grandioses Superkaff.« Weg mit der Hand, sie bekam schon einen Krampf. Deininger schlug mir lachend auf die Schulter. Die leeren Flaschen auf dem Tisch klirrten. Ich wankte zum Tresen und ließ mir eine neue Ladung Getränke bringen. Für wen auch immer, zur Not für mich alleine.

So ähnlich endete es dann ja auch. Herbert erzählte mir später, sie hätten mich beim Verlassen des Englischen Jägers alleine an einem Tisch gefunden, beide Arme um ein Tablett mit halbleeren Bierflaschen gelegt. War anscheinend nicht so einfach, mich da loszueisen. Mit Hilfe der Bedienung schafften sie es, und als sie mich ins Freie geschleppt hatten, begann ich auf allen Vieren Richtung Neckar zu krabbeln.

Coppick und Hansen müssen sich köstlich amüsiert haben.

18

Der nächste Morgen war so furchtbar, wie ein Morgen nur sein kann. Betonschädel, Flattermagen, Puddingbeine. In beiden Ohren das Echo von Dackelgebell. Nie wieder würde ich Coppick und Hansen kraulen können, ohne an Deininger zu denken. Warum konnte der Kerl nicht Tauben züchten oder Meerschweinchen? Tauben gab es nicht im Englischen Jäger, und Meerschweinchen waren selbst einem Tischfußball-Kurt zu doof. Obwohl: Wer weiß schon, was Hektoliter von Orangensaft über die Jahre mit einem menschlichen Organismus anstellen?

Nicht ablenken, Max! Der Tag liegt vor dir, es gibt jede Menge zu tun. Dann mal los. Ich stemmte mich hoch, blieb minutenlang auf der Bettkante sitzen, fiel zurück in die Kissen, richtete mich wieder auf, saß. Durchatmen. Den Blick justieren. Halbherzige Versuche aufzustehen, Kapitulation. Nicht einmal lauwarmer Kaffee war diesmal in Reichweite: Christines stiller Protest gegen die Eskapaden ihres versoffenen Weggefährten. Einer meiner zahlreichen schlechten Träume dieser Nacht ging mir nicht aus dem Sinn: Ich war nach Hause gekommen und aus Versehen auf meine Ex drauf geplumpst. Das klang so blöd, es konnte direkt wahr sein.

Na, und wenn schon! Christine brauchte sich nicht zu beschweren. Hätte sie Deininger gestern Abend nicht die Adresse meiner Stammkneipe genannt, wäre ich nur halb so besoffen nach Hause gekommen. Oder dreiviertel. Das war ein Unterschied, und zwar ein entscheidender: Er betraf die Anzahl der letzten Frustbierchen nach Mitternacht, und die bestimmten, wohin und worauf ich beim Zubettgehen plumpste. Fiel ich quer übers Bett, hatte der Partner keine Chance. Der Ex-Partner auch nicht.

Stöhnend legte ich mich wieder hin, um ein weiteres Stündchen zu dösen.

Die Türklingel weckte mich. Noch immer hatte ich mich nicht daran gewöhnt, dass sie so anders klang als in meiner früheren Wohnung. Schriller, nerviger, spießiger. Spießiger? Vielleicht. Jedenfalls stand ich, kaum war sie verhallt, neben dem Bett und rieb mir die Augen. Auf einem Stuhl bei der Tür lag meine Hose. Schwankend bewegte ich mich darauf zu. Klarer Fall von Kuhhessigkeit. Oder das Gegenteil, das mit dem Fass. Ich schaute auf die Uhr. Neun Uhr durch, da konnte man das Geklingel nicht einmal als Belästigung bezeichnen. Die Hose über der Schulter, ging ich zur Wohnungstür und drückte den Knopf der Sprechanlage.

»Polizei!«, schallte es mir entgegen. »Öffnen Sie sofort!«

Meine Alpträume hörten also nicht auf. Was wollte Kommissar Greiner von mir, der schärfste Hund der Heidelberger Polizei? Oder der zweitschärfste, wenn man seinen Kumpel Sorgwitz mit einbezog.

»Bringen Sie mir einen Kaffee?«

»Nein, aber einen Haftbefehl.«

Ich betätigte den Türöffner. Greiner und Sorgwitz leisteten sich öfter mal ein Späßchen, vorzugsweise am frühen Morgen. Und vorzugsweise in meiner Anwesenheit, auch wenn sie da am Ende nie etwas zu lachen hatten. Diesmal also ein

Haftbefehl. Vielleicht war wenigstens die Begründung, die sie sich ausgedacht hatten, ein bisschen lustig.

Während ich in die Küche schlurfte, um einen Kaffee aufzusetzen, hörte ich ihre Schritte durch das Treppenhaus hallen. Sportliche Schritte, die zwei Stufen auf einmal nahmen. Greiner und Sorgwitz waren bestimmt die Vorturner der Polizeisportgruppe Heidelberg, denen bei der alljährlichen Weihnachtsfeier eine Ehrennadel ans Revers gepinnt wurde. Für die erfolgreiche Teilnahme am hiesigen Halbmarathon oder die Höchstpunktzahl im Polizei-Aikido. Kommissar Fischer war mir trotzdem lieber, auch wenn der in seinem ganzen Leben noch keine 500 Meter am Stück zurückgelegt hatte. Aber er war ihr Chef, und das zählte. Zumindest für Greiner und Sorgwitz.

Gerade wollte ich die Kaffeedose öffnen, als ich die Thermoskanne sah, die neben dem Herd stand. Ich hob sie an: voll. Christine war mir also nicht nur nicht gram, sondern hatte auch aus ihrem Fehlverhalten von vorgestern gelernt. Falls Kaffee in der Kanne war und nicht Blausäure.

»Auch ein Schlückchen, die Herren?«, begrüßte ich meine Gäste, die eben den Flur stürmten.

Greiner und Sorgwitz nickten, aber nicht als Antwort auf meine Frage. Sie nickten anerkennend, beifällig, ungläubig. Heiliges Staunen hatte sie ergriffen. Natürlich war das alles nur gespielt, es gehörte zu dem großen Beamtenwitz, der mit dem Haftbefehl begonnen hatte und ohne Pointe enden würde.

»Respekt«, sagte Greiner.

»Da schau her«, sekundierte Sorgwitz.

»Das ist ja eine richtige …«

»Geradezu eine Wohnung ist das!«

»Mit Zimmer an Zimmer.«

»Und richtigen Fenstern.«

»Am Ende geht sogar das Licht!«

»Jetzt übertreibst du aber.«

»Milch, Zucker?«, unterbrach ich. »Oder schwarz? Er ist allerdings koffeinhaltig, und wenn so ein Polizistenpuls die 200 überschritten hat ...«

»Für mich nicht, danke!«, kam es von der Tür her. Kommissar Fischer, mein Heidelberger Lieblingspolizist, schlurfte herein. Sein Auftritt stand im schönsten Gegensatz zu dem seiner Mitarbeiter. Gelbliches Gesicht, schwere Tränensäcke, struppige Augenbrauen. Keuchend schloss er die Tür und zückte ein Stofftaschentuch, um die feuchtglänzende Stirn zu trocknen. »Ihre alte Wohnung lag eine Etage tiefer – oder täusche ich mich?«

»Sie täuschen sich, es kommt von den Treppenstufen. Die sind höher. Bergheimer Normalmaß, das fordert einen ganz anders. Außerdem werden wir alle älter, Herr Fischer.«

»Reden Sie keinen Quatsch! Älter als ich kann man nicht werden.«

»Jetzt, wo Sie es sagen, sehe ich es auch. Aber kommen Sie doch rein.«

»Ins Wohnzimmer«, ergänzte Greiner ehrfürchtig. »Herr Koller hat sich sozial in die Höhe katapultiert wie eine Rakete.«

»Reich geheiratet«, nickte Sorgwitz und erhärtete seine Feststellung durch ein stählernes Grinsen. »Würde mich nicht wundern, wenn er uns gleich sein Personal präsentierte. Oder lassen Sie nun Ihre Frau die Bierflaschen abstauben?«

»Ich bitte dich, Chris, dafür hat er doch seine Polinnen.«

»Ja, die habe ich«, blaffte ich. »Und eine Handvoll tschetschenischer Rausschmeißer, die schon immer zwei deutsche Beamte kleinfalten wollten. Also, letzte Chance: Kaffee, ja oder nein?«

»Danke, wir haben schon gefrühstückt«, lächelte Greiner. Seine Stirn war ein gemeißelter Block Granit.

Während ich die Thermoskanne und einen Becher aus der Küche holte, machten die drei es sich im Wohnzimmer bequem. Bequem hieß in diesem Fall, dass die beiden Wadenbeißer mit verschränkten Armen herumstanden wie Möbelstücke, Kommissar Fischer dagegen ließ sich ächzend auf einem Stuhl nieder. Ich setzte mich zu ihm und nahm einen großen Schluck.

»Also, meine Herren, was gibt es?«

Fischer blickte mich an, ohne zu antworten. »Wir nehmen Sie mit«, erklärte Kommissar Greiner an seiner statt. »Es wird ein längerer Aufenthalt. Packen Sie Ihre Zahnbürste ein, Schlafsachen stellt das Land Baden-Württemberg.«

Ich gähnte.

»Er glaubt es nicht«, grinste Kommissar Sorgwitz. »Da sieht man mal, wie sehr sich die Leute durch Ihren sozialen Aufstieg blenden lassen. Kaum haben sie einen Quadratmeter mehr Wohnfläche, halten sie sich für unangreifbar. Fatal, so was.«

»Und dafür zahle ich Steuern«, murmelte ich.

»Sagen Sie es ihm, Chef!«

»Sie sind verhaftet, Herr Koller.«

Eine Braue hebend, schielte ich zu ihm hinüber. Seit wann mischte der Kommissar bei diesen pubertären Geplänkeln mit? Färbte der schlechte Humor seiner Umgebung neuerdings auf ihn ab? Mein Kumpel Kurt, siehe oben, trank Orangensaft, Kommissar Fischer teilte sein Büro mit ehrgeizigen Jungspunden. Beides war auf Dauer gesundheitsschädlich. Wie auch immer: Ich hatte mir in den letzten Tagen nichts zuschulden kommen lassen, weder vor Butenschöns Haus noch in Frankfurt oder in der Handschuhsheimer Gärtnerei. Da konnten sie witzeln, solange sie wollten.

»Okay«, sagte ich. »Der Kaffee ist französische Importware, unversteuert. Aber das ist noch lange kein Grund ...«

»Sie haben da zwei hübsche Ohren«, fiel mir Fischer ins

Wort. »Und manchmal sollte man sie Ihnen so richtig lang ziehen, Herr Koller. Erst das eine, dann das andere. Ich werde mal mit Ihrer Frau reden.«

»Sie sind der Erste, der meine Ohren hübsch findet, Herr Fischer. Vielleicht hätte ich besser mit Ihnen zusammenziehen sollen.«

»Verdammt, Sie Knalltüte!«, brüllte er los und schlug mit der flachen Hand auf den Tisch. »Ich meine es ernst! Dass Sie einfach nicht erwachsen werden wollen, kotzt mich an! Immer diese Spielchen und Reibereien und Großmäuligkeit! Sie bringen die komplette Polizei der Stadt gegen sich auf und merken es nicht einmal.«

»Nichts für ungut, aber seit wann handelt es sich bei den Herren Greiner und Sorgwitz um die komplette Polizei der Stadt? Hat der Rotstift des Ministeriums derart zugeschlagen?«

Grimmig reichte mir Fischer einen Briefumschlag. Greiner rieb sich die Hände und zwinkerte seinem Kollegen zu. Ich öffnete gespannt.

Der Inhalt bestand aus einem DIN-A4-Blatt mit einem Foto darauf. Schwarz-weiß und schlecht kopiert, trotzdem aussagekräftig. Da war ein Zweiradfahrer, der dem Betrachter in voller Fahrt seine Zunge zeigte. Das Rad gehörte mir, und im Hintergrund sah man Handschuhsheimer Wohnhäuser.

»Oh«, sagte ich. Mehr nicht.

»Ja, oh!«, belferte Fischer gegen das Gefeixe seiner beiden Jungs an. »42 Stundenkilometer! Wahrscheinlich sind Sie noch stolz darauf, Ihre Rostlaube so auf Touren gebracht zu haben. Schade, dass es Sie nicht an der nächsten Ecke zerbröselt hat. Da hätte ich mal Ihre Miene sehen wollen!«

»42 km/h?«, vergewisserte ich mich vorsichtig.

»42!«

»Ich … ich war in Eile, Herr Fischer. Mein Beruf lebt von Pünktlichkeit. Und bei hohem Tempo hängt mir immer die

Zunge aus dem Mund. Überhaupt, was haben Sie mit Verkehrspolizisten zu tun? Sind Sie nicht für Gewaltverbrechen zuständig?«

»Allerdings bin ich das. Und manchmal neige ich dazu, den Begriff Gewaltverbrechen sehr weit auszulegen. Mir ist egal, was Leute wie Sie über die Polizei denken. Nur verarschen lasse ich mich ungern.«

»Genau!«, entfuhr es Greiner.

»Na gut, ich bekenne meine Sünden, gehe in mich und bereue. Wie teuer wird der Spaß denn?«

»Sie kapieren überhaupt nichts, Herr Koller! Es geht nicht um Ihre Geschwindigkeit, sondern um Ihre Respektlosigkeit. Und um Feigheit. Sie waren sich wohl sicher, dass Sie keiner erkennt, was? Aber damit ist es vorbei, seit Sie zu den Prominenten gehören. Die Kollegen waren so sauer über Ihre Aktion, dass sie das Foto an alle Abteilungen gefaxt haben, mit der Bitte um Rückmeldung. Und wissen Sie, was? Jede zweite hat sofort geantwortet: Ist das nicht der Schnüffler, der neuerdings in Büchern macht? Herzlichen Glückwunsch, Herr Autor!«

»Danke«, murmelte ich.

»Was die Herren Greiner und Sorgwitz sagten, erspare ich Ihnen. Aber eines kann ich Ihnen versichern: Sie sprachen mir aus dem Herzen.«

Verlegen kratzte ich mich am Kopf. Von Fischers Herz wusste ich nur, dass es nicht besonders gesund war. Wenn nun auch noch die Wut über einen flegelhaften Privatflic aus ihm sprach, musste der Kardiologe ran. Und der zog am Ende meinen Lieblingskommissar aus dem Verkehr!

»Vielleicht könnte sich die Heidelberger Polizei dazu durchringen, das Ganze von der humorigen Seite her zu betrachten«, schlug ich vor.

»Ich glaube nicht, dass auch nur ein Mensch in dieser Stadt, geschweige denn ein Polizist, Ihren Humor versteht.«

»Na, dann«, ich zuckte die Achseln, »packe ich halt meine Zahnbürste ein.« Greiner und Sorgwitz hörten gar nicht mehr auf zu grinsen.

Kommissar Fischer seufzte. »Die Welt ist schlecht, und Typen wie Sie machen sie nicht besser. Manchmal denke ich ... aber lassen wir das. Wen interessiert schon, was ich denke?« Er schnappte sich meinen Becher, roch kurz daran und stellte ihn stirnrunzelnd zurück. »Woran arbeiten Sie gerade, Koller? Irgendein Auftrag in Sicht? Sagen Sie bitte nicht, Sie hätten Ihre Finger in diesem Edelnuttenskandal.«

»Um Gottes willen!«

»Also wenigstens das nicht. Was sonst? Eine größere Geschichte?«

»Ganz klein.« Ich hielt Daumen und Zeigefinger gegeneinander. »So klein.«

»Verstehe. So klein, dass Sie sich den Schädel dabei eingerannt haben.« Er zeigte auf meine Stirn.

»Es war eine Frankfurter Tür. Die Türen in Hessen scheinen mir breiter zu sein, während bei uns die Treppenstufen höher sind, wie gesagt.«

»Fällt doch gar nicht auf in dem Trinkergesicht«, warf Kommissar Sorgwitz ein, während er das Bücherregal begutachtete. Ich schwieg, denn er hatte ja recht, wenigstens heute Morgen.

»Wie auch immer«, seufzte Fischer erneut, »ich habe in den letzten Tagen gegen jede Vernunft und auf die Gefahr hin, mich lächerlich zu machen – vermutlich bin ich der erste Heidelberger Polizist seit Menschengedenken, der mehr als drei vollständige Sätze mit einem Privatermittler gewechselt hat, ohne Ausschlag zu bekommen ...« Nachdenklich betrachtete er meinen Becher und kratzte sich an der Nase. Dann sah er auf. »Jetzt habe ich doch glatt vergessen, wie ich meinen Satz begonnen habe.«

»Mit Herrn Koller, dessen Unverschämtheit geradezu

bodenlos ist und durch die Tatsache, dass er jetzt Bücher schreibt, noch gesteigert wird«, half Greiner.

»Richtig, das auch. Und deshalb ist mir ein Rätsel, welcher Teufel mich geritten hat, zu den Kollegen von der Verkehrsüberwachung zu pilgern und ein gutes Wort für Sie einzulegen.«

»Wir wollten Sie noch abhalten, Chef«, erinnerte Sorgwitz.

»Folgendes habe ich aushandeln können, Herr Koller: Sie überlassen den beiden betroffenen Beamten, den Herren Greiner und Sorgwitz sowie unserer Hausbücherei je ein Exemplar Ihres Bestsellers. Also fünf Stück insgesamt.«

»Gerne. Ihnen keines?«

»Meine Frau besaß es bereits, da war es kaum geschrieben. Fünf Ihrer Bücher, wie gesagt. Und in jedes schreiben Sie vorne eine Widmung rein. Eine freundliche, wohlwollende Widmung, die durchaus den Charakter einer Entschuldigung haben darf.« Fischer sah zu seinen enttäuscht dreinblickenden Wadenbeißern hinüber und schüttelte den Kopf. »Nicht muss, aber darf. Wenn sich irgendwo auch nur ein Hauch Ironie darin findet, benutzen wir das Exemplar zum Heizen, und Sie bringen ein neues. Andernfalls geht das hier«, er wedelte mit meinem Foto, »seinen üblichen Gang, und in die Zeitung kommen Sie auch noch. Als besonders renitenter Fall.«

»Wusste nicht, dass Sie einen offenen Kamin im Revier haben«, murmelte ich. Irgendwie empfand ich diesen Deal schlimmer als jeden Punkt in Flensburg.

»Wir sollten ihm noch die jeweilige Anrede diktieren«, schlug Sorgwitz vor. »In meinem Fall: Dem bestaussehenden, intelligentesten, unbestechlichsten …«

»… Kampfhund des ganzen Polizeisportvereins«, ergänzte ich.

»Sie wissen, was Sie zu tun haben?«, fragte Fischer eindringlich.

»Naja.«

»Lesbar und mit Unterschrift, nicht zu vergessen. Gut, das wäre geklärt. Wir müssen weiter. Meine Herren, gehen Sie bitte schon mal vor, damit ich diesem Lümmel unter vier Augen klar machen kann, wie ernst es uns mit der Sache ist.« Er scheuchte die beiden Kläffer aus dem Raum. Greiner und Sorgwitz wechselten überraschte Blicke, gehorchten aber.

»Wollen Sie mir diktieren, was ich schreiben soll?«, fragte ich müde, nachdem die Wohnungstür ins Schloss gefallen war.

»Nein, das müssen Sie schon selbst wissen. Im Signieren sollten Sie mittlerweile Routine haben. Die Sache ist wirklich nicht lustig, Koller, einige Kollegen haben sich mächtig über Sie aufgeregt. Aber jetzt zu etwas anderem.« Er räusperte sich. »Zu meinem Neffen.«

»Kenne ich nicht.«

»Genauer gesagt, zum Neffen meiner Frau. Adrian.«

»Kenne ich immer noch nicht. Ist er auch geblitzt worden?«

»Schlimmer: Er schreibt.« Als Fischer meine verständnislose Miene sah, sprang er ganz gegen seine Gewohnheit auf. »Verdammt, Koller, nun machen Sie es mir nicht so schwer! Von Ihnen hat doch auch keiner erwartet, dass Sie unter die Schriftsteller gehen! Adrian ist das schwarze Schaf unserer Familie, also der meiner Frau, er studiert und studiert, und es kommt nichts dabei raus außer Romanen, die keiner verlegen will. Sein Vater hätte ihm längst … aber der ist selbst so ein Schwächling, der ist froh, wenn sein Knilch überhaupt etwas tut.«

»Das klingt ja furchtbar.«

»Das ist es auch. Koller, der Kerl ist Ende dreißig. Aus dem wird doch nichts mehr!« Erregt lief der Kommissar hin und her. »Was der alles studiert hat, kann ich Ihnen gar nicht aufzählen! Angeblich steht er jetzt kurz vor dem Examen, aber das stand er vor zehn Jahren schon einmal. Und überhaupt will er nur eins: Bücher schreiben. Schubladen hat er voll mit seinen Ergüssen!« Er kam zurück an den Tisch und setzte sich. »Hören Sie, Sie haben doch jetzt Kontakte. Zu Verlagen, zu Buchhändlern. Könnten Sie nicht eins von Adrians Manuskripten weiterreichen? Mit wärmster Empfehlung? Das wäre ein Riesending für den Jungen!«

»Ich? Herr Fischer, Sie sehen das völlig falsch! Ich habe nur zu einem Verlag Kontakt, und das auch bloß indirekt. Mein Freund Covet regelt das für mich.«

»Aber Sie haben den Namen! Ich kann Ihnen alle möglichen Texte geben. Adrian hat sogar einen Krimi geschrieben, einen historischen, wenn man es genau nimmt, Gedichte noch und nöcher, und ein Theaterstück wird sich auch finden.«

»Autobiografien sollen stark im Kommen sein. Ihr Adrian hat bestimmt …«

»Hören Sie auf, sich lustig zu machen!«, grollte er. »Da gibt es nichts zu lachen. Wenn Sie wüssten, wie mir meine Frau in den Ohren liegt! Seit Jahr und Tag jammert sie mir von ihrem armen verkannten Neffen vor, dem ich unbedingt unter die Arme greifen müsste.«

»Aber, Herr Fischer! Nun stellen Sie sich mal vor, der Junge bekommt einen Verlagsvertrag. Oder auch nur eine positive Rückmeldung. Der dreht doch völlig durch, schmeißt sein Studium und träumt vom Büchner-Preis! Wollen Sie das?«

Fischer fuhr sich erschöpft mit seinem Taschentuch über die Stirn. »Was ich will, spielt in diesem Fall keine Rolle. Überhaupt keine! Es geht um meine Frau. Die hält Adrian für zu labil, um das Examen zu schaffen. Es sei denn, er bekommt eine Bestätigung. Zum Beispiel durch die Möglichkeit, ein Buch zu veröffentlichen.«

»Das ist Unsinn, und das wissen Sie.«

»Erzählen Sie das mal meiner Frau! Wenn ich ohne Ergebnis nach Hause komme, wird sie persönlich bei Ihnen vorstellig, jede Wette. Man hat ja nicht umsonst einen Autor unter seinen Bekannten. Und wie Sie meine Frau abwimmeln, möchte ich sehen.«

»Puh.« Nachdenklich betrachtete ich mein Fahndungsfoto. Das wurde ja immer besser! Frau Fischer war eine Seele von Mensch. Ich kannte ihren Händedruck, ihre mütterlichen Rundungen und ihren Sauerbraten. Ja, sie war ein Seelchen, aber zum Gegner wollte ich sie nicht haben. »Was stellen Sie sich denn vor?«, fragte ich. »Dass ich ein gutes Wort für Ihren Neffen einlege?«

»Das Beste wäre wohl eine Art Gutachten. So etwas wie eine Empfehlung durch …«

»Ein Persilschein?«

»Unsinn! Ein Empfehlungsschreiben, das er seinen Manuskripten beilegt. Und bei Ihrem Hausverlag könnten Sie mal mit dem Lektor sprechen. Mensch, Koller, das ist doch nicht zu viel verlangt!«

»Und wann soll ich seine Bücher lesen?«

»Wer sagt, dass Sie das müssen? Sie haben vielleicht romantische Vorstellungen! Wenn es Fragen zum Inhalt gibt, hilft Ihnen meine Frau gerne weiter. Aber nötig ist das nicht.«

Ich trank meinen Kaffee aus und stellte den Becher hart auf den Tisch zurück. »Gut. Ich werde mit Marc Covet so ein Schreiben zusammenbasteln. Dazu muss man formulieren können, und das kann nur er. Es gibt aber eine Bedingung, Herr Fischer.«

Der Kommissar kniff die Augen zusammen.

»Ich brauche Informationen über einen aktuellen Fall.«

»Informationen?«

»Bloß ein paar Details zum Stand der Ermittlungen. Sie können sich doch Akteneinsicht verschaffen?«

»Bitte? Schlagen Sie sich das aus dem Kopf!«

»Es geht um den Brandanschlag auf ein Büro im Technologiepark letzten Montag.«

»Ach, das! Da sind Sie momentan dran?« Er winkte ab. »Sie haben recht, das ist wirklich kein Aufreger. Sollten Sie sich ein Erfolgshonorar erhoffen, muss ich Sie enttäuschen. Die Täter wird man nicht ermitteln, es sei denn, sie sind so blöd und schlagen noch einmal zu.«

»*Die* Täter?«

»Mein Gott, irgendwelche Randalierer halt. Der Fall ist so nebensächlich, da kann ich Ihnen auch gleich die Akte zeigen.«

»Bestens. Wann?«

»Kommen Sie morgen zu mir nach Hause. Ich leihe mir den Vorgang übers Wochenende aus. Und Sie bringen das Gutachten für meinen Neffen mit.«

»Mal sehen, ob es so schnell geht. Sie ahnen ja nicht, was für eine Arbeit dieses Schreiben ist!«

Grimmigen Blicks erhob er sich. »Ich zähle auf Sie, Koller!«

Er war wirklich mein Lieblingskommissar, der gute Herr Fischer.

19

Besitz soll ja ansteckend sein, heißt es. Und hier hatten wir mal wieder den schönsten Beweis.

Auch wenn Rechtsanwalt Dr. Brouwer nur in der Handschuhsheimer Landstraße residierte, wollte er hinter seinem Mandanten Butenschön und dessen schnieker Südstadtresidenz keinesfalls zurückstehen, zumindest nicht am Arbeitsplatz. Er gönnte sich eine Gründerzeitvilla, die mit ihren Simsen und Bögen und Balustraden dem Kaiserreich architektonisch nachtrauerte. Sommers schlummerte sie im Schatten von Platanen, deren Laub jetzt im Herbst die Rhododendronbüsche dekorierte. Natürlich war die Villa nicht Brouwers Wohnhaus, und er musste sie mit den Kollegen seiner Sozietät teilen. Trotzdem, die Botschaft war eindeutig: Was ein Nobelpreisträger kann, kann ich schon lange.

»Brouwer, Vitasek & Partner« stand neben der Gartentür. Spezialgebiete Erb- und Steuerrecht. Ich hielt die Klinke in der Hand und zögerte. Zögerte, weil ich ins Grübeln geraten war. Nicht über Brouwer und nicht über seine Partner, sondern über ein Auto. Wahrscheinlich gab es jede Menge Pkw mit österreichischem Kennzeichen in Heidelberg. Aber mussten sie ausgerechnet vor der Kanzlei von Butenschöns Rechtsbeistand parken? Ich ließ die Klinke los und schlenderte zu dem Wagen hinüber. Es war ein silberner BMW Coupé, nicht ganz neu, aber blitzsauber. Zugelassen in Salzburg. Im Innenraum kein Hinweis auf den Besitzer, lediglich auf der Windschutzscheibe klebte die Parkgenehmigung für das Neuenheimer Feld.

Während ich noch um das Auto schlich, öffnete sich die Eingangstür der Kanzlei. Da kamen sie ja, meine zwei Prachtkerle: traten plaudernd ins milde Herbstlicht, nickten, waren ganz einer Meinung. Ganz einer Kleidung waren sie nicht; neben dem jugendlichen Prof. Gärtner in flatterndem Sakko wirkte Dr. Brouwer mit seinem dunklen Zweireiher wie der Ausbund von Biederkeit. Zumindest nahm ich an, dass es sich um Butenschöns Rechtsanwalt handelte. Wen sonst hätte Knödelchens Chef in seiner Mittagspause aufsuchen sollen?

Mittag war das Stichwort. Brouwers ausgestreckte Hand wies nach Süden, zum nahen Mönchhofplatz, und gemeinsam steuerten die zwei ein französisches Bistro in der Brückenstraße an. Ja, Neuenheim wird demnächst wohl umbenannt, in irgendetwas mit Neuf am Anfang, so viele frankophile

184

Geschäftsleute haben sich in den letzten Jahren hier niedergelassen. Echtes Baguette mit echtem Stinkekäse, hinterher un petit noir und am Abend zur Beaujolais-Verkostung auf den Marktplatz – Alltag in Neuenheim. Pariser Dessous werden dir auch schon nachgeschmissen, man tafelt bei Jean oder Jacques, liest Le Monde und L'Equipe. Fehlen nur noch die Sammelbildchen von Carla Bruni. Aber retour zu dem ungleichen Duo.

Der sportliche Prof und der nackensteife Anwalt hatten das Bistro mittlerweile erreicht und mich, ohne dass sie es ahnten, in ihrem Schlepptau. An der Tür ein kleines Höflichkeitsduell: Wer schaffte es, dem anderen den Vortritt zu lassen? Endlich gab sich Brouwer geschlagen und trat ein. Drinnen begrüßte man ihn nicht nur wie einen Stammgast, sondern wies ihm auch gleich zwei Plätze an der straßenseitigen Glasfront an. Prima, so konnte ich die beiden ungestört beobachten. Ich sperrte mein Rad ab und wartete.

Nun, beobachten war kein Problem, warten können eine meiner Primärtugenden, zumal an einem herrlich milden Novembertag – aber was brachte es mir? Erst sprach Brouwer, und Gärtner hörte zu. Dann sprach Gärtner, und Brouwer lauschte. Belanglose Gesten, nichtssagende Mienen. Sie bestellten. Ihre Getränke kamen. Sie unterhielten sich. Verdammt, so würde ich nie erfahren, worum es bei diesem Treffen ging.

Mir blieb keine andere Wahl: Ich musste hinein. Ins befreundete Ausland sozusagen. Zum halben Dutzend Weinbergschnecken einen Primeur, und das mit meinem Schädel! Beinhart, dieser Job. Seufzend stieß ich die Tür auf und überschritt die grüne Grenze.

»Tut mir leid, dass ich störe«, sagte ich, zog mir einen Stuhl heran und setzte mich zu den Herren. »Aber ich müsste mich schon sehr täuschen, wenn mich Ihre Unterhaltung nicht ebenso viel anginge wie Sie beide. Koller ist mein Name. Ich untersuche den Brandanschlag auf das Büro von Frau Deininger. In ihrem Auftrag und dem ihres Mannes.«

Erst schauten die zwei mich nur an. Wie man halt so schaut, wenn man statt eines Elfmeters die Gelbe Karte bekommt. Für eine Schwalbe im November. Dann öffneten sie gleichzeitig den Mund. »Wer hat Ihnen …?«, begann Brouwer, doch schon fiel ihm Gärtner ins Wort: »Ich kann mich nicht erinnern, Sie hinzugebeten zu haben.« Ja, wenn ein Österreicher »I konn mi ned erinnern« sagte, hörte es sich gleich viel netter an. Wie a bisserl Vergesslichkeit nach einem harten Tag auf der Alm.

»Das haben Sie auch nicht«, erwiderte ich. »Ich bin ungebeten hier, ein Störenfried, ein echtes Ärgernis. Aber es ist nun mal nicht zu ändern, also sehen Sie einfach darüber hinweg und lassen Sie uns zur Sache kommen. Hat Ihnen Herr Brouwer schon hoch und heilig versprochen, dass die Butenschöns nichts mit dem Anschlag zu tun haben?«

Hoppla, das saß. Dem Anwalt blieb die Luft weg, Gärtner gelang ein kleines, verblüfftes Lachen. So amüsiert es klingen sollte, war es bloß das Begleitgeräusch eines Rückzugsgefechts. »Sie gehen ja ran, junger Mann«, meckerte er, und das war ein ganz mieser Witz, denn von echten jungen Männern trennten mich mehr Jahre als von ihm.

»Wer ist das?«, fragte Brouwer fassungslos.

»Angeblich ein Freund von Herrn Deininger.«

»Angeblich?«, protestierte ich. »Dann fragen Sie ihn mal, mit wem er gestern Abend gezecht hat bis zum Abwinken. Und selbst wenn es nicht so wäre: Ich ermittle in dem Fall und war eben auf dem Weg zu Ihnen, Herr Brouwer, um Sie zu fragen, ob es eine Verbindung zwischen der Familie Butenschön und dem Brandanschlag vom letzten Montag gibt. Da Ihnen Herr Gärtner diese Frage bereits gestellt hat, würde mich Ihre Antwort interessieren.«

»Wie bitte?« Jetzt spielte auch der Anwalt den Erheiterten. »Ihre Fantasie geht mit Ihnen durch.«

Seufzend nahm ich die Karte zur Hand. »Herr Brouwer, warum unterhalten wir uns nicht wie drei vernünftige Menschen? Wir sind unter uns, plaudern ein wenig, es gibt kein Protokoll, keine Schweigepflicht. Mein Interesse ist es herauszufinden, ob Albert Butenschön etwas mit dem Anschlag auf Frau Deiningers Büro zu tun hat. Ihres doch auch, Herr Gärtner? Oder weswegen sind Sie sonst hier?«

»Ich habe mich verfahren und Dr. Brouwer nach dem Weg gefragt«, schmunzelte der Salzburger Lockenkopf. »Ein ganz zufälliges Zusammentreffen.«

»Tja, wenn der Navi seine Tage hat …«

»… fühlt man sich so recht als Ausländer in dieser Stadt.«

Dem Chef von Knödelchen war Humor also nicht fremd. Und Butenschöns Anwalt?

»Es ist geradezu absurd«, stieß Brouwer mit ebenso viel Luft wie Empörung hervor, »Professor Butenschöns Namen im Zusammenhang mit dieser Tat zu erwähnen. Regelrecht peinlich ist das!«

Bevor ich antworten konnte, stand die Bedienung neben uns. Auch sie natürlich ein echter Frankreichexport. Ihre weiße Bluse war eine Nummer zu eng und ihr Akzent eine Spur zu niedlich, um mich vom Hocker zu reißen, aber als Amuse gueule ging sie allemal durch. Ich verkniff mir den Wunsch, nach Tchibo koffeinfrei zu fragen, und bestellte einen Standardkaffee. Noch lange hing ihr Parfüm in der Luft.

»Okay«, nahm ich den Faden wieder auf. »Ich verstehe, dass Sie das sagen müssen, Herr Brouwer. Es ist peinlich, es ist absurd, es ist undenkbar. Komischerweise denken es trotzdem einige Leute: dass dieser Anschlag eine Warnung an die promovierende Frau Deininger ist. Und Herr Gärtner denkt es natürlich auch, sonst wäre er nicht hier.« Ich wandte mich ihm zu. »Im Übrigen finde ich das klasse, dass Sie sich so für Ihre Doktorandin einsetzen. Das würde bestimmt nicht jeder Dozent tun.«

Gärtners Blick verengte sich. Schien ihm nicht zu schmecken, dieses Lob.

»Hören Sie«, sagte Brouwer und legte seine Fingerspitzen gegen die Tischkante. In seinem breiten Gesicht, das oben von einem Seitenscheitel begrenzt wurde, verloren sich die blassen Augen hinter einer großen, eckigen Brille. »Ich weiß nicht, worauf Sie mit Ihrer gelinde gesagt unkonventionellen Art hinauswollen. Was Professor Gärtner und ich hier zu besprechen haben, geht niemanden etwas an, Sie eingeschlossen. Also möchte ich Sie dringend ersuchen, uns nicht weiter zu belästigen. Wir können gerne einen Termin …«

»Natürlich«, unterbrach ich ihn rüde. »Natürlich können wir einen Termin ausmachen. Aber muss das sein? Mit Herrn Gärtner haben Sie sich ja auch ganz informell in der Mittagspause getroffen. Es gibt nur ein Thema, das für eine Unterhaltung zwischen Ihnen beiden infrage kommt, und das ist der Brandanschlag auf Frau Deiningers Büro. Genau das ist auch mein Thema. Also kommen Sie bitte von Ihrem hohen Ross herunter und beziehen Sie mich in Ihr Gespräch mit ein. Was Ihren Mandanten angeht, Professor Butenschön, so interessiert er mich nicht die Bohne. Sein Ruf, seine Vergangenheit: ist mir alles schnuppe. Mich interessiert nur, ob er für den Anschlag verantwortlich ist. Sprechen wir darüber. Dann sind Sie mich schneller los, als Sie die Straße überqueren können.«

»Interessante Art der Gesprächsführung«, murmelte Brouwer und tupfte sich die Lippen an einer Serviette ab. Dabei hatte er noch nicht einmal an seinem Glas genippt.

Ich kramte eine meiner Karten hervor und reichte sie ihm. Christine hatte sie mir zur Feier unseres Umzugs geschenkt, mit der neuen Adresse und optimiertem Layout, wie sie sagte. Hier ein bisschen Farbe, dort eine besondere Schriftart. Ich fand die Karten scheußlich, und auch Dr. Brouwer schaute eher angewidert.

»Private Ermittlungen«, las er. »Wussten Sie das, Prof. Gärtner?«

»Frau Deininger deutete so etwas an.«

Der Anwalt hielt die Karte zwischen Daumen und Zeigefinger und betrachtete sie eingehend. Mein Gott, es standen bloß mein Name und meine Adresse drauf. Keine Bildchen! Dann nahm der Parfümgeruch wieder zu, und die Bedienung brachte meinen Kaffee sowie den Herren ihr Mittagsmahl. Gärtner hatte tatsächlich Schnecken gewählt, Brouwer hielt sich lieber an einen Salat. Klar, sitzende Tätigkeit und die Last der Mandate den ganzen Tag!

»Sie auch etwas zu essen?«, wurde ich gefragt.

»Mais oui: vous!«, wäre die in jeder Beziehung korrekte Antwort gewesen, aber ich kann ja kein Französisch. Also nichts, merci.

»Gut«, sagte Gärtner, sobald Mademoiselle gegangen war, »meinetwegen können wir offen reden. Wenn ich mich richtig erinnere, hat sich Evelyn, also Frau Deininger, gegen Ihre Ermittlungen zunächst gesträubt, aber seis drum. Einverstanden?«

Brouwer zuckte die Achseln, legte die Karte beiseite und begann wortlos, seinen Salat kleinzuschnippeln.

»Um eines klarzustellen, Herr Koller: Ich habe Rechtsanwalt Brouwer nicht gefragt, ob sein Mandant irgendetwas mit dem Brand zu tun hat. Das ist nämlich in der Tat eine lächerliche Vorstellung. Mag Herr Deininger in seiner Naivität solchen Ideen nachhängen; mit der Realität haben sie nichts zu tun.« Während Gärtner sprach, pulte er die erste Schnecke aus ihrem Haus. »Mein Treffen mit Dr. Brouwer diente einem ganz anderen Zweck. Ich wollte ihn beziehungsweise das Ehepaar Butenschön bitten, meiner Doktorandin eine Art Motivationshilfe zu geben. In Form eines Briefes, der sie zur Fortführung ihrer Arbeit ermuntert, trotz der prekären Umstände.«

»Wie bitte? Seit wann braucht Frau Deininger eine Ermunterung? Sie ist doch fest entschlossen, ihre Promotion zu Ende zu bringen, und zwar so rasch wie möglich.«

»Natürlich lässt sie sich nichts anmerken«, erwiderte Gärtner kauend. »Trotzdem ist sie erheblich verunsichert. Jeder wäre das in dieser Situation. Da kann sie sich noch so oft sagen, dass der Anschlag nicht ihr und ihrer Forschung galt.«

»Und was soll dann drin stehen in dem Brief?«

»So etwas wie ein Appell, sich nicht einschüchtern zu lassen, sich auf die wissenschaftliche Arbeit zu konzentrieren. Wenn Evelyn noch einmal Schwarz auf Weiß hat, dass Professor Butenschön ihr Vorhaben persönlich unterstützt, sollte ihr das den Rückhalt geben, den sie in ihrer aktuellen Lage braucht.«

»Es soll also nicht drin stehen, dass die Butenschöns jede Verantwortung für den Anschlag zurückweisen?«

»Blödsinn!« Das war der Anwalt. Etwas Grünes steckte zwischen seinen Vorderzähnen. »Für eine solche Aussage würde sich der Professor niemals hergeben. Eine Rechtfertigung ohne jeden Anlass – albern!«

»Und? Wird Frau Deininger diesen Brief bekommen?«

»Das liegt im Ermessen meiner Mandanten. Im Moment sehe ich nichts, was dagegen spräche, aber ich will nicht vorgreifen.«

»Wie stehen die Butenschöns denn grundsätzlich zu dem Dissertationsprojekt?«

Brouwers Blick nach zu urteilen, hatte ich gerade eine sagenhaft dämliche Frage gestellt. »Wie darf ich das verstehen?«, gab er zurück.

»Immerhin ist Professor Butenschöns Lebensleistung nicht unumstritten.«

Der Anwalt kaute bedächtig. Wie ein Schaf, schoss es mir durch den Kopf, wie ein Grünzeug futterndes Wollschaf. »Ich bin ja bloß Jurist«, sagte er, »kein Historiker. Aber gehört es nicht zu den Wesenszügen der Geisteswissenschaften, dass ihre Erkenntnisse niemals endgültig sind? Dass es immer widerstreitende Meinungen gibt?«

»Das haben Sie schön gesagt. Im Fall von Professor Butenschön behauptet eine dieser widerstreitenden Meinungen allerdings, dass er sich im Dritten Reich moralisch angreifbar gemacht hat. Wäre doch sehr unangenehm, wenn Frau Deininger genau diese These aufgreifen und am Ende sogar mit neuen Fakten untermauern würde.«

Gärtners Gesichtszüge versteinerten sich. Auch Brouwer hielt im Kauen inne und sah abwechselnd von ihm zu mir. »Neue Fakten?«, fragte er. »Sagen Sie das jetzt einfach so dahin oder gibt es einen konkreten Grund für diese Formulierung?«

»Nein, den gibt es nicht. Aber Frau Deininger forscht schon seit Jahren, da wird sie doch auf Details stoßen, die bisher nicht beachtet wurden. Oder sehe ich das falsch, Herr Gärtner?«

»Sie forscht«, lautete die knappe Antwort. »Das ist richtig.«

»Hören Sie«, meldete sich wieder der Anwalt, »mir scheint, Sie versuchen da einen Gegensatz zu konstruieren, der in keinster Weise existiert, Herr Koller. Es liegt ganz gewiss nicht in Frau Deiningers Absicht, sensationelle Details aus dem Leben von Professor Butenschön aufzudecken oder ihn demontieren zu wollen. Umgekehrt hat der Professor kein Interesse daran, ihre Promotion in irgendeiner Form zu beeinflussen, zu boykottieren oder gar zu verhindern. Im Gegenteil. Er verfolgt das Vorhaben von Frau Deininger mit viel Sympathie, und wenn es strengen wissenschaftlichen Ansprüchen genügt – wissenschaftlichen, verstehen Sie? –, wird er der Erste sein, der sie für einen Forschungspreis vorschlägt. Unabhängig davon, was über ihn als Person in dieser Arbeit gesagt wird.«

»Na, dann ist ja alles in Butter«, nickte ich und schlürfte meinen Kaffee. »Alles prima und rosenrot. Wenn da nur das verkokelte Büro nicht wäre! Haben Sie eine Idee, wer dahinterstecken könnte?«

Achselzucken bei Brouwer; Gärtner spießte schweigend eine Weinbergschnecke auf.

»Frau Deininger hält irgendwelche Studenten für die Täter. Dass es ihr Büro getroffen hat, ist natürlich reiner Zufall und hat nichts mit ihr und ihrer Arbeit zu tun. Warum braucht sie da noch einen Brief von Professor Butenschön?«

Gärtner legte seine Gabel beiseite. »Wie gesagt, Herr Koller: Was Frau Deininger Ihnen gegenüber äußert, ist die eine Sache. Was an Unsicherheit und Angst tief in ihr drinsitzt, eine ganz andere. Sie kennen sie einfach nicht gut genug.«

»Sie aber?«

Er funkelte mich an. »Ja.«

Ich lächelte zurück. »Schön, wenn ein Institutsleiter seine Mitarbeiter so gut kennt. Das hätte ich damals auch gebraucht, bei meinen akademischen Gehversuchen. Gab es aber nicht, und deshalb bin ich nur Privatdetektiv geworden und falle Ihnen auf die Nerven.«

»Dem ist nichts hinzuzufügen.«

»Sehen Sie, so sind wir am Ende doch einer Meinung, der Wissenschaftler und der Streetworker. Mit Professor Butenschön werde ich mich bestimmt auch prächtig verstehen. Herr Brouwer, könnten Sie mir einen Gesprächstermin bei Ihrem Mandanten vermitteln? Meine Sekretärin versucht es schon seit Tagen, aber irgendwie scheint sie den richtigen Ton nicht zu treffen.«

»Bedaure«, entgegnete der Rechtsanwalt, zufrieden die Hände faltend, »da müssen Sie schon Frau Butenschön persönlich kontaktieren.«

»Das werde ich. Und zwar früher, als Sie glauben. Au revoir, Messieurs.«

20

Das Gespräch mit den beiden Superklugen hatte meinem Kopf nicht gut getan. Vielleicht lag es auch am aufdringlichen Parfüm der Bedienung, dass mir der Schädel stärker brummte als vorher. Hunger verspürte ich keinen, dafür ein unzähmbares Bedürfnis nach Bewegung. Ich fuhr kurz nach Hause, wechselte die Klamotten und zog mit dem Rennrad los Richtung Odenwald.

Das Wetter: ein Witz. 15 Grad Celsius, ein laues Lüftchen aus Südwest, zarte Wolkenbänder, durch die immer wieder die Sonne brach. Und so etwas nannte sich November! Nun, persönlich hatte ich nichts dagegen, die Fahrradsaison um einige Wochen zu verlängern. Rund um den Bismarckplatz schaukelten die ersten Weihnachtssterne im Wind.

In Ziegelhausen bog ich nach Norden ab, kämpfte mich über die lange Peterstaler Steigung zum Wanderparkplatz hoch, wo ich kurz verschnaufte und eine meiner Wasserflaschen leerte. Eben wollte ich wieder los, als sich mein Handy meldete. Das Schneckerl aus Salzburg. Spielte zur Abwechslung Romuald den Rächer.

»Was war denn das für ein Auftritt?«, blaffte er mich an, dass die letzten Blätter von den Odenwälder Buchen fielen. »Welcher Teufel hat Sie geritten, sich da einzumischen?«

»Der Feuerteufel, würde ich sagen.« Ich fragte mich, wie er so schnell an meine Mobilnummer gekommen war: über Knödelchen? Vielleicht hatte er sich einfach meine Karte von Brouwer ausgeborgt. Oder bei der Auskunft nachgefragt, so wie Deininger am Montagabend.

»Ist Ihnen klar, in welche Situation Sie mich gebracht haben? Und letztlich auch Frau Deininger?«

»Ehrlich gesagt, nein. Ging es zwischen Ihnen beiden denn nicht um diesen ominösen Brief an Ihre Doktorandin?«

»Doch, Herr Koller, genau darum! Um eine Angelegenheit, die eines gewissen Fingerspitzengefühls bedarf. Da kann ich keinen übermotivierten Privatermittler gebrauchen, der sich in seiner Rolle als Provokateur gefällt.«

»Mit gefallen hat das nichts zu tun. Es ist Teil meines Berufs, dass ich ab und zu auf Konfrontationskurs gehe, wenn ich das Gefühl habe ...«

»Schmarrn! Ich scheiß auf Ihren Konfrontationskurs! Diese Provokationen sind bloß eine Masche, und zwar die billigste und provinziellste, die sich denken lässt. Warum haben Sie sich nicht wenigstens den Hinweis auf die neuen Fakten verkniffen? Dass die verschollenen Butenschön-Akten möglicherweise wieder aufgetaucht sind, muss unbedingt geheim bleiben, das wissen Sie doch.«

»Ganz meine Meinung. Deshalb habe ich sie mit keinem Wort erwähnt.«

»Natürlich nicht«, höhnte er. »Stattdessen eine Andeutung nach der anderen! Ist Ihnen nicht aufgefallen, wie hellhörig Brouwer plötzlich wurde?«

»O doch, allerdings.«

»Sehen Sie. Also halten Sie sich in Zukunft zurück, Sie Trampel.«

Stille senkte sich wieder über den Odenwald. Ich steckte das Handy ein. Da konnte man mal sehen, wie trügerisch das Wetter war. Mit atmosphärischen Störungen musste immer gerechnet werden. In höheren Lagen Niederschläge bis hin zu Beleidigungen.

Ich entschied mich für den Weg nach Heiligkreuzsteinach. Gut, war ich halt ein Trampel. Zu klobig für die Subtilitäten der Akademikerelite. Trampel, strampel. Ein Dr. jur. und ein Prof. hist. med. beim Schneckenschlürfen und Salataufpieksen. Dazwischen ein verkaterter Nichtwissenschaftler. Die Elite und der Trampel. Ein Nobelpreisträger, tusch!, und eine hochgelobte Doktorandin. Da lobte ich mir den Studienabbrecher und Kleinbanker Michael Deininger, dessen treuherziger Dackelblick keine Hundeleine weit reichte.

Apropos nicht weit: Das ließ sich auch über Schnakenbach sagen. Ein Bärchenzitat von gestern Abend kam mir in den Sinn: hübsches kleines Kaff; lohnt sich, mal vorbeizuschauen. Ja, warum eigentlich nicht? Und sei es nur aus einem diffusen Solidarisierungswunsch heraus.

Freihändig fahrend, konsultierte ich den Streckenplan, eine kleinkopierte, zusammengefaltete Landkarte. Zwischen mir und der Heimat der Deiningers standen lediglich ein Höhenzug und knapp 20 Kilometer. Genau die richtige Herausforderung für heute.

»Und von dir will ich nichts hören«, befahl ich meinem Brummschädel. Eine Dreiviertelstunde später war ich vor Ort.

Schnakenbach. Auch wenn Freund Deininger mich dafür steinigte: Beim Wettbewerb »Unser Dorf soll schöner werden« hatte das Nest keine Chance. Oder gerade doch, wenn man die Betonung auf das ›soll‹ legte. Die Umgebung konnte nichts dafür: ein sanft geschwungener Talkessel, der sich nach Südosten öffnete, die Hänge waldgekrönt, unterhalb Streuobstwiesen, Felder, ein versteckter Bachlauf. Aber sonst? Der Geruch von Holzfeuern hing in der Luft. Über einen der Hänge kroch ein Neubaugebiet wie ein gefräßiger Pilz. Klar, den Dossenheimern drüben in der Rheinebene wollte man in nichts nachstehen. Durch das Dorf führte eine einzige Straße, die sich um ein Kirchlein mit marodem Dach schlängelte, bevor sie die Höhe erklomm und weiter ins Herz des Odenwalds führte.

Von dort oben näherte ich mich Schnakenbach. Erst über einen asphaltierten Feldweg, dann die Verbindungsstraße hinunter, fuhr an Wiesen vorbei, auf denen rostbraune Kühe grasten, sah das Ortseingangsschild vor mir. Direkt dahinter eine Rechtskurve – und ein unfreiwilliger Halt. Quer über der Straße lag eine Art Schlagbaum, rot-weiß geringelt und mit

Bändern geschmückt. Nicht zu vergessen das gute Dutzend Jugendlicher, die sich am Schlagbaum oder an Bierflaschen festhielten, um nicht umzukippen. Als sie mich sahen, fingen sie an zu johlen, wie man nur im Odenwald johlt.

Kerwe, herzlichen Glückwunsch!

»Wasn das?«, rief einer. »'n halbes Auto?«

»Ulle!«, ein anderer. »Ulle von der Telekom, und der braucht 'n Schluck ausser Pulle!«

Ich hörte noch, wie sie sich über den Reim Ulle – Pulle amüsierten, aber da hatte ich bereits ein Ausweichmanöver eingeleitet. Der selbstgebastelte Schlagbaum, der die Straße überspannte, ließ auf beiden Seiten das Trottoir frei. Rechterhand standen die Jungs zu dritt, dafür gab es links außen eine Lücke. Den Schwung der Bergabfahrt ausnutzend, beschrieb ich einen Bogen, um das Hindernis auf dem Bürgersteig zu umfahren.

Das gefiel dem Schnakenbacher Nachwuchs überhaupt nicht.

»Hey, hey«, gellten die Rufe, dann die Aufforderung: »Haltet den auf! Der will abhauen!«

Na, und ob ich das wollte! Eine Hand grapschte nach mir, verfehlte mich aber. Ich war schon auf dem Bürgersteig und am Schlagbaumende vorbei, als ein anderer Jüngling unverhofft aus dem Gebüsch gestürzt kam, die Hose noch offen, Entschlossenheit im glasigen Blick. Mit beiden Händen krallte er sich in meiner Jacke fest, wurde ein paar Meter mitgerissen, bevor er auf die Schnauze fiel. Auch mich brachte der Übergriff aus dem Gleichgewicht. Ich kippte nach rechts und konnte mich mit dem Fuß gerade noch abfangen. Da ich eh schon halb vom Rad war, sprang ich ganz ab, packte den Helden am Schlafittchen und stieß ihn zurück in die Büsche, aus denen er gekommen war.

»Was bist denn du für ein Freibeuter?«, brüllte ich ihn an. Dass mich der Kerl mit verpinkelten Pfoten angefasst hatte, machte mich mindestens so sauer wie alles andere. Hoffentlich lag er nun in seinem eigenen Wasser!

Er lag jedenfalls nicht gerne da unten, aber sich aufzurappeln war in seinem Zustand keine leichte Übung. Lieber etwas Unverständliches brummen und den Kopf schütteln. In seinem Hosenlatz blinkte es. Bis der Junge wieder stand, war die Kerwe vorbei.

Doch da gab es ja noch die anderen. In Sekundenschnelle hatten sie mich umringt und bedachten mich mit echten Kerweknüffen: halb drohend, halb kumpelhaft. So nicht, Freundchen! Man wird doch noch ein Späßchen machen dürfen?

»Geht's euch noch gut?«, herrschte ich sie an. »Finger weg!«

»Und du?«, blaffte einer zurück. »Was fällt dir ein, den Hanno umzuhauen? Dassn ganz Lieber, klar?«

»Ja, so lieb, dass er mich vom Rad holt, in voller Fahrt! Ist das bei euch in Schnakenbach so Sitte?«

»Genau. Sitte. Alter Kerwebrauch.« Die anderen nickten.

»Wegezoll«, erklärte ein Dickerchen, das Michael Deininger entfernt ähnlich sah. »Wird von allen Durchreisenden erhoben, schon seit dem Mittelalter. Der Schnakenbacher Kerwegroschen. Nie gehört?«

»Nein!«

»Echt nicht? Kennt doch jeder hier. Ey, das ist ein uralter Dingens, den gibt's schon ewig, und wir dürfen das. Die Polizei weiß Bescheid.«

»Ach, und da dürft ihr auch Leute vom Rad holen, einfach so?«

»Wenn einer dermaßen bescheuert fährt! Die anderen Biker haben alle angehalten.«

»Die hatten ja auch Helme an«, erinnerte sich sein Nebenmann.

»Das stimmt!«, rief der Typ, der als Erster nach mir gegriffen hatte. »Aber der hier wär mir fast übern Fuß drüber gefahren. Übern rechten, und den brauche ich doch beim Kerwespiel morgen!«

»Schieß halt mit links«, meinte einer und klopfte ihm auf den Rücken.

»Ums Gewinnen geht's da eh nicht!«, lachte das Dickerchen. Der Rest fiel ein.

Ja, der Gedanke an die Fußballschlacht gegen einen übermächtigen, weil nüchternen Gegner sorgte ringsum für Erheiterung. Nicht bei mir. Ich hätte ihnen noch immer gerne die Odenwälder Fresse poliert, auch wenn sie gar keine bösen Absichten hegten. Der Alkohol diktierte ihre Handlungen und das, was sie für Brauchtum hielten. Ein Wochenende lang war ihre Welt in den Nebel der Seligkeit getaucht, und wenn da ein Nichtschnakenbacher drauf pfiff, kratzten sie ihr bisschen Testosteron zusammen, pumpten den Oberkörper auf, riskierten eine dicke Lippe. Hey, Alter, das hier is Kerwe, verstehste? Sie rochen nach Schnaps und Bier, der eine lallte beim Reden, der nächste schielte allerliebst. Das Dickerchen versuchte es auf die freundschaftliche Tour, legte mir die Hand auf die Schulter und ließ sie dort liegen, viel zu lange. »Gumma«, sagte der Kerl versöhnlich. »Gumma, so läuft das halt am Kerwefreitag in Schnakenbach. Jeder, der vorbeikommt, schmeißt einen Euro oder zwei innie Büchse, und schon darf er weiterfahren.«

»Aber erst, nachdem er einen mit uns getrunken hat«, rief der Junge, der vorhin ein gutes Wort für den Pinkelfritzen eingelegt hatte. Er hielt mir eine Schnapsflasche vor die Nase.

»Bleib mir weg mit dem Zeug«, giftete ich. Gleich wurden sie wieder biestig, rückten näher an mich heran, bliesen mir ihren Atem ins Gesicht: grunzende Drohkulisse. Auch der Hanno der Ganzliebe war dabei, nachdem er seinen Hosenstall endlich geschlossen hatte.

»Schon gut«, hörte ich einen Mann rufen, der über die

Straße geschlendert kam. »Macht mal halblang, Jungs.«
Er hatte eine Stirnglatze, viele Falten im Gesicht und trug
eine Latzhose unter seiner Jacke. Von der Meute als Dieter
begrüßt, bekam er die Flasche angeboten und nahm gleich
einen Schluck. »Lasst den Mann in Ruhe. Wenn er keinen
Bock auf Kerwetraditionen hat, kann man nix machen.«

»Ich habe nichts gegen Kerwe«, sagte ich. »Nur dass man
mich vom Rad holt, finde ich scheiße.«

»Ja, ich hab's vom Fenster aus gesehen. Die Jungs sind
manchmal ein bisschen übermotiviert, das müssen Sie verstehen. Ist ja nur einmal Kerwe im Jahr.«

Ich zuckte die Achseln. Natürlich war nur einmal Kerwe im
Jahr. Was sollte das heißen? Dass die Schnakenbacher Dorf-
jugend die restlichen 362 Tage über Däumchen drehte und
abstinent lebte? Man musste sich doch warmtrinken vor dem
großen Ereignis, den Schlagbaum ausprobieren, den Schnaps
testen. Fußball wurde ja auch jeden Sonntag gespielt, noch im
kleinsten Odenwaldkaff. Und Fußball bedeutete Durst.

»Also, Jungs, lasst den Mann fahren und macht das nicht
noch mal.« Er wandte sich an mich. »Nichts für ungut, ja?
Und wenn Ihnen das mit der Sammelbüchse zu blöd ist,
übernehme ich es.«

»Quatsch«, zürnte ich. Jetzt auch das noch!

»Da kommt wieder einer«, rief einer. Um die Kurve schlich
ein silberner Mercedes, ein älteres Ehepaar darin, Heilbron-
ner Kennzeichen. Verblüfft hielten sie vor dem Schlagbaum.
Die Traditionsmaschinerie rollte an: Man verteilte sich, das
Dickerchen schlurfte zur Fahrertür, ein anderer brachte die
Büchse, durchs Fenster wurde ein Schein gereicht, worauf
ein schriller Pfiff aus der Trillerpfeife ertönte und sich der
Schlagbaum hob. Als Zugabe flog dem Benz ein Liedchen
hinterher.

»Auch Tradition?«, wollte ich wissen.

Der Mann in der Latzhose nickte. »Wer spendet, kriegt

ein Lied mit auf den Weg. Fußgänger müssen den Kerwegroschen übrigens auch zahlen.«

»Dann her mit der Büchse«, knurrte ich und kramte zwei
Eurostücke aus dem Geldbeutel.

»Geht doch«, grinste der Eintreiber mit der Büchse. »Jetzt
noch'n Friedensbier, wie wärs?«

Hanno stellte sich neben ihn, eine Flasche in der Hand, so
recht auf Versöhnung gestimmt. »Muss doch durstig machen,
diese Rumfahrerei.«

»Meinetwegen. Aber nur, wenn Sie mittrinken.«

»Gerne«, grinste Dieter. »Hab ja selbst oft genug am
Schnakenbacher Schlagbaum gestanden und abkassiert.«

Und so wurde ich eine halbe Stunde lang Zeuge ländlichen
Festtumbrauchs oder wie man das Zeug nennt. Autofahrer
kamen und gingen, und jedes Mal, wenn sich der Schlagbaum
nach oben bewegte, klingelte es in der Schnakenbacher Sammelbüchse. Fußgänger mussten zum Kerwegroschen einen
Schluck aus der Schnapsulle nehmen, Fußgängerinnen wurden ganz besonders eng umlagert. Die dümmsten Sprüche
ernteten die größten Lacher. Ein am Straßenrand abgestellter
Bierkasten leerte sich wie von selbst. Von meinem Mittrin-
ker, der neben mir auf einem Mäuerchen saß, ließ ich mir die
Gepflogenheiten der hiesigen Kerwe erläutern, auch wenn sie
mich nicht besonders interessierten. Das mit dem Mittelalter war natürlich Quatsch, Kerwegroschen und Schlagbaum
waren eine Erfindung des 20. Jahrhunderts, doch das juckte
keinen. Nicht, solange es genug zu trinken gab.

»Gestern Abend habe ich mich mit einem aus Schnakenbach unterhalten«, ließ ich irgendwann einfließen. »Michael
Deininger, kennen Sie den?«

»Deininger? Aber klar, den kennt hier jeder. Wo haben
Sie ihn denn getroffen?«

»In einer Kneipe, zufällig. Wir kamen ins Gespräch, da
sagte er mir, dass er von hier sei. Hat mir regelrecht den

Mund wässrig gemacht mit seinen Erzählungen. Da dachte ich, wenn ich schon in der Gegend bin, schaue ich mir sein Dorf mal an.«

»Der Michael, ja, das ist ein feiner Kerl. Der lässt sich heute oder morgen auch noch hier blicken. Ist ja erst ein paar Jahre her, dass er den Kerwegroschen eingesammelt hat.«

»Und seine Frau, die Evelyn? Hat die auch mitgemacht?«

Dieter nickte. »Klar. Also nicht am Schlagbaum, das ist Männersache. Die Mädels schmücken jetzt den Dorfgemeinschaftsraum. Da wird aber auch getrunken, und nicht zu knapp. Natürlich war die Evelyn dabei. Sie und der Michael, die waren ja schon immer ein unzertrennliches Paar. Obwohl...« Nachdenklich wiegte er den Kopf, bevor er einen Schluck Bier trank.

»Sie meinen, die beiden sind nicht mehr so unzertrennlich?«

»Doch, doch, das schon. Bestimmt. Nein, es geht um die Evelyn. Wissen Sie, ich kenne den Vater von Michael gut, den Deininger. Ein alter Kegelfreund, im Ortsrat sitzen wir auch beide. Da redet man ja über die Kinder, was sie so treiben, was es für Probleme gibt. Und der alte Deininger beklagt sich in letzter Zeit über die Evelyn, sie hätte sich so verändert, sei nicht mehr dieselbe. Meckert regelrecht an ihr rum.«

»Michael auch?«

Kopfschütteln. »Nur der Vater. Der ist Handwerker, aber ein Hundertfünfzigprozentiger. Dem geht alles, was mit Studieren zu tun hat, gegen den Strich. Sie hätten ihn mal hören sollen, als sich die Evelyn an der Uni einschrieb. Lauter rausgeschmissenes Geld, das wäre nichts für eine wie sie, wo sie so einen schönen Beruf hätte.«

»Sein Sohn hat doch auch ein Studium begonnen.«

»Ja, und da war dicke Luft im Hause Deininger. Ein Jahr und länger hat sich Michael kaum bei seinen Eltern blicken lassen. Die Sache ging ihm ganz schön an die Nieren. Aber kaum hatte er das Studium geschmissen, war sein Vater wieder versöhnt. Natürlich musste er überall rumtönen, er hätte es von vornherein gewusst, man hätte ihn nur fragen sollen. Wie es die Alten so tun, wenn sie gekränkt sind. Wir haben ihm dann schon beigebracht, dass er sich ein bisschen zurückhalten soll. Als wenn er niemals einen Fehler begangen hätte!«

»Aber Evelyn scheint zufrieden mit ihrer Wahl zu sein, wenn ich Michael richtig verstanden habe.«

»Sieht so aus. Da hat sich ja auch was verändert bei ihr, so falsch liegt der Deininger nicht. Ob das nun der Trotz ist, weil sie meint, sie hätte das Richtige für sich gefunden, oder die Unfähigkeit sich einzugestehen, dass sie auf dem Holzweg ist – ich weiß es nicht. Hab sie schon lange nicht mehr gesehen.«

»Michael meinte, sie sei sehr erfolgreich in ihrem Studium.«

»Kann sein. Trinken wir noch eins?«

Ich zuckte die Achseln. Irgendwann ist dir alles egal, du fühlst dich leicht, und die Odenwaldbäume schwanken, weil sie schon immer geschwankt haben. Mein Gesprächspartner trug den leeren Bierkasten in sein Haus und kam mit einem vollen zurück, den er ebenfalls auf den Bürgersteig stellte. Die Jungs johlten begeistert, nur einer lästerte über das Schwabengesöff, auf das er angeblich kotzen müsse.

»Von wegen Schwaben.« Dieter stieß mit mir an. »Nur weil es nicht aus dem Odenwald kommt! Ihr werdet gutes Bier noch zu schätzen lernen.«

»Freibier schätzen sie jetzt schon«, stellte ich fest. Die Flaschen fanden rasenden Absatz, selbst der Lästerer griff zu.

»Ist der Michael öfter hier?«

»Schon. Der ist noch ganz dicke mit Schnakenbach. Hätte am liebsten ein Häuschen im Ort gebaut. Aber dazu ist Heidelberg dann doch zu weit. Letztes Wochenende war er hier, da

hatten wir abends eine gemütliche Runde bei mir zu Hause.«
Er lachte. »Generalprobe für die Kerwe, sozusagen.«

»Er sagte, er sei Chef hier im Dackelclub.«

»Der Michael und seine Köter! Auch so eine Geschichte.
Der war schon als kleiner Junge ganz vernarrt in die Viecher. Und ließ später nicht locker, bis er schließlich ein paar
Deppen zusammen hatte, mit denen er einen Verein gründen
konnte.« Er nahm einen Schluck. »Verstehen Sie mich nicht
falsch, ich hab nichts gegen Hunde, aber deswegen muss man
ja nicht gleich züchten und in Vereinsmeier machen. Außerdem, wenn schon einen Köter, dann doch lieber was Richti-
ges und nicht dieses Bonsaiformat von Dackel!«

»Allerdings«, brummte ich. Einen wie Dieter hätte ich gestern Abend als Verbündeten gebraucht. Tischfußball-Kurt
hätte ihn zwar geviertelt, aber die Wahrheit einen Fürspre-
cher gehabt. Darauf einen ordentlichen Schluck! Dieters Bier
schmeckte mir deutlich besser als das Odenwaldgesöff von
vorhin. Blinzelnd hielt ich die braune Bügelflasche gegen die
tiefstehende Sonne. So allmählich fragte ich mich, wie ich es
unfallfrei und noch vor Einbruch der Dunkelheit nach Hause
schaffen sollte. Vielleicht wusste mein neuer Kumpel Rat. »Wo
ist denn hier der nächste S-Bahn-Halt? In Hirschhorn?«

Er nickte. »Immer nach Süden. Das schaffen Sie in einer
halben Stunde. Außerdem geht es nur noch bergab.«

Na, da trank sich der nächste Schluck gleich viel besser.
Und der übernächste erst! Ich ließ mir von Hanno seine
bewährte Pinkelecke zeigen, schmiss noch zwei Euro in die
Sammelbüchse und fand die Jungs irgendwie viel netter als
zu Beginn unserer Bekanntschaft. Ein Dankeschön an Dieter für Getränk und Auskünfte – fort war ich. Von Schnakenbach bis ins Neckartal konnte man es tatsächlich rol-
len lassen. Ohne Schlagbaumunterbrechung. In Hirschhorn
erwischte ich gleich eine S-Bahn und setzte mich ins Fahr-
radabteil. Dann schlief ich ein.

21

Befreit von den Kopfschmerzen, aber nicht unbedingt frischer langte ich zuhause an. »Bin einkaufen«, informierte mich eine Nachricht Christines auf dem Küchentisch. Prompt kam ich ins Grübeln. Diese Zettel entwickelten ein Eigenleben, das mir gar nicht gefiel. Waren sie ausführlich, hatte der Schreiber ein schlechtes Gewissen; waren sie knapp gehalten, der Adressat. In beiden Fällen also ich. Hätte ich heute einkaufen müssen? Nur weil meine Kürbisaktion schon zwei Tage her war? Ich ließ eine Münze entscheiden, die letzte, die ich seit Schnakenbach noch besaß (in der S-Bahn war ich schwarz gefahren): Kopf für schlechtes Gewissen, Zahl für gutes. Kopf – also geh in dich, Max! Doch da regte sich nichts. Vielleicht hatte ich Falschgeld erwischt.

Ich rief Fatty an, wollte ihm von den seltsamen Bräuchen im Odenwald berichten. Aber er war nicht in Gesprächslaune, komisch. Das Wochenende stand vor der Tür, und mein dicker Freund grummelte. Weswegen, verriet er mir nicht. Ich fragte nach Eva, doch an der schien es nicht zu liegen. Sie stand brav in der Küche und kochte. Gut, dann halt ein andermal. Tschüs, Fatty.

Mein Versuch bei Marc war erfolgreicher, auch wenn ich nicht dazu kam, ihm von Schnakenbach zu erzählen. »Eben wollte ich dich anrufen«, sagte er. »Geh mal ins Internet.«

»Jetzt direkt?«

»Ja, ich möchte dir etwas zeigen.«

»Dazu muss ich runter ins Büro.«

»Stimmt, du bist ja neuerdings ein seriöser Ermittler.«

Ich schenkte ihm einen unseriösen Fluch, legte auf und stieg in den dunklen Hof hinab. Ein muffiges Büro empfing mich. Christines PC schien bereits in Wochenendstimmung, so lange dauerte es, bis er hochgefahren war. Wenigstens hatte er diesmal keine Aussetzer. Ich rief Covet erneut an und ließ mir eine Adresse im Netz diktieren: die Internetpräsenz der protestierenden Studenten.

»Danke, Marc, aber die kenne ich schon. Bin ja neuerdings ganz stark im Recherchieren.«

»Hast du dich auch im Forum umgesehen?«

Nein, das hatte ich nicht. Obwohl es keine Hexerei war, dort hineinzugelangen. Man meldete sich unter einem Fantasienamen an, nannte ein Fach, das man angeblich studierte, und bekam innerhalb von Sekunden ein Passwort an die angegebene Mailadresse geschickt. Noch schneller ging es natürlich mit Marcs Passwort.

»Okay, ich bin drin. Und jetzt?«

»Jetzt schaust du dir meinen Eintrag von gestern Abend an.«

Marc, der alte Whiskyfan, war unter »Laphroig« angemeldet. Um 19.43 Uhr am gestrigen Donnerstag hatte Laphroig Folgendes geschrieben: »letzten montag gab es einen brandanschlag auf ein büro im technologiepark mit mords zerstörungen. ey, leute, das finde ich voll krass. geht meiner meinung nach zu weit und dient unseren interessen nicht. wer das getan hat, soll bitte stellung beziehen. dringend!«

»Netter Versuch«, meinte ich. »Glaubst du, dabei kommt was raus?«

»Jedenfalls gab es schon Reaktionen.«

Sicher, die gab es, doch sie halfen mir nicht weiter. Zwei zustimmende Kommentare, beide von Frauen, einer, der sich über die ganze Sache lustig machte, sowie weitere, in denen gestritten wurde, ob Studenten – pardon: Studierende – tatsächlich zu so etwas fähig waren und wenn ja, warum man nicht gleich richtig Rabatz gemacht hatte. Und dann stand da noch: »Rohrbömpchen bringens«, eingerahmt von Smileys.

»Wer Bombe nicht mal ordentlich schreiben kann, sollte die Finger von dem Zeug lassen«, moserte ich.

»Ganz schön arrogant für einen Studienabbrecher.«

»Ganz schön forsch für einen Lokaljournalisten.«

»Aber meine Idee ist doch super, oder?«

»Mal sehen. Ich kann mir nicht recht vorstellen, dass sich der Feuerteufel im Netz outet.«

»Nein, aber vielleicht meldet sich jemand, der denjenigen kennt, und dann weißt du schon mal, in welche Richtung es geht.«

»Ja, vielleicht. In diesem Fall würde ich dich an meinem Erfolgshonorar beteiligen.«

»Zu gütig.«

»Tschüs, Laphroig.«

»Tschüs.«

Kaum war das Gespräch beendet, als mir Fischers Bitte einfiel. Das Vitamin B für den kränkelnden Neffen! So sehr eilte das nicht. Wenn einer zu warten gelernt hatte, dann Adrian.

Ich blätterte eine Weile durch das Forum der Protestler, bevor ich mich ebenfalls anmeldete. Unter dem Pseudonym »Kerwegroschen« behauptete ich, voll und ganz hinter der Aktion zu stehen – »wurde ja auch Zeit!« –, und erklärte meine Bereitschaft, nächstes Mal dabei zu sein. Mit oder ohne Bömpchen. Man solle mir signalisieren, wann es wieder losginge.

Als ich die Botschaft losschickte, empfand ich leises Bedauern darüber, dass mein allererster Foreneintrag überhaupt aus so einem Stuss bestehen musste. Aber wenn es der Beruf verlangte!

Das Telefon läutete. Ich hob ab und hörte ein unverständliches Zischen.

»Hallo?«

»Koschak«, flüsterte es.

Die Kellerassel, sieh an. »Was verschafft mir die Ehre?«

»Ich brauche Ihre Hilfe. Dringend!«

Sein Genuschel war wirklich kaum zu verstehen. Dafür hörte ich deutlich Verkehrsgeräusche im Hintergrund. »Wo sind Sie?«

»In Heidelberg, ganz in Ihrer Nähe. Ich brauche einen Unterschlupf für eine Nacht. Können Sie mir helfen?«

»Wir haben einen großen Keller, wenn Sie das meinen.«

»Egal. Hauptsache, sicher. Wer ist wir?«

»Meine Ex-Frau. Sie wird sich freuen, Ihre Bekanntschaft zu machen.«

Er zögerte. »Ich dachte, Sie leben allein. Haben Sie auch Kinder oder so was?«

»Was heißt das: so was?«

»Kinder halt.«

»Nö.«

»Es muss nicht bei Ihnen im Haus sein. Vielleicht wissen Sie von einem Gartenhäuschen oder einer leerstehenden Wohnung.«

»Eine leerstehende Wohnung in Heidelberg? Sie haben Vorstellungen, Herr Koschak! Erklären Sie mir lieber, was Sie im Schilde führen.«

»Morgen Abend ist die Übergabe.«

»Die Übergabe der Dokumente?«

»Ja. Alles Weitere unter vier Augen. Bitte, Herr Koller, bringen Sie mich irgendwo unter, ich will nicht ins Hotel.«

»Wegen der anderen Geschichte? Weil Sie sich verfolgt fühlen?«

»Nicht gerade verfolgt. Ich will bloß kein Risiko eingehen.«

»Ach, und wie groß ist das Risiko für einen, der Sie aufnimmt?«

»Minimal. Wenn ich das Gefühl hätte, Sie in Gefahr zu bringen, hätte ich Sie gar nicht erst angerufen. Mir ist wichtig, die Nacht an einem Ort zu verbringen, wo mich keiner vermutet. Außerdem, Sie wollten doch dabei sein, wenn die Übergabe stattfindet.«

Ich überlegte. Der Gedanke, Koschak im Haus zu haben, gefiel mir überhaupt nicht. Aber er hatte recht, ich wollte Zeuge der Übergabe sein, da musste ich ihm wohl entgegenkommen. »Wie wärs mit einer Einzimmerwohnung parterre?«, schlug ich vor, mich umsehend. »Inklusive Feldbett, Waschbecken und einem Heizöfchen, wie Sie es von zuhause kennen. Mein Büro, hier bei uns im Hof. Es riecht noch ein wenig nach den Vormietern, dafür sind Sie absolut ungestört.«

»Nehme ich.«

»Und dann verraten Sie mir die Einzelheiten der Übergabe.«

»Gerne. In genau einer Minute stehe ich vor Ihrer Haustür. Warten Sie nicht auf ein Klingeln, sondern öffnen Sie einfach.«

Er legte auf. Eine Minute? Wahrscheinlich hatte er das Gespräch von der Straßenseite gegenüber geführt, in seinem Wagen, tief in den Sitz gedrückt. Ich stellte den Heizofen auf höchste Stufe, fuhr den PC herunter und verließ das Büro.

Unsere Hofeinfahrt wird von einem großen Holztor zur Straße hin abgeschlossen. Nach kurzer Wartezeit öffnete ich die darin eingelassene Tür. Der abendliche Verkehr auf der Bergheimer Straße floss ruhig. Ich sah nach rechts und links – nichts. Eine Mutter und ihr Kind, beide per Rad, beide behelmt, fuhren gerade über den beleuchteten Zebrastreifen. Plötzlich schälte sich ein Schatten aus der Lücke zwischen zwei parkenden Autos und huschte auf mich zu. Trotz seiner tief ins Gesicht gezogenen Mütze erkannte ich Koschak. Er trug einen Koffer sowie einen kleinen Rucksack.

»Danke!«, flüsterte er und schlüpfte an mir vorbei in die Einfahrt – nicht ohne sich auf der Schwelle zu vergewissern, dass ihm niemand folgte.

Auch ich ließ meine Blicke die Straße auf- und abwandern. Nichts Verdächtiges zu sehen. Wenn es doch einen gab, der hinter dem Journalisten her war, dann hatte er ausreichend Möglichkeiten, sich zu verstecken. In einem Hauseingang, hinter parkenden Autos, im Schatten der Straßenbahnhaltestelle. Es war ein Risiko, Koschak aufzunehmen. Hoffentlich bereute ich es nicht.

Als ich die Tür schloss, zog er die Mütze ab und klopfte grinsend gegen das große Holztor. »Sehr gut«, sagte er. »Ich wusste, dass ich mich auf Sie verlassen kann.«

Wortlos ging ich voran. Mein Gast stolperte zweimal über die unregelmäßigen Pflastersteine des Hofs, nickte aber zufrieden, als er die hohen Mauern sah, die das Grundstück begrenzten. In meinem Büro nickte er erneut.

»Riecht wirklich komisch hier. Kaninchen?«

»Sittiche. Wenn Sie in einer Ecke noch eine Handvoll Vogelfutter finden, dürfen Sie es essen.« Ich rückte ihm den Stuhl zurecht, auf dem drei Tage vorher Michael Deininger gesessen hatte, und nahm selbst hinter dem Schreibtisch Platz. »Dann mal raus mit der Sprache. Was ist für morgen geplant?«

Er stellte Koffer und Rucksack ab, setzte sich und schaute sich um. »Cooles Büro. Hab ich in der Form auch noch nicht erlebt. Was geplant ist? Ganz einfach. Der Verkäufer aus Russland kommt nach Heidelberg, übergibt mir die Dokumente und bekommt dafür die ausgemachte Summe. Beziehungsweise das, was er noch nicht als Vorschuss erhalten hat.«

»Wann und wo?«

»Um zehn auf dem Wehrsteg.«

»Auf welchem Wehrsteg?«

»Na, dem Bergheimer, gleich hier um die Ecke. Gibt es noch einen anderen?«

»Am Ende der Altstadt, beim Karlstorbahnhof. Und flussaufwärts einen, kurz vor Neckargemünd.«

»Nein, ich meinte schon Ihren hier. Trifft sich gut, dass Sie in Bergheim wohnen. Was macht eigentlich Ihr Kopf? Alles in Ordnung?«

»Wenn Sie die Beule meinen, ja. Warum eine Übergabe im Dunkeln und so konspirativ?«

Er lachte. »Also, dass der Russe keine Lust auf Öffentlichkeit hat, ist doch klar. Stellen Sie sich mal vor, wir würden das Zeug in irgendeinem Café ausbreiten!«

»Auf dem Steg werden Sie kaum prüfen können, ob die Unterlagen etwas taugen.«

»Das kann ich auf die Schnelle ohnehin nicht. Frau Deininger und ich werden uns die Akten in aller Ruhe anschauen, und der Russe hat mir versprochen, in der Stadt zu übernachten.«

»Um zehn auf dem Wehrsteg«, nickte ich und versuchte mir, die Situation vorzustellen. »Wo soll ich in dieser Zeit sein?«

»Auf keinen Fall in meiner Nähe. Sonst kommt die Übergabe nie zustande. Nein, Sie warten am Ufer und überwachen den Steg. Ich habe ein Nachtsichtgerät dabei.« Er zeigte auf seinen Rucksack. »Und bitte nehmen Sie eine Waffe mit. Es ist zwar so gut wie ausgeschlossen, dass mir heute jemand gefolgt ist, aber man kann nie wissen.«

»Haben Sie die auch im Rucksack?«

»Eine Waffe? Meine, ja. Nehmen Sie Ihre eigene. Sie haben doch wohl eine, als Privatdetektiv?«

Ich zuckte die Achseln. Wer es erst seit Kurzem zu einem eigenen Büro gebracht hatte, für den waren Waffen ein Fernziel. Außerdem übernahm ich keine gefährlichen Fälle mehr. »Herr Koschak«, sagte ich und rieb mir die Augen, »jetzt mal ganz ehrlich: Mir missfällt die Sache. Sie missfällt mir sogar sehr. Ich werde das Gefühl nicht los, dass Sie mir etwas verschweigen. Ist die Übergabe vielleicht doch eine gefährliche Angelegenheit? Geht es am Ende um etwas ganz anderes als um die Butenschön-Dokumente?«

Er starrte mich mit offenem Mund an.»Wie bitte? Worum soll es denn gehen? Ich weiß wirklich nicht, was Sie meinen. Ich kaufe dem Mann die Papiere ab, weil ich mir viel davon verspreche, genau wie die Deininger. Und ich tue es zu seinen Bedingungen, mir bleibt gar nichts anderes übrig. Der Kerl will Kohle machen, ist doch klar. Ich auch, Herr Koller. Wobei ich Ihnen ja sagte, dass die Geschichte kein Topseller für mich ist. Die läuft nebenher. Und die Übergabe – mein Gott, da bin ich schon unter ganz anderen Umständen an Material gekommen.«

»Mag sein. Aber was, wenn diese heiße Story, von der Sie die ganze Zeit raunen, eine Erfindung ist und Sie in Wirklichkeit vor dem Russen Angst haben? Oder sogar vor Butenschön? Weil mehr hinter der Sache steckt als bloß ein paar halbsensationelle Informationen aus der Vergangenheit?«

»Quatsch.« Nun sah er regelrecht beleidigt drein. »Dann würde ich die Übergabe tatsächlich in ein Café verlegen, also genau dorthin, wo mir nichts passieren kann.«

»Gerade sagten Sie, der Russe würde die Bedingungen diktieren.«

»Ja, aber sollte ich wirklich Angst vor ihm haben, würde ich nicht darauf eingehen.«

»Sie *haben* Angst, Herr Koschak.«

Er lachte. »Hören Sie, es ist wirklich ein ungünstiger Zufall, dass sich die beiden Geschichten, an denen ich dran bin, so kreuzen. Ginge es nur um die Übergabe der Butenschön-Akten, müsste ich dieses Versteckspiel nicht betreiben, so viel kann ich Ihnen versichern. Ja, ich mache mir Sorgen um meine Haut, das kommt schon mal vor, wenn man investigativ arbeitet. Mit dem Russen und dem Professor hat es rein gar nichts zu tun.«

»Gut. Ich kann das nun glauben oder nicht. Ich kann Sie auch jederzeit rausschmeißen, sollten meine Zweifel übermächtig sein.«

Er deutete eine Verbeugung an. »Ich wäre Ihnen sehr zu Dank verpflichtet, wenn Sie es nicht täten. Darf ich hier rauchen?«

»Vor der Tür. In der Kammer nebenan ist ein Feldbett, das stelle ich Ihnen auf. Bettwäsche muss ich aus der Wohnung holen.«

»Nicht nötig, ich habe einen Schlafsack dabei.« Er hielt inne. Das Öffnen und Schließen der Hoftür war durch die undichten Fenster deutlich zu hören. »Wer ist das?«

»Meine Ex-Frau wahrscheinlich.« Ich trat auf den Hof hinaus und sah eine schwer beladene Christine im Haus verschwinden. »Machen Sie sich mal keine Sorgen. Die Hoftür ist nicht so einfach zu knacken. Und falls doch, wird man Sie in einer ehemaligen Voliere als Letztes suchen. Brauchen Sie noch irgendetwas für die Nacht? Wie steht es mit Essen?«

»Essen?« Er sah mich voll Unverständnis an. »Lassen Sie mal. Ich will Ihnen ja keine Umstände …«

»In der Ecke stehen ein paar Flaschen Wasser, ein Bier müsste auch noch da sein. Zum Frühstück kann ich Ihnen was bringen, aber ich muss zeitig weg. Termine in Sachen Butenschön.«

»Sehr gut«, grinste er, jetzt ganz entspannt. Er lehnte sich zurück und verschränkte die Arme hinter dem Kopf. »Morgen Abend ist die Kiste durch, Herr Koller. Dann haben Sie Ruhe vor mir.«

»Ihr Wort in Gottes Ohr, Herr Koschak. Und stoßen Sie sich nicht an der Tür.«

22

Christine war natürlich wenig begeistert, einen weiteren Untermieter in ihrer Wohnung zu haben. Beziehungsweise einen Untermieter im Büro ihres Untermieters. Zumal sie nicht verstand, warum sich Koschak verstecken musste, wenn der Butenschön-Fall angeblich so gefahrlos war.

»Ich habe der Sache von Anfang an nicht recht getraut«, sagte sie und verschränkte ihre Arme vor der Brust. »Von wegen unspektakulär! Gut, du musst selbst wissen, was du tust. Aber halte mich wenigstens auf dem Laufenden, anstatt mich mit Floskeln ruhig zu stellen.«

»Ich weiß doch selbst nicht genau, worum es Koschak geht. Morgen Abend soll die Übergabe stattfinden, deshalb habe ich ihm Unterschlupf gewährt. Ich will in diesem blöden Fall endlich weiterkommen.«

Dabei beließen wir es. Christine war tatsächlich ein bisschen sauer, dass der Einkauf mal wieder an ihr hängen geblieben war. Vielleicht roch der Sauerbraten deshalb so gut, den sie mitgebracht hatte. Ja, sie war auf meine Anregung eingegangen und hatte alles besorgt, was zu einem zünftigen Knödelgericht benötigt wurde. Während sie in der Küche schuftete, erzählte ich ihr von Schnakenbach und seinen seltsamen Bräuchen. Dann deckte ich den Tisch und benahm mich überhaupt, wie es ein braver Ehemann am gemeinsam zu verbringenden Feierabend tut. Auf den Englischen Jäger verspürte ich nach der gestrigen Orgie keine Lust, außerdem hatten sie mir im Odenwald genug Alkohol eingeflößt.

Bald schwammen die Knödel in einer dampfenden Prachtsoße, und als wir gerade angefangen hatten, läutete es an der Tür. Christine ließ das Besteck sinken.

»So etwas hasse ich ja. Ist das dein Journalist?«

Nein, es war nicht mein Journalist, dafür war es mein

Freund Fatty. »Tachchen«, sagte er. »Ich war gerade in der Gegend und dachte, ich schau mal kurz rein.«

»Tachchen«, sagte ich. »Wir sitzen gerade beim Essen.«

Dann sahen wir uns an und merkten, dass wir soeben den dümmsten Dialog fabriziert hatten, seit wir uns kannten. Den dümmsten und krümmsten, obwohl wir beide ›gerade‹ gesagt hatten. Mein Gott, *gerade* in der Gegend war Fatty so gut wie immer, schließlich wohnte er nur drei Straßen weiter. Und was spielte es für eine Rolle, ob wir *gerade* beim Abendessen saßen oder vorm Fernseher, wenn ein Kumpel an der Tür klingelte? Das war wirklich zu albern!

»Schaue ich halt morgen noch mal vorbei«, meinte er achselzuckend.

»Untersteh dich! Du kommst jetzt rein und isst was mit.«

Letzteres tat er allerdings nicht. Knödel machten ja dick oder unglücklich oder beides. Überhaupt war es eine seltsame Atmosphäre an diesem Abend. Fatty, der mich vorhin noch am Telefon abgewimmelt hatte, saß bei uns, starrte auf unsere Teller und sah aus, als warte er auf etwas. Auf eine Bemerkung, eine Frage, was weiß ich. Christine erzählte irgendeinen Schwank von der Arbeit, nur damit keiner von uns auf den Gedanken käme, sie ärgere sich über die Störung. Ich mittendrin, genervt von allem: von der Larmoyanz Fattys, von Christines Lustigkeit und von mir, weil ich nicht wusste, wie ich mich verhalten sollte. Kein Wunder, dass meine Gedanken immer wieder zu Koschak und zum Geburtstag des Professors abschweiften.

»Morgen schleiche ich mich bei Butenschön ein«, sagte ich, als es sich auserzählt hatte mit den Arbeitsschwänken.

Fatty hob den Kopf. »Einschleichen? Wie das?«

»Als Student, der einen Kellner spielt. Doppelt verkleidet sozusagen. Butenschöns feiern zuhause, und ich bin dabei.«

»Wer hat dich denn auf diese Idee gebracht?«

Ich berichtete von Susannes Angebot, und Christine

ergänzte, sie habe sich schon ganz genau überlegt, wie sie mich morgen früh zurechtmachen wolle. Auf dass ich den alten Damen keinen Schreck einjagte mit meiner Visage.

»Die Beule wegzuschminken, wird eine Herausforderung. Noch einen Knödel, Max?«

»Immer.« Während ich aß, brachte ich Fatty in Sachen Butenschön auf den neuesten Stand, erzählte ihm von Koschak, Malewski und den Handschuhsheimer Kürbissen. Er lauschte meinem Bericht ohne nennenswerte Reaktion, selbst mein Zusammentreffen mit der Hobbykellertür in Goldstein war ihm bloß ein müdes Lächeln wert.

»Spannende Geschichte«, murmelte er zuletzt. Spannend? Genauso gut hätte er sie hellgrün nennen können. Oder rechteckig.

»Wolltest du eigentlich etwas Bestimmtes von uns?«, fragte ich.

»Nee, wieso? Eva ist schwimmen, da dachte ich, ich höre mal nach, was dein Fall macht und so. Wenn ich störe, kann ich ja wieder …«

»Das Einzige, was stört, sind deine gierigen Blicke auf unser Essen. Nimm dir endlich einen Teller und bedien dich, Fatty!«

»Dieser Butenschön«, wich er aus, »was für eine Rolle hat der nun gespielt im Dritten Reich? Täter oder Opfer?«

Ärgerlich schüttelte ich den Kopf. »Also, mir schmeckt's«, versicherte ich Christine. »Knödel spitze, Sauerbraten hervorragend. Lass dich von seinen Ablenkungsmanövern nicht irritieren.«

»Das sind keine … Mensch, Max, mich interessiert wirklich, was der damals angestellt hat. Und dass es euch schmeckt, sieht man.«

»Man sieht es? Dabei essen wir doch ganz manierlich. Okay, vergiss es. Zurück zum Gegenstand deines Interesses: Als Opfer kann man den alten Butenschön nun wirklich nicht bezeichnen. Ihm ging es vergleichsweise gut. Während die einfachen Soldaten an der Front gestorben sind, hat er fröhlich weitergeforscht in seinem Berliner Institut. Und die Urkunde für den Nobelpreis durfte er auch noch entgegennehmen, nach dem Krieg.«

»Also ein Täter.«

Kauend schüttelte ich den Kopf.

»Ein Mitläufer«, antwortete Christine an meiner statt. »Wie es so viele gab. Wobei ich nicht finde, dass das Wort ›mitlaufen‹ ihm und seiner herausgehobenen Position gerecht wird.«

»Ich schon«, widersprach ich mit vollem Mund. »In moralischer Hinsicht ist Butenschön der perfekte Mitläufer: ein Durchschnittstyp. Nur auf seinem Fachgebiet, da hat er Überdurchschnittliches geleistet, und das ließ ihn die Nase höher tragen. Elite, du weißt schon.«

Fatty nickte halbherzig.

»Genau deshalb«, fuhr ich fort, »hat er immer und überall funktioniert, gleich unter welchem politischen System. Demokratie, Diktatur – egal. Auf so einen Mann konnte man sich blind verlassen. Wahrscheinlich hätte er auch bei den alten Römern in sämtlichen Gremien gesessen und den Nobelpreis bekommen. Frei nach dem Motto: Wir Wissenschaftler liefern ja nur Ergebnisse. Was die böse Politik draus macht, dafür können wir nichts.«

»Das erinnert mich übrigens an den alten Neinhaus«, hakte Christine ein und ließ sich Wein nachschenken.

»Wer soll das sein?«

»Carl Neinhaus, Oberbürgermeister von Heidelberg. Auch so ein systemunabhängiger Erfolgsmensch: Amtsübernahme während der Weimarer Republik, unter den Nazis brav weiterregiert und nach einer Denkpause 1952 wiedergewählt. Eine solche Kontinuität kann kaum eine andere deutsche Stadt bieten.«

»Neinhaus?« Fatty kratzte sich am Kopf. »War das nicht der Typ, der Goebbels zum Ehrenbürger gemacht hat?«

»Und einen gewissen Adolf Hitler«, nickte Christine. »Womit er wiederum seine eigene Ehrenbürgertauglichkeit bewies. In Heidelberg scheint man ein Herz für solche Erfüllungsgehilfen zu haben.«

»Verloren zu haben«, präzisierte ich. »Denk an das Lied.«

»Hat sich euer Butenschön denn persönlich die Finger schmutzig gemacht?«, wollte Fatty wissen.

»Nach derzeitigem Wissensstand nicht, meint die Deininger.« Demonstrativ säbelte ich ein Stück meines Knödels ab, auch wenn die anderen das nicht verstanden. »Er hat bloß den üblichen Mitläufertugenden gehuldigt. Das aber nach Kräften: wegschauen, wegducken und hinterher von nichts gewusst haben wollen. In den höheren Sphären der Erkenntnis ist Zivilcourage nicht so angesagt.«

»Naja«, murmelte Fatty. »Wer weiß, wie wir damals gehandelt hätten?«

»Wie meinen?« Die Knödelscheibe, die ich mir eben zum Mund führen wollte, stoppte auf halbem Weg. »Was ist denn das für eine Bemerkung? Willst du den Kerl verteidigen?« Auch Christine hob fragend eine Braue.

»Quatsch, nicht verteidigen«, wehrte er sich. »Ich meine bloß, dass es sich vom heutigen Standpunkt aus leicht urteilen lässt. Die Leute damals …«

»Natürlich lässt es sich heute leicht urteilen«, rief ich. »Viel leichter, Gott sei Dank! Aber wie und wann wir gerade leben, ändert nichts am Urteil se!bst!«

»Vielleicht doch«, druckste er herum. »Schließlich muss man die Umstände mit einbeziehen, unter denen diese Menschen gehandelt haben. Du weißt ja nie, unter welchem Druck sie standen, ob sie vielleicht persönlich gefährdet waren.« Unruhig rutschte er auf seinem Stuhl hin und her. »Ich meine ja nur.«

Perplex schüttelte ich den Kopf. War das noch mein alter Freund Friedhelm Sawatzki, der an unserem Tisch saß und um Nachsicht für das Heer der Nazimitläufer bettelte? In der Sache, klar, da ließ es sich trefflich streiten; ein Max Koller gehörte zu den Letzten, die den Stab über ihren Mitmenschen brachen, nur weil die aus Feigheit oder Egoismus die falsche Entscheidung getroffen hatten. Keine Ahnung, wie ich mich in den Dreißigern verhalten hätte, wäre ich ein aufstrebender Lokalpolitiker oder ein verheißungsvoller Nachwuchswissenschaftler gewesen. Aber Fatty, mein Freund Fatty, der sich mit schlichten Parolen und klaren Ansagen durchs Leben hangelte: Rechts steht der Feind, die Ausbeuter regieren, alle Macht dem Volke! Und falls du dir unsicher bist, schlag nach bei Marx – Zitat Ende. Nun wollte derselbe Kerl in mir Verständnis für Kollaborateure und Abnicker wecken! Vielleicht war es gar nicht Fatty, der da saß, sondern ein Doppelgänger, ein Alien wie zuletzt Michael Deininger im Englischen Jäger, ein animierter Avatar! Oder er erlaubte sich einen dämlichen Scherz, war kurz davor, in Gelächter auszubrechen, dass es seinen Bauch gegen die Tischkante schüttelte.

Aber nein, Friedhelm Sawatzki, der Kindergärtner mit den polnischen Wurzeln, schaute bedröppelt drein, um kraftlos zu wiederholen: »Ich meine nur ...«

»Ja, mein du nur!«, echote ich. »Es geht nicht um die Umstände, unter denen diese Leute damals gehandelt haben. Dass die prekär waren, weiß ich selbst. Und wenn es doch um sie geht, dann müssen alle mit einbezogen werden. Auch dass die Heidelberger Juden waggonweise nach Gurs verschleppt wurden, gehört zu den Umständen, unter denen dieser Neinhaus regiert hat. Und die Organpost aus Auschwitz gehört zu den Umständen, unter denen Albert Butenschön in Berlin arbeitete. Aber das ist meiner Meinung nach gar nicht der Punkt. Der Punkt und damit der Skandal ist, dass all diese Wegducker und Nichtwisser sich niemals einer Diskussion um ihr Verhalten gestellt haben. Dass sie immer nur Nein sagten: Nein, wir wussten das nicht; nein, wir hätten nicht anders handeln können; nein, wir haben das nie unterstützt. Vielleicht gibt es keine Kollektivschuld einer Nation. Eine kollektive Schuldlosigkeit aber auch nicht.«

»Weiß ich doch«, sagte Fatty, ohne mich bremsen zu können.

»Wenn Professor Butenschön, der hochgeehrte, bestverdienende, irgendwann einmal öffentlich verkündet hätte: Leute, wie ich mich damals im Dritten Reich verhalten habe, das war Mist – Fatty, der Mann hätte meinen Respekt. So eine Aussage würde all seine zwielichtigen Manöver von damals aufwiegen. Dass er sich nicht persönlich gegen die Verbrechen der Nazis gestellt hat, dass er nicht Widerstand geübt hat – darum geht es nicht. Wer wollte ihm das zum Vorwurf machen? Aber so hätte er wenigstens den kommenden Generationen eine Warnung mitgegeben: Passt auf, dass es euch nicht so ergeht wie uns! Wehret den Anfängen! Stattdessen labert der Kerl was von Reinheit der Wissenschaft; Eliten wie wir schwimmen überall oben. Das kotzt mich dermaßen an, Fatty, und dafür habe ich null Verständnis.« So, nach diesem Plädoyer schob ich mir die Gabel mit der Knödelscheibe endlich in den Mund. Kalt geworden, natürlich.

Christine, typisch Ex-Frau, schenkte mir ein Lächeln zwischen Spott und Zustimmung. Fatty fiel nichts anderes ein, als sich wieder mal am Kopf zu kratzen.

»Hat Butenschön nach dem Krieg nie Stellung zu seinem Verhalten genommen?«

Ich kaute zu Ende. »Minimal. Während seines Entnazifizierungsverfahrens, aber da ging es um Fragen der Mittäterschaft. Danach kaum. Es sei denn, er wurde von Historikern oder Journalisten gepiesackt. Was erst geschah, als er längst pensioniert war und nicht mehr im Licht der Öffentlichkeit stand. Von Stellung nehmen im eigentlichen Sinn kann auch

219

nicht die Rede sein. Alles abstreiten, mit Klagen drohen, viel mehr war da nicht.«

Er nickte unentschieden.

»Fatty, der Mann ist ein Spießer«, versuchte ich es ein letztes Mal. »Auch wenn er sich für etwas Besseres hält.«

Ein Räuspern war die einzige Erwiderung. Neuerdings schien Fatty sein Herz sogar für Spießer erwärmen zu können. Plötzlich flog ein verlegenes Lächeln über sein Gesicht. »Die sehen wirklich gut aus, eure Knödel.«

Christine prustete los. Ich stand schweigend auf, holte Teller und Besteck aus der Küche und setzte unserem Gast zwei der dicksten Knödel vor. »Wurde auch Zeit, dass du wieder normal wirst.«

»Nicht so viel Soße«, sagte er hastig.

»Da ist nur Wasser drin. Low fat Diätwasser mit einem Hauch Bratengeschmack. Und falls du vergessen hast, was das hier ist: Rotwein. Zügelt den Appetit, heißt es.«

»Danke.« Immerhin fing er jetzt zu spachteln an und schluckte weitere Vorbehalte zusammen mit der Soße hinunter. Vom Fleisch nahm er nur ein bisschen, den zweiten Knödel beäugte er kritisch, bevor er ihn anschnitt. Wir wechselten das Thema, sprachen über die verschiedenen Eigenschaften, die einen Kellner, auch einen studentischen, auszeichneten, und darüber, was man einem 100-Jährigen schenken könnte. Trotzdem, von gelöster Stimmung war der Abend weit entfernt, und so fühlte ich kein großes Bedauern, als Fatty bald nach seinem letzten Bissen aufbrach.

»War wirklich lecker, Christine. Und noch mal sorry wegen der Störung.«

Ich brachte ihn zur Tür und sah ihm nach, wie er die Stufen hinabschlurfte. Vielleicht lag es an einer der Neonlampen im Treppenhaus, dass mir blitzartig klar wurde, was mit meinem alten Freund los war. Vom grellen Licht aus dem Stockwerk unter uns wurde sein rundlicher Schatten übergroß an die Wand geworfen, schwer zog der gewölbte Bauch in die Tiefe. Kaum war der Kerl verschwunden, schloss ich die Tür und kehrte zu Christine zurück.

»Fatty ist schwanger«, verkündete ich heiser. »Eva, meine ich natürlich. Eva ist schwanger, deshalb steht der Kerl so neben sich.«

Christine sah mich ebenso überrascht wie ungläubig an.

Aufstöhnend ließ ich mich auf meinen Stuhl fallen. »Schwanger, das erklärt alles. Kein Wunder, dass er plötzlich Verständnis für Gott und die Welt aufbringt. Die Hormone! Die haben ihn völlig aus der Bahn geworfen.« Ich verbarg das Gesicht in den Händen. »Der arme Kerl!«

»Bitte?« Christine verschluckte sich fast vor Lachen. »Wieso arm? Was hat seine … ich meine, bist du dir sicher, Max? Hat er es dir eben erzählt, oder wie kommst du darauf?«

»Schau ihn dir doch an! Verdammt, *hör* ihn dir an! Ich kenne Fatty seit zig Jahren, aber so war er noch nie drauf. Der sieht sich jetzt schon im Drogeriemarkt stehen und nach der richtigen Schnullergröße fragen! Träumt von Windeln und Durchfall und dass er keine Nacht mehr Ruhe hat.«

»Max, Fatty ist Kindergärtner. Wenn ein Mann keine Berührungsängste mit Windeln hat, dann er.« Sie beugte sich über den Tisch. »Dafür weiß ich einen, der hat Ängste für zwei. Und deshalb graut es ihm schon mal prophylaktisch bei der Vorstellung.«

»Eva ist schwanger«, beharrte ich.

»Quatsch, ist sie nicht. Das wäre mir aufgefallen.«

»Hast du nicht gehört, was Fatty sagte? Sie ist schwimmen gegangen. Der typische Schwangerensport! Oder kannst du mir erklären, warum der Junge seit Tagen keinen vernünftigen Satz mehr herausbekommt?«

»Nein, kann ich nicht. Mit Nachwuchssorgen hat es jedenfalls nichts zu tun, bleib mal ganz locker. Überhaupt, was wäre daran so schlimm? Irgendwann wird es ja Zeit.«

»Was heißt hier, irgendwann wird es Zeit?« Ich sprang auf. »Das klingt ja, als gäbe es einen gesetzlich vorgeschriebenen Termin, an dem jeder für Nachwuchs zu sorgen hätte! Fatty ist Mitte 30, Eva auch, da sollte man sich das genau überlegen mit den Kindern. Vielleicht ist der Zug längst abgefahren, schließlich sind andere in dem Alter schon Großeltern.«

»Max!« Fast mitleidig schüttelte sie den Kopf. »Wenn ich dich gestern gefragt hätte, wie es mit Evas und Fattys Nachwuchsplänen steht, hättest du gesagt, die beiden sollten sich mal schön Zeit lassen, sie seien noch nicht reif dafür. Heute meinst du, der Zug sei abgefahren. Hör zu, es ist deine Sache, wenn du keine Kinder willst; deswegen brauchst du dir noch lange nicht für andere Leute deine Sorgen zu machen, klar?«

»Ich habe nie behauptet, dass ich keine Kinder will.«

Sie lächelte. »Das Gegenteil hast du aber auch nie behauptet.«

»Eva ist schwanger«, wiederholte ich zum mittlerweile dritten oder achten Mal und verschränkte die Arme vor der Brust. »Ich kenne Fatty besser als du. Der reagiert so, klare Sache. Innere Abwehr, kann mit keinem darüber reden, nicht mal mit mir. Nach seinem Tourmalet-Kollaps war es genauso: posaunt rum, es sei überhaupt nichts passiert, und geht seitdem auf wie Hefeteig.«

Christine schwieg. Sie lächelte noch immer, aber irgendwie wirkte sie auch ein wenig traurig.

An diesem Abend ging ich ohne einen Tropfen Alkohol zu Bett. Wenn man die Flasche Wein außen vor ließ, die wir zum Sauerbraten getrunken hatten. Und die zwei Bier in Schnakenbach. Und den Schnaps.

Gott, es war schrecklich, so nüchtern zu sein.

23

Ich war eine Witzfigur. Ein Privatflic, verkleidet als Kellner. Zum ersten Mal in meinem Leben trug ich eine Bundfaltenhose. Schwarz. Die Schuhe: schwarz, eine zentimeterdicke Schicht Glanzcreme. Dafür war mein Hemd so weiß, dass mir die Augen tränten. Außerdem stank es: nach Chemie, nach Kaufhaus, nach was weiß ich. Neu halt. Christine hatte es auf meine Bitte hin besorgt und gleich gebügelt. Und auch sonst unterstützte sie mich tatkräftig bei meiner Verwandlung, zeigte mir, wo ich nachrasieren musste, überschminkte meine Beule und enthaarte die Ohrmuscheln. Ich schmiss mir eine Lotion ins Gesicht, bis ich mich fühlte wie ein Gigolo. Die Fingernägel wurden geschnitten, die Zähne geputzt. Meine Achselhöhlen schwammen in Deo.

Verdammt, ich trug sogar eine Krawatte!

»Man sieht das blöde Ding immer noch«, schüttelte Christine den Kopf und machte sich erneut an meiner Beule zu schaffen.

»Du solltest zum Theater gehen«, knurrte ich. Scheiß auf die Beule, eine Witzfigur war ich auch so. »Maskenbildner werden immer gesucht.«

»Ich hab mal ein Praktikum in der Geisterbahn gemacht. Bei meinen Figuren mussten die Leute reihenweise kotzen.«

Als ich mich im Spiegel sah, glaubte ich ihr sogar. Meine Haut war weiß getüncht, der Hemdkragen schnürte meinen Hals ein, meine Stirn glänzte.

»Ein bisschen Kajal um die Augen wäre nicht schlecht«, meinte sie.

»Untersteh dich! Finger weg!«

»Willst du nun ein moderner Dienstleister sein oder nicht? Wo bleibt deine Professionalität, Max?«

Ich ergriff die Flucht. Was zu viel war, war zu viel. Am Ende erkannte mich noch jemand auf der Straße. Einer aus dem Englischen Jäger womöglich, nicht auszudenken!

»Wie, auf der Straße?«, kam sie mir hinterher. »Erzähl mir nicht, du wolltest mit dem Fahrrad fahren! Und dabei die ganze Aufmachung ruinieren! Kettenöl auf der Hose vielleicht? Dafür habe ich nicht so geschuftet!«

Sie brachte mich höchstpersönlich zur Panoramastraße. An jeder Ampel, vor der wir hielten, sank ich tiefer in den Beifahrersitz, drehte das Gesicht weg, wenn jemand in den Wagen schaute. Christine amüsierte sich köstlich.

»An diesen Anblick könnte man sich direkt gewöhnen«, lächelte sie, als ich ausstieg. »Vielleicht solltest du in einer ruhigen Minute noch deine Nasenhaare stutzen.«

»Wenn das vorbei ist, rasiere ich mich nie mehr. Harry Rowohlt, verstehst du?«

»Keinen Kuss?«

»Damit der Gips abfällt? Lieber nicht.«

Bester Laune fuhr sie davon. Ich dagegen war so bedient, dass ich nicht einmal den Einzug in Butenschöns Heiligtum genießen konnte. Hätten sich dessen Türen vor drei Tagen aufgetan, wäre ich in ein Triumphgeheul ausgebrochen. Aber da hatte ich die Mutation zum Pausenclown ja auch noch nicht mitgemacht.

»Wow«, begrüßte mich Susanne.

»Was, wow?«

»Um nicht zu sagen: wow wow. Schick siehst du aus. Hätte ich dir gar nicht zugetraut.«

»Oh, ich kann noch ganz anders. Letzten Fasching ging ich als Grippeerreger. Kam auch gut.«

Es war zwar nur die Hintertür der Villa, die sie mir öffnete, aber immerhin: Ich war drin. Und eine Minute später wieder draußen. Susanne zeigte mir, wohin die Getränke, die sich draußen im Schuppen befanden, zu bringen waren.

Aber nicht nur die, sondern auch Stühle, Tische, die Dekoration, Kissen und Decken. Die gesamte Hardware der Feier also; das Büffet wurde frisch geliefert.

»Die Festplatten«, nickte ich. Keiner lachte.

Mit der Schlepperei und dem Aufbau war ich bestimmt eine Stunde lang beschäftigt. Niedere Tätigkeiten, hohe Schweißproduktion. Und da sollte man sein Hemd knitterfrei halten? An so etwas hatte Christine natürlich nicht gedacht. Von wegen Professionalität!

Mein einziger Helfer war ein kleiner, bebrillter Typ namens Achim, ein Kommilitone Susannes. Zupacken konnte er, quasseln auch. Als wir mit der Grobarbeit fertig waren, wusste ich alles über ihn. Seine Pläne, seine Schuhgröße, die Augenfarbe seiner Freundin und warum sie ihm weggelaufen war. Kein Problem, er besaß ja noch seinen Hund. Der hatte auch schöne Augen.

»Ein Dackel?«, fragte ich.

»Um Gottes willen, doch nicht so ein Spießervieh! Einen Airedalerüden, mit denen kannst du was anfangen.«

Spießervieh war gut. Wenn ich das Tischfußball-Kurt erzählte, würde er mich ohne Werkzeug an die Wand des Englischen Jägers nageln. Und die übrigen Gäste gleich dazu.

Drinnen war Susanne mit einer weiteren Kommilitonin beschäftigt, die Tische festlich aufzuhübschen. Was man so festlich nennt: Blümchenallerlei, Besteckparade und Origami mit gestärkten Servietten. Der Saal, in dem die Feier stattfinden sollte, war nicht klein. Aber groß genug für 80 Gäste? Und wozu diente er den Rest des Jahres?

»Auch schick«, lobte ich. »Wenn eure Streiks genauso professionell organisiert sind …«

»Sind sie«, schnitt mir Susanne das Wort ab. Schau an, sie konnte ja regelrecht grimmig blicken!

Dann: Auftritt der Hausherrin. »Unsere helfenden Hände, wie schön«, schallte es von der Treppe herab. Brav nahmen wir zu viert vor der Saaltür Aufstellung. Frau Nobelpreisträger schritt uns ab wie ein General seine Truppen. Dass sie über 70 war, kaschierte sie mit jeder Bewegung: drückte den Rücken durch, reckte das Kinn, hielt sich aufrecht. Die Schulterpolster ihres Kostüms ließen sie ein wenig klobig aussehen. Blondes Haar umbrandete in zwei großen Wellen ihr wächsernes Gesicht. Dünne Lippen darin, die Augenbrauen gezupft, scharfer Blick aus engen Pupillen.

»Wie schön!«, wiederholte Frau Butenschön und lächelte uns an. Jeden von uns. Ich hielt den Atem an. Wenn sie mich am Mittwoch vor ihrem Haus gesehen hatte, würde sie mich wiedererkennen. Trotz Maskerade, sie war schließlich eine Frau. Doch sie zeigte keine Reaktion.

»Zu Ihrem Auftreten, meine Lieben«, sagte sie. »Mein Mann und ich freuen uns sehr, dass Sie hier sind. Wir stellen uns eine kleine, bescheidene Feier im Kreis von Familie und Freunden vor, nicht mehr und nicht weniger. Ich möchte Sie deshalb bitten, sich ganz natürlich zu verhalten. Sie sollen uns zur Hand gehen, aber nicht in Unterwürfigkeit erstarren. Haben wir uns verstanden?«

Wir nickten. Auf eine Lüge kann man nur mit einer Lüge antworten. Denn das war Frau Butenschöns kleine Ansprache, so nett sie auch klang: verlogen. Eine bescheidene Feier? Selten so gelacht. Natürlich verhalten? Sie meinte das Gegenteil. Im Kreis der Familie? Wo kamen dann die 80 Gäste her?

Bevor wir abtreten durften, impfte uns die Gastgeberin wichtige Details zum Ablauf des Fests ein, wischte Achim einen Krümel vom Hemd, bedachte Susannes Schuhe mit einem kritischen Blick. Hätte man die nicht etwas gründlicher polieren können? Susanne wurde rot und beeilte sich, den Makel mit Spucke und einem Lappen aus der Welt zu schaffen, sobald Frau Butenschön gegangen war.

»He, nicht in Unterwürfigkeit erstarren«, rügte ich. »Haben wir uns verstanden?«

Sie zog eine Grimasse.

Dann wurde es ernst: Das Büffet kam. Und mit ihm trafen die ersten Gäste ein, überpünktliche Senioren und hungriges Mittelalter. Die Küche der Butenschöns erwies sich als viel zu klein für all die Essensberge. Wir stapelten das Zeug bis zur Decke, hielten warm, hielten kühl, hielten auf Zimmertemperatur. Susanne geriet in Hektik.

»Bisschen fixer, Max! Das ist noch nicht alles.«

»Wo steckt eigentlich das Geburtstagskind?«

»Oben. Der kommt ganz zuletzt. Los jetzt, pack an!«

Ganz natürlich verhalten, jaja. Ich für meinen Teil empfand dieses Arbeitstempo als äußerst unnatürlich. Achim auch, Schweißperlen glänzten auf seiner Stirn. Wann immer es möglich war, lugte ich hinaus in den Eingangsbereich. Ich sah die schmallippige Frau Butenschön die Honneurs machen und die Ankommenden in den Saal bugsieren. Neben ihr stand ein Halbwüchsiger mit käsiger Miene und dunklen, zu langen Haaren. Vom Jubilar keine Spur. Das Stimmengewirr nahm zu, die Krawattendichte auch. Ich warf einen skeptischen Blick auf meinen Schlips. Schön, so fiel ich wenigstens nicht auf.

»Max!«

»Keinen Stress, Susanne, wir schaffen das.«

»Ja, aber nur zu viert.«

»Wo sind denn nun die Einladungen für morgen?«

»Bisschen leiser«, zischte sie. »Im ersten Stock gibt es ein Büro mit einem großen Sekretär. Dort in einer der Schubladen, wahrscheinlich der obersten.«

»Und warum gehst du nicht selbst hoch und holst dir eine?«

»Weil du der Detektiv bist. Weil ich Anwesenheitspflicht habe und weil die Tür abgeschlossen ist.«

»Davon hast du nichts gesagt. Dass sie abgeschlossen ist, meine ich.«

»Mach dir nicht ins Hemd!«

Kopfschüttelnd trollte ich mich. Einen Umgangston hatten diese Studentinnen! Kam wohl vom vielen Demonstrieren. Mit uns Nichtakademikern konnten sie es ja machen.

»Versuchen wir eins?«, grinste Achim und zeigte auf ein undefinierbares Etwas in Aspik.

»Iih«, machte Jutta, die andere Helferin. »Die haben ziemlich ekliges Zeug, finde ich.«

Da wollte ich nicht widersprechen. Obwohl, eklig traf die Sache nicht ganz, eher schon altväterlich. Ein Büffet wie in den Sechziger-, Siebzigerjahren mit viel Sahnehäubchen und Meerrettichklecksen. Krabben in Mayonnaise, Pasteten, gefüllte Blätterteigtörtchen und natürlich Fleisch, Fleisch, Fleisch. Zum Teil in Gelatine versenkt, zum Teil nackt.

»Das kommt alles wieder«, erklärte ich Jutta, die ich auf Jahrgang 1990 schätzte. »Wie die Schlaghosen und die Miniröcke.« Sie verstand nicht. War ja auch Unsinn, was ich da von mir gab.

Als wir endlich die Aufforderung bekamen, die Vorspeisen in den Saal zu tragen, ging es bereits auf zwölf Uhr zu. Jutta, Achim und ich schnappten uns jeder ein Tablett und marschierten los.

»Moment«, hielt uns Susanne auf und schmierte mir irgendeine Creme auf die Beule. »Nicht dass die Leute denken, sie hätten es mit einem Schläger zu tun.«

»Das Ding entzündet sich noch, wenn ihr dauernd was anderes drauftut«, knurrte ich zurück. »Verrate mir lieber, wie ich an den Büroschlüssel komme!«

»Ja, verdammt!«, presste sie zwischen den Zähnen hervor. »Irgendwann im Laufe der Feier werde ich mir Frau Butenschöns großen Schlüsselbund ausborgen. Danach hast du fünf Minuten, verstanden? Wir müssen aber warten, bis der Alte herunterkommt. So, und jetzt ab mit euch! Dass ihr mich nicht blamiert!«

Ich streckte ihr die Zunge heraus und trottete den beiden anderen hinterher. Die Festgesellschaft machte Ah und Oh, wie es die Büffetstürmer überall auf der Welt machen, und glotzten Jutta auf den Hintern. Oder Achim, je nachdem. Mir hoffentlich auch, dann fiel die zugekleisterte Beule weniger auf. Der Saal war inzwischen gut gefüllt, die Tische für die Speisen standen gedrängt in einer Ecke. Ich sah ältere und weniger alte Leute, aufgedonnert und geschminkt, auch ein paar Kinder hüpften durch die Reihen. Frau Butenschön herrschte über ihre Gäste wie ein Dirigent, wies ihnen Plätze an, verteilte Lob und Zuspruch. Die Smalltalkfetzen, die ich im Vorbeigehen aufschnappte, ließen meine Nackenhaare strammstehen.

Kaum waren die Vorspeisen aufgetragen, drückte uns Susanne eine Flasche in jede Hand. Sie und Achim übernahmen den Weinausschank, Jutta und ich bekamen es mit Wasser und Säften zu tun. Wenn ich das für die wesentlich leichtere Aufgabe gehalten hatte, so hatte ich mich getäuscht.

»Ist der aus ungespritzten Äpfeln?«, fragte mich eine Dame, auf die Saftflasche zeigend.

»Ungespritzt und handverlesen«, sagte ich.

»So? Vielleicht doch lieber Wasser.«

»Ich Saft«, meldete sich ein Knirps am Nebentisch.

»A oder O?«

»Hä?«

»Apfel oder Orange?«, übersetzte sein Vater und warf mir einen vorwurfsvollen Blick zu. »Außerdem heißt das nicht hä, sondern bitte.«

»Ich will das Gelbe da.«

»Das Gelbe, bitte!«

»Das Gelbe, bitte!«

Ein kleines, dickes Mädchen wollte Apfelsaft pur. Die Mutter bestand auf Schorle. Das Mädchen sagte nein, die Mutter ja. Das Mädchen fing an zu schreien, die Mutter drohte mit Süßigkeitsentzug, Sandmännchenentzug, Freundebesuchsentzug. Keine Chance.

»Wenn du nicht sofort aufhörst, gehen wir nach Hause!«

»Au ja!«

»Apfelschorle schmeckt super«, mischte ich mich ein. Das Mädchen schaute mich mit so abgrundtiefer Verachtung an, dass mir ganz flau wurde. Jetzt log ich schon wie Frau Butenschön!

Am Ende wurde es doch Apfelschorle, aber nur gegen Süßigkeiten extra. Das war auch nicht unbedingt konsequent, fand ich.

»Gummibärchen«, seufzte die Mutter. »Wenn wir zuhause sind.«

»Nein, jetzt!«

Mir reichte es, ich schenkte ein und wollte los.

»Das ist zu wenig Apfelsaft«, monierte die Kleine. »Und zu viel Wasser.«

»Es ist genau halbe-halbe,« widersprach ich.

»Richtig«, sagte die Mutter. »Und das trinkst du jetzt.«

»Dann will ich gar nichts mehr«, plärrte Frau Tochter und schob Teller und Besteck von sich, dass ihr Glas ins Wackeln geriet.

»Schenken Sie halt noch Saft ein«, sagte die Mutter, die plötzlich ganz grau aussah.

»Aber es ist wirklich genau gleich viel Wasser und Saft drin.«

»Verdammt, nun machen Sie schon!«

Gut, dass ich sämtliche Finger zum Flaschehalten brauchte. Ich hätte den zweien sonst einen Vogel gezeigt. Finger auf Beule. Wenn mir Christine jemals mit einem Kinderwunsch käme, würde ich ihr von dieser Begegnung erzählen.

»Das sind lauter Monster«, berichtete ich in der Küche. »Lauter kleine, verzogene Monster.«

»Heul doch«, entgegnete Susanne und drückte mir neue Flaschen in die Hand.

»Wo bleibt eigentlich der Butenschön?«, fragte Jutta.

»Der kommt, sobald alle was zu trinken haben. Ab sofort müssen immer zwei von uns zum Nachschenken im Saal stehen. Wir wechseln uns ab, verstanden? Und jetzt, bei der Begrüßung, haben wir alle vier da zu sein.«

Sie scheuchte uns hinaus. Eine Minute später nahmen wir neben dem Büffet Aufstellung, Hände auf dem Rücken, Brust raus, hübsch abwechselnd Schlips neben Bluse. Ganz natürlich eben. Alles saß und wartete, die Gesprächslautstärke auf ein Minimum gedimmt. Im Hintergrund sah ich die Mutter der kleinen Dicken ein umgefallenes Glas wieder aufrichten.

Und dann kam ER: der Jubilar. Prof. Albert Butenschön. Zehn mal zehn Lebensjahre überschritten die Schwelle.

Er kam am Arm seiner Gattin, wacklig, aber aufrecht. Ehrlich gesagt, hatte ich ihn mir größer vorgestellt. Dem Butenschön auf den Fotos von früher ähnelte er kaum noch. Schmal war er geworden, regelrecht ausgezehrt, die Wangen eingefallen, die Haut fleckig. Er lächelte, unverdrossen. Trotzdem sah man deutlich, wie schwer ihm dieses Lächeln, abverlangt von aller Welt, schon jetzt fiel. Er hatte es oben, im ersten Stock aufgesetzt, aber er war ein Greis, es verrutschte ihm mit jedem Schritt, entglitt seiner altersschwachen Muskulatur, hing schief im Gesicht.

Mochte es schief hängen! Dafür barst seine Frau vor Stolz, schließlich war sie es, die ihn führte, lenkte, herumreichte, ihn, den Nobelpreisträger und Ehrenbürger. Was für ein Paar! Auch Frau Butenschön war eine alte Dame, aber als er zum ersten Mal geheiratet hatte, war sie noch ein kleiner Windelschisser.

Warmer Applaus füllte den Saal. Wie auf ein Kommando erhoben sich die Gäste. Alle! Selbst die Kinder wurden in die

Höhe gezerrt. Wer saß, war ein Verräter. Ich bekam Gänsehaut. Was für ein Theater! Okay, mochten sie es ehrlich meinen, mochte der Alte es verdient haben – bei solchen Kollektivhandlungen lief es mir immer kalt den Buckel runter. Muss was mit meinen Kindheitserlebnissen zu tun haben, mit all den vertrackten Ritualen, bei denen ich als Pfarrerssohn gezwungen war mitzuwirken: Schnabel auf beim Abendmahl, Hinknien zur Konfirmation, Aufstehen, Setzen, Singen, Beten. Wenn ich dagegen nicht irgendwann gemeutert hätte, wäre ich nie ein Erwachsener geworden.

Unter dem Beifall der Anwesenden schritten die Butenschöns zu ihrem Tisch. Ich war froh, dass ich schon stand, froh, dass ich die Hände auf dem Rücken verschränkt halten durfte. Ein Hoch auf das Lakaiendasein! Ich schielte zu Susanne hinüber. Sie verzog keine Miene, nur ihre Lippen waren ein dünner Strich der Verachtung.

Endlich hatten das Geburtstagskind und seine Gattin ihre Plätze erreicht. Ich hätte erwartet, dass Frau Butenschön, die Dirigentin, alsbald die Ovationen abwinkte, doch es geschah nichts dergleichen. Erst als alle wieder saßen und die letzte Hand verstummt war, ergriff sie das Wort. Es folgten die üblichen auswendig gelernten oder längst in Fleisch und Blut übergegangenen Gruß- und Dankesfloskeln, die nur einem Zweck dienten: ihrem Mann den Boden zu bereiten, ihm einen roten Teppich aus Worten auszulegen. Schon gut, dachte jeder, du musst das sagen, weil es die Etikette gebietet, aber du bist nur der Rahmen, das Beiwerk, die Hülle; erst danach kommt das Eigentliche, der Kern, die Essenz. Sprich zu uns, Albert Butenschön!

Und wir alle sahen ihn an, diesen Solitär von Mensch: eine Kindheit im Ersten Weltkrieg, groß geworden in der verachteten Weimarer Republik, Parteigänger Hindenburgs, nicht Hitlers, Mitläufer, Strippenzieher und Profiteur gleich welchen politischen Systems. Ein Mann, der sich von Staatsform zu Staatsform hangelte, dem der Wechsel der Zeitläufte nichts anhaben konnte. 100 Jahre Leben. Viele hätten davon satt werden können.

»Als ich vor Kurzem 90 wurde«, begann Butenschön und räusperte sich, um dem Gelächter seiner Gäste Raum zu geben. Ein gelungener Anfang! Mit brüchiger, aber keineswegs leiser Stimme fuhr er fort: »Als ich 90 wurde, versprach ich euch, es werde meine letzte große Geburtstagsfeier sein. Bitte verzeiht mir, dass ich euch nun schon wieder belästige. Fast könnte man meinen, ich wäre bei meinen Forschungen auf die Formel ewigen Lebens gestoßen. Ich versichere euch, dem ist nicht so. Und ich versichere euch noch etwas: Dies wird wirklich das letzte Mal sein, dass wir uns in so großer Runde sehen. Ihr habt mein Ehrenwort. Für euer Kommen danke ich euch ganz herzlich – euch allen.« Er hob ein Glas und schaute in die Runde. »Auf meine Lieben!« Dann trank er. Ein vielstimmiges Echo antwortete ihm: »Auf dich, Albert!« – »Prosit und weiter so!« – »Auf das Geburtstagskind!« Mit zitternden Knien nahm der alte Mann Platz.

Na, wenn das keinen Applaus wert war! Frau Butenschön musste lange warten, bis sie wieder den Zeremonienmeister spielen durfte. Bedankte sich einmal mehr bei allen Anwesenden, sprach von der großen Ehre, die man ihr und ihrem Mann bereite, und erklärte das Büffet für eröffnet. Nächster Beifallssturm. Der Professor tupfte sich mit einem Stofftaschentuch Mund und Stirn ab. Um seine Augen herum zuckte es.

Nun ging die Schlacht los. Der übliche Run auf Platten und Teller, die übliche Schlangenbildung, die Furcht, nichts mehr abzubekommen, und das finale Erstaunen, dass es doch langte. Alles wie gehabt. Da unterschieden sich die Angehörigen eines Nobelpreisträgers keinen Deut von irgendwelchen Geburtstagsgästen auf dem Land. Sagen wir: in Schnakenbach. Sie kleckerten auch genauso, und der Lachs war

233

als Erstes alle. Erleichterung, als ich eine neue Lage aus der Küche brachte.

»Witzig«, sagte ein schaufelnder Mann, dessen Krawatte der Meerrettichsahne bedrohlich nahe kam. »Sie sehen einem dieser Bestsellerautoren verdammt ähnlich, wussten Sie das?«

»Mit dem werde ich dauernd verwechselt.«

»Hatte der nicht zuletzt eine Lesung in der Stadt?«

»Ja, ich bin hingegangen. Was glauben Sie, wie der Kerl geschaut hat!«

Den Mann schüttelte es vor Lachen. Zum Glück blieb er der Einzige, der mich während des Fests auf meine neue Nebentätigkeit ansprach. Die Mehrzahl der Gäste kam wohl von auswärts.

»Wann startet die Schlüsselaktion?«, zischte ich Susanne zu.

»Nervös, Max?«

»Nicht die Bohne. Du bist doch diejenige, die unbedingt zum Festakt in die Alte Aula will.«

»Immer mit der Ruhe.«

Ruhe war in diesem Zusammenhang das falsche Wort. Kaum hatten die Gäste die Vorspeisen verputzt, bekamen sie Durst. Jutta und ich kämpften uns durch die Reihen um nachzuschenken. Wenn 80 Leute gleichzeitig nach Getränken schreien, kann es gar nicht schnell genug gehen. Immer freundlich und natürlich bleiben, auch wenn sich das widersprach. Während Achim bei den Vorspeisen Wache hielt, kümmerte sich Susanne in der Küche um den Hauptgang.

Zunächst aber gab es Reden. Kürzere Ansprachen und Grußworte, so etwas in der Art. Frau Butenschön saß zerberusmäßig auf ihrem Stuhl und dirigierte die Redner mit den Augen. Zog die Brauen hoch, wenn sie sich dem Ende nähern sollten, lächelte mild, wenn es Komplimente hagelte. Ein Großneffe Butenschöns berichtete vom Blühen und

Gedeihen der Max-Planck-Gesellschaft in den neuen Bundesländern, deren Mitarbeiter er zufällig war. Ein Schelm, wer Böses dabei dachte. Eine Dame ohne Angabe des Verwandtschaftsgrads präsentierte Anekdötchen ihres ersten Zusammentreffens mit Albert, dem Charmeur. Blümchen wurden überreicht, Küsschen verteilt, Pointen gesetzt. Emotionaler Höhepunkt dieses Zwischengangs war ein Gedichtvortrag des langhaarigen Knaben, der dem geliebten Uropa in selbstgedrechselten Versen huldigte. Es gab donnernden Applaus als Anerkennung für diese heroische Leistung. Frau Butenschön wischte sich eine vorhandene oder vorgetäuschte Träne aus dem Augenwinkel. Ihr Mann kämpfte sich unter Mühen aus seinem Stuhl, um den Urenkel in die Arme zu schließen. Er sah blass aus.

»Das muss wahnsinnig anstrengend für ihn sein«, meinte Jutta, nachdem wir die Hauptgerichte aufgetragen und den ersten Ansturm der Esser glücklich abgewehrt hatten. »Wieso tut sie ihm das an?«

»Er tut es sich selbst an«, erwiderte Susanne. »Niemand zwingt ihn, seinen Geburtstag zu feiern.«

»Doch, seine Frau.«

»Vielleicht. Wie sieht es mit dem Rotwein aus, Achim?«

»Noch zwei Flaschen sind da.«

»Gut, dann muss ich in den Keller und für Nachschub sorgen.« Sie gab mir ein Zeichen. Es ging also los. Ich sah, wie Susanne an den Tisch der Butenschöns trat und sich lächelnd zur Hausherrin herabbeugte. Frau Butenschön nickte, entnahm ihrer Handtasche einen schweren Schlüsselbund und begann, einen der Schlüssel abzuziehen. Susanne lächelte noch inniger, flüsterte etwas, woraufhin sie den ganzen Bund in die Hand gedrückt bekam.

»Macht ihr das mit den Getränken?«, bat ich Jutta und Achim. »Ich muss mal kurz wohin.«

Vor der Saaltür traf ich Susanne. Sie reichte mir einen

einzelnen Schlüssel und zeigte nach oben. »Die erste Tür links. Du hast genau fünf Minuten. Auf die Sekunde, Max! Klar?«

Ich nickte und eilte zur Treppe.

24

Bevor ich das Büro aufschloss, horchte ich ein paar Sekunden an der Tür. Von meinem eigenen Herzschlag abgesehen, herrschte Stille. Der Lärm aus dem Saal drang als dumpfes Murmeln nach oben. Ich steckte den Schlüssel ins Schloss, drehte ihn und öffnete die Tür. Geräuschlos trat ich ein. Der Fußboden bestand aus glänzend polierten Dielen, doch es gab Teppiche, die meine Schritte dämpften. Sollte ich von innen abschließen? Für die paar Minuten lohnte sich das nicht.

Der Sekretär, von dem Susanne gesprochen hatte, thronte mitten im Raum. An den Wänden Regale mit zig Ordnern, dazwischen kleine Kunstdrucke, Fotos, Urkunden. Seitlich auf einem Schreibtisch standen ein PC, Drucker und Scanner. Trotzdem schienen die Butenschöns die Tradition der handschriftlichen Aufzeichnung hochzuhalten. Auf der Arbeitsplatte des Sekretärs lag Briefpapier, daneben ein Füller und Bleistifte. Ich hob die Platte hoch, um an die Schubladen zu gelangen. Verdammt, die waren ja auch abgeschlossen, alle drei! Hektisch durchwühlte ich die offenen Fächer im oberen Teil des Sekretärs – nichts. Wahrscheinlich hingen die Schlüssel an dem riesigen Bund, den Susanne gerade durch den Keller trug. Ich sah zu den Regalen hinüber. Da stand ein kleines Kästchen, in das ich, wäre dies mein Büro, so kleine, unscheinbare Schlüssel … Hin, aufgeklappt, durchgeatmet: Da lag ein Schlüssel, und er passte zu allen drei Schubladen.

Ich zog die erste auf, durchsuchte sie: keine Einladungen. Schreibutensilien, weitere Briefbögen, alte Jahresplaner, Krimskrams, aber keine Einladungen. Susanne hatte doch von der obersten Schublade gesprochen? Vielleicht ein kleiner Test; das Versteck des Schubladenschlüssels hatte sie mir ja auch verheimlicht. Mal sehen, was der Superdetektiv so alles drauf hat. Wo war die versteckte Kamera?

Ich riss die beiden unteren Schubladen auf – Fehlanzeige. Diese verdammten Einladungen! Ein Blick zur Uhr: zwei Minuten vorüber. Draußen blieb alles ruhig. Mein Puls nicht. Noch einmal genau hinschauen, in jede Schublade, beginnend mit der oberen. Irgendwo musste das Zeug doch stecken!

Eine Einladung fand ich nicht. Dafür hielt ich irgendwann eine Mappe in der Hand, die in der untersten Schublade gelegen hatte. E.D. stand auf dem Deckblatt, und als ich sie aufklappte, sprangen mir Koschaks Name und Adresse entgegen. Ich glaubte meinen Augen nicht zu trauen. Die Butenschöns kannten den Journalisten! Hatte der Kerl also doch den Kontakt zu ihnen gesucht. Und mir was vom Pferd erzählen, na warte, du Frankfurter Würstchen! Rasch blätterte ich die Mappe durch. Da gab es ein paar aus dem Internet ausgedruckte Seiten zu Evelyn Deininger, einen Brief, in dem sie sich und ihr Projekt anlässlich ihres Stipendiumsgesuchs vorstellte, dazu ein Exposé sowie Auszüge ihrer Arbeit. Ob diese Auszüge dem Brief beigefügt worden waren oder aus einer anderen Quelle stammten, vermochte ich nicht zu entscheiden. Soweit ich mich erinnerte, hatte mir Evelyn nichts von diesem Brief erzählt, nur von ihrer Weigerung, dem Ansinnen der Butenschöns nachzukommen.

Wie auch immer, die Tatsache, dass es die Mappe gab und dass Koschaks Name darin vorkam, war interessant genug. Und mir blieb noch eine gute Minute. Ich legte die Mappe zurück, wühlte ein letztes Mal nach den Einladungen, gab es schließlich auf. Die Schubladen wieder absperren, den Schlüssel zurück in das Kästchen, ein finaler Blick durch das Zimmer – tschüs. Ich öffnete die Tür und hörte jemanden die Treppe hochkommen.

Sofort schloss ich die Tür wieder. Und wenn der Jemand nun eintrat? Wo versteckte ich mich? Hinter dem Sekretär vielleicht, unter dem Schreibtisch? Lächerlich. Ich hielt den Atem an und lauschte. Jetzt war der Unbekannte im ersten Stock angelangt. Ich hörte ihn vor sich hinplappern: »Lieber Opa, zu dem Feste wünsche ich dir nur das Beste.« Aha, der junge Nachwuchsdichter. Ein Kollege sozusagen. Wenn dem der frühe Ruhm mal nicht zu Kopfe stieg! Vorerst stieg er selbst, und zwar eine Treppe höher, was mir sehr recht war. Sobald seine Schritte verklungen waren, schlüpfte ich aus dem Büro, sperrte ab und hastete ins Erdgeschoss hinunter. Susanne wartete bereits vor dem Saal.

»Ich habe fünf Minuten gesagt!«, schimpfte sie. »Keine Sekunde länger!«

»Hättest du lieber was von dem Schubladenschlüssel gesagt, dann wäre es schneller gegangen. Bis ich den gefunden hatte!«

Sie schaute verwirrt. »Die waren abgesperrt?«

»Ja, alle drei. Und nicht eine einzige Einladung darin!«

»Scheiße im Quadrat!«

»Das kannst du laut sagen.«

Dazu blieb allerdings keine Zeit. Schon betraten wir wieder den Saal, setzten unsere Dienstleistermiene auf, übten uns in Neutralität. Während ich mich um das Büffet kümmerte, gab Susanne den Schlüsselbund zurück. Es war stickig geworden, die Gesichter der Gäste glühten. Bei einigen schien der Alkohol bereits zu wirken. Butenschön saß müde auf seinem Stuhl und ließ die gutgemeinten Gespräche seiner Tischnachbarn über sich ergehen.

»Das gibt's doch nicht!«, fluchte Susanne zurückkehrend. »Sie waren dort, in der obersten Schublade. Ich weiß es genau.«

»Jetzt aber nicht mehr. Vielleicht sind inzwischen alle Einladungen an den Mann gebracht.«

»Verdammt!«

»Wir schleichen uns da schon irgendwie rein. Wäre doch gelacht! Warum willst du überhaupt zu dieser doofen Feier?«

»Ich war noch nie bei einem offiziellen Festakt der Uni. Interessiert mich halt, wie es da zugeht.«

»Das kann ich dir jetzt schon sagen: steif.«

»Witzbold!«

Sie ließ mich stehen. Du meine Güte, die hatte manchmal aber auch einen Ton drauf! Was konnte ich dafür, wenn ihre Angaben nicht stimmten?

Die Pflicht rief. Das moppelige Gör von vorhin verlangte lauthals nach Cola, einem anderen Kind war unterwegs das Essen vom Teller gerutscht. Ich drückte Jutta die Saftflasche in die Hand und machte mich auf die Suche nach einem Eimer Wasser und Putzlappen. Fleisch und Beilagen kratzte ich mit der Gabel vom Boden, dann wischte ich die Flecken weg. Das Essen landete im Mülleimer.

Auch mir wurde allmählich heiß. Aber niemand riss ein Fenster auf, alle zogen es vor, im eigenen Mief zu dünsten. Ich drückte mich, sooft es ging, in der Nähe des Butenschön-Tischs herum, um wenigstens eine Ahnung davon zu bekommen, worüber man dort so redete. Sensationelles erfuhr ich nicht; die Gespräche drehten sich um das Alter, das Essen, um Heidelberg und um die morgige Feier. Die Politik der Regierung wurde kritisiert, das Talent des dichtenden Urenkels gelobt. Aber dann schnappte ich einen Namen auf, den ich kannte: Dörte Malewski.

»Sie hat mir einen Brief geschrieben«, hörte ich den Alten krächzen.

»Malewski?«, fragte ein Dicker mit Halbglatze und fröhlichem Kalbsgesicht.

»Eine Mitarbeiterin von früher«, kam Frau Butenschön ihrem Mann zuvor. »Aus irgendeinem Grund fühlt sie sich ungerecht behandelt und verlangt eine Entschuldigung oder was auch immer von Albert. Schon seit Jahrzehnten liegt sie ihm damit in den Ohren.«

»Lästig, so was«, nickte der Dicke.

»Lästig, allerdings.«

Ich zog weiter. Frau Malewski hielt als Gesprächsthema nicht lange vor. Lieber von netten Dingen reden, von den Annehmlichkeiten des Lebens, dem Hier und Jetzt. Lasst die Vergangenheit ruhen. Die Toten sind tot, unser ist die Zukunft.

Wie aber sah die Zukunft eines 100-Jährigen aus? Was dachte so einer, dem der Sensenmann jederzeit in die gute Stube treten konnte? Zu gerne hätte ich mich mit Albert Butenschön unterhalten. Aber hier, während des Fests? Unmöglich.

Frau Butenschön schlug vorsichtig gegen ihr Glas. Junges Gemüse formierte sich zu einem Geburtstagsständchen. Susanne winkte mich in die Küche, wo der Gesang nur schwach zu vernehmen war. Während wir die Nachspeisenplatten zusammenstellten, erkundigte sie sich noch einmal nach den verschwundenen Einladungen. Ob ich auch wirklich im Sekretär nachgeschaut hätte. Ob die Schubladen tatsächlich verschlossen gewesen seien. Und ob ich …

»Was soll das?«, unterbrach ich sie. »Hältst du mich für einen Trottel? Dort oben waren keine Einladungen, und damit Punkt. Butenschöns Urenkel hätte mich übrigens fast erwischt. Dass du es nur weißt.«

Enttäuscht verließ sie die Küche. Ich tippte mir an die Stirn. Was lag der Frau nur an den bescheuerten Einladungen?

Im Saal wurde den Sängern eine Zugabe nach der anderen abverlangt. Da sie keine hatten, wiederholten sie einzelne Strophen ihres Liedes. Ich erkannte die Mutter von Nörgelmoppel. Vielleicht war sie vorhin nur aus Nervosität nicht in der Lage gewesen, ihrem Sprössling die Grenzen aufzuzeigen.

Endlich war auch diese Nummer vorbei. Die Butenschöns applaudierten stehend. Dem Jubilar hatte man einen Gehstock gereicht, an dem er mühsam Halt suchte. Er klatschte, indem er mit der linken Hand auf den Rücken der rechten schlug, die sich um den Knauf des Stocks klammerte. Dabei stand sein Mund ein wenig offen. Jutta hatte recht: Warum tat sich der Mann das an?

Zur Stärkung bekam er von seiner Frau eine Mousse au chocolat gereicht. Die Nachspeisen fanden kaum weniger Anklang als die Gesangsdarbietung. Mit den ersten Schokoflecken auf hellem Festtagsanzug war in Kürze zu rechnen. Achim verschwand in der Küche, die Espressomaschine anzuheizen. Dabei wollte er rasch einen Mitbewohner ansimsen, wie es seinem Hund gehe. Dem mit den schönen Augen. Ich hätte Susanne gerne gefragt, welchen der Anwesenden sie kannte, aber sie schien nicht in der Laune für ein entspanntes Gespräch.

Kurz danach stand schon wieder einer auf, um eine Rede zu schwingen: der Kalbskopf vom Tisch des Geburtstagskindes. Wenn man sah, wie Frau Butenschön ihre Brauen in die Höhe zog, konnte man davon ausgehen, dass dieser Programmpunkt nicht im offiziellen Ablauf vorgesehen war. Den Dicken kümmerte das nicht, er sprach mit raumgreifendem Lächeln und waghalsigen Metaphern von seiner lebenslangen Bewunderung für den großen Albert Butenschön – genau so sagte er es: der große Albert Butenschön –, die er sozusagen mit der Muttermilch aufgesogen hatte. Auch wenn sie von seinem Vater stammte. Die Bewunderung, nicht die Milch. Sein Vater, das war Butenschöns engster Mitarbeiter und Freund in der guten alten Danziger Zeit, wo er, der Dicke nämlich, das Licht der Welt erblickt hatte. Unter dem Sternenhimmel Danzigs. Viel zu schnell sei diese Zeit verstrichen, und ihm persönlich fehle jede Art der Erinnerung, weil Kleinkind damals, aber die Erzählungen seines Vaters! Der ja nun leider auch schon lange nicht mehr unter den Lebenden weile.

»Nun bin ich selbst nicht mehr der Jüngste«, rief der Kalbskopf heiter, »weshalb ich mir erlaube, in den Fußstapfen und mit Erlaubnis meines Vaters auf Professor Albert Butenschön anzustoßen. Dazu habe ich uns, lieber Albert, eine Flasche echtes Danziger Bernsteingold mitgebracht, wie du es damals, in der guten alten Zeit, so oft mit Vater getrunken hast.« Er brachte eine Flasche mit Goldetikett zum Vorschein, die er hinter seinem Rücken versteckt gehalten hatte, und zeigte sie den Gästen. Sein Lohn: Bravo-Rufe und Applaus. Der alte Butenschön suchte den Blick seiner Frau, die zur Abwechslung ihre Brauen zusammenzog und kaum merklich den Kopf schüttelte. Unverdrossen fuhr der Dicke fort: »Heißt es vom Bernsteingold doch, es erhalte Freundschaften über das Grab hinaus. Deshalb, lieber Albert, lass uns ein Schlückchen trinken: auf die Freundschaft zwischen dir und meinem Vater.« Ohne auf das missbilligende Hüsteln der Hausherrin zu achten, schenkte er sich und dem Professor ein. »Prost, Albert«, strahlte er und hob sein Glas.

Wacklig stand Butenschön auf. Eine Hand am Stock, die andere an einer Stuhllehne. So einen Freundschaftstrunk durfte man nicht ablehnen, selbst wenn man keine Lust darauf hatte. Vielleicht war das Verhältnis zwischen ihm und dem Kalbskopfvater auch gar nicht so rosig, wie es aus der Dis-

tanz der Jahrzehnte und verklärt von viel, viel Bernsteingold
schien. Jedenfalls griff er widerstrebend nach dem dargebote-
nen Glas, stieß es gegen das des Dicken und führte es schließlich zum Mund. Beide tranken. Mit nassen Augen schaute der
Dicke den Greis an, um ihn dann fest in die Arme zu schließen. Ringsum wurden Seufzer der Rührung laut. Das gute,
alte Danzig! Und dann diese Männerfreundschaft! Bestimmt
gab es einige, die sich der kleinen Schnapsrunde gerne ange-
schlossen hätten. Dazu kam es aber nicht. Prof. Butenschön,
nach langen, innigen Sekunden aus der Umklammerung entlassen, führte eine Hand zum Magen, warf seiner Gattin einen
gleichsam entschuldigenden Blick zu und übergab sich dann
neben seinen Stuhl. Er war kalkweiß geworden.

Die Gesellschaft erstarrte. Kleine Schreckensschreie wurden sofort in die Kehle verbannt. Frau Butenschön war aus
ihrem Stuhl hochgefahren und sah ihren Mann fassungslos
an. Der tränenschwere Dicke musste sich erst die Augen rei-
ben, bis er kapierte, was geschehen war. Sicherheitshalber trat
er zwei Schritte zurück.

Butenschön würgte. Seine rechte Hand umfasste immer
noch den Stock, seine linke fuhr zitternd vom Mund zur
Hosentasche und wieder zurück. Dann ein neuer Schwall,
nicht viel, doch es schüttelte ihn. Irgendjemand machte »iih!«
und wurde böse niedergezischt. Die Sekunden verrannen, bis
Butenschön endlich eine Serviette gereicht bekam, die er sich
vor die Lippen halten konnte. Jemand redete ihm gut zu, ein
anderer drückte ihn sanft auf seinen Stuhl zurück.

»Das wird doch nicht an meinem Schnaps gelegen haben?«,
hörte ich den Dicken sagen. Ich hörte es, obwohl er flüsterte, denn inzwischen war ich zu dem Grüppchen getreten. Zu wissen, wo sich Wassereimer und Putzlappen befanden, erwies sich in dieser Minute als echter Standortvorteil.
Oder Nachteil, wie man will. Besonders appetitlich sah der
professorale Mageninhalt auf den Dielen nicht aus. Unge-

fähr so wie nichtakademischer. Von der Mousse au chocolat hatte der arme Kerl jedenfalls nicht viel gehabt.

Egal, man kann mir einiges nachsagen, Empfindlichkeit in Sachen Körperflüssigkeiten gehört nicht dazu. Ich begann, den ganzen Mist aufzuwischen, und dachte dabei an etwas Schönes. Neben oder besser über mir saß Butenschön. Seine Frau richtete ein paar affektierte Worte an die Gäste, von wegen kleiner Zwischenfall, Besorgnis sei fehl am Platz, und ich wischte. Zu Füßen des 100-Jährigen. Als ich einmal einen kurzen Blick nach oben riskierte, sah ich, dass seine Augen auf mir ruhten. Er verzog keine Miene, aber man hätte schon ein Stein sein müssen, um nicht zu bemerken, wie peinlich ihm die Sache war.

»Ist mir auch schon passiert«, raunte ich ihm zu. »Bei Schnaps kippe ich regelmäßig aus den Latschen.«

Ob das die richtigen Worte waren? Wer weiß das schon bei einem Nobelpreisträger? Er schwieg, ich wischte, und ringsumher versuchten sie, das Malheur zu überspielen. Was nicht gelang. Als ich schließlich den Weg in die Küche antrat, war mein Eimer die größte Sensation seit den sieben Weltwundern.

25

Verglichen mit Butenschöns Villa, bot das Südstadtreihenhaus der Fischers ein echtes Kontrastprogramm. Erholung pur, vor allem das Wohnzimmer! Eng und stinkgemütlich, die Möbel ausladend, die Wände erdfarben. Nicht zu vergessen die Couchgarnitur. Sie war ungefähr mein Jahrgang, und sie kam mir gerade recht.

»Danke«, seufzte ich und ließ mich in den Kissenpfühl plumpsen.

Kommissar Fischer musterte mich skeptisch. »Sie sehen nicht nur komisch aus heute«, meinte er, die Hände in die Hüften gestemmt, »Sie benehmen sich auch komisch.«

»Ich bin kaputt, Herr Fischer. Fertig, ausgebrannt. Seit acht Uhr heute Morgen mime ich den studierten Lakai. Allmählich blättert die Maske ab, innerlich wie äußerlich. Bitte wecken Sie mich, falls ich einschlafe. Wo ist Ihre Frau?«

»Bei Freundinnen.« So, wie er das Wort ›Freundinnen‹ aussprach oder besser ausspie, hätte er die Damen am liebsten eingebuchtet. »Aber sie muss gleich hier sein.«

»Gut. Haben Sie die Akte?«

Er nickte und verschwand. Ich rieb mir die Hände. So müde ich war, fühlte ich mich dennoch großartig. Okay, es hatte keine Möglichkeit gegeben, mit dem Ehepaar Butenschön zu sprechen, ich war also bei meinen Ermittlungen keinen entscheidenden Schritt weitergekommen – aber: Ich hatte Susanne zum Staunen gebracht. Susanne Rabe, Bauklötze staunend. Diesen Anblick hatten bestimmt noch nicht viele genossen.

»Was ist das?«, rief sie und griff nach dem Briefumschlag, mit dem ich zum Abschied vor ihr herumwedelte. »Sag nicht, eine Einladung für morgen!«

»Wie soll ich es sonst sagen?«

»Wahnsinn!« Susannes Augen glänzten. Leider nur kurz, dann runzelte sie die Stirn und folgerte: »Du hast also geflunkert. Da waren doch noch welche im Schreibtisch.«

»Eben nicht.«

»Sondern?«

Ich erzählte ihr, wie mich Frau Butenschön, kaum waren die letzten Gäste gegangen, zu sich gewinkt hatte, um sich bei mir zu bedanken. Für meinen raschen, selbstlosen und dezenten Einsatz, als ihrem Gatten das kleine Missgeschick passierte.

»Rasch, selbstlos und dezent.« Die drei Adjektive schmolzen auf meiner Zunge. »Max Koller, wie er leibt und lebt! Hat sie so etwas jemals über dich gesagt?«

»Und weiter?«

»Dann wollte sie mir ein Kistchen Wein schenken. Oder Sekt; ob ich einen besonderen Wunsch hätte? Ich sagte, ich sei Antialkoholiker, jedenfalls meistens, aber einen Wunsch hätte ich durchaus.«

Sie nickte ehrfürchtig. »Eine Einladung für den Festakt.«

»*Zwei* Einladungen. Schließlich sollen möglichst viele Menschen der Größe eines Albert Butenschön teilhaftig werden. Da war sie vielleicht gerührt. Selbstlos, dieser Max Koller, ich sage es ja!«

»Nicht schlecht, Detektiv. Wenn du so weitermachst, schreibt sich dein neues Buch wie von selbst. Bis morgen!«

Ja, bis morgen. Ich war gespannt, was Susanne vorhatte. Dass sie nur aus privatem Interesse zu der Feier wollte, hatte ich ihr nie geglaubt. Ich hegte auch bereits einen Verdacht, worauf das alles hinauslaufen könnte. Mit Butenschön selbst hatte es nichts zu tun, dem begegnete sie ja wöchentlich. Eher mit seinen prominenten Gästen. Na, ich würde ja sehen.

Fischers Rückkehr entriss mich diesen angenehmen Gedanken. Nicht viel, und ich wäre tatsächlich weggedämmert. Der Kommissar reichte mir einen Ordner und nahm an meiner Seite Platz. Die Oberfläche der Couch geriet in schaukelnde Bewegung.

»Vorsicht«, gähnte ich. »Da wird man ja seekrank.«

»Sie vielleicht. Haben Sie die Bücher mitgebracht?«

»Die muss ich erst beim Verlag bestellen. Nächste Woche.«

»Und das Schreiben für meinen Neffen?«

Ich klappte den Ordner auf. »Dito.«

Fischer schlug sich auf die Schenkel. »Wie, dito? Wir hatten eine Abmachung, Herr Koller! Was soll ich meiner Frau sagen?«

»Sie kriegen Ihren Brief, keine Sorge. Wenn der gute Adrian seit Jahren als unentdecktes Genie dahindämmert, wird er die paar Tage auch noch überstehen. So ein Empfehlungsschreiben will wohlüberlegt sein, da muss jedes Wort sitzen. Morgen treffe ich mich mit Covet. Oder übermorgen.« Letzteres flüsterte ich so leise, dass er es nicht hörte.

»Ich verlasse mich drauf«, knurrte Fischer und erhob sich. »Eigentlich wollte ich Ihnen einen Kaffee anbieten, aber so …« Er verließ den Raum.

»Machen Sie sich keine Umstände.« Ich kannte das Gebräu, das hier als Kaffee durchging. In Frankreich schicken sie dich dafür unter die Guillotine. Egal, der Ordner war wichtiger. Sein Inhalt zeugte von Ermittlerroutine und methodischem Vorgehen; von besonderem Ehrgeiz eher weniger. Eine Brandstiftung halt, spontan und ungeplant. Das Objekt offenbar willkürlich ausgewählt. Mögliches Motiv: Lust an der Zerstörung. Keine sichtbare Verbindung zu den aktuellen Studentenprotesten. Der potentielle Täterkreis extrem groß.

Und Butenschön? Sein Name fiel genau einmal: Michael Deininger hatte ihn ins Spiel gebracht, ohne dass man dieser Spur nachgegangen wäre. Jedenfalls fand sich nichts dergleichen in den Unterlagen. Dasselbe galt für die Initiative Pro Hendesse. Um in eine bestimmte Richtung zu weisen, waren die Begleitumstände des Anschlags zu unspezifisch.

»Ein Bein haben sich Ihre Kollegen nicht gerade ausgerissen«, meinte ich, als Fischer zurückkehrte.

»Das wäre auch ungesund. Wie stellen Sie sich das vor, Koller? Bei unserer Personallage müssen wir gewichten. Es gibt nun mal Straftaten, da kommen Sie innerhalb weniger Tage zu einem Ergebnis. Und es gibt andere, da können Sie Jahre mit Ermitteln und Befragen zubringen, ohne auch nur einen Hauch von Erfolg zu verzeichnen. Mit der Zeit bekommen Sie ein Gespür dafür. Die Kollegen haben sich völlig korrekt verhalten. Am Tatort wurde sehr sauber gearbeitet, und als sich keine relevanten Spuren fanden, war klar, dass die Aufklärungschancen in diesem Fall gleich Null sind.«

»Keine Spuren? Trotz Hightech und allem?«

»Hightech?« Fischer setzte sich wieder neben mich, dass die Couchkissen schwankten. In der Hand hielt er einen Apfel, dem bereits ein großes Stück fehlte. »Was meinen Sie damit? DNA-Spuren, Einsatz von Luminol? Der oder die Täter haben das Büro nicht betreten, und draußen lässt sich so nichts nachweisen. Das können Sie vergessen.«

»Was ist mit der Tatwaffe?«

»Ein ganz billig zusammengebastelter Molotow-Cocktail. Den baue ich Ihnen in fünf Minuten mit Zutaten aus der Küche nach. Hier, lesen Sie: eine Bierflasche mit Benzin füllen, verschließen, ein Sturmstreichholz drankleben – fertig.«

»Man hat die Biersorte feststellen können. Immerhin.«

»Dachsenfranz aus dem Kraichgau? Hören Sie auf, das steht sogar bei mir im Keller. Oder stand, keine Ahnung. Wie in tausend anderen Haushalten auch.«

Natürlich, er hatte recht. Andererseits hatte Dieter, der Latzhosenmann aus Schnakenbach, gestern Nachmittag genau so einen Bierkasten aus dem Haus getragen, und die Schnakenbacher Jugend hatte sich darüber lustig gemacht. Zufall? Ich ging den Bericht der Spurensicherung durch. Eine Halbliterflasche Dachsenfranz mit Bügelverschluss. Wie vermutet hatte der Täter zunächst einen Stein in Evelyns Bürofenster geworfen und dann die Flasche mit dem brennenden Streichholz hinterhergeschickt. Beim Aufprall war sie zerbrochen, das austretende Benzin hatte sich sofort entzündet. Der Bericht enthielt außerdem Angaben darüber, wo der Täter gestanden haben musste – recht nahe am Fenster nämlich – und welche Spuren sich dort fanden: keine.

»Viel ist das nicht«, nickte ich.

»Nein«, erwiderte Fischer kauend. »Mit etwas Glück hätte man Zeugen auftun können, die eine oder mehrere flüchtende Personen gesehen haben. Aber wer ist dort hinten schon in der Dunkelheit unterwegs? Mit noch etwas mehr Glück hätten sich Gegenstände gefunden, die der Täter verloren hat. Was auch nicht der Fall war. Insofern sagt sich der erfahrene Polizist …«

»Klappe zu, Affe tot.«

Er zuckte die Achseln. »Ich würde es anders ausdrücken. Aber bitte, wie es Ihnen behagt. Waren das die Informationen, die Sie brauchten?«

»Ein bisschen mehr habe ich mir schon erhofft. Klar, der Personalabbau, die Zeiten sind hart …«

»Seien Sie doch froh, dass noch etwas für Sie übrigbleibt! Wenn wir alles aufklären würden, wären Sie arbeitslos. Wollen Sie einen Apfel?«

»Danke, nein. Ich werde nicht arbeitslos, Herr Fischer, keine Angst. Irgendeinen Job habe ich noch immer gefunden. Wissen Sie, was gerade meine Aufgabe war? Ich wollte einen Nobelpreisträger beklauen und habe hundertjährige Kotze aufgewischt. Gegen Bezahlung! Was sagen Sie nun?«

»Hundertjährige was?«

»Auswurf, Übergebenes. Anverdaute mousse au chocolat. 80 Augenpaare glotzen, aber nur einer tut was: Kollers Max. So siehts aus, Herr Fischer.« Ich gähnte herzhaft. »Vielleicht hätten Sie statt des Apfels einen Apfelsaft im Haus? Es darf auch eine Schorle sein.«

Nachdenklich ging der Kommissar hinaus. Ich streckte mich auf dem Trumm von Couch aus, schloss für ein paar Sekunden die Augen und wachte erst wieder auf, als ich Frau Fischers Stimme hörte. Da war die Sonne über der Südstadt bereits untergegangen.

Die gute Kommissarsgattin schalt ihren Mann, weil er sich

nicht besser um mich gekümmert hatte, freute sich, dass ich sie endlich wieder mal beehrte, und sorgte sich, weil ich so schlecht aussah. Diese Blässe! Die Ringe unter den Augen! Und dann diese Monsterbeule! Kaum fand sie aus ihrer Bestürzung heraus. Als sie es aber geschafft hatte, drohte sie alles Mögliche aufzutischen, um mich wieder herzustellen: Kuchen, Torten, Gebäck, ein Süppchen, Spiegelei, einen Schnaps – was immer mein Begehr war. Sogar den sonntäglichen Schmorbraten hätte sie mir zuliebe am Samstagabend serviert.

»Also, jetzt gehst du zu weit«, protestierte ihr Mann.

»Du hältst dich raus«, wies sie ihn zurecht und blies ihre Pausbäckchen auf.

»Vielen Dank«, wehrte ich ab, »aber die Pflicht ruft. Ich habe heute Abend noch einen Termin, den ich auf keinen Fall versäumen darf. Und was das Essen angeht, darf ich meine Frau nicht vor den Kopf stoßen. Sie hat bestimmt für mich gekocht.«

»Sie haben eine Frau? Das wusste ich ja gar nicht!«

»Zumindest vorübergehend. Mal sehen, was daraus wird. Kochen kann sie wirklich gut.«

»Das ist schön«, strahlte sie. »Bringen Sie sie nächstes Mal mit, ja? Und schlafen Sie sich aus!«

Ich packte meine Sachen, warf dem Kommissar im Hinausgehen ein Dankeschön für seine Hilfe zu und hoffte inständig, dass Frau Fischer mich nicht auf ihren Neffen ansprechen würde. Die kühle Luft draußen tat mir gut. So gut, dass ich die ersten Meter im Laufschritt zurücklegte. Erst als ich mich außer Rufweite befand, drosselte ich mein Tempo. Nach 20-minütigem Fußmarsch war ich zuhause. Christine hatte nichts gekocht. Aber Koschak erwartete mich sehnsüchtig.

26

Von unserer Wohnung bis zum Wehrsteg braucht ein Fußgänger zehn Minuten. Oder fünfzehn, wenn er trödelt. Wir brauchten mehr als doppelt so lange, weil Koschak alle 100 Meter stehen blieb, um sich umzusehen. Da wurde noch der kleinste Kleinwagen als Deckung genutzt, jegliches Laternenlicht gemieden. Das Überqueren der Bergheimer Straße bereitete ihm sichtlich Qualen. So ein breites Asphaltband! Sekundenlang war man zu sehen!

»Reißen Sie sich zusammen!«, sagte ich, nachdem er wieder einmal aufgeschlossen hatte. »Uns folgt niemand. Wenn die wüssten, dass Sie hier sind, hätten sie schon längst zugeschlagen.«

Er schüttelte den Kopf.

»Soll ich nicht wenigstens Ihren Koffer tragen? Der hindert doch nur beim Davonflitzen.«

»Nein!«

Koschak bestand darauf, dass wir uns dem Wehr über einen Schleichweg näherten: Am Neckarufer gab es einen Trampelpfad, der von der Ernst-Walz-Brücke bis fast zum Steg führte. Hier wollte ich auch meinen Beobachterposten einnehmen. Wir arbeiteten uns im Rücken eines Hotels und eines Bürogebäudes bis zu dem Punkt vor, wo der Pfad wieder vom Ufer wegknickte. Die sieben mächtigen Pfeiler des Wehrstegs ragten vor uns in die Nacht. Mit Koschaks Feldstecher konnte ich die gesamte Länge des Stegs überwachen.

»Also dann«, sagte ich. »Was mich betrifft, ich wäre so weit.«

Der Journalist sah auf die Uhr. »Ein paar Minuten haben wir noch.«

Wir warteten. So sachlich sich das flussüberspannende Bauwerk im Hellen gab, jetzt, im Dunkeln hatte es etwas

Unheimliches. Ich fühlte nach meinem Puls. Erhöht, keine Frage. Koschak räusperte sich nervös.

»Und es ist doch der Russe, vor dem Sie Angst haben«, murmelte ich.

»Blödsinn! Der will ja nichts von mir. Außer Geld natürlich. Nein, wie oft soll ich Ihnen noch sagen, dass es mir nur um die anderen geht. Denen möchte ich nicht in die Fänge geraten.«

»Der Treffpunkt auf dem Wehrsteg war Ihre Idee?«

»Ja, sagte ich das nicht? Ich habe ihn dem Russen vorgeschlagen. Hier kann jeder sicher sein, dass der andere alleine kommt.«

Es sei denn, seine Komplizen warten am Ende des Stegs, dachte ich. Laut sagte ich: »Vor allem können Sie sicher sein, dass nicht plötzlich ein Trupp von Mafiakillern neben Ihnen steht.«

»Das auch«, brummte er. Und dann, nach einem weiteren Blick zur Uhr: »Ich gehe jetzt. Es ist fünf vor. Hoffen wir, dass der Kerl pünktlich ist.«

»Hoffen wir, dass er auf mitteleuropäische Zeit umgestellt hat.«

»Das auch.« Sein Kichern ähnelte einem nervösen Schluchzen. »Sollte Ihnen irgendetwas Verdächtiges auffallen, schlagen Sie Alarm. Zwei oder drei starke Jungs, die sich ungewöhnlich …«

»Ich weiß!«, unterbrach ich ihn. Für wie blöd hielt der mich eigentlich?

»Wenn Sie rechtzeitig rufen, schaffe ich es bis zum anderen Ufer. Treffpunkt um elf bei Ihnen. Haben Sie Ihre Waffe?«

»Nein.«

Er glaubte mir nicht. Dann war er weg. Ich stellte mich in den Schatten und sah zum Wehrsteg hinüber. Eine ganze Weile herrschte Stille, von den Verkehrsgeräuschen Bergheims einmal abgesehen. Ruhig lag der Neckar unter mir.

Endlich erblickte ich eine dunkle Gestalt mit Koffer, die langsam den Südpfeiler erklomm. Wie nicht anders zu erwarten, schaute sich Koschak oben gründlich um, bevor er einen Fuß auf den Steg setzte. Vom nördlichen Ufer her näherten sich zwei Radler mit müde flackerndem Vorderlicht. Wetten, dass sie nicht zur Mafia gehörten? Mafiosi hätten erstens ihre Räder geschoben und zweitens intakte Dynamos verwendet, um bloß nicht aufzufallen. Dabei fallen in Heidelberg nur Radler mit Funzellicht nicht auf. Aber erzähl das mal einem Mafioso!

Koschak, obwohl Frankfurter, schien ähnlich zu denken. Zügig schritt er voran und war bald in der Mitte des Stegs angelangt. Unter ihm ergossen sich die Fluten des Neckars über eine Staustufe in das alte Bett; wo bei Pegelhochstand die entfesselte Kraft des Flusses lärmte, ließ sich heute nur ein sanftes Rauschen hören. Am gegenüberliegenden Ufer wurde ein Teil des Neckars als Kanal weitergeführt, bis die Schleuse am Schwabenheimer Hof die Höhendifferenz wieder ausglich.

Ich nahm das Fernglas zur Hand und sah, dass Koschak stehen geblieben war. Die beiden Radfahrer hatten das südliche Ende des Stegs erreicht und stiegen ab, um ihre Mühlen die Treppe hinunterzutragen. Der Journalist schaute auf die Uhr, wandte den Kopf, wartete. Dann ging er ein paar Schritte hin und her. Ich fuhr mit dem Feldstecher den Wehrsteg ab. Schon wieder kamen zwei Personen von Norden auf ihn zu. Zwei Spaziergängerinnen, die sich lebhaft unterhielten. Sie passierten ihn, quasselten weiter, waren drüben. Bei jedem Tritt geriet die leichte Stahlkonstruktion des Stegs ins Zittern.

Dann geschah eine Zeitlang nichts. Aus dem Bürogebäude in meinem Rücken drang kein Laut. Der Steg lag verlassen da. Endlich setzte Koschak den Koffer ab. Am Nordufer sah man immer wieder weiße und rote Lichter aufleuchten: Rad-

fahrer auf dem Leinpfad. Dahinter glotzten die Schwestern-
wohnheime des Neuenheimer Felds vieläugig in die Nacht.

Ich fuhr zusammen, als ich hinter mir ein Geräusch ver-
nahm. Ein älterer Mann schlurfte den Pfad entlang, bedachte
meinen Feldstecher mit misstrauischen Blicken und ging weiter. Wenn er mich nun für einen Spanner hielt? Der Kerl
musste dringend meine nächste Lesung besuchen, damit er
erfuhr, womit ich meine Tage so zubrachte.

Okay, zurück zum Wehrsteg. Immer noch Funkstille.
Koschak stand einsam über der schwarzen Wasserfläche.
Keine Mafia, kein Spaziergänger, nichts. So allmählich wurde
mir kühl. Ich fragte mich, wie sich Fatty jetzt fühlte. Auf der
Vangerowstraße heulte ein Motor auf.

Der nächste, der den Steg betrat, war der Alte von eben. In
aller Ruhe schlenderte er hinüber, und wahrscheinlich musterte er den wartenden Koschak genauso argwöhnisch wie
mich. Erst das Fernglas, jetzt der Koffer – hoffentlich war
er nicht mit übermäßiger Fantasie gesegnet. Ohne erkenn-
bare Reaktion schritt er weiter.

22.10 Uhr. Ein Radfahrer kam von der Straße her auf mich
zu. Ohne Licht, dafür mit hohem Tempo. Beinahe hätte er
mir eine mitgegeben, als es ihn aus der Kurve trug. Unsere
Stadtplaner wussten genau, warum sie den Pfad zum Neckar
hin durch ein Geländer abgesichert hatten. Ein paar Meter
weiter fuhr der Kerl fast einen Jogger über den Haufen. Der
wenigstens war mit Beleuchtung ausgestattet: Er trug eine
Stirnlampe und ein blinkendes Rotlicht am Oberarm.

Koschak hatte sich nicht gerührt. Er lehnte am Geländer,
beide Hände in den Taschen. Als der Jogger kurz darauf den
Wehrsteg betrat, schnellte sein Kopf herum. Mit schwer-
fälligen Tritten, blinkend und leuchtend kam die Sportska-
none auf ihn zu.

Gleichzeitig wurde drüben im Kanal die Spitze eines Schif-
fes sichtbar. Sein sanftes Motorengeräusch hatte sich schon

seit einiger Zeit unmerklich in meine Wahrnehmung eingegraben. Es entpuppte sich als langer, flach im Wasser liegender Frachter, der langsam flussaufwärts glitt.

Koschak hatte kein Auge für ihn. Er folgte dem Jogger mit seinen Blicken, bis der das Nordufer erreicht hatte und über den Leinpfad Richtung Neuenheim lief. Keine Ahnung, was die Leute so spät am Abend noch aus dem Haus trieb. Hatten die nichts gegessen? Oder zu viel?

Wieder ein einzelner Radfahrer. Nein, eine Fahrerin. Mitten auf dem Steg bekam sie einen Anruf, stieg ab und schob ihr Rad an Koschak vorbei. Ein paar Meter weiter stieg sie wieder auf. Zu Silbenfetzen verhackstückt, drang ihr Gespräch über den Fluss. Ja, besser … morgen Kino … im Bett … Die einen rannten, die anderen quatschten. Und noch andere warteten auf den Einmarsch des Russen.

22.20 Uhr. Verdammt, der ließ sich aber auch Zeit! Der Frachter war nicht mehr zu sehen. Fuhr jetzt an der Altstadt vorbei, Richtung Alte Brücke. Ich begann, auf der Stelle zu tänzeln. Für die Jahreszeit war es immer noch erstaunlich mild, aber wenn man sich so gar nicht bewegte, wurde es auf Dauer ungemütlich. Na, lieber keine Aufmerksamkeit erregen. Ich hielt den Feldstecher vor die Augen und erwischte Koschak, wie er zu mir herüberblickte und mehrfach die Schultern hob.

Dann hörte ich jemand die Treppe zum Steg hocheilen. Ein Pärchen oder doch zumindest zwei Personen, die sich gegenseitig den Arm um die Schulter legten. Beide waren groß und ziemlich breitschultrig. Ich zögerte. Es gab keinen konkreten Anlass, Koschak zu warnen. Da war bloß ein Pärchen: vielleicht eine Schwimmerin mit Partner oder zwei Herren, die einander in Korpulenz zugetan waren. Und wenn nicht? Dann hatte Koschak ein Problem.

Ich hielt die Luft an, als ich die beiden über den Steg gehen sah. Der Stahlboden vibrierte stärker als sonst. Koschak stand stocksteif an seinem Platz, seine Nervosität war sogar durch den Feldstecher hindurch spürbar. Jetzt hatten sie ihn erreicht … der eine verlangsamte kurz … aber nur, weil drei nicht nebeneinander auf den Wehrsteg passten. Sie schoben sich vorbei. Ich atmete aus.

Aber wo, herrje, blieb der Russe? Koschak würde die Vereinbarung zur Übergabe doch kaum erfunden haben – nicht in seiner prekären Situation. Es sei denn, er hätte die ganze Mafiastory ebenfalls erfunden, und das schloss ich aus. Vielleicht log und bog er sich die Fakten zurecht; Angst jedenfalls hatte er. Und zwar nicht zu knapp.

Schau an, da kam der Blinkejogger zurück: rot und weiß, dass es ein Vergnügen war. Und ich verlor Koschak aus den Augen. Wo steckte der Kerl? Endlich fing ich ihn wieder ein. Er musste sich im Schatten eines der auf den Pfeilern errichteten Wehrhäuschen aufgehalten haben. Ich sah, wie er die Uhr kontrollierte, sich durch die Haare fuhr und den Kopf schüttelte. Nichts zu machen. Die Zeit verrann.

Kurz nachdem der Sportler auf seinem Rückweg auch an mir vorbeigekommen war, erschien ein neuer Kandidat am Nordende des Stegs. Ein Mann, zu Fuß und ohne Eile, aber kräftiger als der Alte vorhin. Er war noch ein gutes Stück von Koschak entfernt, als ein ferner Schrei die Stille zerriss.

Der Schrei einer Frau.

Meine Beine reagierten schneller als meine Gedanken. Ohne zu überlegen, rannte ich vor zur Vangerowstraße, um die Ecke, zum Treppenaufgang. Ich hatte ihn kaum erreicht, da fiel ein Schuss. Auch er kam vom nördlichen Ufer. Meine Füße trommelten auf die Bohlen des Stegs, ich keuchte, hatte keine Ahnung, was zu tun war. Dann, vor mir, das nächste Geräusch, ein dumpfes Röcheln: Koschak ging zu Boden, über ihm der Fußgänger, eine Hand zur Faust geballt.

»Polizei!«, brüllte ich, so laut ich konnte. »Ich mach dich fertig, du Streichholz! Gleich ist die Polizei da!«

Der Unbekannte hörte mich schreien, sah mich heranstürmen und gab Fersengeld. Flatsch, flatsch, flatsch, der Wehrsteg bebte unter unserem Getrampel. Ich erreichte den gefällten Journalisten, schnappte ihn am Kragen, zog ihn hoch.

»Alles in Ordnung?«

Koschak gab unverständliche Laute von sich. Kein Wunder, wenn einem das eigene Blut durch Nase und Gurgel schwappt. Er spuckte ein wenig davon aus, aber zum Reden langte es nicht.

»Wer war das, Koschak?«

»Roah …«

Nein, so kamen wir nicht weiter. Ein paar Meter entfernt sah ich den Koffer des Journalisten liegen. Darauf hatte es der Unbekannte also nicht abgesehen. Oder er hatte auf die Beute verzichtet, um Max Koller dem Rächer nicht in die Hände zu fallen.

»Ich krieg dich, du Windlicht!« Mit diesem Ruf stürzte ich dem Fliehenden hinterher. Schneller als heute war ich auch in jungen Jahren nie gewesen. Trotzdem, der Vorsprung des Mannes war zu groß. Wenn er nicht stürzte oder gegen ein Hindernis lief, würde ich ihn nicht einholen. Kümmerte mich das?

Es kümmerte mich nicht. Außerdem war da noch der Schrei. Gefühlte zehn Sekunden später hatte ich das Ende des Wehrstegs erreicht.

Das nördliche Neckarufer liegt etwas höher als das südliche, weshalb die Treppe hier weniger Stufen zählte. Rechts und links führte der Leinpfad am Ufer entlang, geradeaus ging es zu den Wohnheimen des Neuenheimer Klinikareals. Eben wollte ich die Treppe mit einem gewaltigen Satz bezwingen, als ich stockte. Aus dem Schatten des ehemaligen Trafohäuschens rechterhand erhob sich eine Gestalt. Das dichte Gesträuch zitterte, die Gestalt zitterte, und ihre vorgestreckten Hände, die sich um einen Gegenstand klammerten, zitterten am allermeisten. Erinnerungen an die Begegnung Covets mit Koschak wurden wach.

»Sie sind weg!«, schrie der Zitterer. »Alle! Ich hab sie verjagt!« So scheppernd die Stimme auch klang, ich erkannte sie: Es war die meines Freundes Friedhelm Sawatzki.

»Fatty!«, rief ich und sprang die Stufen hinab. »Was ist passiert? Wer hat geschrien?«

»Ich nicht!« Er machte einen Schritt nach vorne, so dass das gelbe Licht der Wehrsteglampe auf ihn fiel. Sein aschfahles Gesicht wurde sichtbar, das bebende Kinn und in seinen Händen – eine Pistole.

»Wo hast du denn die her?«, fragte ich völlig verdattert. Fatty mit einer Waffe, das war so unvorstellbar wie Schlittschuhfahren auf dem Neckar.

»Ehrlich, ich hab nicht geschrien«, wiederholte er. »Sie war das!«

»Wer, sie? Und wo ist der Typ, den ich verfolgt habe?«

»Weg.« Seine Stimme war nur noch ein Flüstern. Auch die Hände sanken immer mehr gen Boden. Gleich würde er umkippen.

Stattdessen raschelte es erneut, und aus den Sträuchern der Uferböschung kam eine Frau nach oben geklettert. Sie schluchzte. An ihrer Wange klebte Blut; ob es von den Dornen oder von Misshandlungen herrührte, war nicht zu entscheiden. Jedenfalls sah sie wie jemand aus, der ganz lange nicht geschlafen hatte und nun dringend ein Bett brauchte. Und ein Bad. Und jede Menge Kopfschmerztabletten.

»Da!«, hauchte Fatty fassungslos.

Heulend stand die Frau vor uns. Ich schätzte sie auf Ende 30. Die Augen blutunterlaufen, das lange Haar wirr um den Kopf.

»Kann mir jemand verraten, was hier los ist?«, fragte ich.

Fatty glotzte, als hätte ich mich nach seinem Namen erkundigt. Dann schluckte er und brüllte mich an: »Ja, erkennst du sie nicht, du Idiot?«

»Wen? Die da?«

»Verdammt, das ist Romana, die wildeste Hure von Heidelberg!«

Dann fiel er tatsächlich in Ohnmacht.

27

»Und? Haben Sie die Unterlagen?«, fragte Evelyn Deininger. Ihre Stimme war der berühmte Flitzebogen, gespannt bis zum Zerreißen.

Ich verneinte.

»Bitte?«

»Tut mir leid. Ihr Russe ist nicht erschienen.«

»Scheiße noch mal!«

Knödelchens Enttäuschung entlud sich in einer Salve von Flüchen. Ich hielt den Telefonhörer ein wenig von meinem Ohr weg und wartete, bis sich die Dossenheimer Wutwogen geglättet hatten.

»Was heißt das, er ist nicht erschienen?«

»Dass wir gewartet haben, bis halb elf, und er kam nicht.«

»Warum nur bis halb elf?«

»Weil dann einige Ereignisse eintraten, die uns zum Rückzug zwangen. Was da genau passiert ist, kann Ihnen nur Herr Koschak erklären. Wenn überhaupt.«

»Verstehe ich nicht.«

»Ich auch nicht, Frau Deininger. Passen Sie auf, ich kläre die Lage jetzt, soweit möglich, und melde mich morgen früh bei Ihnen. Die Übergabe jedenfalls hat nicht geklappt, warum auch immer. Wir müssen es zu einem späteren Zeitpunkt noch einmal versuchen.«

Frustriert legte sie auf. Ich schnappte mir eine Schnapsflasche von Fattys schlesischer Oma, ein paar Wassergläser dazu und kehrte ins Wohnzimmer zurück. Eva, Fatty und Koschak saßen um den Tisch herum, auf dem eine Kanne Tee dampfte. Zwischen leeren Bechern lag die Pistole. Die Frau vom Neckarufer kauerte mit angezogenen Beinen auf dem Sofa, eine Wolldecke um den Körper geschlungen.

»Ich muss nicht wissen, was hier gespielt wird«, sagte Eva. »Müssen muss ich nicht. Aber interessieren würde mich schon, wer meine Handtücher vollsifft.«

Das war auf Koschak gemünzt, dessen Nase immer noch mehr Blut führte als der Neckar Wasser.

»Gerne«, sagte ich. »Aber vorher erklärt mir dein Freund, was das hier ist.« Ich nahm die Pistole vom Tisch und hielt sie ihm vors Gesicht.

»Schau nicht so blöd!«, gab er ärgerlich zurück. Ja, Fattys Mundwerk funktionierte wieder, und seinen Kreislauf hatte er auch unter Kontrolle. Bloß das mit der gesunden Hautfarbe würde noch ein Weilchen dauern. »Sei doch froh, dass ich das Ding dabeihatte. Wer weiß, wie es ohne ausgegangen wäre.«

»Woher, Fatty?«

Ich spürte Evas Hand auf meinem Arm. »Einen Moment, Max. Bitte keine Privatscharmützel! Wenn ihr mich schon aus dem Bett schmeißt, damit ich Samariterdienste leiste, will ich auch wissen, für wen und warum. Deshalb schön der Reihe nach. Wer sind diese Leute und was ist passiert?«

»Okay, okay«, lenkte ich ein. Sie hatte ja recht, es zeugte nicht eben von guter Kinderstube, spät am Abend und ohne Vorwarnung hier einzufallen, blutende Fremde im Schlepptau. Fatty hatte sich um kurz nach neun mit dem vagen Hinweis auf ein Treffen mit mir verabschiedet, und Eva war natürlich davon ausgegangen, dass es sich wie üblich um eine Verabredung zum Bier handelte. Nach den Vorkommnissen am Wehrsteg schien uns ihre und Fattys Wohnung die beste Option: sicherer als meine und ebenfalls nur wenige Minuten entfernt. Davon abgesehen, verspürte ich keine Lust auf Christines vorwurfsvolle Miene, wenn sie all ihre Kassandrarufe bestätigt sah.

Also begann ich die Vorstellungsrunde. Romana hieß natürlich nicht Romana, sondern Agata, wie sie flüsternd bekannt gab. Aus Kroatien, Zagreb. Ihre Berufsbezeichnung verkniff ich mir.

»Kann es sein, dass ich Sie schon mal gesehen habe?«, fragte Eva stirnrunzelnd, während sie ihr einen Becher Tee einschenkte. Agata nickte. Mit der prallen Verführerin, die einem seit Tagen aus allen Blättern entgegenlachte, hatte sie rein optisch kaum noch etwas gemein. Das blondierte Haar war lose im Nacken zusammengebunden, die Haut wirkte rau und ungepflegt. Sollte sie einen begehrenswerten Körper ihr eigen nennen, so verbarg sie ihn geschickt unter abgewetzten Jeans und einer ausgebeulten Jacke.

Während ich Schnaps ausschenkte, fuhr ich in meinem Bericht fort. »Der Blutspucker dort hinten nennt sich Journalist. Prügelt sich gern um die superheißen, superexklusiven Storys, wie man sieht. Wenn einer den Überblick über den heutigen Abend hat, dann er.«

»Von wegen«, braddelte Koschak, den Kopf im Nacken. »Dass der Dicke plötzlich auftauchte, geht ja wohl auf Ihre Rechnung.«

»Allerdings. Bin gespannt, wann Sie sich dafür bedanken. Sogar mir fiel irgendwann auf, dass der Wehrsteg zwei Enden hat, und überwachen konnte ich nur eines von den beiden. Also beorderte ich einen Kumpel an das andere Ende. Gestatten: Herr Sawatzki. Er war bereits um halb zehn auf seinem Posten.«

»Und gefroren hab ich für zwei«, stöhnte Fatty.

»Wo genau hast du gesteckt?«

»Direkt beim Trafohäuschen. Im Gebüsch drin.«

»Was wolltet ihr überhaupt am Wehr?«, fragte Eva.

In knappen Zügen umriss ich die Geschichte der Butenschön-Akten: Deiningers Promotion, der Russe, unser nächtlicher Treffpunkt. »Mit der Übergabe selbst schien keine Gefahr verbunden. Aber Koschak in seinem Verfolgungswahn machte mich so kirre, dass ich Fatty dabei haben wollte, nur zur Sicherheit. Konnte ja nicht ahnen, dass er mit einer Waffe anrückt!«

»Und dann?«

»Gute Frage. Wir waren gegen zehn vor Ort. Eine halbe Stunde lang passierte nichts. Kein Russe in Sicht, nur ein paar Radler und Spaziergänger. Aber plötzlich ging alles ganz schnell. Am anderen Ufer schrie eine Frau, ein Schuss fiel, Koschak wurde von einem Mann niedergeschlagen. Ich natürlich nichts wie hin, da flitzte der Mann davon, und drüben am Häuschen kam Fatty aus den Büschen gekrabbelt.«

»Ich bin nicht gekrabbelt!«

»Stolziert aber auch nicht. Was war denn nun los bei dir?«

Er nahm einen großen Schluck Schnaps und schüttelte sich. »Wenn ich das wüsste! Es war ja stockfinster. Okay, es gab eine Lampe direkt am Steg, aber deren Licht fiel nur auf die Treppe. Ich saß völlig im Dunkeln. Und kalt wars, Leute, ich sage euch …«

»Das hatten wir schon. Außerdem war es nicht kalt.«

»Saukalt sogar!« Fatty warf mir einen bösen Blick zu. »Also, erst kam dieser Jogger vorbei, dann eine Frau.« Er nickte zu Agata hinüber. »Sie hier. Traute sich nicht so recht, den Steg zu betreten, vielleicht wegen der Lampe. Dann standen wie aus heiterem Himmel drei Typen neben ihr, und ich hörte Geräusche, die mir gar nicht gefielen. Was machen die mit der?, fragte ich mich. Einer von den Kerlen ging hoch zum Steg, die anderen verschwanden irgendwo in der Dunkelheit.« Er trank ein zweites Mal. »Und dann schrie sie. So was habe ich noch nicht gehört. Mir platzte schier das Trommelfell!«

Agata nickte stumm.

»Weiter?«

»Vielleicht habe ich sogar mitgeschrien, aus lauter Panik. Jedenfalls dachte ich, jetzt muss die Pistole her. Ich also raus aus meinem Versteck und auf die beiden Typen los.«

»Du bist auf sie losgegangen?«, lachte ich.

»Ich meine schon. Zumindest habe ich sie angebrüllt und mit der Pistole gefuchtelt. Und zack, waren sie fort! Über alle Berge.«

»Aber wer hat geschossen?«

»Die Pistole.«

»Also du!«

»Kann sein«, rief er. »Aber nicht mit Absicht! Wenn, dann war es ein Reflex. Ich hab's einfach nicht gemerkt, Max, verstehst du? Den Schuss hörte ich natürlich, aber in dem Moment war mir nicht klar, dass er aus meiner Waffe kam.«

»Hast du jemanden getroffen?«, wollte Eva wissen.

»Keine Ahnung.«

»Hoffentlich«, röhrte Koschak in Richtung Zimmerdecke. »Die sollen ruhig lernen, dass sie sich nicht alles erlauben können! Das haben Sie super gemacht, Herr Safranski. Echt coole Leistung.«

»Sawatzki. Nicht Safranski.« Trübe starrte er sein Glas an. »Ich fand es nicht cool. Eher beschissen. Ziemlich arg beschissen.«

Ich wechselte einen flüchtigen Blick mit Eva. In Gefahr hatte ich ihren Freund nicht bringen wollen. Was, wenn die anderen auch bewaffnet gewesen wären? Oder wenn sie nur vor Schreck nicht zurückgeschossen hatten? »Herr Koschak«, rief ich auf der Suche nach einem Sündenbock, »nun mal raus mit der Sprache: Was waren das für Typen?«

»Albaner«, antwortete er und brachte seinen Kopf in die Ausgangsposition zurück. »Kann ich ein neues Tuch haben? Und einen Schnaps bitteschön.« Als er beides bekommen hatte, fuhr er fort. »Albanische Zuhälter und Schläger. Namen kann ich Ihnen nicht nennen. Vielleicht kennt Romana sie.«

Die Prostituierte schüttelte den Kopf. »Keine Zuhälter. Sind gekaufte Jungs, ich kenne sie nicht.«

»Und vor denen hatten Sie die ganze Zeit Angst?« Meine Frage war an Koschak gerichtet, aber Agata nickte ebenfalls. »Dann erzählen Sie mal. Mit Vorgeschichte, wenn ich bitten darf.«

Und Koschak gehorchte. Die Sache war überstanden, seine Nase ein übler Trümmerhaufen und er selbst handzahm geworden. Vor ein paar Wochen hatte er über einen seiner bewährten Kanäle erfahren, dass Romana, die höchstgehandelte unter den Premiumhuren Heidelbergs, aussteigen wollte. Und nicht nur aussteigen, sondern auch auspacken. Schließlich brauchte man für ein neues Leben Geld, das so manche Zeitung für eine schlüpfrige Story zu zahlen bereit war. Behauptete jedenfalls Koschak. Er nahm Kontakt zu ihr auf und begann die Presse anzufüttern. Mit Informationen häppchenweise sowie der Versicherung, dass Romanas Insiderwissen für eine ganze Handvoll von Skandälchen langte. Der Pfarrer im Puff, der Manager mit den speziellen Vorlieben, die Lebensbeichte des Politikers am Busen der Prostituierten – solche Andeutungen trieben die Preise nach oben.

Gleichzeitig aber wurden Romanas Bosse hellhörig. Derartige Schlagzeilen konnten sie sich nicht leisten und den Ausstieg ihres besten Pferdes im Stall – bei diesem Ausdruck verzog Agata ihr Gesicht – erst recht nicht. Natürlich war Romana längst untergetaucht, aber was hieß das schon bei einer Kroatin, die seit zehn Jahren in Deutschland lebte und so gut wie keine sozialen Kontakte außerhalb des Milieus besaß? Erst suchte sie bei einer Freundin Unterschlupf, dann besorgte ihr Koschak eine Wohnung auf dem Land. Die aber bot auch keine Sicherheit.

»Eines Morgens sind sie gekommen«, flüsterte Agata. »Ich konnte abhauen und mich verstecken. Da wusste ich, dass es ein Fehler war auszupacken. Ich wollte nur noch weg, nach Hause.«

Nach Kroatien also. Und das ohne Papiere! Ihr naiver, aus der Not geborener Plan sah vor, dass sie sich zu ihrer Familie nach Zagreb durchschlug, um von dort aus die Gemüter zu besänftigen. Kein Wort mehr an die Presse, niemanden reizen, einfach nur Ruhe.

»Ich hatte fertig«, schniefte sie. »So was von fertig, versteht ihr?«

»Und Sie?«, fragte ich den Journalisten.

Koschak traf kurz danach in der Wohnung ein, entdeckte die Einbruchsspuren und begriff, dass man seine Informantin aufgespürt hatte. Nun war auch er in Gefahr. Er verschanzte sich im Keller, wo er bald eine SMS von Romana bekam, die ihn einigermaßen beruhigte. Sie verschwieg ihm, dass sie im Begriff stand, das Land zu verlassen.

»Aber das hat nicht geklappt, vermute ich.«

Agata senkte den Kopf. Nur andeutungsweise verriet sie, wie demütigend ihre Odyssee durch die Europäische Union gewesen sein musste, von einer Grenze zur nächsten, zurückgeschickt, abgewiesen, ausgelacht. Irgendwann ging ihr das Geld aus. Sie meldete sich erneut bei Koschak und bat um Hilfe.

»Wann war das?«

»Vorgestern Abend. Am Donnerstag.«

»Wo haben Sie eigentlich die ganze Zeit geschlafen? Sie müssen doch tagelang unterwegs gewesen sein.«

Achselzucken. »In Zügen, auf dem Bahnhof. Überall.«

»Und Koschak bestellte Sie nach Heidelberg? Warum?«

»Komische Frage«, näselte der Journalist. »Wir hatten eine Abmachung. Die Story, klar? Sie glauben nicht, was mir die Bildzeitung zahlt, ich meine, was sie uns zahlt, wenn wir damit rausrücken. Ich habe einen Vorvertrag mit Stern TV abgeschlossen, und beim Jahresrückblick im ZDF kann Romana auch auftreten, wenn sie will.«

»Ich will aber nicht!«, fuhr Agata auf.

»Beim letzten Mal wolltest du noch.«

»Zu gefährlich. Ich will nicht sterben!«

»Verdammt, ich habe doch nicht meine Nase geopfert, nur um …«

»Schon gut«, ging ich dazwischen. »Klären Sie das untereinander. Mich interessiert, warum Sie die Frau zum Wehrsteg bestellt haben.«

Koschak zog einen Flunsch, der als Kontrapunkt zu seiner Nasenruine wirklich allerliebst aussah. »Das lag doch auf der Hand. Ich war ja selbst in meinen Bewegungen eingeschränkt. Wo ich auch hinging, ich musste damit rechnen, dass mir diese Albaner auflauerten. Da schien es mir am sichersten, wenn ich Sie als Verstärkung dabei hätte. Also legte ich das Treffen mit dem Russen und das mit Romana zusammen. Dass der Russe am Samstag nach Deutschland kommen wollte, war ja schon länger ausgemacht.«

»Ach, schon länger? Seit wann?«

»Eine Woche mindestens.«

»Und warum weiß ich nichts davon? Warum weiß Frau Deininger nichts davon?«

»Immer ruhig mit den jungen Pferden«, brummte Koschak. »Informationen sind Kapital für mich. Außerdem habe ich Sie informiert, alle beide.«

»Ja, gestern!«

»Genau. Und vorgestern ließ ich der Deininger durch Sie ausrichten, dass die Übergabe sehr bald stattfinden würde. Also regen Sie sich nicht auf.«

»Ich rege mich nicht auf«, lachte ich ihn an. »Hab ja auch keinen Grund dazu. Meine Nase ist noch heil.«

»Männer!«, machte Eva verächtlich. »Warum bietest du Agata eigentlich keinen Schnaps an, Max?«

Tatsächlich, das hatte ich vergessen. Holte es nach und ergriff wieder das Wort: »Das heißt also, Herr Koschak, dass Sie mich benutzt haben: zur Absicherung gegenüber den Albanern, während ich dachte, es geht bloß um die Übergabe der Dokumente.«

»Wieso benutzt? Sie wollten doch unbedingt dabei sein.«

»Ja, aber von Schlägerbanden im Hintergrund hatte ich keinen blassen Schimmer, Sie Schlaumeier!«

»Na, und? Sie sind doch ein cooler Typ, oder? Außerdem sagte ich, Sie sollten eine Waffe mitnehmen. Wie der Herr Safranski.«

»Sawatzki!«, plärrte Fatty wütend. »Sie Äppelwoikosake!« Nachsichtig den Kopf schüttelnd, kraulte ihm Eva den Nacken.

»Benutzt haben Sie mich«, wiederholte ich, »und so etwas kann ich auf den Tod nicht ausstehen. Aber das Leben ist manchmal gerecht. Ihre Bilanz des heutigen Abends fällt vernichtend aus, Koschak, und damit meine ich nicht Ihre Nasenkorrektur. Der Russe hat Ihnen eins gepfiffen, und von Agata werden Sie auch keine Story bekommen.«

»Darüber reden wir noch.«

»Sie hat gesagt, dass sie nicht mehr will. Vor Zeugen, laut und deutlich.«

»Abwarten. So katastrophal ist meine Bilanz gar nicht. Ihr Freund mit der Knarre hat dafür gesorgt, dass wir zumindest für diese Nacht einen kleinen Vorsprung haben. Morgen bringe ich Romana und mich in Sicherheit, und dann sehen wir weiter.«

»Nein.«

»Wie, nein?«

»Wenn Agata das möchte, meinetwegen. Ansonsten aber: nein. Wir bringen Sie beide morgen zur Polizei, und die wird für Ihre Sicherheit sorgen, sonst keiner.«

Die Kroatin nickte. Die Vorstellung, sich der Polizei anzuvertrauen, schien ihr zwar wenig Freude zu bereiten, aber was blieb ihr übrig? Koschaks Proteste hielten sich, schon aus Rücksicht auf die eben erst geschlossenen Blutschleusen seines Riechorgans, in Grenzen. Von Eva erjammerte er sich eine Handvoll Schmerztabletten, die er mit einem kräftigen Schluck Schnaps hinunterspülte.

»Dann sind wir uns ja einig«, bilanzierte ich in bester Politikermanier. »Und jetzt zu dir, Fatty. Woher stammt die Pistole?«

Mein dicker Freund verschränkte die Arme vor der Brust und machte auf trotzig. »Sag ich nicht.«

Ich verdrehte die Augen. Was für ein Kindergarten! Und das stimmte sogar, schließlich arbeitete Fatty in einem.

Eva antwortete für ihn: »Er hat sie von seinem Opa.«

»Von dem aus Polen?«

»Quatsch!«, rief Fatty. »Der hätte doch niemals eine SA-Wumme angefasst!«

Jetzt war ich es, der ziemlich dämlich aus der Wäsche schaute. Neu sah die Pistole in der Tat nicht aus. Gut gepflegt, ja, aber ein Modell von Anno dazumal.

»Der andere Opa«, erläuterte Eva. »Der vor Kurzem gestorben ist. Er war in der SA und hat Friedhelm seine Pistole vermacht.«

»Davon hast du nie etwas erzählt.«

»Weil ich nichts davon wusste«, erwiderte Fatty mit

aggressivem Unterton. »Keiner hat darüber geredet, meine Oma nicht, meine Mutter nicht und mein Opa schon dreimal nicht. Ich kann dir nicht einmal sagen, wer es überhaupt wusste. Ich jedenfalls nicht. Und dann nippelt der Alte ab und hinterlässt mir, ausgerechnet mir, eine Naziwaffe! Lustig, was? Sein Grab muss gebebt haben vor Lachen, als ich das Ding auspackte.«

»Du hast dich nicht so toll mit ihm verstanden?«

»Überhaupt nicht. Der hat sich an den Kopf gefasst, als er hörte, dass ich eine Ausbildung zum Erzieher mache. Sein Enkel, und dann so ein Weiberberuf! Und als ich dann nachträglich verweigert habe, war es endgültig aus.«

»Hässlich finde ich das Ding ja nicht.«

»Eine alte Mauser. Du kannst sie haben, wenn du magst. Aber erzähl keinem, von wem du sie hast.«

»Sag bloß, dir ist es peinlich, dass dein Opa ...«

»Ja, ist es mir!«, blaffte er. »Ein SA-Mann in meiner Familie, da läufts mir kalt den Buckel runter! Wobei ich es noch schlimmer finde, dass er nie darüber gesprochen hat. Immer schön den aufrechten Demokraten spielen und kein Wort über die Vergangenheit!«

Kopfschüttelnd nahm ich die Pistole zur Hand. »Darum also warst du so komisch drauf. Und wir dachten schon ...«

Eva sah mich fragend an. Ich konnte nicht verhindern, dass mein Blick über ihren Bauch glitt. Über einen durchaus vorhandenen, nicht wegzuleugnenden Bauch: Horrorvorstellung jedes Laufstegmodels. Allerdings hing der schon da, als ich Eva kennenlernte.

»*Was* dachtet ihr?«, bohrte sie.

Ich winkte ab. »Du kennst doch Christine. Macht sich immer gleich Sorgen, um alles und jeden. Wenn einer ihren Sauerbraten nicht gebührend würdigt, unterstellt sie ihm ein Magengeschwür. Und was deinen Opa betrifft«, wandte ich mich wieder an Fatty, »mach dir da mal keinen Kopf. Dass die Vergangenheit verdrängt wird – mein Gott, das kommt in den besten Familien vor. Glaub mir, Fatty, ich spreche aus Erfahrung.«

»In den besten Familien?«, gab er zurück und entriss mir die Waffe. »Ja, vielleicht. Aber nicht in meiner!«

28

Am nächsten Morgen wurde die Aufarbeitung fortgesetzt. Koschak übernachtete bei Eva und Fatty, trotz deren Proteste. »Hinterher stinkt unsere ganze Wohnung nach Vogelkacke«, beschwerte sich Eva. Auch Christine schaute einigermaßen erstaunt, als ich ihr mitten in der Nacht eine hochbezahlte Prostituierte anschleppte, wenngleich man Agata ihren Beruf in diesen Tagen nicht ansah. Sie schlief im Wohnzimmer auf dem Sofa.

»Ihr Gesicht kommt mir bekannt vor«, murmelte meine Ex beim Einschlafen. »Aus der Zeitung. Und irgendwie bringe ich es mit nichts Positivem in Verbindung.«

»Das sagen die Leute über mich auch«, tröstete ich sie.

Wir trafen uns in meinem Büro: Agata, die Deiningers, Koschak und ich. Fatty hatte den Journalisten persönlich bei mir abgeliefert, um sich danach wieder aufs Ohr zu legen, von wegen Stressabbau und so. Die Sache mit seinem Opa würde ihm noch einige Zeit aufs Gemüt schlagen. Auch Evelyn machte kein Hehl aus ihrer Enttäuschung über den misslungenen Coup. Umso erleichterter wirkte ihr Gatte. Als ich ihm die Kroatin vorstellte, flog eine leichte Röte über sein Bärchengesicht.

Koschaks Nase war mächtig geschwollen. Trotzdem markierte er den starken Mann: »In die Klinik gehe ich erst, wenn ich sicher bin, dass ich die Story kriege.«

»Kriegt er?«, fragte ich Agata und übersetzte gleich ihr Kopfschütteln: »Kriegen Sie nicht.«

»Das ist gegen unsere Abmachung!«

»Hören Sie auf mit Abmachungen, Herr Koschak! Gestern Abend haben Sie bewiesen, dass Sie der Letzte sind, der sich an so etwas hält. Außerdem: Wenn Agata nicht will, will sie nicht. Punkt. Und jetzt zu den Butenschön-Akten.«

»Sie können mich mal.«

»Gestern waren verdammt viele Menschen auf dem Wehrsteg, nur Ihr Russe fehlte. Warum?«

Koschak verschränkte die Arme vor der Brust und sah aus dem Fenster.

»Warum, Herr Koschak? Gibt es den Mann vielleicht gar nicht?«

Verblüfft wandte er den Kopf. »Wie, gibt's nicht? Woher stammen dann die Dokumente, die er mir geschickt hat?«

»Sagen Sie es mir.«

Er tippte sich an die Stirn. »Nun überlegen Sie mal: Warum sollte ich den Mann erfinden? Was hätte ich davon? Wenn Sie wollen, kann ich Ihnen den Mailverkehr mit ihm zeigen, so was sauge ich mir doch nicht aus den Fingern! Ich habe ja versucht, mehr Informationen über ihn zu bekommen, habe mich sogar bei der deutschen Botschaft nach ihm erkundigt, aber was nützt das, wenn er sich bei mir unter einem Decknamen meldete? Nein, ich weiß nicht, warum er uns hängen ließ.«

»Es gibt nur zwei Möglichkeiten«, mischte sich Evelyn Deininger ein. »Entweder ihm ist etwas dazwischengekommen, oder er besaß nie mehr als die paar Seiten, die er uns geschickt hat, um uns zu ködern. So sehe ich das.«

»Dann hätte er Sie ganz schön gelinkt. Wäre das nicht zu vermeiden gewesen?«

»Wie denn?«, rief Koschak. »Natürlich war der Deal nicht ohne Risiko. Wir haben es minimiert, so gut wir konnten. Durch die genaue Prüfung der Dokumente zum Beispiel. Und seinen Vorschuss bekam der Kerl erst, als er mir eine Kopie seines Flugtickets mailte.«

»Aber der Vorschuss war deutlich höher als der Preis für ein Ticket, nehme ich an.«

Achselzucken bei Koschak. »Das hört sich wirklich nach einem Betrüger an«, nickte Michael Deininger und strich seiner Frau über den Arm. »Schade um das Geld.«

Evelyn schwieg. Sie reagierte auch nicht auf seine Berührung.

»Okay«, sagte ich. »Wie geht es jetzt weiter mit dem Russen?«

»Dem schicke ich eine Mail, sobald ich kann«, antwortete Koschak. »Aber eine gepfefferte!«

Ich schob ihm die Tastatur meines PC hin und drehte den Monitor in seine Richtung. »Tun Sie es. Jetzt.« Während das Gerät hochfuhr, wandte ich mich an Agata. »Was Sie angeht, werde ich den nettesten Polizisten der ganzen Stadt anrufen, damit er sich um Sie kümmert. Einen älteren Herrn, der auf Skandale ebenso wenig Lust hat wie auf albanische Schläger. Es wird sich bestimmt eine Lösung für Sie finden. Einverstanden?«

Sie nickte ergeben.

Ich erreichte Kommissar Fischer zuhause und bat ihn, noch am Vormittag vorbeizukommen, da eine junge Frau und Heidelberger Berühmtheit seiner dringenden Hilfe bedürfe. Irgendwie schien ich den Ton nicht recht getroffen zu haben oder er hasste Anrufe am Sonntagmorgen; erst als ich hoch und heilig versprach, ihm das Gutachten für seinen verkannten Neffen mitzugeben, willigte er ein. Das machte einen weiteren Anruf notwendig. Ich klingelte Marc Covet aus den Federn und erklärte ihm, was es in Sachen Adrian zu tun gab. Auch seine Reaktion war nicht eben freundlich, und auch ihn musste ich mit einem Zuckerl ködern: Ich garantierte ihm eine Exklusivmeldung zur Edelnuttenaffäre, für die seine sämtlichen Mitredakteure ihr letztes Hemd gäben, wenn sie könnten.

»Du kennst die Hemden von denen nicht«, knurrte er.

»Sehen wir uns nachher beim Festakt?«

»Falls ich ihn vor lauter Telefonaten nicht verpasse, ja.« Er legte auf.

»Okay, das wars«, meinte Koschak und drehte den Monitor so, dass wir seine Mail lesen konnten. Sie war kurz und, wie angedroht, nicht gerade diplomatisch, aber an den Stil des Sensationsreporters würde sich der Empfänger mittlerweile gewöhnt haben.

»Dann los damit.« Ich betätigte den Senden-Knopf. Dass es sich bei dem Russen um eine Erfindung Koschaks handeln könnte, hatte ich natürlich nicht im Ernst angenommen. Aber irgendwie musste ich den Reporter ja zum Reden bekommen. »Vielleicht hätten Sie sich noch für das Durcheinander am Wehrsteg entschuldigen sollen. Falls der Mann doch vor Ort war und sich wegen des Lärms nicht aus der Deckung traute.«

»Er war nicht da! Oder verdammt unpünktlich. Um zehn herrschte ja noch die Ruhe selbst. Sie wollen mir wohl aus allem einen Strick drehen? Herrgott, ich bin doch der Gelackmeierte, nicht Sie! Der Russe lässt mich hängen, dafür zerdeppert mir einer der Albaner die Nase, und jetzt springt mir auch noch die Romana ab.«

»Agata.«

»Ja, die Agata.« Er drehte sich zu ihr. »Sag mal, willst du es dir nicht noch einmal überlegen? Eine kleine Story würde mir reichen. So ein paar Namen nur, du kannst sie dir aussuchen.«

Die Kroatin schüttelte den Kopf. »Ich habe die Zeitungen gesehen. Oben, im Zimmer. Was dort drinsteht, ist schon viel zu viel.«

»Nichts zu machen, Herr Koschak.« Mitfühlend hob ich die Schultern. Wer mochte den Stapel Neckar-Nachrichten nur neben das Sofa gelegt haben?

»Mensch, überleg es dir, Mädchen! Du ahnst nicht, wie viel Kohle dein Wissen wert ist. Wenn die Zeitungen durch sind, legen wir eine satte Bio nach. Ich brauche unbedingt eine Adresse oder Telefonnummer, unter der ich dich erreichen kann!«

»Besprechen Sie das mit Kommissar Fischer«, ging ich dazwischen. »Mich interessiert noch etwas ganz anderes, Herr Koschak. Nämlich, warum Sie mich und Frau Deininger belogen haben. Sagten Sie nicht, dass Sie niemals Kontakt zu den Butenschöns aufgenommen hätten?«

»Habe ich auch nicht.«

»Und wieso hat sich Frau Butenschön dann Ihren Namen und Ihre Adresse notiert?«

Koschak starrte mich sprachlos an.

»Im Büro der Butenschöns fielen mir Unterlagen über Frau Deiningers Doktorarbeit in die Hände. Dabei auch ein Zettel mit Ihrem Namen, Herr Koschak. Wie erklären Sie sich das?«

»Gar nicht!«, rief er nach einer Schrecksekunde. »Damit habe ich nichts zu tun. Warum sollte ich Kontakt zu den Butenschöns aufnehmen? Das hätte den Deal mit dem Russen doch nur gefährdet!«

»Vielleicht haben Sie sich zuerst an Frau Butenschön gewandt, um zu hören, welchen Preis sie für die Geheimdokumente zahlen würde. Und als der zu niedrig war, meldeten Sie sich bei Frau Deininger.«

»So ein Quatsch! Das klingt ja, als wäre ich ein Erpresser. Und ein ziemlich dämlicher dazu. Sagen Sie es ihm, dass das nicht stimmt, Frau Deininger.« Mit schmerzverzerrtem

Gesicht griff er sich an die Nase. Sie schien wieder zu bluten; jedenfalls legte er wie zehn Stunden zuvor den Kopf in den Nacken und suchte nach einem Papiertaschentuch.

»Was soll ich da sagen?«, wich Knödelchen aus. »Ich habe mich darauf verlassen, dass niemand von unserer Abmachung weiß. Sicher, ich fände es auch absurd, wenn Sie … Was sind das für Unterlagen, Herr Koller?«

»Nur ein paar Blätter. Ihr Brief an Butenschön, in dem Sie Ihr Promotionsvorhaben schildern, Exzerpte Ihrer Arbeit, außerdem ein paar Informationen über Ihren wissenschaftlichen Werdegang.« Ich deutete auf Koschak. »Und ganz vorne seine Adresse und Telefonnummer.«

»Verstehe ich nicht. Hat Frau Butenschön Sie angerufen, Herr Koschak?«

»Aber nein«, antwortete der Journalist in beschwörendem Ton, das Taschentuch vor der Nase. »Hören Sie, ich habe mit der Frau nie gesprochen. Auch nicht mit ihrem Mann oder jemandem aus ihrer Umgebung. Mir ist völlig schleierhaft, wie diese Leute an meinen Namen kommen!«

»Da ich einmal annehme, dass Sie auch nicht dahinter stecken«, sagte ich in Richtung Michael Deininger, der verblüfft die Brauen hochzog, »bleibt nur einer: Ihr Doktorvater, Frau Deininger. Er ist außer uns der Einzige, der von Ihrem Kontakt zu Herrn Koschak wusste. Was für einen Grund könnte Professor Gärtner gehabt haben, die Butenschöns zu informieren?«

Sie sah mir fest ins Gesicht. »Überhaupt keinen. Er hat es nicht getan.«

Ich erwiderte ihren Blick. »Woher wissen Sie das?«

»Ich weiß es.«

»Interessant.« Mehr sagte ich nicht und ließ ihr so alle Zeit der Welt zu begreifen, dass ich ihr Verhältnis kannte. Kam es mir nur so vor, oder wurde Evelyn, die harte, strenge Evelyn, tatsächlich blass?

»Was ist denn hier los?«, meldete sich ihr Mann, dem unser Blickduell unheimlich wurde. Er lachte ein helles, unsicheres Lachen. »Habe ich etwas nicht mitgekriegt oder worum geht es?«

»Ich frage mich bloß, warum Ihre Frau so sicher ist, dass ihr Doktorvater nichts mit der Sache zu tun hat. Vielleicht verfolgt er ja eigene Interessen, vielleicht fürchtet er, eine kritische Arbeit über Albert Butenschön könne seinem Institut schaden. Es gibt immerhin eine Butenschön-Stiftung, und wer weiß, wo die überall ihre Finger drin hat?«

»Das ist kompletter Unsinn!«, fuhr Knödelchen auf. »Absolut lächerlich!«

»Dann erklären Sie mir, wer der Informant der Butenschöns war! Ich habe Koschaks Adresse mit eigenen Augen gesehen und war genauso platt wie Sie jetzt. Und ich habe noch etwas gesehen: Ihren verehrten Professor Gärtner beim Mittagessen mit dem Anwalt der Familie Butenschön.«

»Ich weiß, dass er Brouwer getroffen hat. Es war ja nicht das erste Mal.«

»Aber was die beiden wirklich miteinander zu besprechen hatten, darüber können wir nur spekulieren. Wissen Sie, Frau Deininger, dass ich bis zu diesem Treffen die Möglichkeit, einer der Butenschöns könnte hinter dem Brandanschlag stecken, nie ernstlich erwogen habe? Inzwischen denke ich anders darüber.«

»Ach, und wie?«

»Nehmen wir einmal an, Gärtner möchte aus irgendwelchen Gründen nicht, dass Sie die aufgetauchten Dokumente für Ihre Arbeit auswerten. Weil er selbst nicht in Erscheinung treten darf, informiert er die Butenschöns, genauer gesagt ihren Anwalt. Dann brennt es in Ihrem Büro, und prompt wird Gärtner bei Brouwer vorstellig: ob man das Problem nicht etwas eleganter hätte lösen können? Musste es gleich ein Brandsatz sein? So stelle ich mir das vor, Frau Deininger.

Wobei ich keinen einzigen Beweis für diese Theorie habe. Vielleicht fragen Sie Ihren Doktorvater einfach selbst.«

Pure Verachtung schlug mir entgegen. »Das, Herr Koller, werde ich ganz bestimmt nicht tun.«

Nach diesem Satz herrschte Schweigen in dem kleinen Raum. Evelyn schaute verbittert, ihr Mann verlegen. Koschak faltete das Taschentuch zusammen und betastete vorsichtig sein geschwollenes Riechorgan. Leid tat er mir nicht. Meine Beule war schließlich auch noch da. Agata hustete und sah zur Uhr. Der Computer summte vor sich hin.

Schließlich durchbrach Michael Deininger die Stille. »Verzwickte Geschichte«, murmelte er. »Sie müssen meine Frau verstehen, Herr Koller, Sie kann Professor Gärtner nicht einfach so fragen, ob er die Butenschöns informiert hat. Immerhin ist er der Betreuer ihrer Arbeit, und diesbezüglich …«

»Darum geht es nicht«, schnitt ihm Evelyn das Wort ab. »Ich werde ihn nicht fragen, weil ich dieses Szenario für absurd halte. Mit dem Brand hat Gärtner nichts zu tun, basta!«

Das Lächeln, das ihr Mann zustandebrachte, geriet ziemlich schief. »Ich fürchte fast, wir werden nie klären, wer dahinter steckt. Es sei denn, die Polizei findet noch eine Spur. Was meinen Sie, Herr Koller?«

»Ich kann noch einmal versuchen, mit dem Ehepaar Butenschön zu sprechen. Vielleicht ergibt sich heute beim Festakt eine Gelegenheit.«

Knödelchen verdrehte die Augen. Ich musste grinsen, weil mir eben ein hübscher Gedanke gekommen war. Angenommen, Albert Butenschön hätte auch zu den Kunden Romanas gehört, die vor ihren Enthüllungen bibberten. Dann hätte ich ihm leicht ein Geständnis erpressen können: Gib das mit dem Anschlag zu, sonst steht dein Name morgen in der Zeitung. Schade, dass Butenschön 100 war!

»Gut«, meinte ich. »Lassen wir es dabei bewenden. Falls ich noch etwas erfahre, melde ich mich bei Ihnen.«

Evelyn Deininger erhob sich und ging wortlos hinaus. Ihr Mann folgte zögernd. Ich sah, wie sie draußen miteinander diskutierten; Michael schaute unglücklich drein. Koschak bat mich um eine Schmerztablette. Er habe mich in Frankfurt ja auch ärztlich versorgt. Ich schickte ihn und Agata hoch zu Christine. Dort sollten sie auf Kommissar Fischer warten.

Als sich die Tür hinter ihnen geschlossen hatte, kontrollierte ich den Posteingang von Koschaks Mailprogramm. Der Russe hatte noch nicht geantwortet. Wer weiß, ob und wann er es überhaupt tun würde! Gut möglich, dass er tatsächlich nur die paar Seiten besaß, die er Evelyn geschickt hatte. Ein paar tausend Euro Vorschuss machten zwar keinen Großverdiener aus ihm, aber drüben in Russland war das sicher eine hübsche Summe, mit der sich etwas anfangen ließ. Vor allem, wenn man sie für eine Handvoll Altpapier bekommen hatte.

Die Tür öffnete sich. Bärchen Deininger trat ein, wieder dieses schiefe Grinsen im Bankergesicht.

»Herr Koller?«

»Was gibt's?«

»Ich wollte noch mal kurz mit Ihnen …«, er zog sich im Reden einen Stuhl heran und nahm Platz, »bitte nehmen Sie es mir nicht übel, aber mittlerweile läuft doch alles darauf hin, dass die Geschichte vielleicht nie ganz aufgeklärt werden kann, und diesbezüglich wollte ich Sie fragen, ob man nicht … auf die Dauer ist es ja auch eine finanzielle Überlegung, nicht wahr?«

Ich antwortete nicht.

Der arme Kerl, er kam regelrecht ins Schwitzen. Wo war seine Beraterroutine geblieben? »Sehen Sie, ich habe mich am Montag ziemlich spontan entschlossen, Sie zu engagieren, um Evelyn zu helfen, und zwar in jeder erdenklichen Form. Aber inzwischen, so wie sich das Ganze entwickelt hat, fürchte ich, dass es Evelyn eher belastet als hilft, vor allem wenn ihr Doktorvater irgendwie in die Sache involviert sein sollte.«

Ziemlich spontan war gut, dachte ich. Er hatte mich am Montagabend doch vom Tatort aus angerufen – ging es noch spontaner? Ich schwieg weiter.

»Ja, und wie gesagt, ich hätte auch nicht geglaubt, dass sich die Ermittlungen so in die Länge ziehen würden ... Das geht nicht gegen Sie, Herr Koller, absolut nicht.«

»Herr Deininger«, erlöste ich den Kerl schließlich, »wenn Sie den Auftrag beenden wollen, ist das kein Problem für mich. Wir hatten vereinbart, dass Sie das jederzeit tun können, ohne Angabe von Gründen. Ich würde es Ihnen sagen, wenn ich eine Chance sähe, die Ermittlungen heute oder morgen abschließen zu können. Leider ist das nicht der Fall. Vielleicht ergibt sich nachher noch die Gelegenheit zu einem kurzen Gespräch mit den Butenschöns, aber darauf setzen würde ich nicht.«

»Es muss ja nicht sofort sein«, sagte er hastig. »Ich meine, Ihren Auftrag zu beenden. Diesbezüglich kommt es auf einen Tag nicht an, absolut nicht. Wir können auch morgen ... oder übermorgen ...« Er zuckte die Achseln. »Sehen Sie, ich habe mir das alles einfacher vorgestellt.«

»Schon in Ordnung, Herr Deininger, kein Problem. Spätestens morgen werde ich meine Nachforschungen einstellen. Sie bekommen einen schriftlichen Bericht mit allem, was mir so aufgefallen ist, und diesen Bericht können Sie dann, wenn Sie möchten, der Polizei vorlegen. Nur eines fände ich schade.«

»Was?«

»Wenn hinter dem Entschluss aufzuhören alleine Ihre Frau stände.«

»Evelyn? Nein, das ist nicht ... also, wir sind schon beide dieser Meinung. Und dann ist es, wie gesagt, ja auch eine Frage des Geldes.«

Das Geld, natürlich. Bei seinem Beruf immer. Selbstredend

und a priori. Ein Bauplatz in Dossenheim kostete nur halb so viel wie in Heidelberg, aber dreimal mehr als in Schnakenbach. Hoffentlich war wenigstens die Dackelzucht günstig. Ich stand auf und schüttelte zum Abschluss seine weiche, feuchte Hand. »Fahren Sie noch zur Kerwe?«

Er grinste. »Jetzt gleich. Wenigstens für ein paar Stündchen. Muss sein.«

»Grüßen Sie den Dieter von mir!«

Da ließ er die Kinnlade fallen.

29

Die Alte Uni, Heidelbergs akademisches Schmuckstück und eines der vertrautesten Gebäude der Stadt: ihre weiße, von rotem Sandstein gegliederte Fassade, das markant geschwungene Dach mit seinen tiefdunklen Ziegeln und dem lustigen Türmchen obenauf. Stein gewordener Geist, so wachte sie seit drei Jahrhunderten gelassen über den Uniplatz, das Herz der Altstadt, weshalb man auch als Nichtstudent regelmäßig an ihr vorbeitrottete. Aber ihre Innereien! Wie konnte ich die Aula nur vergessen, diesen Historienschinken in 3-D, diese staubig knarrende Gelehrtenhalle, mit ihren Lüstern und Schnörkeln und Riesengemälden im Kaiser-Wilhelm-Ornat? Die Kassettendecke ein hölzerner Echsenpanzer, die Wände eine kastanienbraune Zumutung, das Licht gedämpft, wie vom Firnis der Heidelberger Bierzipfelromantik überzogen.

Immerhin, die Akustik war gut in dem Raum.

Hier also sollte der Festakt für den greisen Wissenschaftler stattfinden. Der Rektor, als Hausherr, gab sich die Ehre.

Er residierte im Ostflügel des L-förmigen Gebäudes, in der sogenannten Bel Etage auf Höhe der Aula. Bei entsprechenden Anlässen holte er seinen Faschingsschmuck aus dem Rektoratsschrank – Robe, Käppi und Amtskette – und ließ alles von seiner persönlichen Referentin abstauben. In voller Montur ähnelte er einem keltischen Druiden, behauptete zumindest Fatty, der einem dieser Aufzüge einmal beigewohnt hatte, aus welchem Grund auch immer.

Wie oft war ich hier gewesen? Zwei, drei Male, und die lagen lange zurück. Als Christine und ich uns ganz frisch kannten, hatte sie mich zu einem Konzert mitgeschleppt, Klavier oder so, und dann hatte es noch einen Vortrag von Gadamer gegeben, dem Heidelberger Vorzeigephilosophen, den man angeblich einmal in seinem Leben gehört haben musste. Gehört hatte ich ihn, verstanden nicht. Dass der Mann trotzdem Eindruck machte, lag an seinem Alter, das fast so biblisch war wie das Albert Butenschöns.

Als ich den Uniplatz erreichte, warteten dort bereits einige dunkle Limousinen: Fahrzeuge mit Stuttgarter Kennzeichen, mit Chauffeur und Parkerlaubnis. Sie standen nur wenige Meter vom Eingang entfernt, damit sich die Großkopferten auf dem Weg zur Alten Aula nicht verliefen, ich aber stellte mein Rad noch näher heran. Fast berührte sein Vorderreifen die Treppenstufen. Eintretend hielt ich einem gesetzten Pärchen die Tür auf und erntete erstaunte Blicke. Die dachten wohl, ich sei der Hausmeister. Dabei hatte ich mir sogar eine Art Sakko übergeworfen. Okay, mit meiner Kellnermontur von gestern konnte es nicht mithalten.

Marc Covet stand bereits wartend im Foyer. Hin und wieder nickte er einem aus dem Besucherstrom zu oder schüttelte flüchtig eine Hand. Der Marmorboden hallte von vielen Absätzen wider, Wellen von Parfüm und After Shave schwappten durch den Raum. Alles geladene Gäste, alle standesgemäß aufgebrezelt. Da gab es die Politiker im parteineutralen dunkelgrauen Anzug, alte Herren mit Burschenband unter ihren Jacketts, Professoren mit Brille und Gelehrtenblick, ja sogar Vertreter der US-Army, fesch in Uniform. Weibliche Gäste gab es natürlich auch. Sie stachen durch ihr mehr oder weniger erfolgreiches Bemühen um ein individuelles Outfit ins Auge, ohne sich ihrer Aufgabe, einen dekorativen Hintergrund abzugeben, entziehen zu können.

»Gehen wir hoch?«, schlug Marc vor.

»Ich warte noch auf meine Begleitung.«

»Begleitung?« Er zog die Brauen nach oben. »Rein grammatikalisch gesehen, ist das ein weiblicher Begriff.«

»Nicht nur grammatikalisch, mein Lieber. Da fällt mir ein: Hast du dich mal wieder in diesem Internetforum herumgetrieben? Du weißt schon, wo du einen Kommentar zu dem Brandanschlag hinterlassen hast.«

»Richtig, da bin ich auf etwas Interessantes gestoßen. Stell dir vor …«

»Den Kerwegroschen-Eintrag kannst du vergessen, der ist von mir.«

»Von dir?« Seine Enttäuschung war mit Händen zu greifen. »Wie kommst du auf so einen dämlichen Nickname?«

»Fahr mal nach Schnakenbach, dann kapierst du es. Und sonst? Etwas von Belang?«

Er schüttelte den Kopf. »Keine Einträge, die dich interessieren könnten.«

»Mach dir nichts draus. War einen Versuch wert. Schau mal, da kommt unser Oberbürgermeister. Als wüsste er, dass ihm die Presse nichts anhaben kann.«

Gutgelaunt betrat Heidelbergs Stadtoberhaupt das Gebäude. Von Depressionen wegen schlüpfriger Schlagzeilen keine Spur. Auch der Kalbskopf von gestern Mittag, der ihm auf dem Fuße folgte, schaute so heiter drein, als könne er kein Wässerchen trüben. Dabei wollte ich wetten, dass er in seiner Tasche einen Flachmann Bernsteingold mit sich trug. Als ich Dr. Brouwer erspähte, drehte ich mich um und suchte hinter Covet Schutz. Vor dem Rechtsanwalt wollte ich meine Anwesenheit so lange wie möglich geheim halten. Am Ende war sie ihm ein kleines Gespräch mit den Butenschöns wert: Wussten Sie, welcher Profession dieser unpassend gekleidete Mensch dort hinten nachgeht? Student? Da muss ich Sie enttäuschen, Frau Butenschön!

Bei Prof. Gärtner bestand diese Gefahr weniger. An der Seite einer jungen Frau in glänzenden Lederstiefeln und kurzem Rock betrat er eben das Gebäude. Immerhin: Er war da, er hatte eine Einladung erhalten. Als Leiter eines Instituts der Uni? Oder eben doch als Vertrauensmann der Butenschöns? Wenn tatsächlich er Koschaks Name ausgeplaudert hatte – ließ das dann nicht auf ein enges Verhältnis des Ösis zu den Butenschöns schließen? Dabei spielte keine Rolle, ob es sich um ein freundschaftliches oder ein Abhängigkeitsverhältnis handelte, ob Gärtner vor den Butenschöns kuschte oder ob er auf eine Gegenleistung hoffte. Gerechnet hatte ich mit seiner Anwesenheit jedenfalls nicht.

»Kennst du Professor Gärtner?«, fragte ich Covet.

»Das soll ein Prof sein? Du meine Güte, die werden auch immer jünger. Aber wenn ich ehrlich bin, wäre mir die Bekanntschaft seiner Frau noch lieber.«

»Ich weiß nicht, ob das seine Frau ist.«

»Seine Begleitung.«

»Du sagst es. Meine ist übrigens auch nicht ohne.«

Da kam sie schon: Susanne Rabe, blass und ernst wie immer, dezent geschminkt, in der Hand einen Strauß roter Rosen. Unter ihrer Windjacke trug sie einen schwarzen Anzug. Ich fand, sie sah einfach hinreißend aus, und Covets neidischer Blick sagte mir, dass ich mit dieser Meinung nicht allein stand. Ich stellte die beiden einander vor.

»Solltest du einen Artikel über Studenten oder Studierende

schreiben wollen, Marc, halte dich an sie. Wenn du einmal groß feiern willst, auch.«

»Feiern?« Covet verstand nicht.

»Und sollten Ihre Gäste über die Tische reihern, hätte ich auch einen Tipp«, erwiderte Susanne ohne das geringste Lächeln. »Gehen wir?«

Mit raschen Schritten erklomm sie die breite Marmortreppe, wir hinterher. Marc, ganz Gentleman, brachte Susannes Jacke zur Garderobe, erhielt jedoch auf seine Frage, für wen der Strauß gedacht sei, keine Antwort. Ihr Handy kontrollierend, ging sie voraus.

»Kühler als ein Novembertag«, murmelte er und ließ einem Rolli, der eben dem Aufzug hinter der Garderobe entschlüpfte, den Vortritt.

Am Durchgang zur Aula wurden unsere Einladungen kontrolliert. Einer von zwei smarten jungen Herren nahm sie in Empfang, bestätigte lächelnd ihre Gültigkeit und wünschte uns angenehmen Aufenthalt. Über knarrende Dielen betraten wir den Saal. Die Stuhlreihen vor uns waren bereits gut gefüllt, auf den wenigen unbesetzten Plätzen lagen Namensschildchen. Wir quetschten uns in eine der seitlich angebrachten Holzbänke, die um die Aula liefen wie das Gestühl einer Apsis. Susanne bestand darauf, außen zu sitzen.

»Musst du früher los?«, fragte ich sie. »Oder hältst du dir immer einen Fluchtweg frei?«

Sie nickte unbestimmt. Ihren angespannten Züge nach zu urteilen, stand sie mächtig unter Druck, kein Vergleich zu dem bisschen Organisationsstress von gestern. Ich war ehrlich gespannt, was diese Frau im Schilde führte.

»Mann, ist das ein Rot!«, hörte ich Covet murmeln.

Ich folgte seinem Blick. Schräg gegenüber leuchtete ein Haarschopf grell aus der Menge hervor: Dörte Malewski! Wenn das mal keine Überraschung war! Ihre Worte klangen mir noch deutlich im Ohr: Was hätte ich zu feiern, Herr

Koller? Ja, Frau Malewski, was gibt es zu feiern? Warum sind Sie hier? Und vor allem: Wie kamen Sie an eine Einladung? Sie bemerkte mich und meine verwunderten Blicke, gönnte mir aber nur ein knappes Lächeln über die Stuhlreihen hinweg.

Ich ließ mir von Marc die Namen und Funktionen einiger Anwesender nennen: Würdenträger, Repräsentanten und Leute, um die man bei solchen Veranstaltungen nicht herumkam. In der ersten Reihe, links vom Mittelgang, saßen die Butenschöns, rechts der Oberbürgermeister neben Baden-Württembergs Wissenschaftsminister. Vertreter mehrerer Max-Planck-Institute waren angereist, der halbe Gemeinderat war da, und natürlich durften auch die hiesigen Milliardäre nicht fehlen, die bei jeder Veranstaltung in die Kameras grinsten, weil sie immer und überall ein paar Mäzenateneuros springen ließen.

Apropos Kameras: Gleich zwei Fernsehteams hatten sich in die Aula bemüht, der SWR und ein Lokalsender, um das Publikum und die Honoratioren von beiden Seiten unter Beschuss zu nehmen. Irgendwie hatten sie es geschafft, ihre Gerätschaften in den engen Bankreihen aufzubauen, und zwar ganz vorne, wo sich das Gestühl nach innen neigte, bis es am kanzelähnlichen Rednerpult endete. Im freien Halbrund davor wartete ein riesiger Flügel auf seinen Einsatz, ein Notenpult und ein Stuhl standen ebenfalls herum.

Endlich ging es los. Zwei Musiker zogen unter dem Beifall des Publikums ein wie Pallas Athene in das ländlichschöne Heidelberg. Diese Assoziation kam natürlich nicht von ungefähr, sondern plumpste sozusagen von der Historienmalerei an der Stirnwand direkt in den Mittelgang der Alten Aula. Athene in der Fußgängerzone, darauf musste man erst einmal kommen. Die Cellistin piekste ihren Stachel in die Holzdielen, der Pianist rückte seinen Stuhl zurecht. Dickflockige Musik schwebte durch den Raum. Mir entfuhr ein Gähnen, was Dörte Malewski von der anderen Seite des Saals mit einem tadelnden Blick quittierte.

Dann war es vorbei, und der Rektor der Universität, Amtskette um den Hals, schritt im verhallenden Applaus zum Rednerpult. Seine Ansprache stellte er unter das Motto »Dem lebendigen Geist«, wie es gusseisern über dem Portal der Neuen Uni zu lesen war. Von diesem Satz leitete er alles ab, die Begrüßung, den Anlass, die Freude und die Ehre, einmal geschüttelt und gerührt das Ganze, und jeder war zufrieden. Covets Stift fuhr ohne Hast über einen Notizblock. Abgang des Rektors, Übergabe des Staffelholzes an den Oberbürgermeister. Lieber Professor Butenschön, jammerte der, es bricht mir das Herz, dass Ihr Jubelfest im Schlagzeilengewitter um die wildeste Hure völlig unterging, und ich Sünderlein habe es zu verantworten. Weshalb ich demissioniere, hier und jetzt. Okay, er sagte etwas komplett anderes, unser Stadtvater, aber meine Gedanken waren längst abgeschweift, zu Agata, den Albanern und zu Evelyn Deininger. Was Knödelchen wohl gerade tat? Sich erholen, mit ihrem Mann einen Spaziergang durch Dossenheim machen, die Enttäuschung von gestern verdauen? Oder arbeitete sie auch heute, am Sonntag, an ihrer Promotion? Anschließend stellte ich mir vor, wie ein Molotowcocktail durch eines der Aulafenster platzte und im geöffneten Flügel landete. Was ein Ding der Unmöglichkeit war, denn vor den Fenstern war der Sonnenschutz herabgelassen. Auf dass dem universitären Geist das Lebendige nicht zu nahe kam.

Neben mir fingerte Susanne auf ihrem Handy herum. Sprach nicht gerade für ein stabiles Nervenkostüm, wenn sie jetzt noch eine SMS verschickte. Ich suchte Gärtner unter den Zuhörern und erspähte ihn in einer der hinteren Reihen, die Hände zu pflichtschuldigem Beifall hebend. Seine Herzensdame lächelte maliziös und beugte sich zu ihm hinüber, um ihm etwas ins Ohr zu flüstern. Oder um es anzuknabbern, das traute ich ihr glatt zu.

Nun waren die Musiker wieder an der Reihe und präsentierten ein Stück, das bestimmt doppelt so alt war wie der Jubilar. Ich versuchte einen Blick auf Butenschön zu erhaschen, doch er saß zu weit entfernt. Lediglich einen Teil seines Hinterkopfs und der großen Brille sah ich sowie einmal seine rechte Hand, die den Stock umklammerte, und auch das nur, weil unsere Bankreihen leicht anstiegen. Neben ihm bewegte sich der Kopf seiner Frau ruckartig hin und her, als wolle sie sich vergewissern, dass es auch die Richtigen waren, die in der Nähe ihres Mannes Platz genommen hatten. Wo war eigentlich Brouwer? Ich entdeckte ihn nicht. Seitlich in den Bänken saßen die Leute dicht gedrängt, auch die Stühle waren fast komplett belegt. Um weitere Personen unterzubringen, hätte man schon den Zugang zur Empore öffnen müssen. Dort oben befanden sich die besten Plätze, wusste ich von Covet, dem erfahrenen Konzertgänger.

Der musikalische Zwischengang war verspeist, nun folgte als Hauptgericht die Laudatio auf den 100-Jährigen. Wie ein Storch stakste der Minister aus Stuttgart hoch zur Kanzel, um einen Papierstoß von erschreckender Dicke auf dem Rednerpult abzulegen. Übergehen wir seine Ansprache. Sie war lang und gescheit, Marc machte sich seufzend Notizen, Susanne rieb mit den Handflächen über ihre Oberschenkel. Ich starrte die gegenüberliegende Wand an. Sie war aus Holz. Ich war aus Holz. Meine Gedanken konnten nicht abschweifen; ich hatte keine. Die Welt rotierte um ihre eigene Achse, der Minister um seine eigenen Worte. Armer Albert Butenschön. Wie viele solcher Floskelgebirge hatte er in seinem Leben schon über sich einstürzen sehen?

Ein Rippenstoß von rechts. »Nicht einschlafen, du Penner!«

»Ich bin hellwach«, raunte ich zurück. »Konzentrier du dich lieber auf deinen Bericht.«

»Für wen sind eigentlich die Rosen? Für dich?«

»Bin ich das Geburtstagskind?«

Covet schwieg und fuhr sich nachdenklich durch den Bart. Vorne schien die ministeriale Eloge allmählich den Heimathafen anzusteuern. Diese Formulierung drängte sich auf, weil der Laudator von Butenschön als Galionsfigur sprach, von einem Kapitän, der sein Schiff, also das der Forschung, auch bei schwerer See und hohem Wellengang ... In einer Ausstellung holländischer Landschaftsmaler mit Bildern von Fregatten, die dem Unwetter davonsegelten, hätten die Worte des Ministers vielleicht Sinn gemacht. Zu der bunten Pseudoantike der Alten Aula aber passten sie wie die Malerfaust aufs Betrachterauge. Klarer Fall von Stilbruch.

»Schwere See ist gut«, flüsterte ich Covet zu. »Was meint er damit? Butenschöns Rolle unter den Nazis?«

»Möglich. Aber nicht sicher. Warum konkret werden, wenn es die Nebelkerze auch tut?«

Ich nickte. Das Schiff war im Hafen, die Ladung gelöscht. Noch ein Häppchen Musik, dann nahte der Höhepunkt des Festmenüs. Dem Minister reichte man eine in Leder gebundene Mappe. Angekündigt wurde eine Auszeichnung der Landesregierung für ihren verdienstvollsten Wissenschaftler. Wie hatte Bärchen Deininger gelästert? Sie werden eine neue erfinden müssen, weil Butenschön schon alle besitzt ... Der Greis erhob sich. Hälse wurden gereckt.

Neben mir hörte ich Susanne tief durchatmen. Entschlossen drückte sie einen Knopf ihres Handys, dann steckte sie es ein und griff nach den Rosen. Vorne wackelte Butenschön dem Laudator entgegen. Der Minister klappte die Ledermappe auseinander, wandte sich, nun ohne Mikrofonverstärkung, da im offenen Halbrund stehend, dem Publikum zu: »Hiermit verleiht das Land Baden-Württemberg ...«

Er brach ab. Schon wieder Musik, aber was für eine! Gedämpft durch die Fenster und den Sonnenschutz, aber immer noch klangvoll genug, drang ein vielstimmiger

Geburtstagschor von draußen in die Alte Aula: »Happy birthday, Professor Butenschön, happy birthday to you!«

Unruhe im Saal. Einzelne Lacher, die sich zu allgemeiner Heiterkeit auswuchsen. Welch hübscher Einfall! Und so junge Stimmen! Covet und ich wechselten Blicke. Aber nur kurz, da jemand anderes sämtliche Blicke auf sich zog. Susanne hatte ihren Platz verlassen und eilte, die Blumen in der Hand, durch den Mittelgang nach vorne. Das Ständchen war eben verklungen, als sie den Jubilar erreichte und ihm den Strauß in die Hand drückte. Neben den beiden stand ein baffer Minister und wusste nicht wohin mit seiner Mappe. Susanne schenkte Butenschön ein bezauberndes Lächeln, dem vermutlich nur ich, der ich sie ein klein wenig besser kannte als der Rest, ansah, welche Selbstbeherrschung es ihr abverlangte. Dann drückte sie ihm einen Kuss auf die Wange. Rührung allenthalben. Einige klatschten, es gab Bravorufe.

»Was wird denn das, wenn's fertig ist?«, knurrte Covet.

Susanne bat um Ruhe. Bleich und kämpferisch sah sie aus, als sie in den Saal rief: »Auch wir, Studenten und Studentinnen der Universität Heidelberg, möchten unserem hochverehrten Professor zum Geburtstag gratulieren. Unten auf dem Uniplatz stehen Dutzende von Kommilitonen, um Ihnen, lieber Professor Butenschön, dieses Ständchen zu bringen. Gleichzeitig aber« – sie drehte sich um, sprang die wenigen Stufen zur Rednerkanzel hinauf und sprach in das bereitstehende Mikrofon – »gleichzeitig wollen wir diese Gelegenheit nutzen, um auf die Missstände an unserer Universität hinzuweisen. Missstände, unter denen sich wissenschaftliche Leistungen wie die eines Albert Butenschön nicht mehr erbringen lassen. Sehr geehrter Herr Minister, sehr geehrte Vertreter des Rektorats, hiermit richten wir einen dringenden Appell an Sie alle, die aktuelle Hochschulpolitik grundlegend zu überarbeiten. Schaffen Sie die Masterstudiengänge ab oder reformieren Sie sie! Nehmen Sie die Einführung von Studiengebühren zurück!

Und beseitigen Sie die unseligen Verflechtungen von Wirtschaft und Wissenschaft, die unsere Institute zum Fundraising zwingen und zur Vernachlässigung der Lehre. Tun Sie es auch aus Respekt vor der Lebensbilanz eines Albert Butenschön.« Susannes Stimme kippte. Sie schnappte nach Luft.

Ich gab Covet den Rippenstoß von vorhin doppelt zurück – aus Begeisterung! Für diesen einen Moment hatte es sich gelohnt, all die langweiligen Ansprachen zu ertragen, das Pausengeklimpere und das Defilee der Wichtigen. Jetzt war was los in der Alten Aula! Nicht schlecht, Susanne Rabe. Die Heiterkeit des Publikums hatte sich in Entrüstung verwandelt, statt der Zustimmung von eben hagelte es Rufe wie »Unerhört!« und »Frechheit!«. Der lobredende Minister tuschelte mit dem Unirektor, Frau Butenschön war aufgesprungen, nur um sich gleich darauf, wie in Zeitlupe, wieder zu setzen. Ihr Mann stand einsam im Halbrund und schaute verstört zur Kanzel hinauf.

Susanne hatte sich gefangen. Die Empörung des Publikums nahm zu, aber wer hatte das Mikrofon? Sie! »Für Professor Butenschön«, hallte es aus den Lautsprechern, »stand das Leistungsprinzip immer an erster Stelle. Das haben Sie, verehrter Herr Rektor, in Ihren Begrüßungsworten eigens betont. Die heutigen universitären Verhältnisse aber verhindern Leistung! Die Studiengebühren sorgen dafür, dass nur derjenige Leistung zeigen kann, der auch die finanziellen Möglichkeiten hat. Selektion über den Geldbeutel, so empfinden wir das! Unter diesen Umständen sehen die Albert Butenschöns von heute womöglich nie eine Uni von innen. Und wenn sie es tun, verschleudern sie ihr kreatives Potenzial in hoffnungslos verschulten Masterstudiengängen. Auf diese Weise züchtet man keine zukünftigen Nobelpreisträger, sondern geklonte Halbwissenschaftler.«

Sie hielt inne, weil sich der Rektor neben ihr – gleichzeitig aber auch unter ihr, er stand nämlich eine Stufe tiefer – in all seiner akademischen Würde aufgebaut hatte. Einzelne seiner Worte wurden von der Lautsprecheranlage übertragen: Vernunft annehmen ... Bogen überspannt ... Brüskierung des Jubilars ... Nun, da griffen die Gäste des Festakts zu weniger höflichen Formulierungen; die Tussi rauszuschmeißen, war noch eine der milderen Forderungen. Ich sah, wie Covet, hochkonzentriert über seinen Notizblock gebeugt, jedes Wort von Susanne mitschrieb. Ich sah aber auch, und das mit diebischem Vergnügen, dass die Kameraleute der beiden Fernsehsender hinter ihren Arbeitsgeräten klemmten und die Rednerin keine Sekunde aus den Augen ließen. Doch, jetzt, da sie ein paar halblaute Sätze mit dem Rektor wechselte, schwenkte der SWR-Mann ins Publikum. Gerade rechtzeitig, um einen distinguierten älteren Herrn zu filmen, wie er drohend die Faust schüttelte. Das Fäkalwort, mit dem eine hinter ihm sitzende Dame Susanne bedachte, dürfte es ebenfalls in die abendliche Lokalschau geschafft haben.

»Geile Performance«, entfuhr es mir, ganz gegen meine üblichen Sprachgewohnheiten. Marc nickte, ohne sein Protokoll zu unterbrechen.

»Ich kann Ihre Einwände nachvollziehen«, klang Susannes Stimme durch den Saal, »aber wenn Sie uns keine Möglichkeit geben, Herr Rektor, unsere Standpunkte öffentlichkeitswirksam darzulegen, müssen wir jede sich bietende Gelegenheit ergreifen.« Während der Rektor wutschnaubend zu seinem Platz stapfte, kam einer der smarten Türsteher auf ihn zugeeilt. Kurzer Wortwechsel, ein Nicken des Chefs, schon flitzte der Smarte zurück. Auch Frau Butenschön hatte sich endlich entschieden, ihren Mann nicht länger im Regen stehen zu lassen, sondern ihn sanft zu seinem Stuhl zu geleiten. Resigniert schüttelte der Alte den Kopf.

»Unverschämtheit!«, hallten Rufe durch die Aula. »Diese Schmarotzer!« Aber auch das: »Lasst sie ausreden!«, verlangte jemand lautstark, und sein Tonfall ließ mich auf Prof.

Gärtner tippen. Zumindest gab es wütende Reaktionen in seine Richtung.

Vom Minister nach vorne geschubst, stellte sich der Rektor mit erhobenen Armen vor das Publikum und rief: »Einen Moment noch Geduld, meine Damen und Herren! Wir haben gleich wieder alles im Griff.« Doch er wurde übertönt: von Susannes klarer Stimme, von ihren Forderungen nach mehr studentischer Mitsprache, nach besserer personeller Ausstattung, vor allem im Bereich der Lehre, und nach einer deutlichen Verbilligung des Semestertickets. Sie hatte wieder Farbe im Gesicht, sprach ohne Punkt und Komma, schien sich an ihrem Auftritt regelrecht berauschen zu können. Dann aber, mitten im Satz, war der Ton weg. Jemand musste dem Mikro den Saft abgedreht haben. Susanne registrierte es und hob die Stimme. Die Akustik, wie gesagt, ist gut in der Alten Aula, doch gegen die Buh-Stürme der Besucher hatte auch eine aus Leibeskräften schreiende Studentin keine Chance. Was für ein Brüllduell! Als nächstes kamen die beiden Türsteher angerannt, stürmten die Kanzel und griffen jeder einen Arm Susannes. Die machte sich frei, schimpfte, zog ihr Handy aus der Tasche und tippte darauf herum. Großer Beifall, als die Jungs begannen, Susanne von der Kanzel zu zerren. Der Rektor sekundierte mit Kommandos. Blieb die Frage, wie man eine rebellische Studentin ohne jegliche Gewaltanwendung dazu brachte, ihren Platz zu räumen. Die Antwort fiel leicht: gar nicht! Je stärker der Applaus brandete, desto fester packten die Hilfskräfte zu, mahnte der Rektor zur Besonnenheit. Susanne wollte zur Kanzel zurück, wurde daran gehindert, schrie auf.

»Moment mal«, murmelte ich und erhob mich halb von meinem Platz. Finger weg von Susanne!

Covet zeigte zur Eingangstür. »Schau, da!«

Jetzt sah ich es auch. Das Publikum bekam Zuwachs! Immer mehr junge Leute strömten in die Aula, schrien

Parolen, bliesen in Trillerpfeifen. Ein paar hatten Plakate dabei, andere versuchten, den Geburtstagssong von vorhin anzustimmen, was aber unterging. Die Gäste wandten die Köpfe, viele erhoben sich vor Schreck. Es wurde unübersichtlich.

Als ein weiterer Schrei Susannes durch die Aula gellte, hielt mich nichts mehr auf meinem Platz. Zum zweiten Mal innerhalb von 24 Stunden war Max Koller, der Retter aller Bedrängten, gefordert. Bevor der Mittelgang durch die Demonstranten unpassierbar war, rannte ich los.

»Mach keinen Fehler!«, rief mir Covet hinterher. Typisch Schreiberling!

Ich kam eben recht, um zu verhindern, dass Susanne eine Ohrfeige verpasst bekam. Es war dem Jungspund nicht einmal zu verdenken, schließlich hatte die Kratzbürste ihn in die Hand gebissen, und von hinten näherte sich das Heer ihrer Unterstützer. Trotzdem, smart war das nicht. Ich stürzte ihm also entgegen, rempelte dabei jemanden an – Hoppla, der Rektor der Uni Heidelberg persönlich! – und fiel ihm in den erhobenen Arm. »Ganz ruhig!«, sagte ich. »Keine unbedachten Handlungen.« Der Kerl schaute wie eine Lok, sein Kumpel mischte sich ein, erregte Worte flogen hin und her. »Verdammte Machos!«, zischte Susanne, »Die spinnt doch!«, lautete die Antwort. Ich kam mit dem Schlichten kaum nach.

Vom Eingang her fluteten weitere Studenten in den Saal. Ich erhaschte einen Blick auf die konsterniert dasitzenden Butenschöns. »Das geht zu weit«, flüsterte der Rektor, schweißüberströmt. »Ich hole die Polizei!«

»Das tut er immer«, hetzte Susanne. »Beamtenseele!«

»Reiß dich zusammen!«, herrschte ich sie halblaut an, gleichzeitig Übergriffe der beiden Türsteher abwehrend. »Du hattest deinen Auftritt, er war grandios, aber jetzt ist es vorbei.« Ich wandte mich an den Rektor. »Wir brauchen keine

Polizei. Sie wird mit ihren Kommilitonen den Saal räumen. Danach können Sie die Feier zu Ende bringen.«

Der Mann beachtete mich nicht; sah mir wohl den Studienabbrecher an. Er sprach von Hausfriedensbruch und Tralala und schwitzte dabei aus allen Poren. Im Hintergrund wurde gegrölt. Frau Butenschön zerrte ihren Mann aus dem Stuhl und schob ihn aus der Gefahrenzone. Susanne trat einem ihrer Bedränger gegen das Schienbein, woraufhin sie nun doch eine gewischt bekam.

»Verdammt, das reicht!«, rief ich. »Was willst du denn noch außer Schlagzeilen? Nimm deine Leute und zieh Leine!«

»Wer fragt denn dich?«, funkelte sie mich an und riss sich los. Sie stellte sich in den Mittelgang, vor ihre entgegenströmenden Kommilitonen, und forderte sie auf umzukehren. Besonders erfolgreich war sie nicht, was aber auch an den beiden rabiaten Türstehern lag, die sie partout in die Mangel nehmen wollten. Das wiederum missfiel den Studenten, unter denen einige Kampfsportlerstatur hatten. Es gab also weitere Debatten, Drohungen, Einschüchterungen. Besucher mischten sich ein, der Rektor tippelte von einem Wichtigtuer zum anderen, um sich für den Vorfall zu entschuldigen, während das Geburtstagskind und seine Frau das Weite suchten. Ich sah zu den Kameraleuten hinüber. Sie filmten unverdrossen. Klar, für sie war das hier ein Sechser im Lotto. Für Susanne dagegen würde die Sache ein Nachspiel haben, und sie konnte nur darauf hoffen, dass die Handgreiflichkeiten der smarten Jungs dokumentiert worden waren.

Irgendwie ging mich das Ganze nichts mehr an. Dem Beispiel der Butenschöns folgend, zwängte ich mich hinter die seitlichen Bankreihen und ging zu meinem Platz zurück. Einige Gäste waren bereits auf dem Weg nach draußen. Die Studenten pfiffen und skandierten. Während ein Teil von ihnen den Rückzug antrat, kamen andere erst herein. Marc antwortete auf mein Zeichen, dass ich von dem Trubel genug hatte, mit einem Nicken und folgte mir. Über eine der beiden Seitentüren erreichten wir den Vorraum.

Auch hier war das Gedränge groß. Gutgelaunte Studenten gaben empört flüchtenden Besuchern spöttische Kommentare mit auf den Weg, zwischen ihnen lief schimpfend der Hausmeister umher. »Also, ich bleibe«, sagte Covet. »Muss unbedingt noch ein paar O-Töne einholen.« Ich hielt nach den Butenschöns Ausschau, konnte sie aber nicht entdecken. Stattdessen stand plötzlich Dörte Malewski vor mir.

»Wie Sie es geschafft haben, an eine Einladung zu kommen, müssen Sie mir verraten«, sagte ich.

»Mit Hartnäckigkeit«, antwortete sie. An ihren Ohren schwangen noch größere Ringe als vor drei Tagen, auch ihr Kleid war ein anderes. Nur auf den giftgrünen Schal hatte sie nicht verzichten wollen. »Und Sie, Herr Koller?«

»Mit Charme. Eine meiner größten Tugenden.«

»Meine nicht.« Und schon ließ sie mich stehen wie einen Schuljungen, um einem fluchtbereiten Grüppchen in den Weg zu treten. »Na«, rief sie, »wie hat Ihnen die Feier gefallen, Herr Butenschön? Was halten Sie von den heutigen Studenten?«

Der alte Mann starrte sie schweigend an. Er saß in einem Rollstuhl, der wohl im Vorraum der Aula auf ihn gewartet hatte und nun von seinem langhaarigen Urenkel geschoben wurde. Auch der Knabe brachte kein Wort über die Lippen, als sich die grellbunte Gestalt vor ihm aufbaute. Dafür reagierte Frau Butenschön.

»Verschwinden Sie, Frau Malewski!«, giftete sie, passend zum Schal ihrer Widersacherin. »Wie oft habe ich Ihnen schon gesagt, dass Sie uns in Ruhe lassen sollen!«

»Keine Sorge, ich bin so gut wie weg. Vorher aber würde mich interessieren, was Ihr Mann von den Forderungen der Studenten hält. Inhaltlich müsste er sie doch voll unterstützen. Oder sind Sie immer noch der Meinung, außerhalb der

Professorenschaft habe niemand das Recht auf universitäre Mitbestimmung? So wie damals?«

Na, nun wurde die gute Frau Butenschön aber zickig! Sie fauchte und zischte, dass es ein Vergnügen war, und Dörte Malewski hielt rechtschaffen dagegen. Hätte mich nicht gewundert, wenn sich die beiden gleich an die Gurgel gegangen wären. Der Greis saß bei ihnen, ein zusammengesunkenes Häuflein Elend, das Gesicht wächsern. Unsere Blicke trafen sich. Wie sich Hände treffen, die geschüttelt werden wollen. Und da: Täuschte ich mich, oder hellten sich seine Züge tatsächlich ein wenig auf? Er erkannte mich, ganz bestimmt. Etwas Flehendes lag in seinem Blick.

Erst zögerte ich noch. Aber dann, als Frau Butenschön ihren Urenkel mit dem Rollstuhl vorausschickte, um sich dem Disput mit der Malewski in Ruhe widmen zu können, schritt ich zur Tat. Ein Klaps auf Covets Schulter: »Halt mir den Rücken frei! Ich entführe Butenschön.«

»Du machst was?«

»Ich entführe ihn. Kümmere du dich um den Jungen und wer mir sonst noch hinterher will.« Mitten unter all den Leuten drängte ich den Langhaarigen sanft beiseite, sagte ihm, er dürfe seine Uroma in dieser Situation nicht allein lassen; von der anderen Seite nahm ihn Covet in Beschlag, um ihn in seiner Eigenschaft als Journalist der Neckar-Nachrichten mit Fragen zu bombardieren, und schon hatte ich den Rollstuhl für mich. Ich bugsierte ihn Richtung Garderobe, vorbei an Mänteln und Jacken, links um eine Ecke – wir waren außer Sicht. Jetzt der Aufzug: Ich schob Butenschön hinein und drückte die oberste der fünf Tasten. Im Dachgeschoss, auf Höhe der gesperrten Empore, würde uns niemand vermuten. Mit einem Seufzer fuhr der Lift an. Oben vergewisserte ich mich, dass die Etage menschenleer war. Anschließend legte ich meinen Geldbeutel auf die Schwelle.

Butenschön hatte die ganze Zeit über kein Wort gesprochen. Auch jetzt, da sich die Tür bis auf einen schmalen Spalt schloss, blieb er stumm. Der Aufzug lag so abseits, dass der Lärm aus dem Stock unter uns nur als dumpfes Gemurmel zu hören war. Ich drückte mich an dem Sitzenden vorbei und lehnte mich mit verschränkten Armen gegen die Rückwand.

»Hallo, Herr Butenschön«, grinste ich. »Wie geht es Ihnen?«

30

Wie geht es Ihnen, Herr Butenschön?

Bewegungslos saß der alte Mann da und musterte mich. Unmöglich zu sagen, mit welchem Ausdruck seine hinter dicken Brillengläsern verborgenen Augen auf mir ruhten. Angst war es jedenfalls nicht. Vielleicht hat man keine Angst mehr, wenn man 100 ist und mit dem Tod per Du.

Ich wartete. An Fragen, die mir auf der Zunge lagen, herrschte kein Mangel, umso mehr an Zeit, sie Butenschön zu stellen. Nicht lange, und sie würden uns entdecken in unserem Fahrstuhlversteck. Aber wenn ich den Alten mit meiner Wissbegier überfiel, blieb sein Mund womöglich für immer verschlossen. Lieber abwarten, auf die Atmosphäre vertrauen, lächeln. Ihn reden lassen. Irgendwann musste er es ja tun!

Das Erste, zu was er sich entschloss: Er hüstelte trocken. Danach fummelte er so lange an seiner Anzugjacke herum, bis er endlich ein Taschentuch gefunden hatte, mit dem er sich den Mund abputzte. Dabei zitterten seine Finger. Die Haut an Händen und Gesicht war von Altersflecken übersät, auch die Stirn und jener Teil des Kopfes, den das zurückweichende Haar freigegeben hatte. Blass sah er aus, kein Wunder. Auf das ganze Brimborium zu seinem Geburtstag hätte er am liebsten verzichtet, aber nein, es musste gefeiert werden, schon gestern, bis sein Magen streikte. Und jetzt das! Ein Festakt, von dem man noch lange sprechen würde, der Thema in den Nachrichten, in allen Zeitungen und sogar im Fernsehen sein würde.

»Sie waren da«, sagte er mit seiner brüchigen Stimme, der die tiefen Frequenzen fehlten. Der Versuch eines Lächelns spielte um seine dünnen Lippen. »Sie waren da ... gestern, meine ich. Und Sie haben mir ...« Er verstummte.

»Ich bin Ihnen ein bisschen zur Hand gegangen«, nickte ich. »Auftrag Ihrer Frau. Außerdem wusste ich, wo der Eimer steht. Fühlen Sie sich wieder besser?«

Eine Kopfbewegung, unbestimmt.

»Vielleicht sollten Sie in den nächsten zehn Jahren auf Bernsteingold verzichten, Herr Butenschön.«

Er lachte, und mit dem Lachen schien das Leben in seinen Körper zurückzukehren. Ja, er wirkte schlagartig jünger und fröhlicher, veränderte seine Sitzposition im Rollstuhl, rieb die Hände gegeneinander. »Ich habe dieses Zeug schon immer gehasst«, bekannte er. »Und wenn Jupps Sohn nicht darauf gedrängt hätte ... Genau wie sein Vater, der Kerl.«

»Es liegt kein guter Stern über Ihren Festlichkeiten. Das tut mir leid.«

Mit einer Hand winkte er ab. »Ach, Festlichkeiten ... Ich weiß nicht, ob es ein Grund zum Feiern ist, wenn einer 100 wird. Sie sehen ja, die Leute verbinden ganz unterschiedliche Emotionen damit. Freude auf der einen Seite, Missmut auf der anderen.« Er sah mich an. »Warum stehen wir eigentlich in diesem Aufzug? Worauf warten wir?«

»Ich wollte Sie aus dem Tohuwabohu dort unten rausholen. Warten wir, bis sich alles beruhigt hat, dann bringe ich Sie zu Ihrer Frau zurück.«

Er nickte langsam. Ob er mir glaubte, wagte ich nicht zu entscheiden. Immerhin, er schrie nicht um Hilfe; aber welches Ohr hätte er mit seiner Greisenstimme auch erreicht?

»Herr Butenschön?«

»Ja?«

»Ich würde Sie gerne etwas fragen.«

Er wartete.

»Wenn Sie auf Ihr Leben zurückblicken: Welche Aspekte überwiegen, die positiven oder die negativen? Würden Sie sich als zufrieden bezeichnen?«

Das Schweigen, das meinen Worten folgte, machte mir bewusst, wie banal sie waren. Butenschön empfand es wohl genauso. Er ließ sich Zeit mit der Antwort, betrachtete stirnrunzelnd seine Finger, um schließlich den Kopf zu heben. »Ehrlich gesagt, verstehe ich Ihre Fragen nicht ganz. Zufrieden? Ja, durchaus. Was soll man auch …« Er zögerte und setzte neu an: »Sehen Sie, wenn man so alt ist wie ich, wird Unzufriedenheit zu einem Luxus, den man sich nicht mehr leisten mag. In welchem Licht einem das eigene Leben erscheint, hat damit nichts zu tun. Positiv oder negativ – diese Beurteilung überlasse ich anderen. Wobei …«, er reckte sich, so gut es ging, »als Nobelpreisträger und weltweit respektierter Wissenschaftler wundere ich mich ein wenig über die Skepsis, die ich aus Ihrer Frage heraushöre.«

»Wissenschaft ist die eine Sache, das Verhältnis zu den Menschen eine andere.«

»Sicher. Und?«

Ich verlagerte mein Gewicht vom rechten auf das linke Bein. »Sie sind doch ein gläubiger Mensch, Herr Butenschön. Habe ich zumindest gelesen. Ich bin es eher nicht, aber ich stelle mir vor, dass es jemanden wie Sie, der vielleicht bald dem Herrgott gegenübertreten wird, drängt, Bilanz zu ziehen. Dass sich dieser Mann überlegt, was er hätte besser machen können. Wo seine Fehler liegen, seine unverzeihlichen Sünden. Ich weiß, das klingt komisch für Sie. Trotzdem frage ich mich, wie ein Albert Butenschön heute über sich und sein Verhalten urteilt. Jeder weiß, dass Sie Herausragendes geleistet haben. Als Wissenschaftler, als Person des öffentlichen Lebens, als Mitglied der Universität. Immer ragte Ihr Verhalten aus dem der anderen heraus. Nur einmal, es ist 70 Jahre her, da haben Sie so gehandelt wie alle: stromlinienförmig, massentauglich. Eben nicht herausragend. War das richtig? Hätten Sie damals gerne anders gehandelt – es gab nur keine Möglichkeit? Oder würden Sie Ihr Verhalten heute als Fehler bezeichnen? Möglicherweise hätten gerade Sie als Prominenter ein Zeichen setzen müssen. Was meinen Sie, Herr Butenschön?«

Diesmal währte die Stille noch länger als zuvor. Butenschön atmete schwer. Seine Hände bewegten sich, rastlos. Es sah aus, als wäre er am liebsten aufgestanden und herumgelaufen. Von einer Wand des Aufzugs zur anderen.

»Vor 70 Jahren«, krächzte er schließlich. »Geht Sie das etwas an?«

»Mich nicht«, antwortete ich. »Aber Sie.«

»Hören Sie«, er zog erneut sein Taschentuch hervor, ohne es zu benutzen. Zerknüllt lag es in seinen faltigen Händen. »Ich weiß Ihren Namen gar nicht, oder habe ich ihn vergessen?«

»Koller, Max Koller.«

»Also, Herr Koller, wie kommen Sie dazu, mir Fragen zu stellen, die längst beantwortet sind?«

»Sind sie das?«

Er lachte gezwungen auf. »Sie haben über mich gelesen, sagten Sie. Nun, dann wissen Sie auch, dass sich die Historiker längst meiner angeblichen oder tatsächlichen Verfehlungen angenommen haben. Ein Trumm von einem Buch ist daraus geworden. Seziert haben sie mich, durchleuchtet und abgeurteilt! Seitdem weiß doch alle Welt, wie es um das gute Gewissen des alten Butenschön bestellt ist.«

»Ich würde sagen, dieser Kommissionsbericht drehte sich weniger um Sie persönlich als um die besondere wissenschaftspolitische Rolle, die Sie gespielt haben.«

»Das läuft doch aufs Gleiche hinaus.« Er begann zu husten und musste sein Taschentuch nun doch zu Hilfe nehmen. »Wenn Sie auf jeder Seite Ihren Namen mit ethisch-moralischen Fragestellungen verknüpft sehen, läuft das für Sie aufs Gleiche hinaus. Dabei bin ich nur meinem Beruf nachgegangen, wie jeder andere auch. Mein ganzes Leben lang habe ich Forschungen betrieben: als junger Mann, unter den Nazis, ja noch mit über 80! Nicht mehr und nicht weniger.«

»Grundlagenforschung.«

»Natürlich, was denn sonst? Ich weiß, was Sie meinen: Laut Wissenschaftstheorie gibt es die reine Grundlagenforschung gar nicht, aber das ist eben nur eine Theorie. Praktisch macht es einen großen Unterschied, ob einer die Wirkung von Krebszellen erkundet oder die Wirkung von Sprengstoff. Und es macht einen riesigen Unterschied, ob ich meine Experimente an Pflanzen durchführe oder an Menschen!«

»Interessant, dass Sie gerade Sprengstoff erwähnen. Der ja von einem gewissen Alfred Nobel erforscht wurde …«

»Und der wiederum«, fuhr er mir mit verblüffender Geistesgegenwärtigkeit in die Parade, »war so entsetzt über das, was andere mit seinen Erkenntnissen anstellten, dass er einen Preis stiftete, um wissenschaftliche Leistungen zu belohnen. Rein wissenschaftliche Leistungen, Herr Koller!«

»Da muss ich widersprechen. Das Nobelpreis-Komitee hebt doch immer den Nutzen von Forschungen hervor, die Anwendbarkeit und die Zukunftsperspektiven. Wer neue Waffen erfindet, wird in Stockholm kaum eine Chance haben.«

»Ganz richtig. Und nun nennen Sie mir eines meiner Forschungsprojekte, das etwas mit Waffen zu tun gehabt hätte.«

»Hat in Kriegszeiten nicht jede Forschung mit Waffen zu tun?«

»Nein!«

Ich schwieg. Aus der Ferne drang das Gemurmel des Festakts, der keiner mehr war, zu uns. Irgendwann würden sie sich auf die Suche nach dem Jubilar machen, würden den Aufzug rufen, alle Stockwerke abklappern. Vielleicht gönnten sie uns noch ein paar Minuten.

»Fahren wir zurück«, bat Butenschön heiser.

»Gleich«, erwiderte ich. »Nachdem wir über Ihre geheimen Kriegsakten geredet haben. Sie wissen schon, die verschollenen Dokumente der Kaiser-Wilhelm-Gesellschaft: Sie sind wieder aufgetaucht, Herr Butenschön.«

Jetzt schwieg er. Mit großen Augen sah er mich an, das Taschentuch als Knäuel in der Hand.

»Zumindest ein Teil davon.«

»Das ist nicht möglich.«

»Warum nicht?«

»Die Kommission hat sie gesucht und nicht gefunden. Die Franzosen müssen sie damals vernichtet haben.«

»Die Franzosen? Sind Sie sicher?«

»Wie könnte ich das? Ich war ja nicht dabei. Gut, mag das eine oder andere Blatt erhalten sein – mir ist es recht. Ich habe nichts zu verbergen.«

Er hielt meinem Blick stand. Ganz der störrische Alte, dem respektlose Jugend an den Karren fahren will. An den Rollstuhl, genauer gesagt. Trotzdem: Er redete. Wo war eigentlich sein Gehstock geblieben, auf den er sich in der Aula noch gestützt hatte? Ich stieß mich mit beiden Schultern von der Wand ab, steckte die Hände in die Hosentaschen und beugte mich über ihn.

»Aber Ihr Freund Verschuer«, sagte ich. »Der hatte was zu verbergen, richtig?«

»Verschuer?« Fast spie er den Namen aus. »Was wollen Sie jetzt mit dem?«

Ich richtete mich wieder auf. »Er wusste, woher die Blutproben und Organe kamen, mit denen er in Berlin hantierte. Und was in Auschwitz los war, wusste er auch, machen wir uns nichts vor. Trotzdem haben Sie ihm einen Persilschein ausgestellt. Warum?«

»Weil er es verdient hatte, darum.«

»Ach ja? Und wenn er heute 100 würde, bekäme er auch so eine schöne Ehrung wie Sie, mit allem akademischem Hokuspokus? Ich will Ihnen sagen, warum Sie die Hand schützend über Verschuer gehalten haben: weil Sie schon immer fachliche Qualifikation über menschliche Größe gestellt haben, weil Typen wie Verschuer zu Ihrem kleinen, elitären Männerbund gehörten und weil Sie persönlich davon profitierten. Sobald es wieder einen hervorragenden Anthropologen in der BRD gab, stieg das wissenschaftliche Ansehen des Landes, die Forschungsgelder insgesamt wurden erhöht, und einen treuen Vasallen hatten Sie sich auch gezüchtet.«

»Sie haben keine Ahnung«, fiel er mir wütend ins Wort. »Überhaupt keine! Verschuer war kein treuer Vasall, sondern renitent und verbittert bis an sein Lebensende. Ich habe den Kontakt zu ihm sehr bald abgebrochen. Außerdem war ich nicht der Einzige, der sich damals für ihn eingesetzt hat, wir waren zu viert. Vier hochrangige Wissenschaftler, und wir haben es der Sache wegen getan.«

»Eben: der Sache wegen. Erst kommt die Sache, dann der Mensch. Entgrenzte Wissenschaft, so heißt es doch? Wissen Sie, was mir an Ihrer Argumentation nicht gefällt, Herr Butenschön? Dass sie so selbstgewiss daherkommt. Dass Sie keinen Raum für Zweifel lassen, für Einschränkungen: Okay, Leute, war nicht unbedingt die feine englische Art damals, man hätte sich womöglich auch anders entscheiden können … So etwa. Aber nein, Sie überziehen das Land mit Ihrem Elitewahn, und ob diese Elite kurz zuvor die halbe Welt in Schutt und Asche gelegt hat, ist Ihnen schnuppe!«

»Jetzt geht Ihnen aber einiges durcheinander.«

»Ja, vielleicht. In meinem Leben geht verdammt viel durcheinander, Herr Butenschön. Aber erinnern Sie sich an den Auftritt der Studenten eben? An ihren Widerstand gegen eine abgehobene Elitendiskussion, die nur noch nach Noten, Abschlüssen und Ergebnissen fragt und nicht mehr nach dem, was einen Menschen ausmacht? Es scheint eine ganze Menge Leute zu geben, die mit diesem elitären Gefasel nichts anfangen können. Die Angst davor haben, die dagegen rebellieren. Und Ihr wissenschaftlicher Corpsgeist ist das Letzte, was diese Angst eindämmen könnte.«

»Machen Sie sich nicht lächerlich!«, schüttelte er den Kopf. Seine Empörung war echt, aber lag da noch Glanz in seinen Augen? Er ermattete zusehends, saß nur mühsam aufrecht. »Was haben die Radaubrüder von vorhin mit mir und meiner Laufbahn zu tun? Können Sie mir das verraten, Herr Koller?«

»Keine Ahnung, ob ich das kann! Mir schießt das alles eben erst durch den Kopf, lebendfrisch sozusagen. Überlegen Sie mal: Wäre es nicht denkbar, dass die Studenten von heute auch an Menschen wie Ihnen scheitern? Sie, Herr Butenschön, gelten als Vorbild, aber nicht als Forscher mit Ecken und Kanten und womöglich mit Fehlern, sondern als ein Denkmal, als ein unangreifbares Monument der deutschen Wissenschaftsgeschichte. Wo Sie auch auftreten, werden Sie überhöht: Die Stadt macht Sie zum Ehrenbürger, der Minister hängt Ihnen den x-ten Orden um, der Rektor huldigt in wohlgesetzten Worten, und hinter Ihnen, so ein Zufall, winkt Pallas Athene von der Wand. Sie sind ein Gott, Albert Butenschön, ein Gott der Wissenschaft. Ihnen nachzueifern, schreiben sich die Studenten an der Alma Mater ein, und was passiert? Sie müssen sich mit alltäglichstem Mist herumschlagen, mit Studiengebühren und überfüllten Hörsälen, haben kein Mitspracherecht und büffeln hirnlosen Kram.

Vom Olymp aber, unerreichbar, leuchtet Professor Butenschön auf sie herab. Was bleibt solchen Würstchen? Kapitulation oder Anpassung. Und ein Heer von angepassten Akademikern, von geistigen Klonen – das ist der Tod der Unis, der Tod jeder Gesellschaft. Wie wäre es, wenn Sie den jungen Leuten zeigen würden, dass auch Sie Fehler machen, und vor allem: dass Sie zu diesen Fehlern stehen? Würden Sie damit nicht ein ganz anderes Vorbild abgeben, ein menschlicheres, individuelleres? Eines, das auch die nicht Angepassten ermutigt?«

Plötzliches Lärmen ließ uns beide zusammenzucken. Unten bollerte jemand mit den Fäusten gegen die Fahrstuhltüren. Unser kleines Tête-à-tête neigte sich dem Ende zu.

»Ich soll mich selbst vom Sockel stoßen?«, lachte Butenschön heiser. »Wie käme ich dazu?«

»Sie würden einen anderen Sockel besteigen. Meiner Meinung nach.«

Kopfschüttelnd wandte er sich zur Seite. Mit der einen Hand nahm er seine Brille ab, mit der anderen fuhr er sich wieder und wieder durchs Gesicht. Müde vom Stehen und der Fragerei, zwängte ich mich an ihm vorbei und legte ein Ohr an den Türspalt. Kamen sie schon nach oben? Sie kamen. Erregte Stimmen drangen vom Treppenhaus zu uns herein, näherten sich rasch. Ich zog meinen Geldbeutel aus der Lücke, die sich sofort schloss, und drückte den Knopf für das Erdgeschoss. Ruckelnd setzte sich der Aufzug in Bewegung.

»Herr Koller?«, hörte ich eine leise Stimme.

»Ja?«

»Ich bin kein Monument und kein Gott. Niemand ist das. Man wird dazu gemacht. Und wenn man sich nicht von Anfang an dagegen wehrt, ist es zu spät. Natürlich bereue ich Dinge, die ich getan habe. Vieles würde ich gerne ungeschehen machen.« Wieder fuhr er sich mit einer Hand durchs Gesicht, sah mich dabei aber an, ohne das schützende Bril-

305

lenglas vor seinen Augen. »Sie sind jung und wirken nicht wie einer, der sich Ratschläge geben lässt. Wenn ich Ihnen doch einen geben darf: Ein schweres Urteil zu fällen, ist leicht. Ein leichtes, schwer.« Er überlegte, um anschließend den Kopf zu schütteln. »Nein, Herr Koller, kein Rat. Eine Bitte.«

Ruckelnd, wie er angefahren war, kam der Aufzug zum Stehen. Butenschön setzte sich die Brille wieder auf und steckte sein Taschentuch ein. Die zur Seite schwingende Tür gab den Blick auf verdutzte Gesichter frei: auf Rechtsanwalt Brouwer, den Schnapstrinker mit dem Kalbskopf, Frau Butenschön.

»Das trifft sich gut«, rief ich fröhlich und lenkte den Rollstuhl rückwärts aus dem Lift heraus. »Wir waren eben auf dem Weg zu Ihnen!«

EPILOG

Viel später erst, bei Butenschöns Beerdigung, sah ich die Deiningers wieder. Es war ein regnerischer Tag im März, mit Böen aus dem Westen, die einem feucht ins Gesicht schlugen. Das Dunkelgrün der Nadelbäume und das Braun der Böden waren die vorherrschenden Farben auf dem Bergfriedhof. Und natürlich das Schwarz der Trauergäste. Sie strömten zur Kapelle, verkeilten sich in den schmalen Wegen, traten einander auf die Füße. Ich erkannte einige, die schon den Festakt im November besucht hatten, Vertreter der Stadt waren da und Typen, denen man den Ordinarius von Weitem ansah. Susanne Rabe war nirgends zu entdecken. Auch Dörte Malewskis roten Haarschopf suchte ich vergebens.

Dafür tippte mir jemand beim Marsch zum Grab auf die Schulter.

»Das ist aber toll!«, sagte Michael Deininger freudestrahlend. Seine Hand war noch immer so warm und weich wie vor vier Monaten. Knödelchen, die eher ab- als zugenommen hatte, brachte ein höfliches Lächeln zustande.

»Was machen die Dackel?«, fragte ich.

»Ach, die«, winkte das Bärchen ab. »Wir arbeiten dran.«

Von Butenschöns Sarg sahen wir nichts. Irgendwo da vorne, hinter den vielen Regenschirmen und Hüten und dem Meer in Schwarz, trat ein Jahrhundert seine letzte Reise an, es wurde getrauert und erinnert und gebetet, wir aber glotzten bloß auf Rückenpartien und langweilten uns. Auf den Kondolenzgang zur Witwe verzichteten wir. Als es vorbei war, lud Deininger zu einem Kaffee ein. Am südlichen Ende der Weststadt fanden wir eine Bäckerei mit kleinem Nebenraum. Durch die verregneten Fensterscheiben fiel trübes Licht.

»Da war es ja im November besser«, lachte Deininger. »Sind Sie mit dem Rad da, Herr Koller?«

»Womit sonst?«

»Sie müssten uns mal in Dossenheim besuchen. Ist jetzt richtig schön geworden, unser Heim. Auch der Garten und all das.«

»Was macht Ihre Dissertation?«, fragte ich Evelyn.

Sie sah mich kühl an. »Alles bestens. Nächsten Monat gebe ich ab. Schade, dass Butenschön sie nicht mehr lesen wird.«

»Hat sich Koschaks Russe noch einmal gemeldet?«

»Mehrmals sogar. Mit irgendwelchen Ausreden, von wegen Flugzeug verpasst oder so.« Sie zuckte die Achseln. »Ja, und dann wollte er wieder Geld: für ein neues Ticket. Wir sagten, vorher müssten weitere Dokumente her, da war irgendwann Ruhe. Seit Januar ist der Kontakt tot.«

»Das heißt, er hatte keine weiteren Unterlagen zu verkaufen?«

»Sieht so aus.«

»Das war vielleicht eine Geschichte«, seufzte Deininger behaglich. »Und wie dieser Koschak vermöbelt wurde – unglaublich!«

»Ja, die alten Zeiten«, echote ich. »Sind Sie trotzdem zufrieden mit Ihrer Arbeit, Frau Deininger? Was sagt Ihr Doktorvater?«

»Werden wir sehen.«

Ich nickte verständnisvoll. Werden wir sehen, klar. Ob Knödelchen noch rauchte? Ob sie so manchen Frühlingsnachmittag auf der Bank im Innenhof verbrachte, mit dem Bergfex an ihrer Seite?

»Und Sie, was treiben Sie so?«, wollte Deininger wissen. »Machen Sie ein Buch aus dem Fall Butenschön?«

»Ohne Auflösung? Das kauft doch keiner.«

»Wissen Sie wenigstens, wo diese Romana abgeblieben ist?«

»In ihrer Heimat, hoffe ich.«

»Sehr gut.« Warum grinste Deininger dabei so pennälerhaft? Eine Minute später, seine Frau suchte gerade das Klo auf, folgte die Erklärung.

»Verraten Sie es nicht weiter, Herr Koller«, beugte er sich zu mir herüber, »ich war auch mal bei der Dame.«

»Ach?«

»Ja, ist bestimmt schon zehn Jahre her. Wir machten damals so eine Art Junggesellenausflug nach Heidelberg, verstehen Sie, von Schnakenbach aus in die große Stadt, lauter Halbstarke. Und dann landeten wir hinterm Bahnhof in einem dieser Schuppen, Sie wissen ja, wie es ist. Kneifen verboten! Aber dass ich ausgerechnet mit der Romana … Zu der Zeit war die noch keine Edelhure, Gott bewahre. Deshalb habe ich sie auch nicht wiedererkannt und vor allem sie mich nicht.

Wenn ich nicht den Bierdeckel von damals aufgehoben hätte, mit ihrem Namen drauf ...« Er schlürfte seinen Kaffee und schüttelte den Kopf über so viele Zufälle.

»Hübsche Geschichte.«

»Aber wie gesagt, nur unter uns.«

»Apropos Bier, Herr Deininger.«

Er sah mich fragend an. »Ja?«

»Wann beichten Sie Ihrer Frau, wer den Brand gelegt hat?«

Fast wäre ihm die Tasse aus der Hand geglitten. Er sah Richtung Toilette, anschließend zu mir, hielt meinem Blick aber nicht stand. »Wieso ... wieso beichten?«, stotterte er, blass geworden.

»Sie sollten es tun«, sagte ich. »Diesbezüglich.«

Er räusperte sich. Mehrmals. Keine Chance, der Frosch blieb im Hals. »Seit wann wissen Sie es? Und woher?«

»Ehrlich gesagt, weiß ich es gar nicht. Wenn man keine Beweise hat, kann man bloß Vermutungen anstellen. Je mehr ich allerdings über den Fall nachdenke, desto plausibler scheint es mir, dass Sie das Feuer gelegt haben.« Ich schlug die Beine übereinander. »Und nach Ihrer jetzigen Reaktion bin ich sogar überzeugt davon.«

Deininger starrte auf die Tasse, die er zitternd abgesetzt hatte. Er war wirklich verdammt blass, seine Zunge fuhr nervös über die Lippen. »Und damals? Im November, meine ich. Was dachten Sie da?«

»Ich hatte so eine Ahnung, dass Sie es gewesen sein könnten. Eine Ahnung, aber kein Interesse, Beweise zu finden. Das finden Sie vielleicht seltsam. Ich übrigens auch. Aber irgendwie passt es. Was den Rest des Falles angeht, tappen wir ja genauso im Dunkeln. Man wird nie erfahren, welche Prominenten sich bei der wilden Romana ausgelebt haben, und Albert Butenschön hat seine Geheimnisse ebenfalls ins Grab mitgenommen. Vielleicht muss man nicht alles wissen, alles ergründen und beweisen.« Ich grinste. »Na los, nennen Sie mich schon einen Philosophen! Das könnte doch glatt tiefsinnig sein, was ich da von mir gebe.«

»Aber wie kamen Sie drauf?«, beharrte er. »Wenn Sie überhaupt keine Beweise hatten?«

»Ich hatte Indizien. Zum Beispiel Koschaks Adresse in den Unterlagen der Butenschöns. Wer war der Informant? Es gab genau vier Verdächtige, und Sie waren einer davon. Dann die Bierflasche aus dem Kraichgau, die das Benzin enthielt. Viele trinken Dachsenfranz, unter anderem Ihr Kumpel Dieter aus Schnakenbach. Bei dem Sie zwei Tage vor dem Brand einen becherten. Zufall? Am Montag nach der Kerwe fuhr ich noch einmal hin und versprach dem Besitzer des Getränkemarkts in der Ortsmitte 50 Euro. Er sollte mich anrufen, sobald ein Kunde mit einem unvollständigen Kasten Dachsenfranz käme. Ende der Woche war es so weit: Dieter gab zwei Kästen zurück, und in dem einen fehlte eine Flasche. Immer noch Zufall?«

»Also wollten Sie es doch: Beweise finden.«

»Eine fehlende Flasche ist kein Beweis. Nebenbei überlegte ich mir, was Sie für ein Motiv gehabt haben könnten, die Butenschöns über Koschak in Kenntnis zu setzen und am Ende sogar den Brand zu legen. Und da merkte ich plötzlich, dass es viele kleine Indizien gab, die in eine und dieselbe Richtung wiesen: Sie wollten nicht, dass Evelyn ihre Dissertation beendet. Ihre Hoffnung …«

»Sie kommt«, unterbrach er mich leise.

Ich brach ab. Evelyn Deininger nahm wieder neben uns Platz, wartete auf die Fortsetzung unseres Gesprächs und schaute fragend, als wir beide schwiegen. Ihr Mann holte tief Luft. Er war immer noch blass, aber seine Stimme klang fest, als er sagte: »Er weiß es. Irgendwie ist er draufgekommen, dass ich den Brand gelegt habe.«

Erneut herrschte Stille. Knödelchen griff langsam nach

ihrer Tasse, pustete hinein und nahm einen kleinen Schluck. Draußen fuhr eine Straßenbahn vorbei. In regelmäßigen Abständen öffnete sich die Tür des Verkaufsraums, Passanten traten ein, um Brötchen oder Gebäck zu kaufen. Eine Gruppe Schulkinder räumte das Regal mit Capri-Sonne leer.

»Wann?«, fragte Evelyn Deininger schließlich.

»Wann ich draufgekommen bin?«, gab ich zurück. »Kann ich nicht sagen. Nach und nach. Als Ihr Mann den Auftrag für beendet erklärte, dachte ich zunächst, es geschehe auf Ihren Wunsch. Aber dann hörte ich von der fehlenden Flasche Dachsenfranz und überlegte mir, ob nicht auch er ein Interesse haben könnte, die Ermittlungen abzuschließen. Immerhin war ich in der Panoramastraße auf Koschaks Adresse gestoßen. Das Bollwerk Butenschön erwies sich als nicht ganz so unüberwindbar wie erhofft. Wer weiß, was ich noch alles herausgefunden hätte.«

»Das mit der Adresse, das war ich.« Deininger hielt den Kopf leicht gesenkt. »Ich ließ Frau Butenschön eine anonyme Mail zukommen. Über ihren Rechtsanwalt. Darin stand, dass Professor Gärtners Doktorandin neues Material aus Russland erwarte.«

»Und wie reagierte Frau Butenschön?«

»Gar nicht. Vielleicht ließ sie Nachforschungen anstellen, vielleicht auch nicht – keine Ahnung. Als sie keinen Kontakt zu Evelyn aufnahm und sich auch sonst nicht rührte, schickte ich eine zweite Mail mit Koschaks Namen. Wieder nichts.«

»Klingt so, als hätten die Butenschöns aus dieser Ecke nichts zu befürchten gehabt. Nach der Devise: Reißt ihr euch nur alle Beine aus, zu finden gibt es eh nichts. Entweder weil in den verschollenen Akten nichts Belastendes über Butenschön steht oder weil er sie längst vernichtet hat.«

»Ein Grund mehr, meine Arbeit abzuschließen«, murmelte Knödelchen.

»Warum haben Sie das Promotionsvorhaben Ihrer Frau sabotiert, Herr Deininger?«

Herrje, er sah mich so verzweifelt an, dass ich Mitleid bekam. Mitleid mit einem Banker in Anzug und Krawatte, so weit waren wir schon gekommen! Ich hatte große Lust, mir ein Bier zu bestellen und es auf ex zu kippen.

»Das ist nicht so einfach«, jammerte er. »Ich weiß es selbst nicht mehr genau.«

»Wie bitte?«, rief ich, all meine menschenfreundlichen Gefühle beiseite schiebend, in eine Ecke des Cafés, in den Verkaufsraum, hinaus auf die Straße. Die Gäste an den anderen Tischen bemerkten es und sahen zu uns herüber. »Natürlich wissen Sie es! Wenn Sie mit Ihrer Frau darüber geredet haben, werden Sie es ihr ja wohl erklärt haben.«

»Ihr schon«, entgegnete er leise. »Bei Fremden ist es schwieriger.«

Schade, dass die Bäckerei keinen Aufzug hatte. So ein beengter, schwankender Raum lockerte einem die Zunge. Bestimmt auch den Leuten aus Schnakenbach. Andererseits: Was gingen mich die Motive eines Michael Deininger an? Wenn er sie für sich behalten wollte, war das sein gutes Recht. Er stand ja nicht vor Gericht. Mich ärgerte bloß, dass er so ein Schwächling war, obwohl er doch in der Uniform der Starken steckte. Seriös kleiden, aber unseriös handeln – erbärmlich.

»Vergessen Sie meinen Einwand«, sagte ich wegwerfend. »Kurz aufflackerndes Interesse an dem, was die Menschheit so umtreibt. War dumm. Sprechen wir von etwas anderem. Dem Wetter zum Beispiel.«

Knödelchen erhob sich. »Ich gehe mal Zigaretten kaufen. Wenn ich nicht zurückkomme, warte ich im Auto auf dich, Michael. Machen Sie es gut, Herr Koller. Und danke für alles.« Sie warf sich den Mantel über und ging: eine kleine, unscheinbare Person ohne eine Spur von Odenwalddialekt.

Attraktiv war sie nicht, und sie konnte mich nicht leiden. Aber sie war stark, viel stärker als der tapsige Bär an ihrer Seite.

»Raucht sie auch bei Ihnen zuhause?«, fragte ich. »Oder wie haben Sie das geregelt?«

»Wieso?« Deininger schaute verwirrt. »Das verstehe ich jetzt nicht.«

Achselzuckend trank ich meinen Kaffee aus.

»Okay«, meinte er kleinlaut, »ich will versuchen, es Ihnen zu erklären. Das mit Evelyn und all das. Auch wenn Sie es nicht begreifen. Bei uns in Schnakenbach gehen die Uhren eben anders als … als anderswo.«

»Ach, Sie meinen, da bleibt die Frau brav zuhause und wärmt ihrem Gatten die Pantoffeln vor? Das glauben Sie doch selbst nicht.«

»Eigentlich war alles geregelt. Evelyn und ich kennen uns, seit wir Kinder sind, wir waren schon in der Schule zusammen, und dass wir irgendwann heiraten würden, stand außer Frage. So kam es dann ja auch.«

»Nach Ihrem Junggesellenabend in Heidelberg.«

Er schüttelte den Kopf. »Ich sagte ja, Sie verstehen das nicht. Ich ging zur Bank, sie machte eine Ausbildung. Alles prima, alles wie geplant. Dann kam das Problem mit den Stellen. Ich fand eine in Weinheim, sie in Buchen, eine Weltreise auseinander. Jeden Tag kurvten wir stundenlang durch den Odenwald, um uns abends wieder in der Mitte zu treffen. In Schnakenbach. Später wechselte Evelyn nach Heidelberg und nahm sich eine Wohnung. Das fand ich erst recht blöd, aber ich dachte, es ist nur für eine begrenzte Zeit.« Er rieb mit dem linken Daumen kräftig über die Innenfläche seiner rechten Hand. »Falsch gedacht. Jetzt bekam sie plötzlich Lust zu studieren. Geschichte, das muss man sich mal vorstellen! Ihr Vater tippte sich an die Stirn, mein Vater tippte sich an die Stirn, und ich …« Sein Achselzucken beendete den Satz.

313

»Sie haben mitgemacht in der Tippgemeinschaft.«

»Die Stimmung war erst mal im Keller. Ich meine, worauf sollte das denn hinauslaufen mit dem Studium? Evelyn war ja keine 17 mehr, hatte eine abgeschlossene Ausbildung, und irgendwann wollten wir auch Kinder. So was Verrücktes! Sie meinte, das wäre jetzt wichtig für sie, sie wollte nicht ihr Leben lang in Labors herumhocken, und als Muttchen am Herd sähe sie sich auch nicht. Aber dann studieren! Das ist doch keine Alternative!« Deininger atmete tief durch, kontrollierte den Inhalt seiner Kaffeetasse, stellte sie wieder zurück. »Also, da war wirklich Dampf in der Bude. Und ich, was tat ich? Ging ihr zuliebe mit nach Heidelberg und schrieb mich auch ein. War vielleicht naiv, schon möglich. Jedenfalls kann mir keiner vorwerfen, ich hätte es nicht versucht. Natürlich merkte ich sofort, dass es mit mir an der Uni nichts würde, trotzdem habe ich drei Semester durchgehalten. Mein Gott, war ich froh, als ich wieder an meinem Schreibtisch in der Bank saß!« Diesen Satz ließ ich mir auf der Zunge zergehen. Ein Resopaltisch in der Sparkasse als Paradies auf Erden! Okay, einem Studium konnte ich genauso wenig abgewinnen wie Deininger, aber die zehn Pferde, die mich an den Beratertisch einer Bank brachten, mussten erst noch gezüchtet werden.

»Dass ich mir eine Stelle in Heidelberg suchte«, fuhr er fort, »war ein Zugeständnis an Evelyn. Beziehungsweise an unsere Ehe. Wäre ich zurück nach Schnakenbach gezogen, um irgendwo anders zu arbeiten, hätten wir uns gleich trennen können. Wissen Sie, ich bin hier nie richtig heimisch geworden. Evelyn schon, sie behauptet es wenigstens.«

»Immerhin haben Sie hier gebaut.«

»Aber das war doch auch so ein Kompromiss! Wie sollen wir denn eine richtige Familie werden ohne eigenes Zuhause? In Dossenheim gibt es zwei Kinderzimmer, das mit den Hunden lässt sich regeln, ich habe mein Einkommen – nun muss

nur noch Evelyn mitspielen! Und was tut sie? Hängt an ihren
Abschluss eine Promotion dran! Wieder drei, vier verlorene
Jahre.«

»Verloren? Das sagen Sie.«

»Natürlich sind es keine verlorenen Jahre für sie, für ihr
Ego, für ihr was weiß ich. Aber für uns als Familie. Wir sind
Mitte 30, Evelyn und ich, da ist der Zug allmählich abgefah-
ren, Herr Koller!«

»Moment, Moment, wieso denn abgefahren?«, protestiert
ich. Was fiel dem Kerl ein, mich zu zitieren?

»Alle meine Kumpel in Schnakenbach haben längst Familie, sind in sicheren Verhältnissen, und die, die es nicht sind,
werden es auch nicht mehr. Wissen Sie, ich hatte es satt, von
Evelyn diesbezüglich immer nur vertröstet zu werden: Lass
mich mal ein bisschen Uniluft schnuppern, Schatz – das mit
dem Abschluss dauert noch ein bisschen – der Gärtner hat
mir eine Promotionsstelle angeboten … Ich konnte es nicht
mehr hören. Schluss, aus! Und dann klappte es nicht mit
der Stelle, aber promovieren wollte sie trotzdem, was sich
natürlich länger hinzog als geplant, ein Stipendium bekam
sie auch nicht, und ich hatte mich völlig verschuldet für das
Haus.« Er schnappte nach Luft. »Seit Jahren ging das so. Es
stand mir hier.«

»Haben Sie einmal überlegt sich zu trennen?«

»Nein. Also, überlegt vielleicht. Aber ich könnte das nicht
tun. Ich nicht.«

»Ihre Frau?«

Sein weiches Gesicht verzog sich. »Zumindest würde sie es
eher überstehen als ich. Wissen Sie, das Verhältnis zu ihrem
Doktorvater … Ich habe keine Ahnung, was zwischen den
beiden läuft, ob da was läuft … ich will es auch gar nicht
wissen. Es ist jedenfalls mehr als ein reines Arbeitsverhält-
nis, und deshalb ist das Institut für Evelyn auch mehr als ein
Arbeitsplatz. Manchmal denke ich, sie flüchtet jeden Mor-

gen dorthin. Verstehen Sie, dass ich sie dort unbedingt raushaben will?«

»Nein. Warum lassen Sie sie nicht ihren Weg gehen?«

»Weil wir das mit den Kindern dann endgültig knicken können. Diese Promotion hat keine Zukunft, das sage nicht bloß ich, das sagt jeder, der sich mit der Uni auskennt. Wie soll es denn weitergehen mit Evelyn? Wahrscheinlich müsste sie sich jahrelang mit Lehraufträgen und Vertretungen durchschlagen, wie es so viele tun. Im besten Fall ergattert sie eine Assistentenstelle, aber ganz bestimmt nicht in Heidelberg. Leben kann sie davon auch nicht, und wenn sie schwanger wird, ist es eh aus mit ihrer akademischen Karriere. Das alles weiß sie. Trotzdem macht sie weiter.«

»Sieht so aus, als hätte Ihre Frau gefunden, was sie gesucht hat, Herr Deininger.« Ich führte Daumen und Zeigefinger zu einem Ohrläppchen und begann es zu kneten. »Das Studium als Leidenschaft. Ich bin der Letzte, der das nachvollziehen kann, aber was wollen Sie da machen?«

»Und ich?«, rief er verzweifelt. »Bin ich nicht ihre Leidenschaft? Wenigstens ein bisschen? Verdammt, wenn man zu zweit ist, muss man eben Kompromisse eingehen! Aber da kommt nichts von ihrer Seite, gar nichts. Ich habe immer gesagt, okay, wenn du unbedingt studieren willst, zieh es durch, nur irgendwann sind *wir* an der Reihe, deine Familie. Und was tut sie? Hängt nach dem Examen eine Promotion dran. Und als die so gut wie fertig ist, kommt dieser Koschak mit seiner Butenschön-Geschichte. Zack, den Abgabetermin wieder verschoben. Ich frage: wie lange, Evelyn? Sie: kommt auf das Material an. Da hatte ich genug.« Ich wollte einhaken, aber er sprach bereits weiter, überschlug sich fast beim Reden: »Und dann war die ganze Sache auch noch gefährlich! Verhandlungen mit einem dubiosen Russen, illegaler Geldtransfer, eine geheime Dokumentenübergabe – ich dachte, ich höre nicht recht! Außerdem, und mal ganz abgesehen von dem, was Evelyn Ihnen erzählt hat: Insgeheim hoffte sie natürlich, dass in den Unterlagen etwas Spektakuläres über den alten Butenschön steht. Als Wissenschaftlerin darf man das nicht zugeben, immer schön auf Distanz bleiben, nicht wahr? Aber ich bin ihr Mann, ich weiß, dass sie gerne Aufsehen erregt hätte. Eine Arbeit veröffentlichen, über die alle Welt redet! Herr Koller, das ist doch Wahnsinn!« Endlich hielt er erschöpft inne.

»Und da kam Ihnen die Idee mit dem Brandanschlag?«

»Wochenlang habe ich überlegt, wie ich Evelyn davon abhalten könnte, den Abgabetermin noch einmal zu verschieben. Ich wollte sie einschüchtern, aber nicht in Gefahr bringen. Der Brandsatz war leicht zu kontrollieren, ich wusste ja, dass es im Büro eine Sprinkleranlage gab, und wenn ihr PC mit allen wichtigen Dateien zerstört worden wäre, hätte ich auch nichts dagegen gehabt.«

»Das hätten Sie riskiert: dass die jahrelange Arbeit Ihrer Frau umsonst gewesen wäre?«

»So weit wäre es nicht gekommen«, wehrte er sich. Seine Stirn glänzte schweißnass. »Und überhaupt, warum fragen Sie nicht nach meiner Arbeit? Ich schufte auch schon seit Jahren, damit sich Evelyn ihr Hobby leisten kann, damit wir ein eigenes Häuschen haben, damit Kinder kommen können …«

»Hobby? Herr Deininger, Sie nehmen Ihre Frau nicht ernst.«

»So? Und wer nimmt mich ernst? Wen interessiert schon, dass ich von einer Filialleiterstelle im Odenwald träume? Wie ich meine Dackel vermisse, das kann sich kein Mensch vorstellen, keiner! Höchstens Ihr Kumpel aus der Kneipe. Dossenheim ist Mist, aber Heidelberg ist dreimal so schlimm. Diese überheblichen Akademiker mit ihrer super Bildung, denen ich tagtäglich in den Arsch kriechen darf und die auf mich herabsehen, weil ich mit Geld zu tun habe! Oder diese Typen aus Evelyns Institut: Keine zwei Sätze möchte ich mit denen wechseln. Gärtner saß auch schon bei uns und hat mit seinen Abenteuerurlauben geprahlt.«

Ich schüttelte den Kopf. Was für ein trauriger, beschränkter Wicht, dieser Michael Deininger! Mit einem Horizont von Schnakenbach-West bis Schnakenbach-Ost; jeder Odenwälder Felsbrocken war beweglicher als er! Knödelchen sollte die Konsequenz ziehen und sich von ihm trennen. Bärchenspeck hin oder her.

Er sah aus dem Fenster. »Lassen wir Evelyn nicht so lange warten, Herr Koller. Die Idee mit dem Feuer war irgendwann da, und als die in Schnakenbach sich nach meiner Frau erkundigten und ich mal wieder nicht erklären konnte, warum sie immer noch an der Uni rumhängt, reichte es mir. Ich ließ bei Dieter eine Flasche mitgehen, füllte sie mit Benzin und … naja, den Rest kennen Sie.«

»Sie stellten Ihr Auto im Neuenheimer Feld ab, schlichen sich über den Klausenpfad an und denselben Weg wieder zurück.«

Deininger rang sich ein müdes Lachen ab. »Sie glauben nicht, wie lange es dauerte, bis ich einen Stein gefunden hatte, um die Scheibe einzuwerfen! Ich wurde fast wahnsinnig. Aber es war nichts los dort hinten, tote Hose.« Er seufzte. »Jetzt fragen Sie sich bestimmt, warum ich Sie engagiert habe. Das hatte ich mir vorher zurechtgelegt. Ihre Telefonnummer hatte ich dabei. Wissen Sie, die Gefahr war groß, dass Evelyn den Brand mit mir in Verbindung bringen würde, nachdem ich sie beschworen hatte, die Promotion rasch abzuschließen. Also musste ich so tun, als sei ich selbst am meisten über den Anschlag entsetzt. Und es war natürlich bequem, den Verdacht auf Butenschön zu lenken.«

»Kleine Rache dafür, dass er nicht auf Ihre anonyme Mail reagiert hatte?«

»Nein, ich wollte, dass Sie vor allem dieser Spur nachgingen. Es würde ja nichts dabei herauskommen. Ich musste nur einen geeigneten Zeitpunkt erwischen, um das Engagement zu beenden.«

»Das ist Ihnen nur im Ansatz gelungen. Sie hätten mir nichts von Schnakenbach erzählen sollen.«

»Ist doch schön dort, oder?«, lächelte er schief. »Aber sagen Sie: Wenn Sie mich in Verdacht hatten, warum sind Sie nicht zur Polizei gegangen?«

»Genau deshalb: weil es nur ein Verdacht war. Und wegen Butenschön.«

»Wieso wegen dem?«

»Schwer zu erklären. Nach dem Festakt hatte ich ein längeres Gespräch mit dem alten Herrn. Über seine Verstrickungen in Naziverbrechen. Hinterher war ich so schlau wie vorher. Ich weiß nicht, was genau Butenschön damals angestellt hat. Vielleicht weiß er es selbst nicht mehr. Er war dabei, als in unserem Land Millionen umgebracht wurden, und irgendetwas von dieser riesenhaften Schuld ist an ihm haften geblieben. Wie eine Staubwolke, die vorüberzieht und jedes Gesicht grau färbt. Fragt sich nur, wer sie aufgewirbelt hat. Butenschön? Von einem wie ihm hätte man erwarten dürfen, dass er irgendwann Rechenschaft ablegt. Aber er hat es vorgezogen zu schweigen. Da ist immer noch Staub auf seinem Gesicht. Und er gehört ja zu den harmloseren Fällen. Seine Berliner Kollegen, die mit den Organen aus Auschwitz, durften fröhlich weiterpraktizieren. Mengele ließ sich in Südamerika die Sonne auf den Bauch scheinen. Was haben Sie angestellt, Herr Deininger? Eine Scheibe zerdeppert, die Inneneinrichtung eines Büros beschädigt. Dafür mussten Sie einen Ermittler beauftragen, der Ihnen nicht nur ordentlich Kohle abknöpfte, sondern auch noch auf die Schliche kam. Das ist Strafe genug. Was Sie allerdings Ihrer Frau damit angetan haben, kann ich nicht beurteilen. Das müssen Sie mit ihr ausmachen. Immerhin, Sie haben es ihr gestanden. Wie hat sie reagiert?«

Bärchen Deininger kratzte sich am Kopf. »Schön wars nicht. Erst wollte sie ausziehen, jetzt wartet sie noch ab. Wir machen eine Paartherapie. Das bringt was, wirklich, da wird richtig gearbeitet.«

Eine Therapie also. Bei einem meiner ehemaligen Kommilitonen vermutlich. Die Uni hatte auf alles eine Antwort. Nur nicht darauf, ob man einen Banker aus Schnakenbach bei der Polizei verpetzen sollte. Das wahre Leben spielte sich außerhalb der Hörsäle ab. Susanne Rabe hatte es kapiert, Butenschön eher nicht. Vielleicht sollte ich Christine überreden, mit mir eine Paartherapie zu machen. Nur um dem Klugscheißer auf der anderen Seite des Schreibtischs mal zu verklickern, wie es wirklich zuging in der Welt. Um ihn so richtig gegen die Wand fahren zu lassen, den diplomierten Seelenklempner. Die konnten alle noch was von mir lernen, diesbezüglich!

Ich stand auf und streckte dem Banker die Hand hin. »Machen Sie's gut, Herr Deininger. Und danke für den Auftrag.«

Das junge Ding im Verkaufsraum der Bäckerei strahlte mich an. »Alles zusammen? 14 Euro 80.«

Ich strahlte zurück. Verdammt noch mal, Leute, ich schwöre euch, sie hatte zwei verschiedenfarbige Augen: ein braunes und ein blaues.

ENDE

NACHWORT

Sämtliche Figuren und Handlungen dieses Romans sind, wie es sich gehört, frei erfunden. Ähnlichkeiten mit lebenden Personen sind nicht beabsichtigt und wären rein zufällig – mit einer Ausnahme. Für die Figur des Albert Butenschön existiert ein reales Vorbild: ein deutscher Chemie-Nobelpreisträger, der vor 15 Jahren hochbetagt starb. Butenschöns Biografie lehnt sich bis in Einzelheiten an das Leben dieses Mannes an: von seiner beispiellosen beruflichen Karriere über die Frage nach seiner Rolle im Dritten Reich bis hin zu den verschollenen Geheimakten aus der Kriegszeit. Erst mit dem Eintritt in die Gegenwart verlässt meine Geschichte den Boden des historisch Belegbaren, überlebt meine Figur ihr Vorbild, verwandeln sich Fakten in Fiktion.

Warum diese Verquickung von Wahrem und Erfundenem? Mein Interesse galt nicht, wie man vielleicht annehmen könnte, der identifizierbaren Person, also dem Individuum, das Butenschön als Vorlage diente. Die Aufarbeitung und Beurteilung seiner Lebensleistung überlasse ich anderen, etwa der mehrfach erwähnten Historikerkommission. Es ging mir vielmehr um das Spannungsfeld, innerhalb dessen sich dieser Mensch des 20. Jahrhunderts bewegte, um die Konflikte, die er austrug oder denen er auswich. Für mich als Autor hat sein Leben, auch wenn er zu den singulären Figuren seiner Zeit und seines Fachs gehörte, etwas Paradigmatisches. Dass ich ausgerechnet ihn als Modell benutzte und keinen anderen von Millionen Deutschen, ist der günstigen Quellenlage geschuldet. Seine Nachkommen mögen es mir verzeihen.

Mein großer Dank für Anregungen und Informationen gilt Frank Breitling. Ohne ihn wäre dieses Buch nicht entstanden.

Marcus Imbsweiler, im Juli 2010

*Weitere Krimis finden Sie auf den
folgenden Seiten und im Internet:
www.gmeiner-verlag.de*

MARCUS IMBSWEILER
Altstadtfest
....

373 Seiten, Paperback.
ISBN978-3-8392-1001-7.

FALSCHE FÄHRTEN Das Heidelberger Altstadtfest. Tausende drängen sich durch die Straßen des historischen Zentrums. Plötzlich fallen Schüsse auf dem Uniplatz, es gibt etliche Tote und Verletzte. Der Täter flüchtet unerkannt.

Fieberhaft ermitteln Polizei und Geheimdienste. Und auch Privatdetektiv Max Koller wird in den Fall hineingezogen: Er soll Belege dafür finden, dass allein die Tochter eines italienischen Politikers Ziel des Anschlags war ...

MARCUS IMBSWEILER
Schlussakt
....

467 Seiten, Paperback.
ISBN 978-3-89977-781-9.

SCHLUSS MIT DEM THEATER Mord im Heidelberger Stadttheater: Während einer Opernaufführung wird die Garderobiere Annette Nierzwa erwürgt. Man findet sie im Zimmer von Bernd Nagel, dem Geschäftsführer des Philharmonischen Orchesters, der ihr Geliebter war.

Daraufhin betrauen gleich zwei Personen den Privatdetektiv Max Koller mit Nachforschungen: der Journalist Marc Covet, der alles daran setzt, seinen Freund Nagel zu entlasten und die betuchte Opernliebhaberin Elke von Wonnegut, die sich um den Ruf Heidelbergs als Musikstadt sorgt.

Die Indizien sprechen gegen Nagel: Er hat kein Alibi, die Beziehung zu Annette war nicht frei von Konflikten. Aber ist dem zögerlich-glatten Geschäftsführer ein Mord zuzutrauen?

Koller lässt nicht locker. Er will diesen Fall lösen und wird ihn lösen!

Wir machen's spannend

MARCUS IMBSWEILER
Bergfriedhof
....
419 Seiten, Paperback.
ISBN 978-3-89977-742-0.

VON DER VERGANGENHEIT EINGEHOLT Der Heidelberger Bergfriedhof. Auf dem Grab eines Kriegsopfers liegt eine Leiche. Privatdetektiv Max Koller steht vor einem Rätsel. Sein geheimnisvoller Auftraggeber, der ihn mitten in der Nacht an diesen Ort beordert hat, will ihn plötzlich mit allen Mitteln von weiteren Nachforschungen abhalten. Und auch der Tote ist am nächsten Morgen spurlos verschwunden.

Die Neugier des Ermittlers ist geweckt. Kollers Spur führt in die Heidelberger High Society. Und allmählich wird ihm klar, dass sein Gegenspieler viel mehr zu verbergen hat als nur eine Leiche.

OLIVER VON SCHAEWEN
Räuberblut
....
319 Seiten, Paperback.
ISBN 978-3-8392-1081-9.

RÄUBERSCHARMÜTZEL Eine Leiche treibt auf dem See des Schlosses Monrepos in Ludwigsburg. Ist Altverleger Hermann Moosburger Opfer eines Gewaltverbrechens geworden? Verdächtig sind die beiden Söhne des Unternehmers. Frank Moosburger sollte das Zeitschriftenimperium des 76-Jährigen übernehmen, war aber möglicherweise in Ungnade gefallen. Kai Moosburger hat den Absprung aus der Yellow-Press-Welt geschafft und lebt fernab des Familienclans im Wald, wo er Survival Camps anbietet.

Kommissar Peter Struve aus Stuttgart fischt im Trüben. Doch dann wendet sich das Blatt ...

Wir machen's spannend

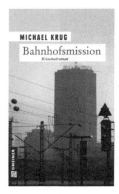

MICHAEL KRUG
Bahnhofsmission
....
273 Seiten, Paperback
ISBN 978-3-8392-1091-8.

GROSSER BAHNHOF In Stuttgart erregt das Bahnhofsprojekt Stuttgart 21 die Gemüter. Als der Vorstandsvorsitzende der größten Bank des Landes in einem Kellerraum des Stuttgarter Hauptbahnhofs erschlagen aufgefunden wird, gerät der Bahn-Manager Norbert Hagemann unter dringenden Mordverdacht. Der karrierebesessene Finanzjongleur war nicht nur zur Tatzeit am Tatort. Bald wird auch bekannt, dass er ein Verhältnis mit der Frau des toten Bankers hat. Doch diese Lösung scheint dem erfahrenen Kriminalbeamten Herbert Bolz viel zu einfach ...

BERND FRANZINGER
Zehnkampf
....
368 Seiten, Paperback.
ISBN 978-3-8392-1086-4.

UNTER BESCHUSS Tannenbergs Neffe nimmt an einem Zehnkampf teil. Während des 100m-Laufs wird ein Sprinter von der Kugel eines Heckenschützen niedergestreckt. Am nächsten Tag entdeckt man in einer Weitsprunggrube einen Sportler, der ebenfalls mit einem Präzisionsschuss getötet wurde. Der heimtückische Killer hat sich offenbar zum Ziel gesetzt, innerhalb eines engen Zeitfensters zehn Menschen mit jeweils nur einem einzigen Schuss zu töten. Plötzlich gerät Kommissar Tannenberg selbst ins Fadenkreuz ...

GMEINER

Wir machen's spannend

JAN BEINSSEN
Goldfrauen
....
272 Seiten, Paperback.
ISBN 978-3-89977-1097-0.

STRENG GEHEIM Die Nürnberger Antiquitätenhändlerin Gabriele Doberstein bekommt Besuch von einer Journalistin, die sie für den Stadtanzeiger interviewen will. Doch allem Anschein nach interessiert sich die Frau viel mehr für einen alten Biedermeiersekretär. Ebenso wie ein Geschäftsmann, der ein paar Tage später auftaucht. Als in derselben Nacht in den Laden eingebrochen wird, schwant Gabriele nichts Gutes. Zusammen mit ihrer Freundin Sina nimmt sie den Sekretär genauer unter die Lupe – und wird fündig. Unter einer Schublade entdecken die Frauen einen Umschlag mit geheimen Dokumenten, die in das Berlin der Vorwende-Zeit weisen …

RAIMUND A. MADER
Schindlerjüdin
....
319 Seiten, Paperback.
ISBN 978-3-8392-1105-2.

ZWISCHEN DAMALS UND HEUTE Frühjahr 1948, kurz vor der Währungsreform. In Regensburg werden drei Männer auf brutale Art und Weise ermordet. Schnell ist klar, dass es sich bei den Opfern um ehemalige SS-Mitglieder handelt. Im Zuge der Ermittlungen taucht überdies ein bekannter Name auf: Oskar Schindler, wohnhaft in Regensburg.
   Mehr als 50 Jahre später wird ein Zeuge der damaligen Taten, Paul Gemsa, ein schlesischer Heimatvertriebener und mittlerweile hochrangiger Bürger der Stadt, selbst ermordet. Kommissar Adolf Bichlmaier ist sich sicher, dass es einen Zusammenhang zwischen den Verbrechen geben muss …

Wir machen's spannend

FRIEDERIKE SCHMÖE
Wieweitdugehst
....
227 Seiten, Paperback.
ISBN 978-3-8392-1098-7.

WIESN-MORDE Auf dem Münchner Oktoberfest wird ein 14-jähriger Junge in der Geisterbahn ermordet. Ghostwriterin und »Wiesn-Muffel« Kea Laverde begleitet ihren Freund Nero Keller, Hauptkommissar im LKA, bei den Ermittlungen. Dabei trifft sie auf Neta, die beruflich Kranken und Trauernden Geschichten erzählt, um deren Schmerz zu lindern. Als auf Neta ein Mordanschlag verübt wird, versucht Kea den Hintergründen auf die Spur zu kommen. Sie stößt auf einen Sumpf aus Gier, Lügen und unerfüllter Liebe …

SABINE THOMAS (Hrsg.)
Tatort Starnberger See
....
176 Seiten, Paperback.
ISBN 978-3-8392-1103-8.

MYTHOS STARNBERGER SEE Hier kam Märchenkönig Ludwig II. unter mysteriösen Umständen ums Leben, hier residieren hinter hohen Mauern in prachtvollen Villen die meisten Millionäre Deutschlands – und solche, die es werden wollen. Notfalls gehen sie dabei auch über Leichen … 12 Autoren haben sich zusammengetan und den bayerischen See zum Schauplatz ihrer Kurzkrimis gemacht. Ob ein Sommerfest in der geschichtsträchtigen Villa Waldberta, das zum Sommernachtsalbtraum gerät oder ein morbides Damenkränzchen im Seniorenheim, das sich Zeit mit bösen Spielchen vertreibt: Die Geschichten sind so unterschiedlich wie ihre Autoren und deren Protagonisten: bitterböse, spannend, beklemmend, literarisch, aber auch witzig oder skurril.

Wir machen's spannend

Das neue KrimiJournal ist da!
**2 x jährlich das Neueste
aus der Gmeiner-Krimi-Bibliothek**

In jeder Ausgabe:

- Vorstellung der Neuerscheinungen
- Hintergrundinfos zu den Themen der Krimis
- Interviews mit den Autoren und Porträts
- Allgemeine Krimi-Infos
- Großes Gewinnspiel mit ›spannenden‹ Buchpreisen

*ISBN 978-3-89977-950-9
kostenlos erhältlich in jeder Buchhandlung*

KrimiNewsletter
Neues aus der Welt des Krimis

Haben Sie schon unseren KrimiNewsletter abonniert?
Alle zwei Monate erhalten Sie per E-Mail aktuelle Informationen aus der Welt des Krimis: Buchtipps, Berichte über Krimiautoren und ihre Arbeit, Veranstaltungshinweise, neue Krimiseiten im Internet, interessante Neuigkeiten zum Krimi im Allgemeinen.
Die Anmeldung zum KrimiNewsletter ist ganz einfach. Direkt auf der Homepage des Gmeiner-Verlags (www.gmeiner-verlag.de) finden Sie das entsprechende Anmeldeformular.

Ihre Meinung ist gefragt!
Mitmachen und gewinnen

Wir möchten Ihnen mit unseren Romanen immer beste Unterhaltung bieten. Sie können uns dabei unterstützen, indem Sie uns Ihre Meinung zu den Gmeiner-Romanen sagen! Senden Sie eine E-Mail an gewinnspiel@gmeiner-verlag.de und teilen Sie uns mit, welches Buch Sie gelesen haben und wie es Ihnen gefallen hat. Alle Einsendungen nehmen automatisch am großen Jahresgewinnspiel mit ›spannenden‹ Buchpreisen teil.

Wir machen's spannend

Alle Gmeiner-Autoren und ihre Romane auf einen Blick

ANTHOLOGIEN: Tatort Starnberger See • Mords-Sachsen 4 • Sterbenslust • Tödliche Wasser • Gefährliche Nachbarn • Mords-Sachsen 3 • Tatort Ammersee • Campusmord • Mords-Sachsen 2 • Tod am Bodensee • Mords-Sachsen 1 • Grenzfälle • Spekulatius **ARTMEIER, HILDEGUND:** Feuerross • Drachenfrau **BAUER, HERMANN:** Verschwörungsmelange • Karambolage • Fernwehträume **BAUM, BEATE:** Weltverloren • Ruchlos • Häuserkampf **BAUMANN, MANNFRED:** Jedermanntod **BECK, SINJE:** Totenklang • Duftspur • Einzelkämpfer **BECKER, OLIVER:** Das Geheimnis der Krähentochter **BECKMANN, HERBERT:** Mark Twain unter den Linden • Die indiskreten Briefe des Giacomo Casanova **BEINSSEN, JAN:** Goldfrauen • Feuerfrauen **BLATTER, ULRIKE:** Vogelfrau **BODE-HOFFMANN, GRIT / HOFFMANN, MATTHIAS:** Infantizid **BOMM, MANFRED:** Kurzschluss • Glasklar • Notbremse • Schattennetz • Beweislast • Schusslinie • Mordloch • Trugschluss • Irrflug • Himmelsfelsen **BONN, SUSANNE:** Die Schule der Spielleute • Der Jahrmarkt zu Jakobi **BODENMANN, MONA:** Mondmilchgubel **BOSETZKY, HORST (-KY):** Promijagd • Unterm Kirschbaum **BOENKE, MICHAEL:** Gott'sacker **BÖCKER, BÄRBEL:** Henkersmahl **BUEHRIG, DIETER:** Schattengold **BUTTLER, MONIKA:** Dunkelzeit • Abendfrieden • Herzraub **BÜRKL, ANNI:** Ausgetanzt • Schwarztee **CLAUSEN, ANKE:** Dinnerparty • Ostseegrab **DANZ, ELLA:** Schatz, schmeckt's dir nicht • Rosenwahn • Kochwut • Nebelschleier • Steilufer • Osterfeuer **DETERING, MONIKA:** Puppenmann • Herzfrauen **DIECHLER, GABRIELE:** Glaub mir, es muss Liebe sein • Engpass **DÜNSCHEDE, SANDRA:** Todeswatt • Friesenrache • Solomord • Nordmord • Deichgrab **EMME, PIERRE:** Diamantenschmaus • Pizza Letale • Pasta Mortale • Schneenockerleklat • Florentinerpakt • Ballsaison • Tortenkomplott • Killerspiele • Würstelmassaker • Heurigenpassion • Schnitzelfarce • Pastetenlust **ENDERLE, MANFRED:** Nachtwanderer **ERFMEYER, KLAUS:** Endstadium • Tribunal • Geldmarie • Todeserklärung • Karrieresprung **ERWIN, BIRGIT / BUCHHORN, ULRICH:** Die Gauklerin von Buchhorn • Die Herren von Buchhorn **FOHL, DAGMAR:** Die Insel der Witwen • Das Mädchen und sein Henker **FRANZINGER, BERND:** Zehnkampf • Leidenstour • Kindspech • Jammerhalde • Bombenstimmung • Wolfsfalle • Dinotod • Ohnmacht • Goldrausch • Pilzsaison **GARDEIN, UWE:** Das Mysterium des Himmels • Die Stunde des Königs • Die letzte Hexe – Maria Anna Schwegelin **GARDENER, EVA B.:** Lebenshunger **GEISLER, KURT:** Bädersterben **GIBERT, MATTHIAS P.:** Schmuddelkinder • Bullenhitze • Eiszeit • Zirkusluft • Kammerflimmern • Nervenflattern **GRAF, EDI:** Bombenspiel • Leopardenjagd • Elefantengold • Löwenriss • Nashornfieber **GUDE, CHRISTIAN:** Kontrollverlust • Homunculus • Binärcode • Mosquito **HAENNI, STEFAN:** Brahmsrösi • Narrentod **HAUG, GUNTER:** Gössenjagd • Hüttenzauber • Tauberschwarz • Höllenfahrt • Sturmwarnung • Riffhaie • Tiefenrausch **HEIM, UTA-MARIA:** Totenkuss • Wespennest • Das Rattenprinzip • Totschweigen • Dreckskind **HERELD, PETER:** Das Geheimnis des Goldmachers **HUNOLD-REIME, SIGRID:** Schattenmorellen • Frühstückspension **IMBSWEILER, MARCUS:** Butenschön • Altstadtfest • Schlussakt • Bergfriedhof **KARNANI, FRITJOF:** Notlandung • Turnaround • Takeover **KAST-RIEDLINGER, ANNETTE:** Liebling, ich kann auch anders **KEISER, GABRIELE:** Gartenschläfer • Apollofalter

Wir machen's spannend

Alle Gmeiner-Autoren und ihre Romane auf einen Blick

KEISER, GABRIELE / POLIFKA, WOLFGANG: Puppenjäger KELLER, STEFAN: Kölner Kreuzigung KLAUSNER, UWE: Die Bräute des Satans • Odessa-Komplott • Pilger des Zorns • Walhalla-Code • Die Kiliansverschwörung • Die Pforten der Hölle KLEWE, SABINE: Die schwarzseidene Dame • Blutsonne • Wintermärchen • Kinderspiel • Schattenriss KLÖSEL, MATTHIAS: Tourneekoller KLUGMANN, NORBERT: Die Adler von Lübeck • Die Nacht des Narren • Die Tochter des Salzhändlers • Kabinettstück • Schlüsselgewalt • Rebenblut KOHL, ERWIN: Flatline • Grabtanz • Zugzwang KOPPITZ, RAINER C.: Machtrausch KÖHLER, MANFRED: Tiefpunkt • Schreckensgletscher KÖSTERING, BERND: Goetheruh KRAMER, VERONIKA: Todesgeheimnis • Rachesommer KRONENBERG, SUSANNE: Kunstgriff • Rheingrund • Weinrache • Kultopfer • Flammenpferd KRUG, MICHAEL: Bahnhofsmission KURELLA, FRANK: Der Kodex des Bösen • Das Pergament des Todes LASCAUX, PAUL: Gnadenbrot • Feuerwasser • Wursthimmel • Salztränen LEBEK, HANS: Karteileichen • Todesschläger LEHMKUHL, KURT: Dreiländermord • Nürburghölle • Raffgier LEIX, BERND: Fächertraum • Waldstadt • Hackschnitzel • Zuckerblut • Bucheckern LIFKA, RICHARD: Sonnenkönig LOIBELSBERGER, GERHARD: Reigen des Todes • Die Naschmarkt-Morde MADER, RAIMUND A.: Schindlerjüdin • Glasberg MAINKA, MARTINA: Satanszeichen MISKO, MONA: Winzertochter • Kindsblut MORF, ISABEL: Schrottreif MOTHWURF, ONO: Werbevoodoo • Taubendreck MUCHA, MARTIN: Papierkrieg NEEB, URSULA: Madame empfängt OTT, PAUL: Bodensee-Blues PELTE, REINHARD: Kielwasser • Inselkoller PUHLFÜRST, CLAUDIA: Rachegöttin • Dunkelhaft • Eiseskälte • Leichenstarre PUNDT, HARDY: Friesenwut • Deichbruch PUSCHMANN, DOROTHEA: Zwickmühle RUSCH, HANS-JÜRGEN: Gegenwende SCHAEWEN, OLIVER VON: Räuberblut • Schillerhöhe SCHMITZ, INGRID: Mordsdeal • Sündenfälle SCHMÖE, FRIEDERIKE: Wieweitdugehst • Bisduvergisst • Fliehganzleis • Schweigfeinstill • Spinnefeind • Pfeilgift • Januskopf • Schockstarre • Käfersterben • Fratzenmond • Kirchweihmord • Maskenspiel SCHNEIDER, BERNWARD: Spittelmarkt SCHNEIDER, HARALD: Wassergeld • Erfindergeist • Schwarzkittel • Ernteopfer SCHNYDER, MARIJKE: Matrjoschka-Jagd SCHRÖDER, ANGELIKA: Mordsgier • Mordswut • Mordsliebe SCHUKER, KLAUS: Brudernacht SCHULZE, GINA: Sintflut SCHÜTZ, ERICH: Judengold SCHWAB, ELKE: Angstfalle • Großeinsatz SCHWARZ, MAREN: Zwiespalt • Maienfrost • Dämonenspiel • Grabeskälte SENF, JOCHEN: Kindswut • Knochenspiel • Nichtwisser SEYERLE, GUIDO: Schweinekrieg SPATZ, WILLIBALD: Alpenlust • Alpendöner STEINHAUER, FRANZISKA: Gurkensaat • Wortlos • Menschenfänger • Narrenspiel • Seelenqual • Racheakt SZRAMA, BETTINA: Die Konkubine des Mörders • Die Giftmischerin THIEL, SEBASTIAN: Die Hexe vom Niederrhein THÖMMES, GÜNTHER: Der Fluch des Bierzauberers • Das Erbe des Bierzauberers • Der Bierzauberer THADEWALDT, ASTRID / BAUER, CARSTEN: Blutblume • Kreuzkönig ULLRICH, SONJA: Teppichporsche VALDORF, LEO: Großstadtsumpf VERTACNIK, HANS-PETER: Ultimo • Abfangjäger WARK, PETER: Epizentrum • Ballonglühen • Albtraum WICKENHÄUSER, RUBEN PHILLIP: Die Seele des Wolfes WILKENLOH, WIMMER: Poppenspäl • Feuermal • Hätschelkind WYSS, VERENA: Blutrunen • Todesformel ZANDER, WOLFGANG: Hundeleben

Wir machen's spannend